第一章

1

一切准备就绪。

“啪”的一下，袁文英拨开了打火机，点燃了自己的衣物，脸上毫无表情。红红的火苗合着灰白色的烟雾迅速漫延，越烧越高，那是火的颜色，也是血的颜色。

火光照亮了袁文英年轻而漂亮的脸庞……死神正一步步逼近她，她的眼里却没有恐惧。火光中，她脸上只有绝望后对生命的决绝。透过弥漫的白烟，她仿佛看见周建华牵着女儿芬芬向她走来了……芬芬在喊着妈妈、武老板邪恶的冷笑……恍惚中，她又回到了大拇指旅店，在与周建华第三次约会……

周建华走过来，在她买菜回家的路上叫住了她。他俩心照不宣地奔向大拇指旅店。他们与往常一样，在大拇指旅店开了房间，仍然是407房。

他俩进去之后，热烈地拥抱了一会，并没有太多的语言。然后他俩脱光了衣服，开始巫山云雨。正当他们赤身裸体地缠绵在床上，猛然听见一阵急促的敲门声，接着武老板在门口大声地喊：“小李帅男，给我把门撞开！”

“他们是我的客人，你们不能这样无理取闹！你们撞烂了东西要赔偿的。”服务员也在外面大声说道。

武老板：“撞开！赔就赔，要赔多少？回头让刘经理算给你。”

“你们不能这样不讲道理嘛。”服务员的口气明显软了。

袁文英早已吓得瑟瑟发抖，脑子里闪过瞬间的疑问：难道是武老板带警察抓人来了吗……不会，武老板不会那么做，武老板是个宽厚大度的男人。袁文英就想到了上次，武老板去广州，阿兰策划的那桩风流韵事，她肯定阿兰告诉武老板了，武老板肯定怀恨在心，那么……这次，武老板一定冲她来的，武老板曾警告过她，不许她和别的男人玩游戏了……对，毫无疑问，武老板是冲她自己来的。

周建华倒十分镇定，开始有条不紊地穿着衣服……

“砰”的一声，门被撞开了，武老板第一个冲了进来，后面跟着刘经理、唐先生、小李帅男以及服务员。

周建华看也不看他们一眼，只冷冷地说：“没看见我们在穿衣服吗?”

武老板很淡定，并没有气急败坏或者大打出手，而是回头对身后的人说：“嘿嘿！功夫不负有心人，我们终于捕到了一只大老鼠。”他的脸上出乎意料地洋溢着兴奋之情，说：“你小子胆子不小啊！竟敢偷我的女人!”

周建华：“我是……”

“切!”武老板猛地挥手，打断了周建华，说：“我知道你是我的矿工，你滚蛋，立即给我从这里消失!”

周建华望了望床上的袁文英，他从袁文英躲躲闪闪的眼神里明白了某种暗示。于是，无声无息地从武老板、刘经理、唐先生、小李帅男身边走过去，在袁文英复杂的眼神之外消失了。

武老板走到床边，问袁文英：“怎么样？没想到被我逮住了吧？嘿嘿!”

“是……是没有想到，您不是说您在广州吗?!”袁文英像一只受惊的兔子，头发散乱地躲在被窝里，战战兢兢地说。

“我本来应该在广州，但是为了捕鼠工作，我提前回怀华了，住在怀华大酒店都一个星期了。嘿嘿，你不知道吧?”

袁文英摇着头，惊慌仍然写在脸上。

武老板接着道：“坦白告诉你，我在去广州之前，已经对你的行踪做了全面布控，小李帅男就是我的眼睛”，武老板以惊人的速度把声音跳跃到杨光的曲调里，唱道“他是我的眼，我能轻易地知道你在哪里，我能准确的在人群中抓住你的手”，完了又说：“你的一举一动都在我掌握之中。”

袁文英被吓得一惊一乍，把目光慢慢地移到了小李帅男身上，恨恨地道：“原来是你跟踪我!?”

武老板接过话说：“他呀，黑眼珠只盯着白银子。谁给他钱，他就听谁的。”

袁文英万万没有想到，一直以来，最最关心她的小李帅男也可以不顾良心和道德，为了钱或为了寻找刺激，竟然愿意伙同武老板害她。现在她明白过来了，心里变得更加难过——人生难测啊！袁文英忍不住一颗颗豆大的泪珠从脸上滚落下来。

小李帅男尴尬地笑着说：“不好意思，对不起，我拿了武老板的钱，就

离殇

写实派小说作家方阵丛书

唐瑜/著

中国财富出版社

图书在版编目（CIP）数据

离殇/唐瑜著．—北京：中国财富出版社，2014.4

（写实派小说作家方阵丛书）

ISBN 978-7-5047-5154-6

Ⅰ.①离… Ⅱ.①唐… Ⅲ.①长篇小说—中国—当代 Ⅳ.①I247.5

中国版本图书馆 CIP 数据核字（2014）第 057212 号

策划编辑 张 静　　**责任印制** 方朋远

责任编辑 张 静　　**责任校对** 饶莉莉

出版发行 中国财富出版社

社　　址 北京市丰台区南四环西路 188 号 5 区 20 楼　　**邮政编码** 100070

电　　话 010-52227568（发行部）　010-52227588 转 307（总编室）

010-68589540（读者服务部）　010-52227588 转 305（质检部）

网　　址 http://www.cfpress.com.cn

经　　销 新华书店

印　　刷 北京兴星伟业印刷有限公司

书　　号 ISBN 978-7-5047-5154-6/I·0133

开　　本 670mm×950mm　1/16　　**版　　次** 2014 年 4 月第 1 版

印　　张 16　　**印　　次** 2014 年 4 月第 1 次印刷

字　　数 287 千字　　**定　　价** 31.80 元

得替武老板办事。”旁边的刘经理、唐先生也帮小李帅男解释，说：“‘袁文英’你不能怪小李帅男啊，武老板给他钱，要他怎么他就得怎样，武老板要他吃屎他不敢不吃。”

武老板：“嘿嘿！螳螂捕蝉，黄雀在后。成也萧何败也萧何。你别恨他，把衣服穿好，跟我回家。”又对其他人说：“你们先走吧。”

但是，小李帅男刚走到门口，武老板又把他叫住了，他说：“小李帅男，为祝贺我们捕鼠成功，我决定奖励你一个金币，回头给你。”

小李帅男说：“谢谢武老板，谢谢武老板。”一边后退着走了出去。

袁文英惴惴不安地穿好衣服，同武老板回到别墅。武老板并没有责怪袁文英，袁文英心里反而更加紧张。她一边做着饭，一边猜想：是否，过一会，武老板会狠狠地骂她，或者明天就把她辞退了，要把上次的事和她秋后算账……怎么啊！武老板一直没有明确的态度，故意折磨她啊。

此刻，武老板去自己的卧室上网了。他在大拇指旅店表现出来的大度和宽容，好像能海纳百川，居然轻易地让周建华离开了，这明显是在保护周建华……袁文英又如是而想。

袁文英开始对武老板有了一种说不出的新感觉，与此同时确信自己真的遇到了好男人。

等芬芬吃完中饭，去学校上课了，袁文英便来到武老板房门口。武老板的房门是虚掩着的，袁文英轻轻推门进去。

武老板迎向她，微笑着说：“向我认错来了？”

袁文英点了点头，脸颊红红的。

“不需要。你没有错，我知道他是你老公。”

袁文英心头一热，嘤咛一下扑进了武老板的怀里。小武就在他们的腿脚边嗅来嗅去，脖子上的金铃铛清脆地响。

武老板开始慢慢地剥袁文英的衣服。开着空调，房子里很暖和。

剥完袁文英的衣服，武老板用命令式的口气说：“去，先去冲一下，把你的脏身子洗干净。”他的语气不仅有男人的霸气，听上去还有些关爱的情绪在里面。袁文英便乖乖去冲了澡。

回到卧室，只见武老板赤裸着身子突兀地站在卧室中间，下面那杆雄性的旗帜在高高扬起。

袁文英不禁“咯咯”地笑。

武老板把她拥到床边，袁文英神会意领地躬下身子，趴在床上，白皙的双腿站在地板上。武老板从后面把上半身趴到袁文英背上，武老板说过喜欢这种从后面进去的姿势，有野性，很刺激，极易引起他的兴趣。他们就站在床边开始干起来……

小武焦躁不安地在旁边走来走去，脖子上的金铃铛清脆地响个不停。

好一会，袁文英完全忘记了先前的种种烦恼，她感到快活至极、开心至极。

突然，武老板抽身离开了，好像已经索然无味，随后他点燃一支烟，坐到床上抽着。袁文英也钻进了被窝，搂着武老板。

武老板悠悠然然地说："我还是想着要跟你们双飞。"

"不要嘛，我会吃醋的。"

"你吃哪门子的醋呢？我又不是你老公，你又不是我老婆。"

"我真的好爱好爱你！"

"别别别！别说爱，如果不是因为你长得像徐小凤，我才不会喜欢你。你一个愚蠢的乡下女人，情商那么低，和你玩玩，你还当真我是你老公了啊。"

袁文英的心从沸点一下凉到了冰点，忍不住眼泪流了出来。

"哭什么哭啦?！给你的朋友打个电话，叫她到怀华来玩啦。"

袁文英只顾着抽抽噎噎地哭着，武老板等了一会，有些不耐烦地说："你打不打？你不打，我打。我打110，就说有个杀人犯躲在我的煤矿里，叫……周建华，是吧。"

袁文英幡然醒悟，她说："原来你是有目的的，你还在想着双飞，才没有报警。我以为你是好心保护周建华呢……你，没想到你这样坏！"

"嘿嘿！男人不坏，女人不爱。这句话全地球人都知道，早已经不新鲜了。再说我也不敢包庇一个杀人犯，你说是不是。"

袁文英抽抽噎噎地哭着。

武老板又温和了："好了好了。别哭了，瞧你可怜楚楚的样子，我不勉强你了。只是我这辈子这个愿望不能实现，死不瞑目啊！"

袁文英熟稔地说了一句："那……我打吧。"

武老板便把手机递到袁文英手里，说："你先看看这张照片，阿兰发给我的。"袁文英接过手机瞄了一眼，失声大哭了起来——原来照片上，一男子赤身裸体压在一个女人身上，下面的女人同样赤裸裸的，一只乳房完整的暴露在镜头前，那女人面对着镜头，不是别人，正是袁文英。袁文英呆住了，手机从她手上掉到了床上。她做梦也没有想到阿兰会用如此卑鄙的手段陷害她。袁文英哭啊哭，哭了很久。武老板在一旁抽着烟，饶有兴致地看着袁文英哭，像在欣赏一场演出。不知过了多久，袁文英抬起头，擦干眼泪，对武老板说："好吧，我给唐云琪打电话。"

武老板再次把手机递到袁文英手里："宝贝，这可是你自愿的啊。"

袁文英拨了唐云琪的手机号码，那头一个标准的普通话，说您拨打的号码是空号。

袁文英怔了怔："空号？不会吧……又换手机号码了？怎么不告诉我。"

"你可以问问其他人，问她的号码。"

袁文英想了一会，拨了村长家里的电话，通了，刘姨在那头大声问："喂……哦，是文英吗？好久不见你了……你还好吗……芬芬好吗？"

"好……都好……就那样……我找云琪接电话，她在吗？"

"她不在家，她把鱼塘转包给了别人，自己到深圳打工去了。"

"那你知道她的手机号码吗？"

"不知道。她去之前说换了手机号码，我没问她要。"

"那，算了。谢谢您，再见。"

关上手机，袁文英有如释重负的感觉，叹了口气，她说："对不起，联系不上她。"

"妈妈……妈妈！"楼下传来芬芬急切的呼唤。

"芬芬！"袁文英急忙打开门答应了一句，马上又紧紧地把门关上了。显然，她不敢让芬芬看见自己和武老板在一起，并且她从武老板亮得发红的眼光中看到了某种可怕的信号。

芬芬听见妈妈在楼上答应，准备上楼去找妈妈，并且已经走上了楼梯，正一步一步接近武老板的卧室。

武老板阴阳怪气地笑道："是芬芬回家了吧……怎么，不让她进来吗？"

袁文英"扑通"一声，双膝跪地，双手抱着武老板的一只脚，痛哭地哀求："她还小，不能让她看见这种场面。你饶了她吧？"

"嘿嘿！她都十四岁了吧？不小了，她已经成熟了。"

"不不不！不许你打她的主意，不然我死给你看！"袁文英说着四下里瞟了瞟，大概想找一个自杀的工具。

"好好好。别找了，我怕了你了。"武老板又恼怒地说："饶她也可以，但是你得安慰一下小武。"他用手摸了摸小武肚皮上又肉又红又勇敢坚强的东西。小武似乎接收到了条件反射，猛然扑向袁文英，把一双前爪抓在了袁文英的双肩上面，袁文英感到了钻心的疼痛，本能地站了起来。小武的那双爪子便从她的背上滑下去，一直滑到她的臀部，八条长长的伤口瞬间鲜血直流。

小武脖子上的金铃铛清脆地响着。

“你怎么站起来了？小武够不着你呀。”武老板责怪地说，两撇眉毛竖得高高的，像两把锋利的钢刀。

“我去把血洗掉。”袁文英含泪去了洗漱间。她“砰”的一声，靠在门后面，失声地痛哭。哭着哭着，她感到背后顶着一件硬邦邦的东西，转身一看，原来是门把手。立刻，一个杀人的念头在她的脑海里萌生了出来：“杀死他……去死吧！对……杀死他，杀死他，杀死他……绝不能让他害了芬芬，也不能让他报警。绝不！杀死他……”

袁文英转过身去，小心地取下门把手，去开门，又停住了。突如其来的杀人动机使她紧张得浑身颤抖，如同有寒风向她袭来，她感到非常害怕。一旦想到武老板要毁了她女儿，她又振作精神，用毛巾把把手包好，藏在背后。再次打开门。她做完这一切的时候，嘴角上浮起了阴冷的微笑。而此时武老板正漫不经心地抚摸着小武，全然不知道自己的死期已到。

袁文英轻轻走到武老板的身后，把一双仇恨的眼睛睁得大大的，只见她高高扬起了把手，说时迟，那时快，“去死吧！”伴随着歇斯底里的叫喊，手把已经打在了武老板的“智慧的脑袋”上了。武老板没有来得及反应便倒在了地上，紧接着，袁文英扑上去，在武老板的脑袋上连补了几下。她动作之快，完全忘记了害怕。武老板彻底断了气息，带着他燃烧的欲望，按照上帝的安排，去另一个世界了。

袁文英腿脚一软，把手连同她的身体一并掉在了地板上。她听见小武脖子上的金铃铛清脆地响；几乎同时，小武幽灵一般地朝她扑来。袁文英见势不妙，拼命爬过去，拉开门。她看见了芬芬，刚想喊，她的一条大腿被小武咬住了，加之过于紧张，一阵钻心的疼痛使她昏死过去。

芬芬站在门口惊慌失措地尖叫。

小武则歪着狗头，撕下了袁文英腿上的那块肉，吐到地上，血淋淋的，把芬芬吓得瑟瑟发抖。

小武看见袁文英躺在地板上没有了动静，便把攻击目标转向了芬芬；它的一双凶得发绿的狗眼瞪得更大了，架势像要排山倒海，芬芬被吓得抱着头

逃跑，但来不及了。

小武一下扑了上去，咬住了芬芬的手，伴随“咔嚓”的声响，芬芬的手断了；哭泣戛然而止，芬芬晕倒在了地板上。小武的前脚猛地踩到了芬芬的身上，它刚要咬住芬芬的小脑袋，正在这千钧一发之际，周建华的身影飞快地从楼下冲了上来。

小武便丢下芬芬，转而龇牙咧嘴地望着周建华，周建华亦愤怒地瞪着小武。它们相距不过二三米之远。面对体积如此硕大的恶狗，周建华非但没有一丝的畏惧，并且势在必胜。因为他非常清楚，如果不打败小武，那么结局就是他将看见小武活活咬死自己的妻子和女儿。即使咬不死，也半死不活，他自己也将在劫难逃。

“一只狗而已！”周建华从牙齿缝里恨恨地骂道。

双方僵持着。小武吼吼地咧着嘴。周建华握着拳头，他听见了自己的手骨头“咯吱咯吱”地响。他和小武没有绝对取胜的把握，谁也不敢轻易出招，他们就那样狠狠盯着对方。

渐渐地，小武首先出现了怯懦的神色，并开始慢慢地朝房间里面撤退。

“这只该死的狗！”周建华恨恨地骂道，并且一步一步地朝前逼进。他的表情像锋利的钢刀，带着鲜血。

等到小武撤至卫生间门口时，周建华离把手近了……近了……更近了，只见他小心翼翼地弯腰下去，拿到了地板上的把手。周建华勇气大增，并用力地高举起了把手，大吼一声，朝小武砸过去。小武欲调头逃跑，已无路可逃，把手正好砸中了狗屁股，它汪汪汪哀号着夹起了尾巴。显然，周建华砸得又猛又恨，想一招致命，致小武于死地。但是周建华却没能打到小武的致命之处。小武扭了扭屁股，又调头盯着周建华。这时它眼睛里流露着惊恐和哀求，同时又准备决一死战。

周建华迅速作出了大胆的反应，来了一个螳螂捕蝉的动作，飞身扑到了小武的背上，双手死死地掐住了小武的脖子，双方便摔倒在地。周建华知道，他如果第二次用把手去攻击小武，或者停顿下来给小武喘息的机会，都有可能遭到小武的反击。

很久很久，周建华紧紧地掐着小武的脖子。小武的喉咙被掐得严严实实的，没有一点的气息可以呼吸了。它抽搐着抽搐着就瞪直了狗腿，脖子上的金铃铛也没有响声了，死了。

看见小武彻底死了，周建华才慢慢地松开手。他在心里有一种大难不死的释然和欣慰。他躺在地板上喘了一会儿粗气，恢复了一下精力。之后，爬起来，把芬芬抱在怀里，并喊着女儿的名字。芬芬慢慢苏醒过来，又惊又喜地叫了一声“爸爸”，周建华不禁鼻子一酸流出了眼泪。女儿的这一声爸爸，他等得太久太久了。

这时，袁文英也苏醒过来了。周建华抱着芬芬，来到她的身边。围城之中，这一家三口哭成了一团，泪水和血水融在了一起。这原本是亲人之间久别重逢的惊喜场面，却因宿命的安排和一场生死搏斗，变得悲痛不已。

哭了一会儿，袁文英挣扎着站起来，走到自己的房间里。她把芬芬的衣物都装到牛仔包里，并把它交到周建华的手上，语速极快地说道：“走。你们快走！你以前给我的钱，还有我自己三个月的工资，我都放进去了。你拿着！到医院把芬芬的手整好……记得买瓶疤痕灵给她擦擦，免得她手臂上留下伤疤，将来长大了不好看。”

“嗯。你不和我们一起走吗?”

“不行！那样很快会被发现的……你们还要去医院。”

“别管了，我们一起走吧。你也得去医院把伤口治好。”

“叫你走，你就走，不要啰啰唆唆的。”

“难道我们就这样分别了吗……你还要留在这里干什么啊?”

“我会去找你们的……我们明天上午在火车站见面，然后……”袁文英想了一下，又道：“然后，我们去南方，南方人多，安全些，好混些。”

“好。我和芬芬明天上午在火车站等你。不见不散。”周建华说着，背上牛仔包，抱着芬芬踉踉跄跄地走下楼。

袁文英拖着受伤的腿把他们送到门口。周建华不放心地交代了一句：“我们走了，你一定马上去医院把伤口处理好。”

袁文英温柔地笑了一下：“你放心，我会的。”她最后给芬芬擦了一下脸上的泪痕，故作轻松地说：“走吧走吧，乖女儿，明天见。”

周建华点着头：“好，我带女儿先走。明天上午在火车站碰面。”

父女俩渐行渐远……

凝望着父女俩远去的背影，袁文英反而愈加平静起来。她反身关上门，腿在痛。袁文英低头看见地板上一串长长的血迹，再看看自己腿上的伤口，还在往外流血，殷红殷红的。

她拖着受伤的腿，到一个柜子里找出一个小医用包包，给自己简单地包扎了一下。然后，一瘸一拐地走到每间房里，先后打开了所有的电灯。唯独，她不敢到武老板的卧房去，她最怕看见死人，更何况武老板旁边还躺着一条死狗。两具僵死的动物横卧其中，好恐怖啊！

回到客厅，坐在沙发上，透过窗户，她看见外面的天亮着的，又好像已经傍晚。她想时间长着呢，必须吃点东西，自己才能坚持撑到明天天亮。于是，她到厨房给自己煮了一碗荷包鸡蛋面条，吃了。她吃得坦荡而豪放，好像完成了最后的晚餐。她在做着这些动作的时候心里一直紧张，却又是冷静的，内心也越来越强大起来了。

夜幕降临，别墅显得异常亮丽，远远望去，犹如美丽的阿拉特城堡。只是这城堡的主人已经死亡，而不是在聚众狂欢。它的女仆更没有趁着人多混杂的场面，跑出去，到花园里跟膑阿江偷情。她只是愣愣地坐在沙发上，心里设计着明天上午的自杀程序。残酷的现实彻底粉碎了她的梦想，即将把她的欲望烧成灰烬，死亡便成了她的唯一目标。当然，这是需要勇气的。

袁文英想好了，她必须等丈夫和女儿上了火车之后，才能行动。这样的安排，才能给丈夫和女儿以足够的时间逃跑，安全离开怀华；其次，丈夫和女儿也不会知道她自杀的消息。

墙上的挂钟嘀答嘀答地走着，死神正一步一步地逼近。袁文英又想起了武老板的话——人是欲望的产物，人在围城里，为欲望而活；动物也一样的。那么，现在自己真的已经冲破了围城，真的没有了欲望……或者自己仅存的一点点爱正随着心中的负罪，随武老板的死亡而死亡。

袁文英彻彻底底地绝望了，她盼望着明天早点到来。

突然电话响了，袁文英惊战起来，接或不接，她犹豫着。电话一直顽强地响着。袁文英最后拿起来，贴在耳朵边，那头传来小李帅男的声音："喂……有空吗……三缺一，冉老板、刘经理、唐先生都在……武老板呢?"

袁文英微微颤抖地说："哦……武老板，他……刚上床睡觉了……明天吧……等武老板睡醒了我再告诉他，好吗……好。"

放下电话，袁文英吁了一口气，又回到沙发上，坐着。

不知不觉，她坐在沙发上睡着了，还做了梦，梦见了母亲……

醒来之后，看见墙上的挂钟十点整，她开始不紧不慢地准备自杀。

她来到二楼把自己房间里的被子和衣物堆到武老板卧室门口，慢慢地从口袋里摸出一个小小的打火机，就在即将点燃衣物的瞬间，迅速冲进武老板的卧室里，把那个驼毛被子盖在武老板身上，但是并不敢正眼看武老板的死相。她又跑了出来，点燃了自己的衣物……

第二章

2

火越燃越旺，别墅布满了烟雾，袁文英模糊的意识里……

那是两年前的一个不同寻常的夏天。在期末考试之前，想到暑假可以到外婆家住，周芬芬兴高采烈地对袁文英说："妈妈，这次考试如果我考得第一名，你和老爸必须同意我去袁榴。暑假我要在外婆家过，要和明明、丹丹、盼盼一起玩，和她们一起到河里游泳、摸螺蛳、抓螃蟹。"

女儿的学习一直不用她操心，现在女儿又说期末考试要考第一名，袁文英由衷地高兴。她坐在门口小凳子上，虽然手里拿着一本生活类杂志，目光却久久地被女儿牵引着。她明白，正是女儿的聪明可爱，才提升了她的家庭地位。

袁文英的家坐落在锦木村，村子四面都是山，越远山越高，连绵不断的山脉向外延伸，连接着远处的天际。近处有一条小溪从村前顺着蜿蜒的山路曲折流出，向山外的大河流去，流进沅水，流进湘江，又流进了海洋。

这是一个普普通通的村落，百来户人口。村里的小学校坐落在村口，田埂把民房和学校连接成了放射状地型，村子中央没有多余的空地，孩子们整天围绕着学校跑来跑去。屋前屋后都是田和地，种着庄稼。春季的绿和秋季的金色代表着湘西的季节和变化。村里没有标志性建筑，没有墓志铭记载它的故事。所以，人们从它简单的外表，可以断定锦木村属于近代村落。就是这么普普通通的一个村落，村民们的脑子里却承载着重男轻女、传宗接代的旧思想。当初，公公因为芬芬是个孙女，心里很不高兴，郁闷了好几年，后来看见芬芬像精灵一样冰雪聪明，才忘记了祖训，改变了观念，说男孩女孩都一样，健康聪明挺美好。

此刻，看见妈妈心悦气和的面色，芬芬手舞足蹈地又说："到外婆家去，好好玩哦！外婆家的无花果熟了，又红又大，又甜又香，好好吃！"她可能因为太过兴奋，扬声又补充了一句："好好玩哦！好好吃哦！！"

袁文英笑道："你看你，疯疯癫癫，哪里像个女孩子?!"

"我们的祖国是花园，花园的花朵真鲜艳，和暖的阳光照耀着我们，每个人脸上都笑开颜……"芬芬唱着歌，双手掀开身上的裙摆，左转体360度，右转体360度，裙摆飘起来，似一朵耀眼的太阳花，在风中飞旋，生动而亮丽。

"好好。看见你是个女孩子了，不要转圈了，妈妈的眼睛被你转花了。"

芬芬停下来："这个是我们班上六一儿童节跳的舞蹈——我们的祖国是花园，说完又准备转圈。袁文英急忙摆手，笑道："妈妈的眼睛被你转花了哦，被祖国的花朵转花的。"

芬芬忽然瞪着袁文英，一本正经地说："妈妈，我要和你签一个协议。"

袁文英用不屑地口气说："你拉倒吧你，签什么协议……三年级小朋友，会签什么协议?!"

"我们班主任和我们全班都签了协议呢。"

"什么协议?"

"上课不许迟到、不许讲小话、不许玩小动作……"

"停停停！我们又不是上课，签什么呢?不许迟到、不许早退、不玩小动作、不讲小话吗?!"袁文英觉得十分好笑，连珠炮一样地打断了女儿的话。

"要签要签！免得你到时说话不算数，又要我去学英语，我们还没有英语课呢。暑假也不让我出去玩。"

袁文英微微叹了一声："放心吧，乖女儿。今年你爷爷生病了，这不，还住在县人民医院。家里的钱都花光了，今年没有钱送你去补习班，你想学都学不成，你就疯狂地玩吧。"

芬芬将信将疑地："是吗……还是要签协议，我才放心。"

"签就签，看你能不能考得第一名。"

"好的！"芬芬立刻从书包里取出了纸和笔，稍稍想了一会，她写下了一段文字，内容如下：

母女协议

如果这次期考，周芬芬考得全班第一名，袁文英必须同意让周芬芬到外婆家住，直到下学期开学才回锦木村读书。

以上协议自成绩公布之日起执行。

协议人：周芬芬（签字）

袁文英（签字）

某月某日

袁文英认真而开心地看完协议书，签下了自己的名字。女儿能写出这样清清楚楚的协议书，袁文英对此感到十分惊叹，她甚至怀疑女儿是个天才儿童，像曹冲、爱迪生、贝多芬、陶哲轩等古今中外的天才儿童一样，从小体现出超凡的智慧。袁文英十分欣慰，感觉女儿像社会上那些成功人士一样，智商和成熟的程度都超过了实际年龄，具备了成功的素质。袁文英拿着协议书看了又看，好一会儿，才把协议书交给芬芬，说："让你保管，不然你不放心。"

芬芬拿过协议书，又在上面画了一幅漫画——一个妈妈、一个小女孩，分别代表袁文英和她自己，妈妈嘴里说着"可是不许吹牛哦，我和你老爸等着呢！"小女孩嘴里说着"哼！走着瞧，我拿第一名回来吓晕你。"

又看了看，芬芬满意地笑起来，并且煞有介事地把母女协议夹到了一本故事书里，然后，深情向往地说："好啊！可以到外婆家玩了。妈妈，我们走路去呢还是坐船去呢?"

"别急。考都还没考。等考试完了，成绩出来了再说吧。"

听了妈妈的话，芬芬紧握起拳头，自己鼓励自己："加油加油加油！"一说完，她两条小腿扭起了猫步，嘴里又说："妈妈，我这是段誉的凌波微步，好快，到外婆家只要半个小时。"

"那干吗不翻筋斗云？更快，到外婆家只要半分钟。"

芬芬吐了一下舌头，白了眼袁文英，以示她心里很不服气。她不明白妈妈70年代的智商，何以想到了孙悟空的筋斗云，何以比她想得更快。

"等你考试完了再发烧吧，现在妈妈要做事去了。妈妈没有时间陪你瞎掰"。袁文英站起来，去了厨房。

芬芬便一蹦一跳地回了自己的小房间里；家养的老狗阿黄跟在她的身后，摇着尾巴，很喜欢小主人开心的样子。

外婆家在距锦木村十里之遥的袁榴河畔，水陆皆可抵达。但是陆路还没有通车，只能步行。百川归海、溪流入河。沿河的道路溪流阻隔，沟沟坎坎，崎岖不平。芬芬经常去外婆家，来往于这条路上，虽南来北往，却乐此不疲。

袁榴处在沅水与锦江交汇之处，像长江与汉江交汇的汉阳，不同在于，汉阳是大城市，袁榴是小河畔，是地理、社会和历史造成的，不是一个小学三年级学生能够理解的，芬芬亦无须理解。每次走在这条路上，芬芬的心情总是无比欢畅，她脑子里想到的是外婆家里那些开心的游戏、外婆讲的好听的故事和外婆家后院里那些美丽芳香的兰花、栀子花。

外婆还有三个孙女，就是舅舅和舅妈的三个可爱的女儿——明明、丹丹、盼盼。芬芬比明明早一年出生，芬芬叫明明大妹，丹丹和盼盼分别是二妹、三妹。总之，四姐妹中，芬芬最大，所以芬芬对三个可爱的妹妹非常的照顾。在平时的相处中，芬芬是宽容大度、机灵勇敢的好榜样，外婆便夸她肚量大，有女宰相姿态，如果好好读书，说不定将来真的能做大官；武则天就不错嘛。

外婆年轻的时候长得非常漂亮，这是从一张黑白照片上看出来的，那是仅有的一张。外婆用白布包着泛黄的美女玉照，压在箱子底下，被芬芬看到了。

外婆又是袁榴河畔出了名的聪明女人。外婆的思维既稳重又活跃。外婆非常羡慕有文化的人，说无论男孩女孩都要读书才会有出息，所以克服了种种困难坚决把自己的女儿——芬芬的妈妈袁文英送去师范学校读书。

外婆指望舅舅认真学习，考上大学，飞出袁榴，飞到大城市去工作。可是舅舅是早熟品种，整天尽和漂亮女生谈恋爱，所以成绩不好，高中毕业没考上大学回家种地了。

舅舅天生有艺术细胞，会唱很多流行歌曲，还自学成才，拉得一手动听的二胡。舅舅人又长得帅，他说刘德华不比他帅，班上的女同学都喜欢他。舅舅毕业回家之后，却没有一个女同学来袁榴看望过这位大帅哥，舅舅这才知道她们在学校读书的时候还很单纯，单纯的只喜欢美男，一旦出了社会，接触了有钱、有地位的男人，就变得不再单纯了。在她们眼里，男人有钱才有风度。男人不管多丑，即便长得阿西莫多，有钱也等于美男。没钱，即便再帅也阿西莫多。原来，繁华的城市以及城市的繁华才是美女们想要生活的并为之献身的地方。袁文英说："哥，这年头要是没钱的话，你长得再帅也没人理你。"

舅舅英俊的脸上一阵红一阵白，贫穷让他感到无地自容。

因为没有钱，舅舅的幸福生活变得那么遥不可及，等到快三十那年，袁榴来了一个矮个子帮工的女子，有人开玩笑说把她嫁给舅舅，女子就赖在袁榴河畔不走了，后来就真的成了芬芬的舅妈了；再后来有了明明、丹丹、盼盼，舅妈就像在袁榴河畔栽下的一棵树，生根、开花、结果了。

芬芬不知道是舅舅连累了舅妈，或是舅妈连累了舅舅，反正舅舅和舅妈走在一起极其不般配。他们一个极高一个极矮，像父亲带着自己的小女儿。

3

期末考试刚一结束，袁文英对芬芬说："女儿明天送你到袁榴去。"

"真的?！为什么提前了?"芬芬十分惊讶地问，这消息出乎了她的意料。

"你爷爷病重，我和你老爸都要去医院服侍你爷爷。我们不放心把你一个人留在家里，只好把你送到外婆家里去。你不正盼着这一天嘛。"

"哦……还没有取通知书，也不知道我是不是第一名。"

"乖女儿，即使这次你没有考得第一名，妈妈也会送你到外婆家去。你要记住，除了玩，你得帮外婆、舅妈做点事，有时间还要记得复习一下功课。"

芬芬并没有过多的喜悦，她在心里想了一会儿，而后做了一个严肃地点头的动作："好。我明天就去，我叫同学代我取通知书。把阿黄也带去吧。"芬芬关键时刻是冷静的，甚至是深邃的，她想到了阿黄，想到了家庭大局。阿黄是一只非常聪明的狗，芬芬很喜欢它，一直带着它。芬芬是独生女，从某种角度说，阿黄不仅仅是芬芬出出进进的伙伴，也成了芬芬童年的一份精神寄托。

"这次你爷爷病得不轻，我看他过不了这一关，肯定要死了。"袁文英悻悻地道。

"不许乱说！"芬芬有些嘟嘟囔囔，看得出她心里舍不得爷爷死。因为爷爷和外婆一样，都十分疼爱她的；芬芬也十分喜欢爷爷、外婆，她们间承载着中国式传统亲情，那是一个生命对另一个生命的强烈依托。

"好好好，妈妈不乱说。"说完袁文英去了芬芬的小房间里，开始替芬芬准备换洗的衣服和一些需要带走的东西。

第二天，吃过早饭，袁文英带着芬芬、阿黄出发了。她们没有去河边坐小客船，而是选择走陆路。袁文英说有那些时间等小客船，她们已经走到袁榴了；再说眼下家庭经济紧张，能节省一点就节省一点。

这时的芬芬是兴奋的，她背着自己的书包走在前面，嘴里哼着“爱情买卖”——一首成人歌曲。她天生乐感好，唱歌唱得比较正版；她的这种天生的艺术细胞有点像舅舅。

芬芬走路的姿势基本达到了正常标准，不像凌波微步那样拐弯拐角。阿黄跟在她身边，很顽皮，磨磨蹭蹭地这里嗅嗅、那里嗅嗅，时而掉到后面，时儿又跑到前面去了，然后又躬着腰，回头看着主人走近自己。

一路之上，母女俩一后一前地走着，她们的速度当然没有凌波微步快，更没法跟筋斗云相比。她们走了差不多一个小时，才走到了袁榴。时间尚早，母亲还没有开始做中饭。袁文英对母亲说明了来意，母亲便说：“芬芬放我这里，你只管放心。”

其实，袁文英知道嫂子为人刁钻，不愿意芬芬留在袁榴吃他们家的、用他们家的，所以担心地说：“我怕嫂子不喜欢芬芬。”

“有我在，她不敢欺负芬芬。”母亲自信地说。

“嗯。”袁文英对母亲有说不出的感激。她把芬芬的衣物送到母亲的房间里，又帮母亲收拾了一下零零碎碎的东西，完了说要走了。母亲挽留袁文英吃了中饭再走，袁文英便和母亲一起边做中饭边唠着家常。母亲说：“盼盼出生以后，家里的负担更重了。你哥买了一部大板车，到湖天县城拖板车去了，替城里人搬家拉货，早出晚归的。河畔上的田和地都是你嫂子种。你嫂子个子又小，吃不消咧，够累的。这不，今天一大早下地去了，早饭还没吃呢。”

袁文英心痛地说：“妈，您也很辛苦，家里喂猪喂鸡，做饭洗衣，这些杂七杂八的家务事很难做啊。现在芬芬来了，您安排她帮忙做事，她会做事的。”

母亲笑道：“我还做得动事，不用叫她做。只是我最近好像手有点抖，也不知怎么搞的，是不是老年痴呆症？”

袁文英：“那我陪您到医院去看看吧？”

母亲：“不用看，没病。人老了都是这个样子。”

袁文英：“我哥当初真的不应该生第三胎，违背计划生育不说，养也养不起啊！”

“他呀！认为自己长得帅，一心想生个儿子出来，像他，也是个帅男，这才又生了盼盼，被罚去两万元，结果还是个女儿。帅有屁用啊。他们两口子都不高兴呢。这都什么年代了，呵呵呵！我都喜欢，家里又添了一朵金花呢，差一朵就五朵金花了。”

“妈！看您说的。”袁文英忍不住笑了起来，“您还是那么想得开呢。”

“你妈我活这么大岁数，风风雨雨走过来，把事都看透看烂了，没有什么不开心的。无论怎么样，日子总归要过下去的嘛。”

“那要是他们真的生个儿子出来，不像哥，像嫂子，矮矮的，不又是一出悲剧吗?”

“啊哈！幸好是个美女。要是儿子的话，他们不一定养得起呢。”

“就是嘛。哥是美男，结果怎样呢，没有钱，只能找嫂子那样的人了。呵呵!”

“好在我那三个孙女长得像你哥，不丑。三个小美女。”

“都说现在生女儿好啊，生女儿不用花什么钱。生儿子就不一样了。父母除了培养他读大学，大学毕业儿子要找女朋友，要结婚，要房子、车子、票子，要大人的性命!”

母亲笑了笑，“还是孙女好咧。”

袁文英知道母亲区别于其他老人的过人之处，除了不重男轻女，主要在于母亲的聪明和开朗。袁文英十分敬重母亲，说：“妈，我真佩服您。我爸在世的时候非常爱您吧?”

母亲往灶里添了一把柴火，红红的火光照亮了她花白的头发。袁文英站在母亲的对面，看见母亲沧桑的脸上掠过了一丝忧伤，之后，母亲似嗔似怒地说：“去去去。这种话你爸曾经说过，我听腻了。”

说完，母亲缄默无语。她应该想起了死去的丈夫，或许除了怀念，心里也有许多的幽怨，可能会怪丈夫过早去世，丢下一对儿女要她一个人养大，使她吃了不少苦头。“都说活着容易，生活难啊。”母亲一边往灶里添了一把柴火，一边又说。

“芬芬和阿黄呢？刚才还在这里呢。”袁文英假装突然地问。因为她意识到自己说错话了，才使得母亲闷闷不乐的。所以，她急忙换了别的话题，以转移母亲的情绪方向，好让母亲重新快乐起来。

“哦……应该去河边找明明、丹丹、盼盼她们去玩去了。”母亲茫然地抬起头。

芬芬和阿黄的确来到了河边，并且已经找到了明明、丹丹、盼盼。此刻，芬芬正和明明、丹丹在沅河里戏水玩耍，相互追逐着比谁游得最快；盼盼因为不会游泳，独自坐在水边玩泥巴，阿黄就爬在她的身边。

芬芬、明明、丹丹在水里一会儿蛙游、一会儿狗刨式游、一会儿仰游、一会儿又潜入水中，她们那样的玩耍就是在舞蹈了。她们演绎的是人与自然绝美的舞蹈。可是她们却不知道，就那样简简单单快快乐乐地融入大自然的怀抱里。

将近正午，太阳已高，空气热烘烘的。

袁榴河边那几处长方形老城墙遗址和几处古炮台旧迹，残垣断壁，像坟墓里出土的人体骨骼，歪歪斜斜地卧在地上，使人浮想联翩——到底它生前是什么样的？但从地上残留的又厚又大的瓦片上，以及河畔石板路上深深的足迹中，可以断言，袁榴河畔应该有过繁华喧嚣的历史。

河风拂过水面，送来丝丝凉意。人们陆陆续续来到河边柳树下面纳凉：他们有的坐在古城墙残垣断壁上，有的坐在炮台的烂砖头上，十分随意。总之，哪个姿势舒服他们就哪个样子坐着。男人们多数穿着那种军转民用的迷彩裤，把裤脚挽得高高的，也有穿大筒短裤的，都岔开大腿，说是河风可以吹进去，里面的小和尚也要凉快凉快，不然总闷在裤裆潮湿阴暗的，会长毒疮的，当然如果是性病就玩完了。有人说：没有听说吹风不得性病，得性病的不是没有吹风啊，只有那些法号叫“乱来”的小和尚才容易感染性病。

外婆家对面的袁四叔把饭端到河边来吃，还有别的邻居都在树下面吃着饭，这也是袁榴人的一种生活习惯。

袁四叔吃完饭，把空碗搽在地上，伸了个懒腰，在树荫下面找了一块比较平整的地方，躺在上面睡觉，他的旁边还躺着好几个人。

孩子们在周围打打闹闹的。

芬芬、明明、丹丹洗好了澡，带着盼盼和阿黄来到树荫下面，看大人们喝茶说笑，至于大人们讲的那些脏话，她们还不能理解，反正大人们哈哈大笑，她们就跟着开心。

男人们睡觉的时候爱打鼾。此时树下，已鼾声如雷，严重影响到了喝茶的聊天。喝茶的便有意无意地狠狠地瞪着睡觉的。他们突然发现袁四叔身上的小和尚正在勃起，裤裆被撑得高高的，像旗帜。一个喝茶的忍不住阴险地笑道：“看把他舒服的……肯定梦见美女了。”说完他叫来周围跑来跑去的男孩子，指导一番，立刻七八个男孩子拿石头、棍棒，猫着腰，以鬼子进村的方式，悄悄地朝袁四叔围上来，瞄准了袁四叔的那面旗帜……

喝茶的一声令下：“进攻！”男孩子们立刻朝袁四叔发起攻击，石头、棍棒打得袁四叔惊心动魄的痛。

袁四叔猛地站起来，男孩子们立马一哄而散，喝茶的就违背道义地大笑，周围看热闹的也哈哈大笑。芬芬、明明、丹丹跟着“咯咯”地笑了起来。

舅妈突然骂道：“笑什么笑！这么大的女孩子了，也不知道害臊。”她的眼盯着芬芬，狠狠地。

芬芬和明明、丹丹、盼盼一直站在旁边看着热闹，全然不知道舅妈已经来到了身边。

芬芬立刻敛住了声音，笑容就那么凝固在了她的脸上。芬芬转身朝外婆家走去，阿黄、明明、丹丹、盼盼便跟了去。

远远的，袁文英站在门口，看见四朵金花从码头那边走来，扬声喊道：“吃饭了，正要去找你们哩。”

外婆家门前有一棵葡萄树，葡萄树下面有一条五六米宽的古道，是袁榴河畔通往码头的最宽的一条道路。它一头扎进水里，一头连接着河畔中央快速流动的水，跳动着时代的脉搏，让袁榴河畔滋长着无数骚动的情愫。古道由石板铺成的路，路面平整而光滑，芬芬带着明明、丹丹、盼盼光着脚在上面走来走去，感觉凉凉的，很爽。外婆家的葡萄树有一二十年了，外公生前种下的，现在底部根茎长到碗口粗大了；青青的树叶爬满了整个树架，树架又高又宽，从屋檐一直延伸到道路对面的土坎上，土坎上面便是袁四叔的房屋。

这时，四姐妹站在葡萄树下面，等着袁文英给她们盛了饭。她们自己去夹了菜，然后坐到门口吃着。头顶，葡萄树上挂满了成熟了的果实，晶莹剔透。

舅妈跟着也回来了，只见她一扭一拐的，好像十分难受。大家对她的这副模样，都感到惊讶。袁文英问：“嫂子，你这是怎么回事？刚才还好好的。”

舅妈苦着脸说道：“唉！人倒霉，喝凉水都塞牙。这不，脚肚子抽筋，抽伤了，好痛的。”

袁文英忍不住笑了一下：“那你坐下，用手揉揉，一会儿就不痛了。”她顺手把一张凳子递给了嫂子。嫂子坐下去的时候歪着嘴，“啧啧啧啧地叫着，好像脚很痛，且痛得不得了。

袁文英看见嫂子走不动路，便去给嫂子盛好饭、夹好菜，送到嫂子手上，笑道：“你因祸得福，我服侍你呢。”

嫂子接过饭碗，白了袁文英一眼，嗔怒地说：“才不要你服侍！坪上地里的野草长齐腰深了，等着我去挖咧。这……好痛！看样子下午下不得地了。”她的一只手又摸了摸痛处。

袁文英：“那，你休息吧。我替你去挖地。”

嫂子不再吭声，低头吃饭。袁文英也开始吃饭。

原本吃了饭，袁文英要走的，现在嫂子脚肚子痛，又说地里的草长齐腰深了，她不得不要求代替嫂子去坪上挖地。芬芬、明明、丹丹、盼盼嚷着要跟她去玩，袁文英只好带着她们和阿黄。

一支稀稀拉拉的队伍走到了地里。袁文英便安排芬芬、明明、丹丹扯草。盼盼太小，不会劳动，可以自由活动。盼盼便与阿黄待在一起，围着姐姐们转悠，她像一只刚开始学飞的雏鸟，自由自在。

开始明明、丹丹、盼盼热情高涨，干得也很起劲，但是小孩子的热情三分钟就过去了。不一会儿，她们一个接一个地躲到旁边，去玩她们自己的游戏了。芬芬突然看见地边外公的高坟后面有一块空地，空地上长满了许多红的、蓝的、白的不知名的野花，好看极了。芬芬便跑过去，去摘好看的花朵，还喊了明明和丹丹一起过去摘花。

芬芬坚信那种白色的花儿可以吃的，以前听别人讲过。回家的时候，她又摘了好多，放鼻子下面嗅嗅，清香扑面。

外婆说不知道可不可以吃，只是听说可以吃，却没有看见别人吃过，所以不敢吃，顺手就把花儿丢在门口的猪草堆里；外婆的这一敷衍的态度，使得芬芬闷闷不乐。

吃过晚饭，外婆带她们去河里洗澡。

外婆选择在人比较少的地方下水，芬芬、明明、丹丹自己会洗，外婆没有过多管束她们。河水由浅而深，外婆把盼盼带到齐腰的水里，抓着盼盼的手，叫盼盼蹬腿。盼盼就像一只青菜虫，像抓着一根稻草，在水里挣扎而想要活下去似的拼命地扭动着身体，溅起一团水花。外婆说河边的孩子不能做旱鸭子。

芬芬、明明、丹丹围在外婆和盼盼身边看盼盼学游泳，偶尔游来游去、钻出钻进地做几个示范动作，捎带显示一下自己的本领。

外婆一边教盼盼游泳，一边说：“对面深潭里有红毛水鬼，有时下雨之前，或变天的时候，会爬到岸边吐气，还会潜水过来拖人，所以千万要注意，大人不在的时候不要偷偷下河洗澡。偷偷下河洗澡，没有大人在身边保护，万一运气差，碰上了红毛水鬼怎么办呢？沅水河和锦江都淹死过小孩子，并且淹死的不止一个，这些年每年都发生这种痛苦的事情。几个小孩子一起被淹死的事都有，肯定有很多红毛水鬼一起过来玩，把那些孩子拖走了。”

芬芬、明明、丹丹立刻都躲到外婆身边，她们因为经常瞒着外婆偷偷去河里洗澡而感到心虚，也可能真的被外婆说的红毛水鬼吓住了。

外婆笑道：“别怕，红毛水鬼认得我，有我在红毛水鬼不敢过来的。”外婆毫不犹豫地把自己说成了法力无比的神仙了，红毛水鬼都怕她。外婆就这样轻易而举的用一种蛊惑人心的幽默的本领，使得芬芬、明明、丹丹仿佛置身在了神奇美丽童话世界里，从而都对外婆投以仰视的目光。

这一夜，十分闷热；第二天早晨天阴了，乌云开始慢慢聚扰，天象要下雨的样子。

舅妈的脚还在痛，从她郁闷的脸上可以看出她还不能下地干活，这筋抽的不是时候，外婆叫她多休息一天。舅妈倒是歇不住，拐着脚走到后院，自顾自怜的收拾杂物。

外婆家后院有十多级青石台阶，台阶周围长着许多兰花草、栀子花，美丽极了。沿台阶下去是一个小小的斜坡，斜坡上栽着无花果树，已经长大，每年都结出许多又大又红的果实。暑假是无花果成熟的季节，明明、丹丹、盼盼每天早上都在后院摘无花果吃，现在芬芬也来了。

舅妈说：“芬芬，你上树去摘，看见熟红的果子都摘下来。倘若不摘下来的话，一会儿麻雀飞来，看见了，也会吃掉的。”

芬芬心里非常高兴，舅妈可是从来都没有这么慷慨的；同时，也是对芬芬能力的肯定——芬芬一直都认为自己的动作最敏捷、爬树最快，像猴子。

果然，芬芬“嗖”地一下跳到了树上，的确有猴子的风范。明明、丹丹、盼盼就站在树下面，仰着脖子，望着芬芬，等着芬芬把果子丢下来吃。阿黄在树底下走来走去。芬芬在树上不匆忙，也不拖延，而能准确无误地摘到她想摘的无花果。每次，芬芬把无花果拿在手里的那一短暂的时刻，舅妈都会心紧一下：会不会芬芬自己先吃了，所以她一直瞪着树上的芬芬，偶尔咽一下口水。

芬芬一只手抓着树干，一只手摘高处的无花果。舅妈说：“你把摘得的先扔下来，要不你拿不了了。”

芬芬便一边摘一边往树下扔，摘完红果子，差不多也扔完了红果子。等她从树上下滑到地面，她此前扔下来的又大又红的无花果早已经被三个表妹吃光了。这次她的手里还捏着最后一个比较红的果子。盼盼看见了，抢着要。芬芬说："你已经吃过了，这个是我的。"

舅妈："给盼盼分一半。"

"不!"芬芬说完，把无花果一口包到了嘴里，比较得意的摊开双手让盼盼看，意思说没有了。

盼盼"哇"的一声哭起来。舅妈大声骂道："你看你来了，要把妹妹惹哭了，你才高兴，你真是个扫把星啊你。"

"幸亏昨天你抽筋只抽伤了脚，假若把你嘴巴给抽伤了，你就不能骂人了，好可惜啊。"这话是外婆说的。外婆不知什么时候出现在后门口，并且一只脚已经走下了台阶。

舅妈立刻缄默无语了。

外婆直接从舅妈身边走过去，且狠狠地瞪了舅妈一眼，说："你能不能心肠好一点，芬芬是你的亲外甥女咧。"

芬芬看见外婆走进了茅坑，随即跟了去。芬芬有一个坏毛病，每次吃了半青不熟的无花果就想尿尿。而外婆家后院那破破烂烂的茅坑，后面正对着锦江南岸的一条大路，芬芬解手的时候，总感觉路上的行人看见了她的嫩屁股，这令她十分紧张。她需要明明或者丹丹站在茅坑门口放哨，她才安心。遇到下雨天，茅坑满坑粪水，一不小心粪水便溅到屁股上，脏死人了，外婆说一定要赶紧清洗屁股，不然肯定长毒疮的。如此这般精神上和肉体的折磨，上茅坑便成了芬芬最害怕的事情。

早饭过后，天愈加阴沉。外婆已经把大家昨晚换下的脏衣服搓好了。芬芬没有忘记妈妈交代过的话，要她帮外婆做点事，便主动提出去河里清洗衣服。

她一个人提着桶子来到河边。她把衣服倒在码头边上，再一件一件地捶打、淌水。洗着洗着，芬芬感觉屁股后面有一双手在摸索，她当即调头看后面，不由大惊失色，原来一个全身红毛、形似猴子的动物正对着自己怪怪地笑，龇牙咧嘴的。芬芬拔腿便跑，那怪物追了几步，没追上。

芬芬一口气跑回家，一下瘫在了地上。外婆看见她惊慌落魄的样子，问她出了什么事。当芬芬被吓得结结巴巴、语无伦次地说码头有红毛水鬼时，外婆立即喊上袁四叔等几个勇敢的男人，拿着锄头、棍棒向码头奔去。

待他们赶到码头，那红毛水鬼竟然还坐在石阶上欣赏风景。袁四叔冲在最前面，眼看着他的棍棒即将打到红毛水鬼的时候，只听见“扑通”一声，红毛水鬼跳进了河里，迅即，在离陆地三十米开外的水面冒出尖尖的脑袋，一下又跳到附近的木排上面，人们清楚地看见它的红色的皮毛上淌着水珠，全身湿淋淋的。

大家说水鬼在陆地上没有多少力气，一旦到了水里则力气很大，人不能下去与之硬拼。所以岸上的人不敢下水，而木排上的水鬼又不敢上岸。于是，双方开始对峙起来。

“狗日的……水鬼子……打啊！打死它……”人们在岸上大声地骂来骂去，连同手中的武器在空中上蹿下跳地做着吓唬水鬼的动作。阿黄亦在人群当中，对着水鬼狂吠。水鬼听不懂人类语言，更不明白人类的武力威胁，悠然坐在木排上面，饶有兴致地望着岸上的人类，而没有丝毫的胆怯，抑或在它眼里岸上的一幕犹如群魔乱舞。

人们闻风赶来看水鬼，码头上热闹非凡。于是，岸上的人类看水鬼，水鬼在木排上看人类，彼此装饰着对方的风景。

附近的小渔船也划过来了，泊在木排不远处，同样不敢轻举妄动。

天空在聚集着乌云，一场大雨即将降临。

仍然有村民从四面八方赶过来看热闹。

袁四叔和几个勇敢的男人徒劳地骂了一阵又一阵，已经骂得口干舌燥，没有力气吓唬水鬼了，甚至把武器丢到了一边。

人们不断地相互谈论着水鬼——真的有水鬼啊！难怪沅水和锦江每年都淹死人，淹死的大都是儿童，原来水鬼顽皮，喜欢小孩子呢！

雨开始稀稀疏疏地落下来。突然，一道闪电刺向水面，水鬼一下不见了。接着雷声大作，人们轰地散开了。纷纷跑回家去……

顿时，“水鬼事件”在袁榴传开了，当时有个勇敢的村民用手机拍下了这旷世未见的一幕，把摄像内容送到了县电视台，又很快传到了网上，可见，“水鬼事件”震撼之大不亚于“神六”上天。

一场大雨洗清了道路、屋顶、树木，袁榴河畔变得更加清新亮丽了。世间豁然开朗，太阳出来了，天空又高有远。

芬芬的心境截然相反，她纠结、害怕，呆呆地坐在葡萄树下面，一直在想：原来真的有红毛水鬼！她甚至被吓得中饭都吃不下去。邻居们也说当时芬芬是在岸上，如果是在水里的话，后果不堪设想，肯定被水鬼拖水里去玩，直到芬芬溺毙才罢休。

就在芬芬惊魂未定的时候，袁文英突然出现在了她的面前，说："芬芬，听说你遇见水鬼了？"

芬芬愣了愣："哦……妈妈，我怕……"她本来是想问妈妈是不是来接她回锦木村，却不能完整表达自己的意思，话说一半留一半，可见确实被红毛水鬼吓坏了。

袁文英把女儿搂在怀里，不屑地笑道："看看，你说话结结巴巴的了，这可不像我那聪明伶俐、能说会道的女儿哦。"

"妈妈，那个红毛水鬼好恐怖啊！"芬芬说。

"乖女儿，水鬼就是一种动物，叫什么……哦，叫水獭。"

芬芬说："是吗……好像我们课本里有水獭图像。"她语气缓慢，脑子里在想象红毛水鬼是不是课本里的水獭。

"就是。怕它干吗?！下次遇见了，想办法把它抓住，拿回家，养水塘里玩。"外婆在旁边说："如果别人要看，得买门票，一百元一张。"

袁文英："芬芬你看咯，外婆好有经济头脑咧。"

芬芬终于露出了笑容，说："外婆你真狡猾。"

打趣过后，袁文英认真地说："妈，我要接芬芬回去。"

"怎么了？昨天才送过来，今天就要把她接回去？"

袁文英："芬芬他爷爷在医院快要死了，要见芬芬最后一面。"

外婆便急忙去帮芬芬收拾衣服，花花绿绿好大一袋子，交到袁文英手上。袁文英拿了东西，带着芬芬和阿黄匆匆忙忙地离开了袁榴。

4

芬芬的爷爷还是死了，留下一大堆债需要儿子儿媳替他还。周建华和袁文英决定出去打工，挣钱还债。

父亲死的时候，正值农忙季节，天热得要命；草虫躲在屋前的刺槐树叶子里不停地"嘶嘶嘶"地叫，叫得周建华心里好烦。

等到把父亲从县人民医院弄回来，放到澡盆里，胸口擦三把、背后擦三把，洗好寿澡、穿好寿衣，父亲的皮肤又黑了一圈，还出现了尸斑。

父亲得的是肺癌，检查出来之后，又拖了大半年，脸色早已人不人、鬼不鬼的，死后样子更加恐怖。袁文英因为怕做噩梦，一直不敢看公公的死相。

灵堂就设置在堂屋里，这会儿，父亲的尸体已经停放在那里了。那个从瑶乡请来的许老道士正在灵堂里，像小学生算算术一样，掰着左手的几个指头掐算着出丧日子，右手在一张破纸上一边演算一边记录，比画来比画去的，神情十分专注。他看上去六七十岁的样子，头发花花白白的，脸色漆黑，但眼神却贼亮的，根本不需要眼镜。许道士戴着大包头，条纹的，黑白相间，穿着蓝边白布汗衫，下着黑色西裤，看上去不伦不类。他的这身打扮让芬芬联想到了深山里的老神仙或者老妖怪之类。周建华以及几个帮忙的朋友凝神敛气地站在许道士周围，等待结果。一旦结果出来了，他们好在丧事程序上做具体安排。

袁文英和唐云琪早在厨房里忙开了，一边烧水、切菜、煮饭，一边唠着家常。袁文英问唐云琪这么久去哪里了。唐云琪说在她表哥的养殖场打工，说她的表哥叫陈成龙，在隔壁金色县石溪溶村当书记；眼下农忙，请了几天假，家里几亩稻谷，等着收割；恰好，碰上袁文英公公死了，自然得过来帮忙的，她是袁文英最知心的朋友。

唐云琪一边手脚麻利地把择好的小白菜不断地丢在塑料盆子里，一边告诉袁文英，说自己在表哥的养殖场里打工，其实也是做饭，三四个人的饭菜，中、晚饭两顿，说忙不忙，说不忙也忙，因为有时还得帮忙喂鸡、放羊；没想到这次回家，碰上周伯伯死了，她再忙也要过来帮忙的，忙完了这几天，回头再忙自家的事情。

“我和建华该怎样感谢你呢?”袁文英有些情绪激动地说：“等把我公公送上山，我们去帮你割稻子。”

“见外了不是！你和我谁跟谁呀，亲姐妹一样的，说什么感谢的话；再说谁家没有过当紧的事情呢。死人为大啊。”

“说的也是。”袁文英朝隔门望了一眼，略有埋怨的口气说：“也不知道这个许老道士要到什么时候才能掐算出时辰来。都说他的道法高，还是从金色县石溪溶瑶乡请来的呢，听说还会放蛊咧。”

吊在灵堂上的那架电风扇，很旧了，不大好使，已经开到最大档了，风却不大，吹的风全是热风。所以灵堂的温度比外面高，老村长有高血压，热得满脸通红的，像喝多了酒，身子飘飘晃晃的，周建华担心他身体出现意外，央求他出去透一下气，老村长便来到厨房里灌凉水，袁文英问许道士掐算出时辰了没有。

“没有。不要急，让他慢慢掐算，算得准些。”老村长灌完凉水爽心地说了一句。

袁文英和唐云琪继续一边说话一边择菜。当帮忙的亲戚朋友等得心烦气躁、开始在屋里屋外带着热气出出进进的时候，许老道士终于掐算出了黄道吉日。许老道士自己也已经满头大汗了，他身上的蓝边白布汗衫已经湿透，头上的那个条纹土布包头散发着一股汗臭，他的样子就像一个耀眼的火球，给人燃烧的感觉。

“要么压三出丧，要么等到第十一天出丧。”许老道士长长地舒了口气。他对自己的研究成果十分满意。

“三天?!”

“三天。”

“三天太仓促了，等十一天又停太久了。”周建华脸上挤满了忧虑。

“没有办法，我推算了好几遍，就这两个日子吉利，一不碍天神地位，二不克牲畜生人，三能庇佑子孙后代。”许老道士的口气充满自信，仿佛刚刚干成了一件大事而振振有词地说。

“既然……这样，三天出丧。”

“可要想好咯。”

“三天吧，等到第十一天我父亲早就烂成了汤汤水水了。”

“真的想好了?”许老道士又问了一句，他心里可能对周建华的决定非常不爽，也就是说他只有三天的生意可做，挣的钱比十一天挣的差多了。

旁边有朋友建议周建华到县城去殡仪馆租个冰罩，把尸体连同棺材一起罩在冰罩里，甭说十一天，十一个月、十一年、一百一十年都不会腐烂。许老道士的眼睛闪过一下亮光之后，期待地望着周建华，在等待周建华改变主意，去租个冰罩，等到第十一天出丧。

周建华苦笑了起来，一边摆了摆手，转身去了厨房。

袁文英看见丈夫走进来，急忙问定好日子了没有。

“三天。”

袁文英一下瞪大了眼睛，很快做了短暂的推算：“三天……就是后天，哪那么快呀?”

“不然的话，要等到第十一天，这鬼天气，这么热，等到第十一天，父亲的尸体早已烂成汤汤水水了。再说现在正是农忙，村里那么多人都在外面打工，剩下老的老、小的小，也没几个能做事的，谁家里又没有事呢？都有事，都忙，没有时间天天上我们家来守灵、熬夜，我看‘压三’出丧好咧。”

“建华这样安排很好的，可以节省很多开支。”唐云琪在旁边善解人意地插了一句。

周建华：“云琪姐说的在理，多停一天多花钱。父亲在世的时候我们已经尽到了孝心，死后不必要花那冤枉钱了。”

袁文英对唐云琪苦笑着，说：“给公公治病已经花了几万块，欠了一屁股账哩。这钱难借，钱更难还呢，这回他应该知道心疼钱了。”她这话既是说给唐云琪听的，也说给周建华听的。

周建华面无表情地说：“别说了，赶紧做饭，帮忙的人都饿了；待会儿芬芬也该回来了，也要吃饭了。”说完，回灵堂而去……

袁文英望着丈夫的背影说：“云琪，看那犟驴，他明知道他父亲得的是绝症，治不好的，偏要强行霸道地租了台面包车把他父亲送到县人民医院住院；一住就两个多月，这才把家里的钱都花光了。”话到这里，丈夫的背影早已看不见了，袁文英长长地叹了一口气，又道：“这还不算，他还到亲戚朋友那里借了两万元债哪！这不，你那里借了四千。”

“哎呀，这个……不急，等你们有钱了再还，反正我没有急用。”

“看他那鬼样子，头发都愁白了，人也愁老了。”

“建华是个孝子，你不要怪他。”

“说的也是。我公公这个人在世时确实是个好父亲。他最喜欢建华，建华孝敬他也是应该的。”袁文英的声音忽然哽咽起来，毕竟和公公在一个屋檐下生活了十多年，公公已经是她的亲人了。她是个感情丰富的人，悲情之中显得惶然而困惑。此刻她在心里或者怀念公公的好处、或者心痛丈夫、或者担心欠债、或者为以后的生计犯愁，抑或兼而有之。

“我也舍不得公公走啊。”说着袁文英眼眶湿润了。

等到把父亲送上山，屋子里一下子空空荡荡的了。

周建华和袁文英算了一笔账，买棺材、请道士、吃的、用的，总共花了两万多元，加上先前的两万多，共计欠债五万多元。

“这债怎么还啊？”袁文英一筹莫展地望着丈夫。对于湘西边陲、靠种地为生、没有家底的小户人家来说，五万多元外债是个天文数字。这个数字压得周建华和袁文英心情格外沉重，他们彼此说话的欲望都没有了，甚至很长一段时间都没有亲热了。父亲的死，让他们更加深刻地体会到了钱的重要性，正所谓没钱真的寸步难行！

袁文英不愿去想那该死的五万元债，连续几天去帮唐云琪抢收稻谷，累得腰酸背痛的，晚上倒到床上就睡着了。

这个夏天好像特别热，太阳火辣辣的，很久没有下雨，地皮都烤焦了。最后割完了唐云琪的稻谷，袁文英瘦了一圈。

这天的晚饭是周建华做的。芬芬吃完饭，跑出去和村里的小伙伴到学校周围玩捉迷藏游戏去了。周建华在禾场坪上铺了一张草席，一个人不声不响地坐在上面，一边纳凉一边抽烟，抽累了，顺势倒下去，睡觉。

半夜时分，周建华突然醒过来，浑身燥热，下面的根茎已然雄起，欲望正像电流一样穿透全身。他爬起来，像一团燃烧的火焰，呼啸地飘进屋，他摸到床边。袁文英睡得正香，肚子上盖着小小的一块保温棉布，四肢和胸脯都露在外面。

周建华一把丢掉袁文英肚子上盖着的棉布，他刚要把自己裸裸的身体贴到妻子肚皮上去，却听见袁文英轻声地说："也不看看，芬芬在床上呢。"周建华微微愣了一下，接着把袁文英抱起来，来到屋外，把袁文英抱到草席上，剥光了衣服……阿黄趴在不远的地方，似乎明白主人们在做着游戏，一动不动地待是在地上，眨巴着好奇的狗眼。

周建华和袁文英紧紧地缠在了一起，半明半暗的月光中，他们像孤独的小船在漫无边际的大海上漂荡着，时而徐徐前行，时而被颠簸得晕天旋地……周围一切似乎不复存在，世界只剩有他们两个。他们赤裸裸地无拘无束地融合在天地之间，彼此享受着对方的身体，什么都不去想，单纯地彰显活着的、生命的自然意义。

袁文英从来都没有过这种感觉。她躺在丈夫怀里，无法离开，任由丈夫穿过她的身体，叩响她的灵魂，把爱送到她的神经末梢，让他们每一个碰撞在身体里都脱胎换骨的深刻。

惊心动魄的折腾之后，周建华和袁文英方才平静下来。这时，袁文英躺在周建华怀里已经浑身乏力，嘴里却兴奋地老公长老公短地喊着周建华。

"文英，我想出去打工。"周建华不失时机地说。

"是吗?"袁文英怔了一下。

"你同意吗?"周建华一面抚摸着袁文英，一面说："我们得想办法挣钱还债啊。"

袁文英心想：建华出去挣钱固然是件好事，但是结婚至今，十多个年头，建华从来都没有离开过自己；再说分居的滋味她袁文英虽然没有尝试过，想也想得到，看也看到了，锦木村那么多男人在外面打工，老婆留在家里独守空房，那寂寞肯定是难以忍受的，这……万一……建华出去以后，自己不在他身边，他耐不住寂寞和别的女人睡觉怎么办呢？

“你倒是表个态，到底同不同意我出去。”看见袁文英半天没有吭声，周建华有些心烦地说道：“那么你说这债怎么还吗？你再看看，村里的人不都出去打工去了，唯独我不能出去吗？”

袁文英仍然没有吭声，周建华又道：“现在，打工已经成为中国经济形势了。为了生活，全中国农民纷纷涌向大城市加入打工者行列，人人都怀揣梦想，要赚钱，要往城市里奔，没有人愿意老实巴交地待在乡里种田。我也不愿意！”

“不要对我讲你的大道理，我不懂。要去你就去，不要问我。哪个叫我们欠人家那么多债！”

周建华知道，袁文英这话算是同意了。他说：“那好，我明天到村长家去给老周打个电话，问问他们的淘金船上要不要人。我暂时先到淘金船上做事，看看，听说船上一个月可以挣到三千多块。”

“随便你。我要睡觉了。”袁文英侧身过去，背对着周建华，现实的残酷让这对夫妻燃烧完了激情之后，很快回到了各自的愁绪里，从而，此前的悱恻缠绵变得索然寡味。

周建华沉默了一会儿，搂过袁文英肩头，温柔地说：“水井乡离我们这里不过三四十里，不算远，想你了，就回来。你想我了，就跑去看我。你不就是不放心我，怕我到外面搞别的女人……这年头流行乱来。呵呵！”

袁文英扭身过来嗔呢地说道：“瞧你，也就个子高大，别的嘛……要钱财没钱财，要长相没长相，谁稀罕你。这辈子除了我袁文英，谁都不喜欢你。哎，我袁文英傻呢，偏偏喜欢你这个穷光蛋。”朦胧中，她的娇柔的样子充满了神秘，周建华不由回想起了初恋的情景。他深沉地抚摸起妻子，摸着妻子的眼睛、摸着妻子的头发、摸着妻子的脸，激情重新开始燃烧。周建华再次冲动起来，疯狂地又将妻子压在了身下……他一边叽叽歪歪地又说：“爱情面前人人平等，我出去打工，你在家里可不许给我戴绿帽子！”

“呸你！”袁文英狠狠地掐了周建华的屁股。

周建华大声地叫着，像战士一样冲锋陷阵，直到淋漓尽致，方才偃旗息鼓。兴奋之余，夫妻二人又说了很多甜蜜的情话，之后浑浑地睡着了，睡到天大亮，芬芬起床以后夫妻俩个都还没有醒过来。

芬芬并没有要吵醒爸爸妈妈，独自带着阿黄出门去了。但她的响声惊醒了袁文英，袁文英使劲地睁开眼睛，发现太阳已经晒到禾场上了。看看身边，周建华还在深睡，袁文英推揉周建华，说："建华，起来啦！你不是要到村长家里去打电话吗？要去，早点去，不然他们出去了就打不成了。"

周建华翻身爬起来，脸没有来得及洗，一口气跑到老村长家里说："村长，打个电话。"

"打吧打吧。"老村长刚刚吃完早饭，抽着卷烟。有道是饭后一支烟，胜似做神仙，这时候他完全沉浸在欲仙欲神的境界里，根本不去关心周建华何事要打电话，倒是周建华自己说要出去打工。打完电话，周建华从衣袋里掏了半天，才掏出来一块硬币。村长摆了摆手："算了算了。不要给钱，又不是公用电话，不收费……你应该买个手机。"

周建华自嘲地笑道："等出去打工，挣得了钱再买。呵呵！"

接下来是焦急的等待，周建华坚信这一次一定要出去的，他特意跑到镇上给自己买了个牛仔背包，灰中带黑。看着丈夫的新背包，袁文英沉默了，她知道丈夫铁了心要出去打工。她一咬牙，从兜里的生活费里拿出二十元钱给周建华买了双白球鞋，让周建华带出去穿。周建华茫然地把球鞋拽在手里，实在不知道自己即将离开妻女时的心情是高兴或悲哀。然而，决定不会改变，知道，即便老周那里没有回信，他也要去别的地方，甚至去更远的大城市去打工。他早就想出去打工，希望像那些在外面取得成功的人士那样，通过自己的劳动闯一番事业出来，从而能改变家里的经济条件。无奈，这些年父亲的身体一直不好，加之对妻子和女儿的眷念，一直留在锦木村，种着二亩三分地，过着平淡的日子。可眼下形势逼人，一家人最根本的生活保障也没有了，他作为家里的男人，出去打工，挣钱养家已成必然。

"那么家里只剩下我、芬芬、阿黄三个，反正两地分居，不如我也出去打工。"袁文英忽然突发奇想地说。

"不行。外面做事很辛苦。"

"我不怕辛苦。村里又不是没有女人在外面打工，云琪不也在她表哥的养殖场做事嘛。我出去随便找个事做，再怎么样，两个人挣得钱比一个人挣的多吧。退一万步讲，即使我挣不了多少钱，只要能混饭吃，把生活费节约出来，不要花你的钱也好撒。"

"芬芬怎么办？"

“送外婆家去。”

“不行。我们不能为了挣钱丢下女儿不管。”

“不行拉倒。”说完袁文英脸色郁闷地独自走出家门。对面就是村长家，两根田埂，不到百米。袁文英径直来到村长家里，村长已经出去了，村长老婆刘姨是个热心婆娘，看见袁文英脸色不对，关切地问：“怎么啦？和建华吵架了？”

“我要出去打工去，建华不同意，他要我留在家里照顾芬芬。”

“建华说的是对的，芬芬需要好好照顾。”刘姨边说边用脚把旁边的一个小凳子踢给了袁文英。

袁文英坐到凳子上说：“留守儿童多了去了，再说芬芬都快十一岁了，从来没离开过我，自立能力太差，我倒想借这个机会，让她锻炼一下。”

“你出去，建华不放心你的。”

“他对我有什么不放心的？”

“哈哈！谁叫你长得这么漂亮，女儿都十多岁了，还像个未婚姑娘，像徐小凤咧。你这一出去打工，万一傍了个大款，不回来了，建华怎么办呢。”

袁文英苦笑着：“刘姨，看你都讲了什么鬼话。我都三十多岁的人了，谁喜欢老的呢，还美女呢。”

“看不出来。细皮嫩肉的，不就二十几岁的样子嘛。打扮一下，我都喜欢。”

“老不正经。”袁文英忍不住笑了。

“哈哈！”

“我要是能到云琪表哥的养殖场去打工，和云琪做个伴，那该多好啊。”袁文英要给唐云琪打个电话问问。

“打吧打吧，今天不收钱。”刘姨说着把周建华先前留下的那个硬币塞给了袁文英，说是周建华的。

袁文英思索出唐云琪留给她的电话号码，拨过去，那头唐云琪大声地说：“哪个？”

“云琪！”

“哦……文英……怎么想起给我打电话了呢？”

“想你了。”

“真的吗？”

“当然真的，我要是能天天看见你就好了。”

"同性恋啊你！哈哈哈哈……"

"恋你个头啊。找你有事，你表哥的养殖场要不要人呢？我想和你一起去打工。好不好？"

"哦……我知道我表哥的养殖场暂时不需要请人，但是我表嫂快要生孩子了，他们这是第二胎，听表哥说表嫂打算请人代课，如果你愿意来代课的话，我去跟他们说说。"

"当老师？！我不是那块料啊！"

"你不是师范毕业吗？以前还代过课，我记得还代得不错……你想当老师，现在机会来了，你反倒怕了？"

"以前是以前，现在是现在。再说我没有教师资格证。"

"这不废话吗，管它有没有资格证呢！乡里好多老师都没有资格证呢！"

"这个……还是算了，我留在家里照顾芬芬呢。"

"傻瓜！你到石溪溶来教书，把芬芬转到这里来读书不就成了。"

袁文英眼睛一亮："对呀！我怎么没想到呢。我可以把芬芬带过去读书呢。"

"我见得多了嘛，比你聪明。"

"臭美！"

"臭美也是美。"

"那是那是。那你问问你表哥表嫂，我等着你的好消息。"

"好的，拜拜！"

晚上，袁文英躺在周建华怀里，把唐云琪说的事情告诉了周建华，她一边说一边顺着自己的想象描述，用花言巧语加甜言蜜语，把未来描述得相当美好。

"好吧，你去吧，做你自己想做的事，我支持你，免得你到时怨恨我。"周建华表示找不出反对的理由，最主要周建华明白袁文英心意已决，不会改变。他唯一的顾虑，只是石溪溶在沅水上游，而他在水井乡，在沅水下游，袁文英到石溪溶去教书的话，他们中间隔着金色县县城，金色县境内的那座沅水大桥修了快一年了，还没修好。据说，因为资金紧张，河面上那几个孤立的桥墩喘着上去的，眼下洪水季节，停工了。没有桥，汽车和人都要坐轮渡过河，这样子，妻住沅水头，夫在沅水尾，路程更远，山水阻隔，恐怕一年也难见上几次面。

"不见就不见，不然债怎么还呢。"袁文英悻悻地说。

“要是我想你了怎么办?”

“凉拌。”

“凉拌也要人拌嘛。”

袁文英展颜一笑:“只要不自杀,自慰是最好的办法。”

“那多难熬。”

“死鬼!”袁文英嗔呢地道:“我不和你一样难熬嘛。”

周建华的眼睛迅速聚了一束光。他望着妻子,欲望从根茎处漫来,不由自主,抱紧了妻子。身体碰撞是天下男人表达爱情的最主要方式,也是周建华表达爱情的主要方式。袁文英很享受这种方式,她喜欢丈夫宽阔的胸膛、健壮的肌肉。

这时,袁文英像一只温顺的小小鸟,缠绵地依偎在周建华怀里。她想自己是幸福的,如果不是因为公公生病、公公去世花光了家里的积蓄,亏了五万元外债等着还,周建华决然不会和她两地分居的。她不能像有钱女人那样珠光宝气、锦衣玉食,但同样有老公爱、老公疼,同样是娇贵的。没有男人的日子对她来说是艰难的。她甚至想到村里的巫师家里去求一碗锁心水给周建华喝下去,以保证周建华在外面不会变心,不会和别的女人乱搞。她不愿意和丈夫两地分居,一万个不愿意。

事到如今又不得不两地分居,所以她知道必须牢牢地抓住眼前的幸福,等待属于她和周建华的一次酣畅淋漓的身体碰撞……

老周很快有了回话,叫周建华赶紧到水井乡去,那里的淘金船上需要人手。老周说船上人员流动非常快,因为不习惯水上作业,有人上船就晕,像打醉拳,站都站不稳,到船上一天两天待不下去,就走了,工钱也不要了,白白晕了两天。

周建华决定第二天清早走。

袁文英开始帮丈夫收拾行李,准备换洗的衣服,还弄了满满的一罐头瓶油炸辣子,让周建华带到船上吃。

袁文英默默地做着这一切,心里并没有太多的喜悦,相反有一种临别的悲壮。

芬芬知道爸爸要出去打工了,十分依依不舍;阿黄亦作出相应的行动跟在周建华身边。

过了今夜就要去外面打工了,周建华想在离开之前多陪陪女儿,就搬了凳子坐到禾场上陪着芬芬。月光下父女俩一边看星星,一边讲三十六计。阿黄安安静静地趴在旁边，好像也知道家里的男主人要出远门了；它心中也有恋恋不舍的感情。看得出，虽然它讲不出人话，却有憨厚的狗性。

周建华从“瞒天过海”，一计接一计地往下讲着。夜色深邃的，星星很高。芬芬听到第六计声东击西，趴在爸爸的膝盖上睡着了。周建华便把女儿抱回小房里睡觉，然后来到他和袁文英的房间里。

此刻，袁文英躁动不安地躺在床上，等待和丈夫的一次缠绵的、疯狂的爱，这是她和周建华临别前必不可少的程序。她躺在那里，深深地一呼一吸。她的胸脯不断起伏着，热血在周身涌动……当听见男人进房了，心跳更加激烈，整个身体从头到脚都兴奋起来。

周建华走到床边，凝望着袁文英，心情忽然变得复杂起来，此前奔腾的血脉随之放慢了流速，就那么静静地站在床边。

“上来吧？”袁文英声似春猫地喊道。

周建华不紧不慢地俯下身去，顺势把袁文英压在了身下……

这一次，周建华比平常来得更加温柔体贴，他耐心地吮吸着袁文英紫色的乳头，双手抚摸着袁文英的身体……袁文英完全陶醉了，甚至身上每一个毛孔都舒展开了。她紧闭着双眼，全身心地体味着周建华带给她的最深刻的幸福。

“不知道下次要等到什么时候，这顿自然要把你喂得饱饱的……让你不管走到哪里都忘不了老公的好。”周建华喃喃地说。周建华这些情话更令袁文英无比兴奋，她紧紧地搂着丈夫，呻吟着……她的小巧的指尖已经掐进了周建华的肌肤里了，她却不知道，在一次高潮宕峰，她的身体达到了虚脱的状态，说头有点晕晕了，却是满脸的快乐和幸福。看见妻子很满足的样子，周建华感觉自己特像个男人。虽然他背被妻子抓伤了，在流着血，但痛并快乐着。最后，他鼓足力气用男人的威猛和激情点燃了他的人间大炮。显然，这不是日本动漫片中奥特曼的人间大炮，也不是人类战争中常见的敌我交战的烽火炮烟，没有仇恨，只有爱，使男人和女人的生命有了更丰富的意义。

第二天周建华走了。

第三章

5

周建华走后，唐云琪那边有消息传来，说已经跟表哥讲好了，让袁文英到石溪溶小学去代课，把周芬芬也转过去读书，说石溪溶小学是一所完整的小学，从一年级到六年级一级不缺。表哥的儿子陈玉正读四年级，芬芬去了，和陈玉在一个班上。

袁文英决定九月二号过去，因为她要等到九月一号开学，才可以到芬芬原来就读的锦木村小学去开转学证。唐云琪就在电话那头替袁文英安排了行程线路和下车地点，约好九月二号中午在303国道旁边、石溪溶村叫大路坪的三岔路口见面，到时她会在路边迎接袁文英母女。

唐云琪是把电话打到村长家里的，刘姨在旁边基本上听清楚了，待袁文英放下话筒，刘姨说："文英，这几天你把家里的事情安排好，九月二号我送你们上车。"

"谢谢！不麻烦您了，我们的东西又不多，就带些换洗的衣服和日用品，我们拿得动的。芬芬也可以帮忙拿，她背她自己的书包……谢谢，我们真的拿得动，不用送了。"袁文英一口气说完这一串话，兴奋之情溢于言表。

"阿黄也带去吗?"

"哦。差点忘了，还有阿黄。"

"按说应该带去的，它天天跟着芬芬。"

"这个……不好吧，我们是到一个新地方，带着狗去，别人会怎么想呢?又不是去山里打猎，是去学校里啊。"

"那就别带，把它留下来，我替你们养着，等你们放假回来再还给你们。"

"好的。我们不带它，把它留给你们养着，它要不听话的话，你们就把它打了吃了。"

袁文英就这样轻易地决定不带阿黄走，她心里并没有底，等回到家里，又和芬芬商量起来。芬芬一下翘起了嘴巴，很不高兴，袁文英便答应她，等到石溪溶学校以后，安顿好了，再把阿黄接过去。芬芬才勉强同意不带阿黄。然而，芬芬并不知道袁文英叫刘婆婆把阿黄打了吃了，大人们之间的阴谋不是她这个年龄段所能看得出来和分析到的，不然，她死活都不会答应的。阿黄是她最忠实的朋友，她要是知道妈妈叫刘婆婆把阿黄打了吃了，肯定会悲痛欲绝。她不会允许任何人残忍地杀害阿黄。

阿黄已经觉察到主人要把它丢下，不由得神情紧张，一边焦躁不安地摇着尾巴，一边嗷嗷嗷地低声叫着，声音哀怨，让人怜惜。它的眼神灰暗而忧伤，使人轻易地就能看出它内心眷恋不舍的感情。都说狗通人性，袁文英看见阿黄可怜的样子。心里也有些放不下阿黄。临走的时候，叫芬芬把阿黄带到刘姨家里。趁阿黄不注意，刘姨"咣当"一声，把阿黄锁在了杂物间，阿黄立刻悲伤地大叫起来。芬芬心头一软差点要把它放出来，刘姨急忙阻止了她。

在阿黄的哀号中，袁文英带着芬芬三步两回头地离开了刘姨家，离开了她们生活了十多年的家乡锦木村。

随后，袁文英和芬芬坐车来到了金色县。金色县县城傍山依水，沅江百般妖娆地从东向西绕城而过。县城在南岸，背靠着延绵的雪峰山余脉。袁文英和芬芬需要渡河过沅江，往北才是通往怀华地区的303国道，中途经过石溪溶村大路坪三岔路口，那里是她们将要下车的地点。

她们在金色县县城稍事休整了一会儿，坐上了开往怀华的公共汽车。汽车开到河边，上了渡轮。芬芬第一次看见如此庞大的汽车渡轮，既兴奋又天真："原来汽车也可以坐船过河呀？"

"又不是飞机，没有桥当然得坐渡轮过河，不然怎么过去呢？"

透过车窗，袁文英指着蜿蜒流淌的沅江告诉女儿，顺江下去三十几里到水井乡，爸爸就在水井乡帮别人淘金。

女儿点着头，似懂非懂，却一脸向往的样子。都说父女连心，那个和她原本没有任何关系的水井乡，因为爸爸在那里打工，从此让她惴惴于怀。

汽车上岸以后，行驶不到一个小时便到了大路坪三岔路口。袁文英叫司机踩了脚刹车，车停了下来。袁文英带着芬芬跳下车，大包小包的。她们站在路边，看见唐云琪满面笑容地从一棵榆树下面走出来。汽车"轰"地的一声，继续朝前碾压着路面，向自己的目的地怀华奔去。

唐云琪迎上去，从袁文英手中接过一只红色塑料桶子，一边走，一边寒暄，带袁文英和周芬芬朝石溪溶村而去。

进村之路是一条沿溪的、蜿蜒的山路，路还算宽敞，大约有两三米，路面坑坑洼洼的，看上去走的人比较多，有自行车、摩托车或别的重物碾压的痕迹。

顺溪而上，不时看见有喝水的鸟儿扑棱棱地从溪里飞起来，消失在远处绿色的树林里；路的两边有不少新修的民房，白墙红瓦，阳光下像一粒粒珍珠撒落在青山绿水之中，光润而丰丽。

一位年轻的后生骑着摩托，带着女朋友，迎面而来。当摩托车经过袁文英身边的时候，袁文英看见女孩子的头上戴着一圈红色桂花，情不自禁地吸了一口气，忽然就闻到了花香的味道："好香!"她脱口而出。

"前面那个村子就是陈家村，陈家村有好多桂花树呢，八月份桂花都开了，到处香喷喷的。"

继续走了一段山路，前方有个炊烟袅袅的村落。那是一个很大的村落，方圆几里地，上百栋新旧不同的房屋高高低低、错综复杂地交织一团，远远地看似一个巨大的鸟巢坐落在群山环抱之中。

"这就是陈家村，我表哥就住在这个村子里。我先带你到我表哥家去，你们见个面，然后送你们到学校去。"

"你表哥家是个什么样子的呢?"袁文英有些好奇地问。

"我表哥家里条件好着呢，养殖场一年可以赚几十万。"

"村干部应该还有工资收入吧?"

"反正他们已经小康了，比你我有钱。"唐云琪带着羡慕的口气："他家里原来也没钱，后来不知怎么的就发达了。"

"肯定比我有钱撒。"袁文英苦笑："我算什么呀，你这不是在挖苦我吗。"

"还是当老板好啊，打工发不来财。"

"对了，你表嫂叫什么名字?"

"表哥，陈成龙。表嫂，雷水秀。"

"那我应该叫你表哥陈书记。"

"随便，叫什么都行，除了老公。不然我表嫂会把你吃了。哈哈!"

"看你说得多么无耻。我是来打工，不是来找情人的；再说我这个样子好丑，没有人会喜欢我。"

"你丑吗?长得像徐小凤还不满足呀?"路边，一只黄狗低头嗅着地上的一团黑乎乎的东西，那东西好像快要死了，正在垂死挣扎，唐云琪说："那你像它就满足了……那好像是一只老鼠。"

袁文英仔细看了看，原来黄狗脚下踩着的真的是一只老鼠，不禁笑道"看你，狗拿耗子多管闲事。不管我长得像谁，我已经是周建华的老婆，我都没有资格谈爱了。"

"向往了不是……露馅了吧。"

"向往你个头啊！"

她们打笑了几句就走到了陈成龙家门口。陈成龙的家是一户有着三层楼房和东西偏房的四合院落。院落里栽着各种各样的果树。正值金秋，果树上挂着许多熟透了的果子，看上一眼会让人有垂涎反应，尤其是芬芬，可能已经饿了，当从一棵梨树下面走过的时候，那情形如果不是在陌生人家里，她肯定会爬上树去，把梨摘下来大口大口地吃，就像摘外婆家的无花果一样。唐云琪看见一群毛色鲜亮、秀色可餐的本地土鸡正在果树下面觅食，顺便嘀咕了一句："瞧，那些本地土鸡都是表嫂准备坐月子吃的；表嫂可讲究了，从来不吃养殖场里饲料喂的肉鸡。"

"那是。现在有钱人怕生病、怕死，要吃原生态、绿色食品。"

进屋，袁文英看见沙发上坐着一个大肚子孕妇，孕妇的脸上黑黑的一层斑，看上去阴沉沉的像下雨的天空，给人压抑的感觉。此人乃唐云琪的表嫂雷水秀。

唐云琪抢先叫了一声"雷姐"。

雷水秀淡淡地笑了笑："云琪，这就是你介绍的代课老师吧？"她一边问一边打量着袁文英，用的是那种审视和挑剔的目光。

"是的。这是她的女儿周芬芬，和西麻子同年生的，也读四年级。"唐云琪说着把芬芬搂到自己身边，坐到沙发上，又叫袁文英坐下。

"哦……"雷水秀含糊不清地朝门口望去，她好像听见屋外有什么动静。

果然，陈成龙从外面走了进来。那是一个四十出头的中年男人，中等个子，看起来比较结实。他的肩上扛着一支鸟枪，枪杆上挂着刚刚从山上打来的猎物——一只带血的斑鸠。一只猎狗跟着他身后。猎狗的样子很凶，一走进来，就发现了新来的袁文英和周芬芬，就像发现了猎物一样，立刻屁股后倾，四脚前伸，肌肉绷得紧紧的，做好了捕猎的架势，同时露出锋利的牙齿，如果不是陈成龙及时叫住了它，肯定会飞身扑上去……后果不堪设想。

袁文英和周芬芬虚惊了一场。

唐云琪站起来，把袁文英拽到陈成龙面前，认真地说："表哥，这是袁文英，年轻吧？漂亮吧！不但年轻漂亮，而且性格温柔、心地很善良。"介绍男女朋友也就是这阵式，这话使得雷水秀心里酸酸的。雷水秀不耐烦地说："行了行了，请她来代个课，管她温不温柔，善不善良。还不知道会不会上课呢。"

"哦……"陈成龙和雷水秀的口气竟然惊人的相似。他慢慢解下枪杆上的斑鸠，没有按照正常性礼仪看一眼袁文英或者招呼一声。

唐云琪见表嫂一脸醋意，才意识到自己多嘴了，于是讪讪笑了一下，回到沙发上，用肘子碰着袁文英，说她表哥也读过大专，有文化。

袁文英点着头，站了起来，落落大方地说陈书记好。

当听见袁文英悦耳的声音，陈成龙回头盯了一眼袁文英。他手里的斑鸠"砰"地掉在了地上，幸好是背对着雷水秀的，以致雷水秀没有发现丈夫看袁文英时的那种吃惊的表情。她要是看见了，以女人的敏感，会看见丈夫眼神里藏着一触即发的、邪恶的欲念。丈夫的德性她清楚，丈夫好色，所幸丈夫比较狡猾，钱归钱，色归色，而对外面的女人多数只花言巧语、甜言蜜语，钱就舍不得了。假如丈夫在外面乱搞，还把钱送给别的女人，那么无论如何，她都不容许的，自己容忍丈夫的最后底线就是不许把钱送给别的女人。她对丈夫有言在先，家庭要以经济为基础，钱要留给老婆掌握，否则家将不家了。

雷水秀："你看你，弄得满屋子血腥。"

陈成龙慢慢弯腰下去从地上捡起斑鸠，打趣地说："它想跑呢。"

雷水秀："明明已经死了，跑什么跑！"

陈成龙："它怕看见陌生人啊，尤其怕见美女……我把它拿到厨房去。"说着他转身走开了，回到厨房，身上扫干净，脸上的皮肤也光亮了许多。

陈成龙定神看着袁文英，心想：世界之大无奇不有啊，太像徐小凤了！女儿都这么大了，还这么漂亮。

袁文英也在想：陈成龙满脸腮胡子，黑不溜秋的，个子也不高，除了讲话风趣幽默，别的看不出有什么过人之处。可待她的目光碰到陈成龙那双霸气中带着柔情的眼光的时候，微微一惊，目光闪烁地低下了头。她不敢看他。那分明就是一种暧昧的眼神。

"坐吧。"陈成龙淡淡地说。

雷水秀直截了当问道："不管寒暑假，一个月 800 元，你同意吗？"

“不是说一个月 1000 元吗?”

“800 元，愿不愿意你自己看着办。”雷水秀硬生生地瞪着袁文英。

袁文英的脸一下红了，可能生平第一次和别人这样子讨价还价。

“要不是看在云琪面子上，还没有这个价钱。600 元，我们村里好多人排着队等着干呢。”

“雷姐……”唐云琪急忙打断了雷水秀的话，没有想到表嫂会对袁文英如此冷冰冰，而之前她在介绍袁文英的时候，表嫂是很高兴的。表姐前后态度的变化，她隐隐约约感觉到表嫂对袁文英有敌意。唐云琪心里暗笑：看来长得漂亮不一定是好事，远不说貂蝉、王昭君、杨贵妃之类惨遭迫害，眼下袁文英被轻轻地妒忌了一下，200 元人民币没了。呵呵！

表哥没有任何态度，他的神情完全是一个局外之人，脑子里只在想着一个问题——袁文英是不是徐小凤的什么亲戚，不然怎么长得一模一样?

唐云琪看了看表哥，又看了看袁文英，忽然明白过来，原来表哥看袁文英的眼神确实有点不一样，所以表嫂不喜欢袁文英，尤其袁文英不应该在陈成龙面前闭月羞花的样子。

陈成龙说话倒十分平静，保持着绅士风度，让袁文英感觉他深不可测。

唐云琪要替袁文英说句公道话，刚想开口，却听见袁文英说：“好吧，800 就 800。”

“星期六、星期天休息的时候你可以到养殖场打工，假期也可以。”唐云琪看着表哥的脸色试探着说。

陈成龙：“打工倒是可以……”

“嗯。”袁文英站了起来，说：“那我们现在可以到学校去了吗?”

陈成龙：“你们不在这里吃晚饭吗?”

“我们到养殖场吃。”唐云琪懒懒地答道，有点情绪低落。

“我和你们一起过去，这时候老师应该还在学校，我去把袁老师介绍给他们。”

雷水秀欲言又止，接着做了个手势，让陈成龙带着唐云琪、袁文英、周芬芬赶紧走。

出了院子，离开了雷水秀的视线，陈成龙主动从袁文英手里拿过行李。于是，一行四人沿石溪而上，边走边聊，陈成龙的发言文绉绉的：“石溪溶，顾名思义，这条纵贯溶里的小溪就叫石溪，这是一条从石头缝里流出来的，闪着青色亮光的溪流。”

“是吗?!陈书记您讲得真好。”

陈成龙简明而有水准的解说，让袁文英不禁对面前这个相貌平平、土里土气的中年男人产生了好感，从而由衷地赞叹。

陈成龙：“石溪并不够长，十几里，两边是山，上游地带狭窄、陡峭，穴居着七百多姓许的瑶族同胞，故名许家人瑶村；中游坟地众多，方圆几里没有一户人家，就这儿……”陈成龙指着路边的一栋木板房说：“这儿是村委会的房子，平时也没有多少人来上班，那边……那山腰上就是我的养殖场；对面是学校，养殖场和学校就隔着这条石溪；石溪下游就是你刚刚去过的陈家村。沿溪从上至下许家人、学校、村委会、陈家村四大板块组合为石溪溶村，两千多人口，是个大村子。情况复杂呐！承蒙乡亲们看得起我，推选我当了这个村的村长。惭愧啊！我没有当好这个村长，这几年，从学校到大路坪，连接303国道的这几里村级公路一直没能修好。”

袁文英不时地点头，配合“哦哦哦”表示理解和赞许。

顿了一下，陈成龙笑道：“我的介绍够不够清楚?”

“当然。您不仅说得清清楚楚、明明白白，并且有条不紊，显然，您是个有文化、有内涵、有魄力的男人”。

“哈哈！你也很会讲话嘛。”

“她读过师范。”唐云琪插了一句。

“我说呢，气质这么好，一看就知道是个知性女人。”

“讽刺我吗?”

“我的大美女，我怎么敢讽刺你呢?我真的一直都很尊重美女，尤其有内才的美女。这年头猫会弹钢琴、狗会唱这歌、猪会跳舞、鱼会算命，动物的智商都进化了。人类应该不断学习不断进步，否则和动物没有区别，也就没有骄傲的资本了。如果让别的动物来统治地球、主宰世界，就天下大乱、人将不人了。”

“那么你应该大学毕业吧?”

“算不上。农大专科，学了点养殖技术，所以才办了这个养殖场，养了一些鸡、羊。”

袁文英低头看着脚下的路：“你养殖场里的鸡和羊是怎么运出去的?这，还不通公路咧。”

“用板车或三轮车拖出去；拖到大路坪三岔路口，再在那儿装车，卖到别的地方或送到县城去，我还在县城租了一个粮油仓库，建有一个中转站，请我叔叔在中转站帮我打理事务。”

“你头脑不错嘛，云琪说你是石溪溶村里最有钱的老板。”

陈成龙得意地说：“嘿嘿！在村里嘛我算得上是文人中的老板，老板中的文人。嘿嘿。改革开放，我这个当村长的应该带头致富奔小康嘛。”

“哟——嗬！妹是桂花千里香，哥是蜜蜂万里来。蜜蜂见花团团转，花见蜜蜂朵朵开……”

远远的山歌从身后飘来，飘进大家耳朵里。袁文英不禁回头望去，后面有一串小黑点点，正朝这边飘来，速度之快令袁文英感到惊讶。

“她们是许家人瑶婆子。”陈成龙脱口说道。

“瑶婆子?!”袁文英惊讶地看了一眼陈成龙，心想：瑶婆子这种古老的俗称不应该出自陈成龙之口。刚才他在介绍石溪溶的时候是那么的文明有涵养，怎会一瞬间变得那么粗鲁，说那么俗气的词语，像变了一个人似的？现代人，真的就那么人格分裂吗？

“对。我们这里都这么称呼……”陈成龙戛然而止，因为他发现了袁文英并没有在听他说话，而是专注于渐渐走近的瑶族妇女，他停住了自己的嘴巴。

小黑点点越走越近，逐渐变成了大黑点点，最后完全清晰地出现在大家的视线里，又很快来到了大家的身边。她们是一群头戴花布头巾、身穿家织布青蓝色无领衣的许家人村妇。她们的衣服长至膝盖处、大袖口，筒裤；衣襟、衣边、袖口、裤脚均镶有桂子兰花边；花背篓；手里还拿着一根三尺来长的竹棍，竹棍的两端扎着红的、黄的、绿的鲜艳艳的绸条，中间竹节上套有十来个铁环，那就是传说中的瑶族妇女随身携带的霸王鞭。此刻，她们手拿霸王鞭，一边走一边唱着自编的歌谣，并顺着节奏，按照从左到右、从上到下的顺序，循环复杂地在全身各关节处轻重适度地敲敲打打，享受着桑拿般的快乐。爱讲究的妇女脖子和手上还戴着银圈、银镯子，当从大家身边走过去的时候发出清脆的响声。陈成龙以首长般姿态挥动起右手，同她们一一打过招呼，其中一名姿色出众的妇女停下脚步，与陈成龙说了几句客套话后急急忙忙追逐同伴们去了；至于那妇女和陈成龙属于哪个层面的关系，没有人考究过。

在青山绿水之中，碰见这么一群绝尘女子踏风歌舞，袁文英像置身在美丽的仙境之中，自己也有点仙女下凡的感觉了。

陈成龙说道：“她们早上进城里赶集，现在回瑶山去。许家人到县城只有这一条路可走，走到大路坪再坐车。”

袁文英这才知道，脚下这条沿溪的山路是石溪溶村通往外面的必经之路，也是唯一的道路。

“她们是在表演吗?”突然芬芬天真地问。

三位成年人“哈哈哈哈”大笑了起来。

“她们是瑶族人，她们的服装与汉族人不一样，她们唱的歌也是她们自编的茶山号子。对了，书中不是讲嘛，中国有五十六个民族，歌也是这么唱：五十六个民族，五十六朵花，五十六个兄弟姐妹是一家……”

“哦!”芬芬懵懵懂懂。此前她一直被那群奇装异服、边唱边走边敲敲打打的妇女吸引着，瑶乡的新奇事儿仿佛让她走进了一个未知的梦幻世界里。

走过一座小木桥之后，便走到了学校。学校已经放学了，孩子们正嘻嘻哈哈、打打闹闹地离开学校。

陈成龙看见了自己的儿子西麻子，劈头就骂：“你看你！鬼崽子把衣服弄得脏死了，你妈妈洗不动，我没空帮你洗，回去你自己洗。”

西麻子白了陈成龙几眼，走了，没有吭声，示意心中很不服气。

从陈家村到学校，一路上陈成龙的变化多端和说话时透露的内心的怪癖，让袁文英看到陈成龙是个喜怒无常的人，但是他的率性又让她感到他是一个耿直热情的人。陈成龙到底是一个什么样的男人呢?事实上，初次见面，袁文英根本了解不够，这又使得她对陈成龙增添了几分好奇。

进到办公室，只看见校长陈宏卫一人坐在那里喝茶。

陈成龙有点失望：“怎么?陈校长，这么早，他们都走了吗?”

“今天情况有点特殊，他们都回家了。”陈宏卫站起来说。

“哦……这位是我请来的代课老师袁文英。”陈成龙说这话的时候在“我”字后面声调上扬，还拖了点尾音，听上去，它是一种微妙的暗示，让人觉得他和袁文英关系比较特殊，那么今后该关照的地方就得关照，这让袁文英心里非常感动。

“欢迎欢迎!”校长陈宏卫十分客气地把右手伸出来停在空中，等待和袁文英的第一次握手。

袁文英急忙迎上去，于是男人的手和女人的手在预定的空中轨道上对接成功。

袁文英腼腆地笑道：“给您添麻烦了。”

“不麻烦。应该的。”

“房间安排好了吗？”陈成龙的反应总是快人半拍，尽显领导风范。

“安排好了，这就带你们去。”陈宏卫说着，拿过袁文英的行李往外面走。在经过两个教室的走廊之后，大家来到一套两间直通式宿舍门口，陈宏卫打开门，一股霉气扑鼻而来，陈成龙皱着眉头：“就这套吗？还有没有更好一点的？”

“隔壁还有一套。”

“带我去看看。”

袁文英在一张板凳上坐下来和唐云琪说着话，她懒得过去看了，她绝对相信陈成龙会选最好的房子给她和芬芬住。

她和唐云琪说了一会儿话，陈成龙和陈宏卫看完隔壁的房子又回来了，决定安排袁文母女就住此套，因为彼套比此套更糟糕。

袁文英仔细打量了一下房里的家当：两张条型书桌、几张板凳。书桌和板凳的边上，许多的地方都已经烂掉了，不成线条，桌面也是坑坑洼洼、洞洞孔孔的，那应该是上世纪80年代或更早时期学校的公共财物，在经历了几十年的摸爬滚打之后，已经奄奄一息。

最引人注目的是里面房里那张雕花老床和那架老掉牙的衣柜，样式和颜色都是湘西一带过时的家具，像文物，或者本来就是文物。陈校长后来告诉袁文英，那两样东西是湘西剿匪胜利那年从土匪恶霸家里缴获得来的，不知道有多少年代了，上面还残留着剥削与反剥削、压迫与反压迫、统治与被统治阶级的战争的污垢。

“做饭就在门口。”陈宏卫把袁文英引到走廊上，指着一堆黏土垒起的灶台说。

“没有锅子吗？”

陈宏卫便到隔壁房里，也就是陈成龙刚才看过的“彼房”提了一口锈迹斑斑的铁锅架在灶台上，交代袁文英饭做好以后，要把铁锅藏到屋里去，不然会被收废品的人顺手牵羊，据为己有。即便他们自己不需要使用，也要送去废品店换钱。

袁文英没有想到石溪溶学校条件如此之差，比锦木村学校还差。但是俗话说得好：既来之则安之，她开始打扫房间。

陈成龙：“袁老师，这是乡里学校，条件差了点，你就将就住着。我们村委会正计划筹款，准备盖新学校，到时会面貌一新。”说完他有点不好意思地笑了一下，似乎心里也没有把握，到底新学校能不能盖起来；要是筹不到钱，计划都是屁话。

“能住就行，我要求不高；再说我家里的条件也不比这里强多少，同那些从城里来‘老少边穷’支教的大学生相比，心理上和经历上我有绝对优势咧。”

“这房间以前住过一个男老师，比较乱……看，这玻璃……风大了，都打破了……这儿已经打破两块了。”陈宏卫说着走过去插上插销，背对着袁文英又道：“明天我叫几个六年级学生帮你修一下，把窗户擦干净。”

陈成龙愠怒地说：“不要等到明天，你自己现在先帮袁老师打扫干净。早告诉过你，袁老师要来住。”

“看！这事，我都忘了，这年头节奏太乱，不正常上课也会让人神经错乱的。呵呵！我先挑水去。”陈宏卫转身离开了房间，去到别的什么地方找水桶去了。

“袁老师，今后有什么困难，不要找他们，你直接跟我说。”陈成龙语气十分仗义，仿佛刚刚喝过酒。

“嗯。谢谢您！”

唐云琪：“文英，陈校长给你帮忙搞卫生，我就过去做饭去了，待会儿卫生搞好了，你和芬芬到养殖场来吃晚饭。”接着对陈成龙说：“表哥，你呢？你今天回家吃还是就在养殖场吃呢？”

“我今晚就在养殖场吃，算是给袁老师接风洗尘吧。”又对袁文英说：“待会儿要陈校长把这两个破窗户钉好，不然不安全。”

“这……陈书记这样关心我们母女，真的非常感谢您。”袁文英腼腆的感激之情难以言表。

“应该的。你们初来乍到，需要有人来保护。”陈成龙说着动起手来，把一张板凳移到门口，又道：“唐云琪说你读过师范，这些年为何不去教书呢？”

“没有机会。我妈妈说我正牌大学考不上，杂牌学校也得读一个，就把我送到师范读了两年书。”袁文英一面搞卫生，一面自我解嘲地笑道：“我妈妈指望我能混到教师队伍里去，可是如今十多年了，我还没混进去，好在我老公并不在乎我工不工作。”

“你这话不是自相矛盾吗？他一个大男人不在乎你的工作，又为何让你出来打工呢？”

袁文英怔了一下：“啊……这个，是我自己要出来的。反正他不在家，两地分居，不如我也出来找个事做。人总得要做事嘛，不然空虚死了。您说我这话对吗?”

“对。人不能空虚，空虚心里难受。有时候心里烦，却不知道所以然。”

袁文英接着说：“再说我家里负担重，我总不能一辈子要老公养着我。”

“是这样啊……你老公在外面打工，那你们很少见面少了?”陈成龙若有所思，显然想到了性，或许他这么说早有预谋，他要让袁文英心里也有所反应，于是说：“你老公不在你身边你不感到寂寞吗? 三十如狼，四十如虎呢!”

袁文英笑了一下：“没有啊，有芬芬陪着，我不会寂寞的。”

“你看你细皮嫩肉的……浪费资源啊。哈哈!”

陈成龙这话又复杂、又诱惑、又直截了当，袁文英不知道应该怎样回答，情急之下，脸上不免露出了尴尬的表情。陈成龙走过去，把右手搭在袁文英左肩上，直视着袁文英，问她：“有情人吗?”袁文英亦瞪着他，四目相对，袁文英的脸色早已经红了，她轻声说：“没有。”陈成龙诡秘地笑起来。这时陈宏卫挑水进来高声地喊道：“水来啦!”

陈成龙把手从袁文英的肩上滑开，若无其事地说：“不好意思，我们这里条件差，目前没有卫生间、没有自来水，解手要到后面厕所去，吃水要到石溪里挑。石溪里的水清洁卫生，没有污染，绝对符合用水标准。”

“没关系，我们那里也没有自来水，也挑水喝，习惯了。”

“那就好，我担心你吃不了这个苦咧。”

“陈书记很会怜香惜玉的。”陈宏卫插科打诨。

袁文英笑道：“那是雷姐福气好。”

陈成龙：“你也有福气的……”

袁文英：“我能有什么福气呀?”

……

陈宏卫又去办公室取来一瓶糨糊和一些旧报纸，回来后指着墙壁说：“袁老师，我们把墙壁用报纸糊一遍，免得掉石灰渣子。”

“这墙壁是石灰刷的，怎么不刷瓷泥?”

“这房子十多年了，那时村里好像还没有哪家的房子刷瓷泥，窗户也是木框框。”

陈成龙、陈宏卫、袁文英三人一起把房间糊了一遍，把小小的房间弄得像个大大的报箱，而袁文英和芬芬就是被关在报箱里的两只母狗，一大一小，如果以狗的标准衡量，她们的家相当舒适、豪华了。

搞完卫生，陈宏卫称家里有事，走了。陈成龙带袁文英、周芬芬一起到养殖场去吃饭。远远地，袁文英闻到了米熏鸡特有的烟熏味。

看见陈成龙、袁文英、周芬芬从斜坡走上来，唐云琪站在门口大声说："文英，我今天炒了你最喜欢吃的米熏鸡。"

"干吗这么客气？"袁文英疾步走到唐云琪身边，唐云琪领了他们进到工棚里。袁文英朝桌上瞟了一眼，看见了桌上的米熏鸡肉，还有别的小菜。那是一张简易餐桌，木色的，没有漆过，光泽倒十分柔和，看上去很舒服。

唐云琪一面准备碗筷，一面对袁文英说："不是……养殖场经常死鸡，丢掉可惜，我把它用米熏一下，炒辣椒，味道好极了。高温消毒，放心吃，没事的，绝对不会传染禽流感。"

"是吗？那我可要多吃点。"袁文英接过唐云琪递来的筷子，从桌上挟起一块鸡肉送进自己的嘴里，边吃边说："嗯。好吃！"

陈成龙："陈宏军、陈良民他们呢？"

唐云琪："他俩吃完饭回家了，这几天场里没有多少事。今天他俩把后面围墙上那个洞补好了。"

陈成龙一面吃饭，一面说："哦，好。袁老师，如果你自己不想做饭，可以在养殖场吃。自己做饭的话买菜不方便，这里不比城里什么都可以买到。不过可以叫学生带点菜，或者到陈家村去买，陈家村有肉买的，村里几乎每天有人杀猪，要早点去买，不然他们就挑到城里去卖了。"顿了一下，又道："你可以在学校周围开些地，自己种菜……我看要种就种在石溪边上，浇水近，也方便。"

袁文英一边点头，一边吃饭，确实饿了。芬芬更饿，狼吞虎咽。先前她在陈成龙的院子里看见树上的果子真的想吃，口水都咽到肚子里去了，她忍住了。她知道，如果主人不叫她上树摘果子吃，而自己去摘了，就是偷人家的东西呢。所以她不敢，只好饿到现在才吃饭。

吃完饭，陈成龙主动要求把袁文英和周芬芬送到学校里。

"陈书记，您请回吧。"

"记住我的话了吗？"

"我们暂时在养殖场吃几天，以后还是自己做饭。"

陈成龙含情脉脉地望着袁文英，有些依依不舍地说："这样也好……我走了？那……再见吧，你和女儿早点休息。"他多情的样子，让袁文英感觉到了主雇之外的情分：原来，如果自己愿意，爱情真的就只有一个转身的距离——袁文英如是想。

次日，天还没亮，一阵噼里啪啦的鞭炮声把袁文英从睡梦中吵醒，她仔细地一听，外面传来了铜锣声，还有断断续续的哭喊声，应该是附近哪户人家死了亲人赶在日出之前出殡。她本来想出去看看，又觉得不吉利，按常理碰见出殡要远远躲开，免得晦气。她继续睡觉，可是外面的声音越来越近、越来越大了，吵得她睡不着，干脆穿好衣服，起了个大早，整理家什。

天色渐渐亮开了，外面忽然安静下来。袁文英开门出去，特意到学校周围转了一圈，熟悉了一下环境。当时，外面雾气很大，阳光从远处透过云层和薄雾映射在山头上。朝阳的鸟雀们开始在山涧跳来跳去，欢快的歌声与溪水交相呼应，拉开了山谷生气氤氲的早晨。

袁文英站在学校对面的一个小山坡上，举目张望：学校和养殖场隔石溪而望，石溪上有小木桥，昨天自己和女儿已经从桥上走过三次了；木桥下面有许多褐色的跳石，溪边几棵歪脖子水杨树倒挂在水面上，树下有七八个金色的稻草垛，点缀着绿色的溪谷；顺着石溪是若隐若现的、狭窄的稻田，稻田里有洼水和野草，共沐秋日暖阳。如果养殖场和学校也算是一个小山村的话，那么稻田旁边，昨天进村时走过的那条蜿蜒的山路便是沟通袁文英、芬芬以及丑丑与远在沅江下游水井乡打工的周建华的寻情之路，也是这一家人前程未卜的命运之谜。

太阳慢慢升起，光线照到了养殖场的屋檐、瓦背上。

袁文英返回学校时，在木桥上碰到第一个来学校上班的陈宏卫校长，他们一并朝学校走去。陈校长关心地问袁文英住在学校是否习惯。

“还好，晚上很安静，蚊子也很少，我昨晚一觉睡到天亮。”

“当然安静啦，晚上只有你们母女两个在这山谷里住，哪里会不安静呢？哪里都安静。”

袁文英瞪大了眼睛：“你是说昨儿晚上只有我和芬芬在这大山沟里……唐云琪……他们养殖场里没有人吗？”

“你没看见吗？养殖场后面都是坟堆，唐云琪不敢在养殖场住，她住在陈书记家里呢。”

“养殖场没有人守夜吗？万一小偷来了，怎么办？”

“通常这时节，养仔都卖完了，剩下那些快速鸡也没有人敢来偷，石溪溶只有这一条出村的道路，一旦发现有人偷鸡，只要堵在出村的路口，保证人赃俱获。再说陈书记的那条猎狗经常在养殖场，很凶的，深更半夜的，一般人不敢到这山谷里来的，谁又敢来偷陈书记的鸡呢？”

袁文英听得后背凉飕飕的，不敢想象偌大的山谷，晚上就她和芬芬两个人在，更加感觉有一种被人愚弄的滋味，心想：怎么事先没有人给我说呢？尤其唐云琪应该告诉我，她可是我最好的朋友啊！而陈宏卫校长为何又愿意把那些可怕的坟墓直言不讳说出来？太阳承担了雨的工作，这现象有违常规。那么，这里面究竟有什么玄机吗？

袁文英下意识地抬头环视了一眼山谷——山谷很深，两边山高林茂，鸟雀或唱着鸟歌在草丛跳来跳去，或从树林中扑棱棱地飞起来，冲向山尖或刺破天空，消失在云端尽头。袁文英的骨子里天生有着浪漫的情愫，喜欢大自然纯净的阳光、纯净的云、纯净的空气，更别说石溪溶这样迷人的山谷。如果不是陈校长把山谷说得那么恐怖，打死她，她也不会怀疑这样美丽的地方能有什么诡异和阴霾。

袁文英曾经读过金庸的武侠小说，她认为石溪溶就像金庸笔下的无忧谷。她对山谷百般不解，如此仙境之地，怎么会让陈校长说得那么可怕，山谷何以让人毛骨悚然，难道那些坟堆里真藏着鬼魂？世界上真的有鬼存在吗？

带着这个萦绕心头的问题，袁文英走到养殖场，找到了唐云琪，袁文英开门见山地问：“听说养殖场后面有很多坟堆，你晚上不敢在这里睡觉？”

“是呀。”唐云琪一怔，顺手打开厨房后门：“你看那……全是坟墓。”

袁文英惊呆了，她看到了一片坟堆，新坟连着旧坟。看着看着，她突然相信那每一座坟墓里都藏着一个面目狰狞的鬼魂，她用颤抖的声音问：“为……什么不早告诉我？听陈校长说……这里经常没有人守夜。昨晚上这整个的山谷只有我和芬芬两个啊？!”

“对啦——我怎么没想到这些！”唐云琪一脸的懊恼，甚至捶胸顿足地说：“这个……我只想着你来石溪溶学校教书，我们姐妹两个可以天天见面呀。”

“你也不怕我害怕？”

“说的也是，山谷阴森森的，听说闹鬼咧。”

“鬼我倒是不怕，我怕坏人。”袁文英停了一会，可能是因为心虚，又强调了一句：“这世上根本没有鬼！”但她对自己的这个声音感到可笑，既然世界上没有鬼，为何自己又要在乎养殖场后面那些坟墓，忍不自嘲地摆了摆头。

“要不，你和芬芬也住我表哥家里去吧？他们家很宽敞。”

袁文英迅速想到了雷水秀那张阴阴沉沉的脸，她说：“不好！那样会给他们增加麻烦的。”

唐云琪若有所思地说：“那你注意照顾好自己照顾好芬芬，怕了就说，别硬撑着。”

“知道。但是，你不要对芬芬讲这些鬼话。”说完匆匆袁文英离开了养殖场。望着袁文英孤独的背影，唐云琪心里感到一阵愧疚，她在考虑自己的粗心大意，会不会给袁文英造成严重的心理问题，这也关系到自己对朋友真不真诚的问题，袁文英会不会怪她不够朋友呢？这年头，难得有几个疯疯癫癫陪自己“二”到永远的朋友。假如因为这个小小的失误袁文英责怪于她，她们的友情如若离去，后会无期。那么，她要怀疑世界上到底有没有一种感情值得她感动和向往。

师生陆陆续续来到学校，山谷热闹起来了。袁文英蓄积了勇气，大大方方走进办公室，陈宏卫校长立马站了起来，向大家介绍袁文英。

“大家欢迎!!!”

陈宏卫说：“袁老师代雷水秀的课，我们就安排你教三年级语文，兼班主任，一周九节课。你看……你坐雷水秀原来的办公桌……那个……那里靠着窗户，光线很好的。”

“好。”袁文英点着头，绕过办公室中间的过道，走到雷水秀原来的办公桌旁，轻轻拉开凳子，站在那里，说：“我有很多不懂不会的地方，今后还望大家多多指教。

“那是当然。”陈宏卫一面说一面从自己的办公桌上拿起一沓早已准备好的教学参考书递过来，说：“这些书对你有帮助，拿去看看。”

袁文英嘴里说着谢谢，当她接过书本的瞬间，整个上半身形成了鞠躬的姿势，看上去像个温顺的日本女人。

陈宏卫笑道：“不客气。应该的。”

其他老师的表情是多面的，微笑、惊讶、不屑、轻蔑、不以为然，都有。

寒暄了一会，上课铃响了，陈校长把袁文英带往三年级教室。他们边走边说，对话也很简单：“周芬芬，我们安排好了，插班在四年级，班主任是陈晓春。”

“谢谢校长!”

“应该的。你一个人带着女儿来我们学校来代课，很辛苦，看今后能不能安排其他老师也住校，也好和你做个伴。”

“这就不好了。不要麻烦大家。”

“上面也有这个要求。”

说这话的时候，陈宏卫已经走到了三年级的教室门口。教室里乱哄哄的，同学们似乎早已知道来了新老师，当袁文英出现在他们面前的时候，大家立刻安静下来，几十双好奇的目光集中到了袁文英身上。

“这是你们的新老师，大家欢迎！”

台下响起一片掌声。

袁文英在掌声中微笑着走上讲台，用微微抖着声音说：“同学们好，我叫袁文英，从今天起就是你们的班主任兼语文老师，希望大家喜欢我。”

这是必不可少的开场白，不得不说。说完之后，袁文英安排同学们按顺序做自我介绍，同学们站起来讲了自己的名字、家庭住址、爱好等；几个特别怕羞的女同学不敢发言，袁文英便安慰了她们，平静而略带鼓励的声音让她的学生感到无比的亲切，从而对她投以尊敬的目光。同学们发言的时候，袁文英尽量把每个学生的情况记在心里。原来，她之前的开场白乃抛砖引玉，可见对付小学生她有一套，证明她的师范没有白读。

这一天袁文英是既紧张又兴奋。

放学以后，山谷安静下来，袁文英想起早上陈校长说的那些话，和看见的那些坟墓，恐怖感随之袭来，不由想到了周建华、想到了阿黄，她想：要是有建华在身边，她不会害怕的，阿黄也在的话，更不用害怕，自己便不会去想养殖场后面那些坟墓、人们口中所说的看不见、摸不着的鬼魅和看得见摸得着的坏人。

现如今却只有女儿和她相依相伴，可是女儿还小，需要保护好，她这个当妈妈的要做的事就是绝不能让女儿出什么意外，此外还要在精神方面给予女儿莫大的安慰和鼓励，让女儿得以健康成长。

等到吃完晚饭，太阳落山了，山谷一下黑暗下来，又没有了白天的喧嚣。袁文英急忙带芬芬离开了养殖场，回到学校那个所谓的家里。一进屋立刻关上门，拉开灯，然后在板凳上愣愣地坐着，芬芬则开始做作业……

突然，“砰砰砰”一阵急促的敲门声。

袁文英：“谁呀?!”声音有些颤抖。

“我!”

袁文英打开门，陈成龙满脸酒气地站在她的面前。

“有事吗……您这是喝酒了?”袁文英小心地问道。

陈成龙径直往房里走，并没有正面回答袁文英，自顾自地说：“下午，我到许家人处理事情，顺便在许家人吃晚饭，他们杀了一条黄狗，我多喝了几杯，他们太……太客气了，呵……呵呵！他们瑶乡毛狗真的好吃，那味道我都不知道怎么给你形容。”陈成龙打了个饱嗝，又道：“这不，路过学校来看看你……你是大美女啊！长得像徐小凤咧。太像了！我喜欢。”

袁文英淡笑了一下：“谢谢你来看我。陈书记您快回家吧，您喝多了，需要休息。”

“我就在你这里休息了，不……行吗?哈哈！你不许赶我走，不然我要骂你……不，我要批评你。”陈成龙大大咧咧地坐到了板凳上，跷着二郎腿。袁文英站在他的面前，不知所措，想说什么又不敢说。陈成龙微微抬头看着袁文英，拍了拍板凳说：“来，坐，你也坐!”

“这，我家里只有一张床，再说……”

“哈哈哈哈!”陈成龙狡黠地大笑了一阵，之后，抓着袁文英的手说：“怎么……你想到什么啦?我还没有上你的床哩，看来你比我还急。哈哈!”

“总而言之，陈书记，您应该回家去了。”袁文英坚决地说。

陈成龙突兀地站起来，抓着袁文英的那只手，没重没轻地摇晃，醉眼蒙眬，像在等待袁文英主动送投怀抱。袁文英却往后退了几步，手被自己拉得好长好长。陈成龙一直盯着她的眼睛。看见袁文英害羞的样子，陈成龙说：“I love you”他要吻她。袁文英说，“好大的酒气”，顺势甩掉了陈成龙的那只手。陈成龙突然发出一阵“嘎嘎嘎嘎”的怪笑声，然后转身离去。那一刻袁文英害怕极了，怕得头皮都麻。

她关上门，长长地吁了口气，心上的一块石头总算落地了。照说她对陈成龙的印象不坏，但她在那么短暂的时间里能想到什么呢?她和陈成龙才认识几天?保持距离，拒绝陈成龙应该出自她的本能的反应。不然，她就不是袁文英了，那么她又将是谁?

生活在不断改变，接下来她和陈成龙之间又将发生怎么的故事呢?

陈成龙走了，袁文英也不去多想，见时间尚早，便看了一会教学参考书。等到芬芬要睡觉的时候，袁文英便和芬芬商量，用家里带来的那个红塑料桶子当马桶，芬芬不解地说：“昨天晚上到后面的厕所解手，今天为什么要用马桶了?”

“马桶方便，厕所太远了。”

“那要解大手呢?”

“到时再说。”

“哦。”芬芬便到塑料桶里尿了第一泡尿。

6

第二天袁文英站到讲台上，心情依然有些激动，只见她微微颤抖的双手打开书本，然后用右手在书的中缝来回压了压，定了定神，说：“同学们现在正式上课了，先请翻开前言部分，让我们了解一下这个学期，我们要学习和掌握哪些新的内容和知识……”

“哗哗哗”的翻书的声音，是一种沁人心脾、春风拂面的感觉，袁文英环视着讲台下面天真烂漫的孩子，感觉自己特像一个老师。

日子这样简单重复着。经过一周的准备，袁文英开始自己做饭，厨房被设置在走廊上，灶台和锈迹斑斑的铁锅都被利用起来了。陈宏卫安排男老师帮袁文英在走廊外围搭了一块布棚子，挡风挡雨；还放了一排学生课桌，当餐柜用。做饭烧水的柴火是隔壁房里堆放的棍棒，还有芬芬到山上捡回来的干树枝。

袁文英早上六点半钟起床，第一件事就是打扫办公室，完了再回家做饭。芬芬早上去山上捡柴，捡柴回来之后，她会到石溪去刷牙、洗脸，捎带挑水回家。塑料水桶和芬芬差不多高，通常一担水一路淌下来，挑到家里只剩下半担水了。

袁文英心痛地说：“你看你装得满满的，最后挑到家还是半担，不如开始只装半桶，省省力气。你还要长身体，别压矮了，知道吗?”

“我挑得动哩。”芬芬不甘示弱地说。

平时，袁文英将脏衣服用洗衣粉搓好之后，芬芬就拿到石溪去清洗。这时候，袁文英就在家里做饭。芬芬洗完衣服回来吃饭。芬芬爱端着饭到外面和同学边聊边吃，甚至边吃边做游戏，有时还跑到周围山上摘野果子吃，或到石溪翻螃蟹，小鱼小虾的，十分有趣。山沟里的日子也变得特别灿烂、精彩。

为了节省开支，袁文英按照陈成龙说的，利用休息时间在石溪边上挖了两块地，种了蔬菜和红薯，以解决吃菜问题。她们在石溪溶学校里大有安居乐业的趋势。

当袁文英第一次拿到800元代课金的时候，手有点颤抖。她以前在家里只扮演家庭主妇，现如今开始自食其力了，这是件令人高兴的事情。袁文英就叫唐云琪从陈家村带了10元钱的猪肉，她把猪肉一锅煮了，还放了半斤多黄豆在里面，闻起来好香。唐云琪也被叫过来一起吃晚饭。唐云琪还从养殖场端来了一碗米熏鸡肉，凑在一起吃，边吃边聊。

“我表嫂这几天要生了。”

“那么快啊?”

“预产期到了。”

“是吗?”

“担心我表嫂生完孩子，自己回来上课，不要你代课了?”

“这是迟早的事嘛。”

“我听表哥说，表嫂生了孩子以后，打算请长假自己带孩子。”

“不是不许请长假吗?”

“这种事，只要不说出去，教育局不会知道的。即使教育局知道了，没有人告状，也不会有事的。”

“这么说，我可以继续在这里教书?”

“那是当然。”唐云琪：“不过你得跟我表嫂把关系搞好，好像她不太喜欢你。”

袁文英：“我可没有得罪她呀……那她坐月子的时候我去看她?”

“好的，我陪你去。”

“我还想到养殖场打短工呢，星期六、星期天我去送货可以不?”

“明天就要拉鸡到大路坪，送到县城里去。”

“那我也去。周末不上课，歇着也是歇着，不如去打工挣钱。”

“芬芬怎么安排?”

“星期六星期天她要到同学家去玩，不用管。再说你也可以帮我照看一下她，天黑之前我就回来。”

“好的。我回去跟我表哥讲一声。”

吃完饭，唐云琪走了。袁文英把门关上，吩咐芬芬开始做作业。寂静的山谷悠悠的风声，既迷人又恐怖，考验袁文英的胆量和耐心。

袁文英自己一边拾掇家务，一边想着心事，想到了周建华。屋里十分安静，25W的电灯吊在头顶上，散发出橘红色的光环，显得格外温暖。无论是谁，心情好的时候，应该会感觉山沟里的秋夜特别的舒适宜人。袁文英没有这种感觉，她心里除了害怕，余下的是种种的无奈。算起来和周建华差不多分别两个月了，袁文英陷入了深深的思念之中，这思念是甜蜜的，也是酸楚的，亦犹如现代中国许许多多两地分居的家庭一样虚拟地存在着，折磨着相爱不能相见的人。

袁文英忽然就想到了养殖场后面的坟墓，于是偷偷看了看芬芬，芬芬正在聚精会神地写着作业，对屋外的恐怖之夜没有丝毫的理会。

袁文英在心里念叨："芬芬都不怕呢！一个多月了，每天晚上和芬芬住在这山谷的学校里，没有人半夜敲门，也没有看见过鬼魂之类的，这个世界上或许根本就没有鬼嘛。"袁文英从芬芬淡定的神情里获得了某种启示，头脑才如此勇敢地想。

芬芬做完作业，站起来，伸了个懒腰："妈妈，睡觉吧，明天我要早点起床，要到许家人去，许青艳她们邀我进瑶山去捡柴。"

"好，记得早点回家。"袁文英嘴上说着，感觉要解大便，就到床头拿了手电筒，说："乖女儿，陪妈妈上厕所去。"

"就到马桶尿咯。"芬芬嘟嘟囔囔。

"妈妈解大手。"

"你总是晚上拉屎，外面黑咕隆咚的。"

袁文英一怔，立刻明白过来：原来不是女儿不知道害怕，而是女儿聪明懂事，才假装表现出来平静和勇敢。女儿怎么会不害怕呢？曾经一只老鼠都把女儿吓得尖叫，何况养殖场后面的坟墓和这漆黑的夜色。可想而知，女儿多么的懂事，女儿又是多么坚强地战胜了内心的恐惧。生活有时会犹如春天般温暖，有时亦如冬天般寒冷。

袁文英一边想一边走到门口，看见女儿慢腾腾的，袁文英故作轻松地说："妈妈今后一定改掉这个习惯，把大手留在白天解。但是，今天晚上还得先去解决一下。哈哈！"

芬芬没有吭声，紧张地走到袁文英的前面。袁文英一把搂着女儿，朝教室后面的厕所走去……

到了厕所，芬芬背靠着墙壁站着，这样她才有安全感，至少背后是安全的，而前面，妈妈挡在那里，也是安全的，那么只有左右两侧黑暗的地方有点吓人，好在妈妈不需要蹲太久。

袁文英发现女儿仍然是弱小的，需要她的保护，心里开始懊恼自己不应该晚上上厕所，把女儿也给连累了。

从厕所回来，母女俩便上床睡觉了。老雕花木床背靠墙壁，芬芬睡里边，袁文英睡外边，这是普遍规律，里面安全，像母鸡保护小鸡，母亲保护女儿。电灯拉线就在袁文英枕边。

芬芬喜欢侧身睡觉，面对着妈妈，这样可以把小手放在妈妈的胸脯上，妈妈的胸脯暖融融的。她喜欢抓着妈妈的奶子睡，这种游戏是从小养成的，她吃奶吃到了四岁多；断奶之后，还经常在睡觉之前吸吮妈妈的奶头玩耍，娇滴滴的。袁文英并不生气，反而感到很幸福。可是自从来到石溪溶学校，芬芬好像长大了许多，一直没有玩过这种游戏。

此时，芬芬的小手手摆在自己的胯部。半夜，尿意把芬芬涨醒过来，她睁开眼睛，突然看见床前的板凳上坐着一个民国时期军官装扮的老人，老人的面目模模糊糊的看不清楚，但感觉慈祥可亲。潜意识里芬芬想到了鬼魂。

鬼！岂敢多看！

芬芬一下缩进被窝里，紧闭双目，大气都不敢出，更不敢有一丝一毫的动弹。袁文英睡得正香。

芬芬憋着尿，又不敢发出声音叫妈妈开灯。她憋了很久，当实在憋不下去的时候，急中生智，一只手悄悄地摸到了妈妈的奶子，使劲掐了一下。

“怎么……芬芬?!”袁文英惊醒过来，含含糊糊地问。

“我要撒尿。”芬芬小声地说。

“哦。”袁文英拉开灯，没有感觉芬芬有什么变化，继续睡自己的觉。

芬芬紧张地爬到马桶上尿尿，又紧张地爬回被窝，不敢动弹，但她再没睡着，她害怕自己一旦睡着了，那个鬼又出来吓唬她，或者掐死她。她怀疑那个鬼就在她的身边，听得见她的声音。

很久以后袁文英听说了这件事，她们已经离开了石溪溶学校。当时，芬芬没有告诉她，不是故意隐瞒，而是害怕被鬼听见了，怕鬼有可能报复她，所以才不敢讲出来。

袁文英醒来的时候，山谷麻麻亮，穿好衣服，拉开门，唐云琪站在门口。

唐云琪兴奋地说：“我昨天回去问我表哥，表哥二话没说答应了。正好今天缺少人手，你赶紧搞早饭吃，吃了早饭到养殖场送鸡。今天要装大车送到县城去，恐怕会有一整天忙。”

“好好。”袁文英一边答应，一边走到走廊上那个所谓的厨房里，准备做饭。她急忙又回头对唐云琪说："芬芬怎么办，她长这么大都没丢过一天。"关键时刻，袁文英心里又犹豫不决。唐云琪说："让芬芬到许家人去玩，下午她回学校，你若还没回来，我帮你照看她。"

袁文英："昨儿晚上她说她今天要到许家人去玩，她和许青艳她们约好的。"她不敢肯定的疑惑里仍然有些放心不下。

"那不就成了，你晚上早点赶回来陪她就行了。"

"那……好吧。"袁文英便开始刷着锅子。唐云琪帮她生火。

饭菜是昨晚上剩下的，热一下就可以吃。山谷像是一个天然大冰箱，夜里气温不高，即便夏天，把饭菜沉在凉水里，第二天早上吃，也不会变质。这事情本质上如同一个乡里人，原本有着淳朴的本性，保质期内可以抵抗外界诱惑，能够简单生活。但是过了保质期，或被风干了或是被腐化了，因人而异。袁文英正在改变生活，抑或生活正在改变袁文英，结果又将如何呢？

袁文英草草吃了早饭，芬芬还没有醒来，昨晚半夜看见的那个国民党军官吓得芬芬睡不好觉，所以天快亮了芬芬才又睡着了。

袁文英和唐云琪一起来到床边。袁文英看着熟睡中的女儿，两眼发呆："她还在睡呢。"

"喊她起床吧。"唐云琪拍了拍被子说。

芬芬突然惊醒了，从她惊慌的脸色可以看出，她可能有过瞬间的幻觉，以为眼前又出现了鬼魂。当她看见妈妈站在床边，才放松了警惕。

"芬芬，妈妈今天要去养殖场打工，可能很晚才回家，你说你要到许家人去玩，记得早点回来啊。"袁文英一边帮芬芬穿衣服一边又说："早饭热在锅里，你吃了早饭再去。如果妈妈回来晚了，你自己做饭吃，或者到养殖场买饭都可以。有事你找唐阿姨。"

"我要跟你去！"芬芬用惊讶的眼神望着袁文英。

"妈妈是去做事，你一个小孩子碍手碍脚的；再说去县城，那么远。"

"我要去嘛！"芬芬嘟嘟囔囔的，但态度已经明显妥协了。

袁文英："听话，妈妈晚上回来，给你带好吃的。你别到处乱跑。"

"好吧……你一定要早点回来。"芬芬被迫答应了。

唐云琪转身走了，袁文英紧跟着出去了。芬芬愣愣地坐在床上，等她反应过来，再滑下床，追到门口，袁文英和唐云琪已经走过了小木桥。芬芬就那么愣愣地站在那里，茫然地望着妈妈爬上对面那小山坡，最后消失在树荫里。

芬芬的眼眶里慢慢噙满了泪水，她并没有哭出声音。她内心深处出现了坚强与脆弱、勇敢与害怕的较量，几乎要追上去。

袁文英走到养殖场。不一会，陈成龙赶来了，背着鸟枪，老练成熟的样子像个游击队队长。

一见面，陈成龙十分高兴地说："袁老师，没想到你愿意吃这份苦啊。"

袁文英莞尔一笑："我嘛……闲着也是闲着，不如到你这里来打工挣点生活费。"

"欢迎欢迎!"陈成龙指了指停放在鸡屋门口的板车和脚踏三轮车说："那儿，板车的工钱十元一车，三轮车八元钱一车。我看你还是踩三轮车，板车上面有三层架子，装满之后你拉不动。"

袁文英稍稍考虑了一下："好吧，就踩三轮车。"

"那，我们进去吧，陈良民、陈宏军在里面。"

说着也就进到了鸡屋，袁文英看见黑白混杂、黄绿不匀的鸡粪就在脚下，恶心极了。陈良民正左手一只鸡、右手一只鸡，动作麻利地往陈宏军扯开的大网袋里灌，有鸡毛挂在网袋上，鸡就"呱呱"地叫；袁文英心想鸡也是生命，肯定很痛很痛的。陈良民才不管鸡痛不痛，只顾使劲往里灌，结果鸡毛被扯掉了，飞到了地上，毛根上还带着红色的血。

陈良民又到旁边鸡堆里去抓，又灌，一屋子鸡披着棕红色的鸡毛，但是鸡"咯咯"地叫着、躲着。闻着阵阵难闻的鸡臭，袁文英胸口闷死了，但是一想到一天几十元的工钱，她毫不犹豫地拿起了大网袋……

陈成龙放好鸟枪，顺手就抓了两只母鸡灌了进去。有陈成龙帮忙，袁文英速度比较快，一网袋十只鸡，很快堆了一地。陈成龙又一袋袋地往三轮车上转移。

袁文英的三轮车里装不下多少，五袋就满了。她骑上车，准备出发，陈成龙问："袁老师，以前蹬过三轮车吗?"

"没有。"

"要不要我给你示范一下?"

"不要。这活没有技术含量，应该不难。"说着袁文英踩上了三轮车踏板。然而料想不及的是，看似简单的事情却不简单，不管怎样使劲，三轮车像头犟牛，总不听她使唤，左摇右摆。

"说你不会你不信。"陈成龙哈哈大笑："看来我得陪你走第一趟，教教你。"

陈成龙便把鸟枪交给唐云琪，交代了几句。他走上去，把左手护在车后面，右手帮袁文英掌握方向盘，叫袁文英踩踏板，在陈成龙的帮助下，三轮车开始摇摇晃晃地朝前驶去。

走了一会儿，袁文英的驾车技术有了很大提高，陈成龙试着放手让袁文英独自走了一段路；走到村委会门口，三轮车又出现了异常状况，而陈成龙又上去帮忙，而陈良民、陈宏军拉着板车早已经跑到前面去了。

袁文英忽然发现陈成龙的右手覆盖在自己的右手上，身体几乎贴到了她的背上，陈成龙的气息就在她的耳边，热烘烘的。

袁文英不由脸红了起来，而她的这一细微的表情变化使她变得更加娇艳、可爱，陈成龙看在了眼里，强烈的占有欲望排山倒海地袭进心头，情不自禁的紧紧抓住了袁文英的手，说："我们到村委会去休息一会儿，好吗?"

袁文英惊慌失措地说："不……不要!"

"我给你一百块钱一车，好不好?"

"快走吧，一会儿他们都回来拉第二趟了。"袁文英拼命地踩三轮车。

果然，陈良民和陈宏军很快返回来了，拖着空板车从袁文英、陈成龙的身边疾步走过去，还插科打诨道："袁老师，你不是干重活的料，你陪我们陈书记聊聊天就成了，把陈书记伺候好了，工钱比我们多哩。"

袁文英听这话，心里有气，碍于情面又不好得罪工友，于是故作玩笑地说："我允许你们在我身边走来走去，但不允许你们在我耳边胡说八道!"

陈成龙笑道："你看，他们都觉得你应该陪我呢。"

"你也不是好人!"

"我不好吗……也不坏嘛。"

袁文英白了陈成龙一眼，继续踩着三轮车。

陈成龙一脸深情地说："做我的女人吧。你的过去，我来不及参与，但你的未来我愿意奉陪到底。"

"我不愿意!"袁文英猛地踩了一脚，三轮车朝前驶去，把陈成龙搁在了后面，回头，袁文英说道："陈书记你回去吧，我已经学会了。"

陈成龙望着袁文英的背影想："迟早我都要把你搞到手!"

秋高气爽，云雀飞翦。山谷树影婆娑，溪水在乱石中穿行，时而动如野马，蹄踏声声；时而静如处子，缓步而行。

袁文英吃力地踩着三轮车，走在沿溪的路上，热气从脖子口和袖口处腾升出来，赶到大路坪三岔口，她的额头和后背都已经冒汗，手心湿湿的了。

一辆农用货车停在303国道边上，雷水秀挺着大肚，站在货车旁边以旁观者的姿态看着袁文英上气不接下气地把三轮车踩过来，冷冷地说：“袁老师，这么粗的活，你也肯干?”

“没……没办法，要吃饭咧。”袁文英气喘吁吁地笑道。

“我和成龙的养殖场都办了三年多了，除了唐云琪在场里做饭，你可是第一个女工人哩。”雷水秀望着远处说：“他们都是男的。”

袁文英回头看见陈良民、陈宏军拖着板车，板车上高高的铁笼里装满了鸡，上中下三层，看上去很重，陈良民、陈宏军正连走带跑地朝这边奔来。

雷水秀：“这就是男人和女人的区别。你说你一个美女何苦找这份苦吃呢?”

“我也是没有办法，要生活啊!”袁文英一边惭愧地说，一边赶紧把网袋的鸡往货车上转移，又说：“我以前没有踩过三轮车，所以速度慢，不过现在已经会踩了。”

袁文英送完第四趟的时候，货车已经装满了，陈成龙赶到马路上，手里拿着几包东西，说是送雷水秀到县人民医院去生孩子。雷水秀瞟了瞟站在车边的袁文英，凑到陈成龙耳边悄声说道：“算了，不要袁老师去了，让她到场里喂鸡去。”

“让她去，你想啊，她长得像徐小凤，那些男客户喜欢美女，她去了对我们会有好处。”

雷水秀盯着丈夫，低声吼道：“怕是你喜欢美女吧?!”

“当然，我也喜欢美女。我看着她，眼球舒服。”陈成龙冲雷水秀残酷地说：“你不是不知道，臭男人都这德性——好色。”

雷水秀气得紧紧地咬着牙根，恨只恨自己行动不便，只好忍气吞声，小心翼翼地把硕大的屁股放到驾驶室副座上，陈成龙则挨着袁文英坐在后排。

司机关上车门，货车往县城驶去。袁文英认得这条路，当初来石溪溶的时候已记住了方向，不同的在于这次是逆向行驶。

货车很快到了金色县渡轮码头，码头上排着长长的车队，等着过沅水河。透过车窗，望着绵延的江水，袁文英自然而然地想到了周建华：丈夫就在沅水下游水井乡河段替别人挖沙淘金呢。袁文英直直地望着尽头，河面上孤帆远影，没有看见淘金船，毕竟水井乡离还有一段很远的路程，她看不见淘金船，更别说周建华的身影。

过河之后，货车在县城左拐右拐，拐到了陈成龙的中转站，那是一个租来的、破破烂烂的粮油仓库。大家赶紧把"网袋"转移到仓库里。陈成龙的叔叔不知从什么地方走了出来，开始帮忙，把"网袋"里的鸡放出来，放到地面上，补充饲料和水。司机说还要到别的地方去拉货，于是把车开走了，袁文英一下懵了，说："怎么……我们坐班车回去吗？"

陈成龙诡笑无语。他早晨才剃掉络腮胡子，脸上仍然一片黑暗，似乎他的眼光连同笑容里都匿藏着不可告人的暗算。

"到底怎么回去？"袁文英焦急地追问了一句。

"暂时回不去了。马上，会有很多人来买鸡……如果有外县的大单客户，我们还得装车呢。"

袁文英愁云满面地问："那要等到什么时候才能回去啊？"

"这就说不准了。"陈成龙冷冷地笑了一下，听得出他有点幸灾乐祸。

"怎么会这样？我女儿一个人在家里。那要晚了，没有车回去，怎么办呢？"

"你事先没有安排好吗？"

"不是……是，我不知道，我以为送完货就可以回去。"

"那就别回去了。"

袁文英几乎哭丧着说："我不要工钱了，让我先回去吧。"

"袁老师，我也求你了，今天有个黄老板，是个大客户，这个人性子慢，不知道什么时候才到，我们得等着他，等他到了，大家得把鸡重新装到网袋里，过秤之后，再移到他的车上去。"陈成龙停了一会，换了一种温和的口气又道："你看，我们几个人，要做这么多事，你怎么能先走啊。时间应该来得及，装完车你马上就走，坐班车走，车费算我的。好不好？"

袁文英沉默了一会，她在脑子里急切地想着许青艳是个稳重厚道的孩子，芬芬在许家人和许青艳在一起应该是安全的，应该可以放心；再说还有唐云琪呢。

陈成龙："我不会为难你的，保证你回去时候天色还早。"

"好吧。"袁文英被迫答应了。

陈成龙以领导的风度，郑重其事地握住袁文英的手说："感谢你能留下来，帮了我的大忙啊！"似乎他才是打工的，他的谦虚使袁文英感到只有留下来才对得起领导的信任，不管他的话可能多么的虚伪。

陈良民也说："袁老师你放心，我们也要回去，如果没有车，走路我们都要走回去。"

“走路？那么远！”袁文英张大了嘴。

“也就两个小时。我们经常走。”

陈成龙又拍了拍陈良民的肩膀说：“好好，你开导开导她，我先把你嫂子送到医院去，安顿好了再回来。”陈成龙转身走了。

陈良民继续说：“一般天黑之前可以回去的。”

袁文英欲言又止。

“宏军，出来一下。”陈成龙的叔叔在门口喊。至于他什么时候跑到门口去的，袁文英没有注意。

袁文英也跟着走了出去，看见门口站着几个鸡贩子，缠着陈成龙的叔叔讨价还价。他们磨磨唧唧地谈了一阵子。然后陈叔叔吩咐陈良民、陈宏军去屋里捉鸡，装到鸡贩子的笼子里再过秤。

一直忙到下午五点钟，外县的大客户终于腆着大肚子来了。陈成龙也已从人民医院回到中转站，一见面，陈成龙大大咧咧地说：“黄老板你看，今天我们的美女等了你一整天了，等着给你装车呢。”

“哈哈哈！那真荣幸！”所谓的黄老板一面说一面在袁文英身上扫描，从上到下，又从下到上，惊讶地说：“哎呀！长的像哪个歌星……对对对，像徐小凤，香港的。”

“是吧……像吧？嘿嘿！”

袁文英并不理会面前的两个男人对自己评头论足，她准备去装车，刻意地苦笑了一下，像最后的告别。两个男人的目光有点依依不舍地粘在袁文英的背上。

陈成龙突然追上去，把袁文英叫到一边，悄悄说：“今晚别回去了，我到海天大酒店给你开间房，晚上我陪你，你不想……做爱吗？你很久都没有男人了。”

袁文英惊诧地瞪着陈成龙，半晌找不出话来，她没有想到陈成龙这么直接。

“我让陈良民回去照顾你女儿，你看行不？”陈成龙急忙又补充了一句。

“不可能！”袁文英憋了半天才大声地嚷道。

“那……既然你不愿意，我也不勉强你，我照样给你一百元一天，你知道我对你好就行了。等一会装完车，你和他们一起回去吧。”陈成龙又说：“那我也走了，留在这里没意思。我不想吃不到鱼腥，惹来一身骚。我老婆已经在怀疑我们了。”

陈成龙回到黄老板身边，掏出一支卷烟打给黄老板，捎带自己也点了一支抽起来，他的动作很绅士，跟电影里见过的僵尸差不多硬朗，看得出他心里很委屈、很无奈，也有可能恼羞成怒，只是没有发作罢了。

大家又忙了一个多小时，终于装完车，可以回家了。

袁文英跟着陈良民、陈宏军来到汽车站。天色已黑，县城已然华灯初上。班车已经停止运营，三人商量租面包车回去，结果问了一下价格都吓了一跳：一天的工钱刚好够包车。司机说："以色列打仗，能源紧张，汽油涨价了，原油一百美元一桶呢！车费当然跟着涨，这些都是上帝这么安排的，随便你们包不包车。不包，上帝安排你们走路。"

陈良民说："我们走路吧。"

袁文英只好跟着两位工友急急忙忙赶路。她心急如焚了不知道芬芬回家了没有；如果回家了，又是怎样的望穿双眼，盼着妈妈早点回去呢！

路过陈家村的时候，陈良民让袁文英在村边等了一会，他回家取了手电筒，再把袁文英送到学校。

当袁文英打开房门，被眼前的场景惊呆了：家里的摆设基本没有变化，唯一，门口多了一篓干柴，但女儿却不在屋内！

芬芬回过家，这是肯定的。

芬芬会跑到哪里去了呢？

袁文英急忙拿着手电筒出去寻找，四周一片漆黑，她在黑夜里大声叫着芬芬的名字，山谷回荡着她的呼喊以及窸窸窣窣的风声。袁文英完全忘记了养殖场后面那可怕的坟墓。她在学校周围没有找到芬芬，又跌跌撞撞地来到养殖场，那一刻什么样的妖魔鬼怪她都不怕了，她只一个念头，就是要找到芬芬。她使劲敲着养殖场的门，却没有人答应她，最后失望地回到学校。她因为紧张和惊慌，身体已经极度困倦，坚持不住了，于是和衣躺了下去，恍惚中，她在脑海里给了一个安慰自己的理由，认为芬芬和许青艳到瑶山上捡柴，回家后，没有看见妈妈，芬芬又返回许家人去了；芬芬这时应该和许青艳在一起，或许已经和许青艳上床睡了……；肯定还做梦了，梦见自己飞起来了，小孩子总是梦见自己飞来飞去的。

这样想着，袁文英心里稍稍安稳了一些，迷迷糊糊睡着了。而此刻，芬芬却睡在石溪边上歪脖子水杨树下的草垛里，还梦见了妈妈……

这，袁文英万万没想到！

7

天亮了，芬芬从熟睡中被鸟儿的歌声唤醒。

芬芬揉了揉眼睛，爬出草垛，走到水杨树下面一个至高点上，在那里能够看见那条通往大路坪的山路，妈妈昨天就是从这条山路走出去的，回来时也要走这条路！芬芬肯定守在水杨树下面能在第一时间看见妈妈的身影。

天刚亮，袁文英已锁上房门，在去许家人的路上了。

这，芬芬没有想到！

芬芬看见一个小黑点点在山路的那头移动，一下振作起来，手脚麻利地爬到歪脖子水杨树上，痴痴地向远处张望——那是不是妈妈？

近了……近了……更近了，芬芬终于看清楚，那不是妈妈，那是唐阿姨。

唐云琪走到水杨树下面，发现了树上的芬芬，满脸惊异问："芬芬，你这么早爬到树上做什么？"

芬芬怯怯地说："我等我妈妈。"

"你是不是在草垛里睡了一夜了？"唐云琪急忙问道，但看见芬芬身上的稻草，心里已经有了答案，她说："快……快下来！"

待芬芬从树上滑到地面上，唐云琪一把搂住芬芬，心痛地说："孩子啊，你妈妈昨天晚上已经回来了，你不知道吗？"

芬芬没有吭声，只摇了摇头。唐云琪立刻牵着芬芬往学校跑，一路跑一路念叨："不知道你妈妈急成什么样子了……怎么会，你们母女两个怎么会错过了呢？"

她们跑到学校，看见房门锁着的，唐云琪环顾四周，并没看见袁文英，一筹莫展之时，发现袁文英有气无力地从许家人方向走来，很憔悴的样子。

"文英！芬芬在这里！"唐云琪朝袁文英大声喊道。

袁文英晃悠一下，倒在了地上。一天一夜的劳累奔波，加之急火攻心，她不倒下才怪。

唐云琪飞奔过去，把袁文英的头扶在怀里，大声地喊着。

芬芬并没有那么激动，跑过去搂住妈妈或者大声叫妈妈，只是缓慢地走到几米远的地方，静静地站在那里，等待妈妈苏醒过来。

唐云琪用手指掐着袁文英的人中，继续喊着“袁文英”，她疯狂的叫喊和着风在山谷里回荡。

长长地出了一口气之后，袁文英终于苏醒过来了，挣扎着站起来、扑过去，把女儿紧紧搂在怀里，当得知女儿昨晚在石溪边上水杨树下面的草垛里睡了一夜，伤心地哭了起来。

“我一点都不怕。”芬芬反而安慰起妈妈。

袁文英十分疑惑地问：“你为什么不在家里睡觉啊？”

芬芬自我陶醉地说：“草垛里好暖和。”

事实上，昨天傍晚，芬芬从许家人回到学校，发现妈妈不在家里，自己做了饭菜，吃了。之后一个人孤零零地坐在家门口，巴望着妈妈回来。天渐渐黑下来，芬芬越来越害怕，脑子里又出现了先前看见的那个“国民党军官”的样子，好像那个“国民党军官”就在自己身边，吓得后背凉飕飕的，汗毛竖了起来。

毫无疑问家里有鬼！

芬芬不敢再待在家里，锁上门，来到歪脖子水杨树下……就发生了后来母寻女、女寻母揪肺揪心的一幕。

唐云琪急忙对袁文英说自己回表哥家之前，去学校找过芬芬，没找到，找过好几次啊。真笨，以为芬芬在许青艳家里过夜呢。

袁文英有些责怪唐云琪，关键时候言而无信，说好的帮她照顾芬芬，结果自己回陈家村去了。芬芬一个人待在学校里，要真的碰上了坏人怎么办呢，听说山里还有野狼和花豹，都是吃人的家伙。祥林嫂的命运多么可怕！

唐云琪明白自己错了。她十分清楚，一旦袁文英不能原谅她的话，那么她与袁文英之间十多年的姐妹情分就结束了，这将多么的可惜；袁文英原谅过她一次了，人这一生能有几个知心的朋友呢？她心里十分愧疚，于是反复地向袁文英解释，说自己去表哥家之前到学校找过芬芬，还找过几次，可惜没有找到。她以为芬芬留在许青艳家里过夜了……就不知道到水杨树下面的草垛里去找找看！说着说着她眼眶红了，像要哭泣。

“好了好了，不怪你。我也是这么想的，也没有去那草垛里找。谁会想到芬芬会睡在草垛里呢。”

“就是呀。”唐云琪终于可以松一口气出来，到底袁文英是通情达理之人，没有怪她。

“妈妈，你以后出去做事，一定要早点回来。”芬芬说话出奇平静。

袁文英使劲点着头："嗯，好，妈妈答应你。"

芬芬有惊无险地回到了袁文英身边。袁文英就想，自己一定要照顾好女儿，以后不能出去打工了，不能把芬芬一个人留在家里。

第二天中午，传来消息，雷水秀在人民医院生了个小公主，陈成龙让唐云琪到医院去照顾雷水秀母女。

唐云琪记得袁文英说过雷水秀坐月子的时候要去看望雷水秀，便问袁文英是否真的要去看望雷水秀。要去，快点，一起去；不去，她就去了。

"当然去！说好的。"袁文英匆匆忙忙从床下面的旧鞋子里取出三百元钱，对芬芬说："妈妈现在要到县人民医院去看西麻子妈妈，西麻子妈妈给西麻子生了一个妹妹；妈妈很快就回来的，你一个人待在家里，饭菜有现成的……你也可以到许家人去玩，妈妈回家之后去接你。"袁文英一边说一边往外走。前车之辙，后事之鉴。因为昨晚的教训，袁文英对芬芬交代得非常仔细，她说："如果妈妈回来晚了，你一定不要一个人待在学校，一定就在许青艳家里等着妈妈去接你。记住了！"她同时认为，去看一下雷水秀，把自己的心意——两百元钱送过去，坐一会就走；倘若时间还早，还可以到县城买点生活用品，兜里准备了一百元钱哩。

芬芬茫然地点了点头。

袁文英匆匆地走了。

她这一去，一直到放学后都还没有回来。芬芬一个人待在学校里，周围静得令她窒息，好像时间停止了，变成了石头，孤独和恐惧笼罩着山谷、学校。芬芬似乎听到了自己的心跳，她站在门口巴望了一会儿，希望看见妈妈从小木桥走过来，可是妈妈很久都没有出现。天越来越黑，她不得不去厨房，给自己热了菜饭，自顾自地吃起来。吃着吃着，芬芬又想起了那个"民国党军官"的鬼魂，一下冲出了房门。

天完全黑了，妈妈仍然没有回来，芬芬钻到水杨树旁的草垛里，眼泪没声没响地流了出来。袁文英走的时候芬芬茫然地点头，其实她不明白妈妈究竟要去多久，妈妈说很快就回来，她相信妈妈，妈妈从来没有骗过她。

但是这一次，袁文英第二天中午才回来。看见芬芬，袁文英含着泪说："芬芬，妈妈对不起你，妈妈昨天回不来是因为西麻子妈妈大出血，差一点就死了。妈妈和唐阿姨在医院守了她一夜。"

芬芬很平静地说："我一点都不怕。"

"为什么还到草垛里睡？妈妈叫你到许青艳家里睡啊。外面不安全。妈妈以为你在许青艳家里睡觉呢。”

“草垛里好暖和。”

袁文英鼻子一酸，轻声地哭起来。

8

气温骤然下降，山谷突然凉了。

袁文英仍然每天六点半起床，打扫办公室、做早饭，吃过早饭去教室上课，日子就这样平静地过了一周；等到了星期六早晨，陈良民突然跑到袁文英家里说唐云琪要照顾雷水秀坐月子，养殖场人手紧张，陈书记特意叫他来请袁文英去养殖场帮忙送一车鸡去县城。

袁文英几乎没有犹豫就答应了，接着认认真真地安排好了芬芬的饭食，答应芬芬天黑之前一定回来。前面有过两次经验和教训，她说如果天黑之前回不来，芬芬一定要到许青艳家里睡，绝不能再到草垛里过夜，外面冷，又不安全。

芬芬愣愣地瞪着袁文英，她不明白，昨天晚上妈妈还对她说以后不去养殖场打工了，怎么今天突然变卦了呢？显然，妈妈是被陈良民叫去的，这是个简单的问题，但在芬芬眼里妈妈对她言而无信，她觉得妈妈变了，变得陌生了，以前那个安安静静待在家里照顾她和爸爸的妈妈变得喜欢往外面跑了。

芬芬便独自朝许家人走去。路上，三五成群的瑶族妇女与芬芬擦肩而过，看见她们穿着花花绿绿的上衣、花围裙，绑着绑腿，背着背篓，拿着霸王鞭，一会儿唱歌，一会儿吆喝，欢声笑语、好生热闹。芬芬的心情也开朗起来，于是蹦蹦跳跳地走到了许青艳家里。许青艳也有织布青兰瑶服，芬芬见她经常穿。

芬芬一进门就迫不及待地央求许青艳把她的瑶族服装拿出来看看，拿到手上，芬芬便穿起来，走到镜子前照了一下，又觉得不好看，脱下，还给了许青艳。她说她最喜欢的还是妈妈买给她的衣服，五颜六色的图案，很漂亮。

这会儿，村里别的小伙伴也来了，十多个，叽叽喳喳的。许青艳建议大家上罗峰山去玩。罗峰山是瑶乡的珠穆朗玛峰，山上树木葱郁、风景秀美、多种野生动物蜗居在高山之中，相互依存、相互对抗。不管春暖花开抑或冬日雪裹，在上山都能找到想要的、好吃的野果，看见想看见的漂亮的小鸟。

大家极力赞成许青艳的提议，浩浩荡荡地开进了罗峰山。

这季节，山里的果子都熟透了、熟烂了。大家砍完柴，然后分头去摘果子、捣鸟窝、火烧鸟蛋，结果野百合、木爪、糖菠萝以及从附近地里偷来的花生、凉薯、橘子，大堆小堆地摆满了那块被用来当餐桌的青花石板，许青艳还到山脚的井里灌了一竹筒泉水，待一切准备就绪，大伙儿便开始享受起来，还一边吃一边讲附近的洞神娘娘，讲石溪上游那个山塘里溺死过小孩子，一定有水鬼，讲得鼻子是鼻子、眼睛是眼睛，活灵活现的。芬芬讲了袁榴河陔的红毛水鬼，讲自己看见过沅水河里溺死的人。口讲干了，就喝竹筒里的泉水，竹筒便在大伙儿手里传来传去。

吃饱喝足之后，大伙儿躺到草地上休息，有人真的睡着了，睡到傍晚，太阳偏西，许青艳喊他们起来，大伙儿才一起挑着柴，踏着余晖回家去。

芬芬回到学校，学校空空荡荡的，对面养殖场里也不见人影，山谷里只有风和鸟叫。

芬芬又一次孤独地待在家门口盼着妈妈回来。她想起了朋友们讲的洞神娘娘、山塘里的水鬼、自己亲眼看见的“国民党军官”，一种前所未有的恐怖令她对学校的一切感到厌弃，不愿意待在家里，她锁上门，来到了水杨树旁边的草垛里，等着妈妈。

天很快黑下来了，冷风吹得周围的草木沙沙作响。芬芬听见溪水的声音也变得古灵，好像有无数各种各样的鬼魅在聚会，在商量杀人的计划，甚至她听到了远处高山上土狼的哀号。孤寞与恐怖、饥饿与寒冷已将她包围。她把身体紧紧地蜷缩在草垛深处——妈妈不在家，家和这稻草垛没有什么两样，甚至这稻草垛更加暖和。

这一次她没有哭。

月亮出来了，淡淡的月光照着芬芬不哭的脸。

芬芬睡着了，梦里她看见了妈妈、爸爸、阿黄……

袁文英温暖的手把芬芬从草垛里抱出来，好幸福好甜蜜的感觉，芬芬笑了。

“乖女儿，睡在草垛里有什么好笑的？”

是妈妈的声音！芬芬一下睁开了眼睛：“妈妈！”

这一次，袁文英带回来好多好吃的东西，除了猪血、皮蛋，还有苹果和一条小狗。

袁文英说猪血和皮蛋可以改善一下伙食；苹果华冠的，个子虽小，又甜又脆，只要好好洗干净，很好吃的；至于那条小狗则是在路上捡来的流浪狗。

小狗一副可怜楚楚的样子，褐色的皮毛，没有一丝亮光，头上还有一块伤疤，眼睛炯炯有神。当芬芬伸手抱它的时候，它专注而温顺地看着芬芬，芬芬对它也有似曾相识的感觉。瞬间，芬芬喜欢上了这条小狗。

小狗确实不够漂亮，芬芬便给它取名叫丑丑，并和妈妈一起用木板和稻草给丑丑做了一个狗窝放在家门口，就这样，丑丑也算有了自己的家了。

从此，芬芬和丑丑形影相随。

上课的时候，芬芬把丑丑带到教室里，丑丑会安静地趴在课桌下面，若要尿尿，丑丑一声不响地走出去，完了又一声不响地走回来，像傍晚平静无风的云轻轻地飘过去飘过来。

大家都比较喜欢丑丑，尤其女同学。

课间，丑丑就在同学们之间奔跑，很矫健，像一道闪电。无论它奔跑或在地上玩耍，只要听见芬芬叫它，便会立马停住，调头看着芬芬，唯芬芬号令是瞻。有时芬芬和同学做游戏，嫌弃它碍事，命令它一边去，它会乖乖走到旁边，站着看，气质很文明。看见芬芬的同学，丑丑会摇尾巴表示友好，正如陈成龙说的，动物的智商都进化了，丑丑是一只聪明的现代狗。

随着时间的推移，丑丑的身体在一天天长大，毛色开始有了一丝光亮，等到了冬天，丑丑已经眼是眼，鼻是鼻，嘴巴是嘴巴，比刚来的时候大多了、帅多了。

丑丑晚上睡在家门口，像个放哨的战士，只要听见周围的一点点响动，便会大声地叫，提醒屋内的袁文英和芬芬。有丑丑做伴，袁文英和芬芬感到安全多了。

早晨，袁文英一打开门，丑丑就钻进屋里，站在床前看着芬芬穿衣服，然后跟着芬芬踩着山路上梦幻般的朝阳上山去。有丑丑做伴，芬芬胆子变大了，当路过养殖场后面的那片坟地的时候，也不再害怕。丑丑活蹦乱跳的身影带给芬芬许多的欢乐，芬芬甚至还唱起了山歌“妹是桂花千里香，哥是蜜蜂万里来；蜜蜂见花团团转，花见蜜蜂朵朵开。”

其实芬芬不大理解这山歌的意思，她听见许家人、瑶寨人都唱山歌，也学得几句。许青艳会唱很多山歌，芬芬十分佩服许青艳。

开心的日子总是过得很快。这个周末，养殖场突然变得异常忙碌，袁文英又被叫去帮忙去了。

冬阳以它初生的温暖照耀大地，山谷变得十分清亮。

芬芬带着丑丑到学校对面的山上捡柴，她喜欢一边捡，一边唱歌。她会唱一些流行歌曲，不知道从哪里学的。丑丑活蹦乱跳地在她的身边玩耍。捡够了柴，芬芬带丑丑到田垄的那个水井里“咕咕”地喝水。芬芬看见几条小鱼在清澈的水井里游来游去，样子十分可爱，忍不住想把那些鱼儿捉上来，带回家去养。芬芬想家里有个罐头瓶子，把鱼儿养在里面，放几颗白色的小石子、几颗水仙草，鱼儿在里面游泳，一定很好看。芬芬伸手去捉，双手慢慢伸过去，最后猛地一抓，抓上来却是水草和泥渣；第二次伸过去，猛地一抓，抓到的仍然是水草和泥渣；第三次、第四次……仍然是水草和泥渣。鱼儿非常狡猾，像在和芬芬捉迷藏一样，芬芬就是抓不到它们。看见芬芬无奈的样子，丑丑急不可耐地“扑通”一声扑了下去，结果搅起一井混水，鱼却不见了。丑丑还把自己弄得浑身湿透了，芬芬也被溅了满脸的泥水。

芬芬捉不到鱼儿，本来好失望的，结果脸上又弄得脏兮兮的，撅起了嘴，生气地走开了。丑丑便像犯了错的孩子，怏怏地爬上岸，一不留神，又把身上的水珠抖到了芬芬的身上，对丑丑的这种冒犯行为，芬芬大声斥责：“看我要不要你，我不要你，你回去!”

丑丑便一步一回头地往山下走，那情形就跟孙悟空被唐僧赶回花果山时一样酸楚。

“回来!”芬芬大声地喊道。

芬芬又带着丑丑去挖了一些野菜，然后才下山。

回到学校，芬芬把饭炒热，炒了野菜，和丑丑开始吃饭。丑丑很快吃完了芬芬给它的米饭，之后趴到芬芬对面，一边看着芬芬吃东西，一边不停地舔着舌头。

这次的米饭的确不够，芬芬又给丑丑分了一点。碗里剩下的，芬芬拌红薯一起吃下去。自从丑丑到来之后，芬芬带着丑丑就像带着小弟弟，多了一份责任。

天色还早，芬芬带着丑丑来到水杨树下面，等妈妈回来。望着那条通往县城的山路，身边过去了很多赶集的瑶姨、瑶姐，却没有看见妈妈的身影。芬芬最后爬到水杨树上面瞭望，发现远处有个黑影走来了，她心里一喜：“是不是妈妈?”

芬芬激动得心都快跳出来了。

“好像是妈妈……又不像……”芬芬对站在树下面的丑丑说。

“咳!”山谷震荡一下，远远地传来一个男人咳嗽的声音，芬芬只觉胸口一紧，手脚一软，差点从树上掉下来。

终于看清楚了，那是一位扛着火铳、满脸胡须的中年男人——西麻子爸爸!

西麻子爸爸很快走了过来，问芬芬是不是在这里等妈妈。

芬芬没有吭声，心里有一股子愤怒——就是这个可恶、讨厌的人，总是叫她妈妈去打工。

“回去吧，你妈妈今天回不来了。”陈成龙说完朝养殖场走去。

“汪汪!”丑丑朝他的背后叫了两声，刚才陈成龙在它身边的时候，它却不敢凶他。丑丑多么聪明，看见陈成龙背着火铳，心里也害怕。

又等了一会，妈妈仍然没有出现在那条进校的山路上，芬芬怏怏地回到家里。当然，丑丑也回来了。但想到先前看见的“国民党军官”，芬芬心有余悸，决然不敢一个人睡在屋里，于是叫丑丑进屋陪着自己。

从此，芬芬不再睡在那草垛里，那留也留不住的冬日夕阳和那淡淡的月光就那样停留在她的记忆里，渐渐地变得模糊起来。

9

转眼到了期末考试，成绩公布出来，意想不到的是：袁文英的三年级语文竟然在金色县农村小学年级中排名第一，全校老师都惊呆了！这是石溪溶学校有史以来语文考试中，从未有过的骄人成绩!

接着，县教育局通知下来，全县小学教师到县局开总结大会。雷水秀说袁文英是代课老师，不便抛头露面，便自告奋勇代替袁文英去出席会议，抑或说雷水秀代表自己参加了总结大会。

在会上，雷水秀作了长达三十分钟的教学经验介绍，受到了热烈的、高调的表彰，当分管“文教卫”副县长把奖状和两千元奖金发到雷水秀手中的时候，台下响起一片掌声!

袁文英很快就知道了雷水秀获奖的事。

这年头全世界流动着透明的空气!

当时袁文英正带着芬芬和丑丑在回湖天县锦木村过春节的路上，中途，她们在县城停下吃中饭。这时候，湖天县的一个老师——和袁文英在师范同班同学，把这个好消息告诉了袁文英。至于他是如何知道袁文英替雷水秀代课，她不得而知。袁文英也有过一闪的疑问，然而她一激动便忘记问了。

袁文英和芬芬吃完饭，再转车。回到家里，她一直在想着一个问题：原来自己是有能力的，"第一名"充分体现了自己的人生价值，两千元奖金也是价值的体现。但是，两千元在雷水秀手里，雷水秀不会给她，或者给她，她又该不该拿……

袁文英在这个问题上纠结而忐忑不安。不几日，周建华也放假回来了，有道是久别胜新婚，当晚夫妻二人早早地上了床，这是他们的无眠之夜！他们在床上疯狂地缠在一起，把蓄积在体内长达半年之久的体液全都释放了出来。兴奋过后，夫妻二人继续缠缠绵绵地诉说着久别的话题。

"你在石溪溶教书还好吧？"

"好咧。我有800元工资，周末到云琪表哥的养殖场打工，好几百，加起来1000多块钱一个月，不要你养我了。你打工的钱都可以存起来还债。"

"你一边教书一边打工，不会误人子弟吧你？"

"呸你！你胡说。我可告诉你，这学期我教的三年级语文期考得了全县第一名啊！奖金2000元。"

"真的？"

"当然。"

"奖金呢？"

"雷水秀拿去了。"

"凭什么她拿呀？"

周建华这么一问，袁文英心又紧张了，有一种被雷水秀欺负后不敢还手的愤懑，她从丈夫怀里挣脱出来，直直挺挺地躺在床上，悻悻地说道："她是我老板，她要拿，我不好问她要嘛。"

"明年开学问她要回来。"

袁文英没有吭声，她不知道如何去要。要，会得罪雷水秀；不要，自己的钱，2000元，不是200元啊。为此她感到不安，好像真的开不了那个口。她就那样痛苦地考虑又考虑。如果尚能看出她的幸福快乐，便是她的漂亮的脸蛋，在她的脸上还残留着和丈夫刚才亲密过，身体反应的红晕。

周建华再次把她搂到怀里，安慰她说："别怕，那是你应该得到的。"

“话虽这么说，她要是不肯给我，我也没有办法。”

“别想了……对了，阿黄呢？怎么没看见阿黄。”

“我和芬芬去石溪溶的时候，把它托付给刘姨照看。”

“那也该回来了。”

“刘姨说我们走了之后，阿黄不吃不喝饿死了。”

“怎么会这样……阿黄真的懂感情?!”

“我也没有想到。”

“阿黄真的是条好狗，你们应该带它一起走的。”

“当时不方便，才没带它。”

“那它被吃掉了吗?”

“刘姨说埋在祖坟山路边上。”

“那我们明天带芬芬去爷爷坟上烧纸，顺便去祭奠一下阿黄。”

“我不去，去了会难过。”

“不是有丑丑代替它吗?”

“那也不去。丑丑是丑丑，阿黄是阿黄。当初我们离开时，阿黄活蹦乱跳的，这才多久呀，半年就死了。阿黄对我们有感情的，阿黄死了我心里不舒服咧。”

“给你摸摸。”周建华摸着袁文英的奶子，一边又说：“舒服了吧？这年头，狗比人还重情重义。”

“你都摸哪里去了，心口在奶子上吗?”

“不知道，我就喜欢摸你的奶子。呵呵。”

“摸你个头啊。睡吧，天都快亮了。”

10

春节似乎一下子过去了，接着又过完了元宵节，袁文英和周建华在缠缠绵绵的爱意中又要说再见了。

周建华出门这天早上，袁文英把他送到村口。周建华带着新年的希望走向远方，消失在村头那个山坡背面，把思念和牵挂留在了家乡、留给袁文英。

随后，袁文英带着芬芬和丑丑来到石溪溶学校，继续代课。

年前雷水秀到县里开会时领的那两千元奖金成了老师们的敏感话题。然而，表面上绝对没有人公开谈论这件事情，私底下有人问袁文英拿到奖金了吗，钱是奖给三年级语文老师的，是她的功劳啊，不问雷水秀要了吗？袁文英就把这些话告诉了唐云琪，唐云琪又告诉了陈成龙。陈成龙回到家里要求雷水秀把那2000元奖金还给袁文英，至少得给她分一千元。

“为什么给她？”

“这是别人辛辛苦苦挣来的，你赚个名气就够了。”

“我要不给呢？”

“老师们都在议论，再说我们不缺这2000元钱。”

“我看你心里有鬼！”

“我心里有什么鬼？”

“我还不知道你脑子是怎么想的吗？你看见她漂亮，喜欢她呗！否则你不会这么大方。”

“胡说！”

“胡不胡说，你心里清楚！”

“行了！别给我啰唆。”陈成龙一挥手又说：“你要不给她，别人会说我们坏话的，弄不好那些人会煽动袁老师去教委告状呢。”

“量她不敢，除非她不想在这里代课了。”

“你这不是仗势欺人吗？袁老师没有资格证，你自己又不愿意上课，你可要想清楚，这事传出去对你没有好处。”

雷水秀冷笑地说：“袁老师长袁老师短，叫得好亲热嘛。我不要请她了，我另外找个有资格证的，长得丑的，看你还会不会这么温柔大方。”

“800元能请一个有资格证的？真是个蠢女人！”陈成龙拂袖而去。

雷水秀十分委屈地一屁股窝到沙发上，越想越生气：都说丈夫丈夫，一丈之夫，臭男人都是好色之徒，有钱就要学坏。想当初，丈夫还是穷小子的时候，在自己面前多诚实。看看现在，明摆着喜欢袁文英，明摆着欺负自己。一丈之远都没有，对袁文英那样照顾。

雷水秀就后悔当初不顾父母的反对，死活要嫁给成陈成龙，居然又愿意为他陈家生第二胎，这不，一个月子坐下来又肥了十多斤。想到此，她走到穿衣镜前面认真地照了照，看着自己的双下巴以及赘肉累累的腰身，心里难过极了。她有个习惯，难过的时候就想骂人，于是，她咬着牙，从嘴里挤出三个字：“小妖精！”

但恨归恨、骂归骂，最后她还是听从了丈夫的安排，把 2000 元奖金还给袁文英，以博取丈夫的欢心。

陈成龙特意参加了新学期的开学典礼，并通知所有的家长都来参加，因为袁文英教的三年级语文考了全县第一名，这是值得庆贺的事情。在会上，陈成龙第一个发言："代表石溪溶村全体村民对县教委、对石溪溶学校的支持和关心表示衷心的感谢！对石溪溶学校全体教师的辛勤工作表示崇高的敬意！对石溪溶学校未来的发展表示了充分的信心！"他说："特别是三年级语文取得的骄人成绩，袁文英老师功不可没，全体教师要向袁文英老师学习，要以袁文英老师为榜样，刻苦钻研，认真工作，争取取得更大、更好的成绩！"

当陈成龙煞有介事地把装着奖金的红包发到袁文英手中，几位三年级家长自发放了鞭炮，顿时，山谷一片欢腾。

袁文英的心情不言而喻。她一回到家里，关上门，立即打开了红包，食指摸了一下口水，数了一遍钱，又摸口水，再数一遍，整整两千元。两千元，她拿在手里沉甸甸的，心都快跳出来了，她不知道该把钱藏哪里才好，她就这缺点，激动起来脑子里一片糨糊……乡里又没有银行，她想把钱藏到床底下，又觉得不安全，她藏了几个地方都觉得不妥，又拿出来，最后藏到古色古香的高柜底下才稍稍放心些。

藏好钱，袁文英仰面躺在床上，伸了个幸福的懒腰：两千元奖金，加上去年省下来的七百多元工资，才半年时间，除去生活开支，自己已经挣了两千七百多元，周建华在船上一年可以挣到两万多，照这样计算，不出三年，为父亲治病和安葬父亲欠下的五万元债就可以还清了。事实证明，自己当初出来打工是正确的。哈哈！前途是光明的，日子会慢慢好起来的。

芬芬也非常高兴，一天到晚带着丑丑出出进进、蹦蹦跳跳地玩，害怕和孤寂已然离她而去。

忽一天，芬芬早上起床时，丑丑用嘴把芬芬的衣服叼到芬芬手上。芬芬十分惊讶地发现丑丑长大了，完全一副少年狗派头，并且越长越帅，矫健的样子像随时可以腾空飞起。

芬芬高兴地穿好衣服，带着丑丑上山去。她走在山路上，感觉在飞，在梦境里一样。丑丑就在她面前活蹦乱跳地摇着尾巴，身体里充满了力量。生命互动轮回，芬芬仿佛和丑丑有着某种神奇的感应。

有丑丑做伴，芬芬不再害怕那茂密的大山深处会钻出蛇或野兽，因为她知道无论什么样的情况都逃不过丑丑敏锐的耳朵和那双明亮的眼睛。

芬芬一边捡柴一边唱“爱情买卖”；捡完柴，又摘了一些野果子，坐到草地上津津有味地吃起来，头顶太阳很温暖。芬芬吃完野果，便指挥丑丑打道回府。吃完早饭，她和丑丑去上课。

这只是一个普普通通的上午，很平静。到了中午，陈成龙突然戴着一群陌生人来到学校，恰巧别的老师回家吃饭去了，只有几个学生在学校周围跑来跑去做着游戏，芬芬和丑丑也不知道跑哪里去玩了。袁文英独自一个人坐在办公室批改作业。

陈成龙兴奋地说：“袁老师，这是广州来的武老板，准备在金色县搞旅游开发，今天来石溪溶先考察一下，看可不可以搞石溪漂流。武老板口渴了，你赶紧烧壶开水，武老板要喝热茶。广东人有个习惯，爱喝茶。”

袁文英瞟了几眼陈成龙带来的这群人，除了几个乡干部，其余的显然不是本地人，其中那个年纪最大的就是武老板。武老板戴着眼镜。此人容光满面、衣着考究、举止雍容、成功气质、富人气派，其手下亦个个衣冠楚楚、精神抖擞、精明强干的样子。旁边还有一只小狗，一只狗而已，袁文英没有太多注意那只小狗。

当武老板漫不经心地看了袁文英一眼之后，惊讶地张开了嘴：“这不是徐小凤吗？”

袁文英莞尔一笑：“怎么可能呢？徐小凤会到这山沟里来吗？”

“怎么这么漂亮？我受不了了！”武老板这话很惊人，结果弄得满堂大笑。

袁文英从座位上站起来，绕过陈校长的办公桌，要出去烧开水。所有人的目光随着袁文英的身影而移动。袁文英从他们身边走过去，那一刻，空气凝固了一会儿，没有任何声响。武老板犹如发现了新的猎物，透过镜片发射出两道绿光，像瞄准了猎物，随时准备扣动机关。

望着袁文英的背影，陈成龙笑道：“您也觉得她长得像徐小凤吗？”

“像啦，像极了！”武老板摇着头遗憾地说：“可惜了，这么漂亮的女人，竟然待在这个鬼地方。”

陈成龙点着头笑着，同时给武老板找了张最大、最好的凳子，说：“是很像。您请坐，一会儿水就烧开了。”

“不急。就在这里休息一会儿也不错，这里山美水美人更美。”

对武老板的这句话，大家介于信与不信之间。陈成龙心想：刚才还说这个鬼地方，马上就山美水美了。真是的，嘴是两块皮，边说边移。

武老板似乎看透了大家的心思，笑道：“你们误会了，我刚才说这地方不好，指的过去，过去形容这里叫做‘穷山恶水出刁民，自古湘西匪横行，枪指脑壳胆心惊，留下路钱才过境’哈哈！”

陈成龙忙说：“是的是的。武老板说的是，过去湘西一带很多土匪。袁老师那边湖天县就有一个湘西剿匪胜利纪念堂呢。红色旅游景点。”

武老板余兴未尽地又道：“乾州的城凤凰的兵，喽啰挡道是常事情。半路杀出程咬金，有事故不能停，谁都知道匪是警，离境报案才保命。哈哈哈哈！”

听着这些讥讽之言，乡干部的脸色有的严肃有的尴尬，其中一个看上去不过三十几岁的年轻干部终于鼓足勇气，正色地说道：“武老板只是道听途说。现如今湘西山清水秀、物产丰富、人情憨厚、民风淳朴。你说的那些都是过去的事了，并且言过其实。中国经济在增长，与之同步前进的还有国人不断提高的素质，湘西人也不甘落后的。”说完他从座位上站起来，径直走出了办公室，招呼都不打，且一去不回。

陈成龙笑容可掬地说：“好了好了。乾州也好、凤凰也好，离我们这里远着咧，不管它们了。我去看一下，叫袁老师快点烧开水。”他不显山不露水地打了一个圆场。

武老板：“是啦。远着啦。我说的都是过去的故事。”

武老板的一个手下意味深长地对陈成龙说：“可是你不许去了半天不回来哦。”

“不会不会。”陈成龙一边说一边走出办公室，并悄悄地来到袁文英在的厨房。

袁文英站在灶台前，盖上锅盖，突然屁股被人捏了一把，回头一看，原来是陈成龙。

“别这样！”袁文英低声吼道。

“这么漂亮的女人没有人爱，浪费资源啊。”陈成龙拦腰抱住了袁文英，又说：“我来看看你……你真的就不想男人吗？”

“我叫了！”

“叫啊！谅你不敢……我还要亲你……”说着陈成龙在袁文英脸上亲了一下，之后，放开袁文英，说：“我走了，客人们在等着我呢。嘿嘿！”

袁文英在刚才被陈成龙亲过的脸上使劲擦了又擦，认为陈成龙的口水被擦干净了，才停下来。然后不断地往灶炕内加柴火，火烧得很旺，水很快烧开了，她便把开水灌到暖壶里，送到办公室。她刚要离开，陈成龙说："袁老师麻烦你给武老板，给大家泡杯茶咯。谢谢！"

袁文英本来不想动。陈成龙又向她递了个眼色，她想她得给陈成龙这个面子，这才勉为其难地给武老板泡了一杯茉莉花茶。当然，她给其他的客人，包括乡干部都泡了同样的茶，旁边的小狗她就没给它泡茶了。

武老板的目光一直盯着袁文英，在脑子里想到了别的事情，问："袁老师你会游泳吗？"

"不会。"

"有机会我教你游泳。"

袁文英笑而无语，她实在不知道武老板何以要教她游泳，这问题太叫人费解，所以她不知道后面的话应该怎么回答。

没等她弄明白其中的缘由，武老板又问："袁老师你是湖天县人吗？"

袁文英点了点头。

武老板："那么请你带我们到湖天县去参观湘西剿匪胜利纪念堂好吗？"

袁文英惊异地看着武老板。

武老板："怎么啦？不愿意吗？我不会让你白跑的，我会给你一个红包补偿你啦。"

袁文英吞吞吐吐地说："不是……我……我要上课，没有时间。"

武老板："不要当老师啦，跟我走。"

袁文英一脸茫然："这……不好吧？"

陈成龙小心地说："武老板，她是我请来代课的老师啊，这……这一时找不到人，如果她走了的话，就没有人上课了。这可不行啊，教育局知道了，会找我麻烦的。"

武老板有些愠怒："那算了，我们走吧。"

一帮人匆匆走了，桌上的茶还热着。

客人走后，老师和学生陆陆续续回到了学校，也差不多到了上课的时间。芬芬亦带着丑丑回来了，说中午和丑丑到许青艳家里玩。袁文英来不及和芬芬说话，匆匆忙忙地进教室上课去了。袁文英已经习惯了芬芬的疯疯癫癫和神出鬼没，认为小孩子贪玩天生的，只要女儿成绩好，将来能够考上大学，不必在乎女儿顽皮不顽皮，顽皮的孩子聪明咧。

芬芬自己呢，学习归学习、玩归玩。妈妈对她的要求和爱，她都明白，所有的属于她的童年的幸福和快乐妈妈都给她了；那天晚上看见的国民党军官的鬼魂是她心灵上的唯一的阴影，但也因为丑丑的到来，已经被打跑了，再不敢在半夜里跑出来吓人了。

生活就这样简单而快乐地过着。

六月二十五号，期末考试。一周之后，发通知书。发完通知书，袁文英带着芬芬和丑丑去水井乡看望周建华。她们的路线是从大路坪拦班车到金色县渡轮码头，然后过沅江，登陆金色县县城；在县城吃过中饭后，开始沿沅江而下，这段路没有车没有船，全靠步行。

这是一条沿河的大路。河面比较宽阔，岸边散落着三三两两的民房。这些房屋背靠着山，山脉起伏不断，向下游延伸。路上有不少担着箩箕的农民，男的女的都有，忙忙碌碌的。这时辰，他们从城里出来，往家里赶，有的挑着卖不掉的蔬菜，挑回去自己吃。大家走在路上，不管认不认识，碰见了总要互相打听当天的卖价，卖贵的赚了满脸兴奋，卖便宜的心里后悔。

袁文英和芬芬和丑丑从金色县城出来，一直跟在一群菜农后面。她们母女俩话不多，主要在听别人说话。

前面一个担着箩筐的男人，突然回头，问袁文英到哪里去。袁文英说到水井去。男人说巧了，同路。袁文英说："你们的菜都卖完了，何必在意那些几分几毛的事啊。"担着箩筐的男人冷笑了一声："有道是生意无论大小，商场如战场。有时，几分钱几毛钱顾客也要讨价还价，和我争得面红耳赤。"

"说的也是，老百姓赚几个钱不容易。"

袁文英问："做生意这么难吗？"

"这年头，能把别人的钱装进自己的口袋，那是成功。这道理人人都知道，人人都想着成功。"

在不断感叹的过程中，袁文英和大人们边走边聊，芬芬被晾到了一边。走了一会儿，芬芬开始叫苦连天，说走不动了，丑丑也懒洋洋的样子。而且，芬芬的速度越来越慢，完全失去了在袁榴摘无花果、在石溪溶爬山时的那种矫捷和麻利，袁文英便央求那个同路的男子，把芬芬和丑丑放进他的箩筐里挑着走。

傍晚大家赶到了水井乡，芬芬和丑丑便从箩筐里爬出来，芬芬看见妈妈与那个在男人讨价还价，最后给了那人二十元钱。芬芬开始后悔，早知道那人要妈妈的钱，自己死活都不要坐他的箩筐，那可是家里半年吃盐的钱，妈妈也舍得花。真是的。芬芬骂那人财迷。

担箩筐的男人不屑地笑了一下："小屁孩。别生气。爷爷我今天付出了劳动就应该有收获，懂不？不懂……不懂……你进城问个路，城里人都问你要信息费呢。"

其实芬芬心里清清楚楚，她和丑丑根本就不太累。她和丑丑走完全程没有问题的，她当时和丑丑只感觉坐在箩筐里面被别人挑着走特别好玩，早知道那人会问她妈妈要钱她就不坐箩筐了。

丑丑似乎明白了其中的原委，也像个做错事的孩子，默默地跟在芬芬身边，弯着腰，低着头，看不见气场。

她们来到水井乡，沅水岸边，望着河面上庞大的淘金船队，袁文英和芬芬愣住了，母女俩根本不知道周建华在哪艘船上，并且那些船泊在河水中央，没有跳板她们无法上到船上去。

"怎么办?"在交换了一下眼神之后，袁文英和芬芬一齐高声大喊："周——建——华!"丑丑在旁边焦急地走来走去。

喊了一会，一只木划子朝岸边驶来。

"建华!"袁文英认出来了。

"爸爸!"芬芬也认出来了。

母女俩激动地抱成了一团，又蹦又跳。

周建华便用木划子把妻女接到了大船上，老周也在，还有别的工友。挖沙机已经停止了作业，传送带上的挖斗里残留着河沙，滴着水，湿漉漉的。袁文英刻意看了看那些挖斗，看不见河沙里面有没有沙金。

大家寒暄了一阵，散了，工友们去做晚饭。河风吹拂，夕阳斜挂在岸上的山尖上，以火的光亮照得水面波光粼粼。天地浩渺之间，如果不是实实在在地站在船上看着眼前的景致，袁文英会以为这些是海市蜃楼。

芬芬显得特别兴奋，带着丑丑在船上参观，上蹿下跳，弄得袁文英和周建华很为她的安全担心，不得不紧紧跟在女儿身边，并一遍又一遍地嘱咐女儿要小心，不然掉到河里去了，危险!

对于芬芬，船上的一切的确十分新鲜，她从来都没有看见过如此大的铁舶船，而且还是两艘两艘地用铁链连在一起，中间架着高高的传送带，像电视里看到的过山车，又威风又刺激。芬芬在心里平添出许多的英雄气概，红毛水鬼、"国民党军官"统统见鬼去吧!

看着如此庞大的般队和烟波浩渺的河水，袁文英想起了电视剧《赤壁之战》，不禁问道："连环计谁出的呢?"

周建华怔了一下："庞统。"

袁文英："这个坏蛋，两面三刀。"

周建华："呵呵！替古人担忧、听评书落泪，你什么时候变得这么有深度了啊?"

袁文英："我喜欢曹操。"

周建华："那我呢？你不喜欢我了吗？你可不能朝三暮四，跟庞统一样没有定性。"

袁文英："去你的!"

周建华："多愁善感老得快啊，你。"

袁文英望了一眼芬芬，期待地说："老了好呀，老了女儿就大了呀。"

周建华："看你说的。当然年轻更好。傻瓜!"

袁文英就在周建华身体上使劲地掐了一下，嗔怒道："好你个周建华！是不是以后我老了你就不喜欢我了呢?"

周建华笑道："生命不息，爱你不止。怎么会不喜欢你了，今天晚上我就要好好爱你……"

袁文英急忙捂住了周建华的嘴，她担心这话会被女儿听到，所以不让周建华说完，因为她清楚地知道，周建华滚到嘴边的话肯定黄色的，只能是属于她和丈夫的情话，绝不能让女儿听见。

工友们都很知趣，吃完晚饭一个接一个地消失了，只把周建华一家留在船上过夜。

船上有两间小房，铺着草席，芬芬睡一间，周建华和袁文英睡一间。皓月当空、河面凉风习习，这种良辰美景容易使人的大脑产生浪漫的想法。周建华和袁文英心照不宣地等待芬芬睡了之后，进行了一场惊心动魄的灵与肉的碰撞。

而芬芬走了一天的路，加上兴奋过度，透支了精力，困倦了，很快睡着了，丑丑趴在门口守着她。

周建华和袁文英回到自己的房里，"嘎吱"一声关上门，夫妻二人紧紧地缠绵在一起。船的波动又不大，微微荡漾带来的感觉非常刺激。周建华说，原来男人和女人的身体在一起，在不同的地方会更加激动，可以产生销魂蚀骨的快活和美妙。而老周和工友们到哪里去睡了，周建华跟本不管不顾，今晚只属于他和妻子。

袁文英喃喃地问："他们呢……吃完饭他们就不见了……啊?"

周建华："这是船上的规矩，无论谁带女人或者带家眷到船上来，其他工友会主动把床铺让出来，照顾人家夫妻团聚。人性化嘛。"

袁文英："什么话呀……一群大老粗，还人性化呢。还带女人到船上来乱搞？怪不得现在到处都婚外情，天下大乱！"

周建华："不许你这么说！我是你老公哩。"

袁文英："我呸！就他们那鬼样子，也有女人喜欢?！奇怪了。你可不许乱来啊，不然，我知道了，绝饶不了你！"

周建华："我才不会做那种傻事，我辛辛苦苦打工挣钱是为了还债咧。再说我老婆这么漂亮，这么温柔可爱，我没必要到外面搞别的女人，没必要把钱花在别的女人身上嘛。"

"这话还差不多，像句人话。"袁文英笑起来，又问："那他们去哪里睡觉了呢？"

"到别的船上去睡了。"

"怎么过去的？"

"划划子过去的。"

"我怎么不知道呀？"

"还要向你请示吗？"

"什么话咯，向我请示个鬼啊。他们和我没关系。傻瓜。"

"傻瓜……我也要做花傻瓜。"

"你敢!?"

"开玩笑的。"

"哎……你有没有感觉这里像威尼斯，以船代步……很好玩。"

"再好玩，也没有你好玩。"

"傻瓜！没正经……又诱惑我……要……"

"呵呵。睡觉吧，你老公我刚才把子弹都打光了。"

"子弹打光了，那你拼刺刀啊……呵呵呵……"

"拼不动了，力气都用在你身上了，累了，想睡觉了，明天一早还要开工呢。"

第二天早上，天还没亮，工友们便开始挖沙淘金了，轰隆隆的机器声伴随着哗哗啦啦的沙砾流动，震得袁文英两耳欲聋。袁文英穿好衣服，爬起来，拉开门，刚要走出去，身体一歪，倒在了门口，再次爬起来，感觉头晕，才发现自己身体失重了，胸闷，想吐，赶紧蹲下去，慢慢爬到船边，

“哇”地一声，吐了，黄黄的，吐到了河里，全是苦胆水。周建华不知从什么地方跑过来，把袁文英扶到船中间坐着，应该是担心她掉到河里。袁文英坐了一会儿，开始朝小屋喊芬芬，不知道她是不是担心芬芬会不会晕船。她的声音被轰隆隆的机器声淹没了。周建华便放下袁文英，去把芬芬喊了起来。也不知道芬芬有没有听见妈妈喊过她，她一起来就带着丑丑在船上到处乱跑。周建华不得不紧紧跟在她的身边。

芬芬在船上玩了一会儿，玩腻了，觉得船上不好玩，吵着要回石溪溶去，要去和许青艳她们上瑶山玩。芬芬说瑶山上有好多好吃的野果子，还有漂亮的小小鸟可以捉来，用细线把鸟脚绑住，让它飞，又飞不高，不用担心它会飞掉；鸟儿还会唱歌。淘金船周围茫茫水域，河水里面还暗藏着红毛水鬼呢，人要是一不小心掉到河里，马上就有水鬼把人拖到水底，再也看见太阳了。总之，船上危机四伏，根本就没有瑶山好玩！

“好好好，回学校。”考虑到船上存在的安全隐患，袁文英答应芬芬马上回石溪溶；周建华向老周请来两天假，收拾了一下，说送袁文英和芬芬回去，捎带去看看袁文英和芬芬现在生活的地方到底是什么样子的。

一个工友笑道：“我用密码送你们登录。”

袁文英：“什么……密码？”

周建华：“傻瓜！就是用划子送我们一家三口登陆上岸。”

袁文英不好意思地笑了一下，表示不明白。

周建华：“这是电脑知识，你不懂了吧，看你还敢不敢说我们是大老粗。”

袁文英就白了一眼周建华，突然想起了陈成龙的话，说她开玩笑还当真呀，“听说，猫会弹钢琴、狗会唱歌、猪会跳舞、鱼会算命，动物的智商都进化了。你们会上网有什么了不起，有条件我也能学会。”

工友说：“还是嫂子有见识。”

周建华不屑地笑道：“看看，看看！现如今，全中国人们的智商和素质都提高了。她呀，听别人胡说八道，猫会弹钢琴、狗会唱歌、猪会跳舞，鱼会算命，她都信，你还表扬她有见识。哼哼！我看她的进化速度和丑丑差不多。”

袁文英嗔道：“死鬼！走了，不要扯淡了。”

工友就用小木划子把周建华一家三口以及丑丑送到岸上。

袁文英说：“欺山不欺水，还是陆地上安全，顶多摔一跤。”

周建华和袁文英少了许多担心，一家人高高兴兴地向金色县县城而去，到了金色县县城，坐车到大路坪，下车之后走到石溪溶学校。

芬芬又蹦又跳地走在前面，丑丑跟在她的身边，活蹦乱跳的。

芬芬突然嚷着要爸爸背，周建华便背着她走。芬芬在爸爸的背上更加兴奋起来，爸爸很久都没有背她了，也没有给她讲三十六计，很久很久了。现在她在爸爸的背上找回了久违的父爱，这感觉比坐在箩筐里面更加幸福。她还可以趴在爸爸的背上时不时地逗丑丑玩。丑丑高兴起来像个孩子，似乎也想要周建华背它。袁文英说："丑丑你自己走，你是男孩子，不要和芬芬争宠。"丑丑抖了抖身上的皮毛，抖落了疲惫，精神抖擞地回到了学校。

甜蜜的时光总是过得飞快，周建华在石溪溶学校待了两天，匆匆走了。

11

算起来，袁文英和芬芬在石溪溶学校生活了整整一年了，所幸，这不仅是平平安安的一年，还发了点财、挣了点钱、捡了一条狗。

如今丑丑长大了，长得很结实，毛色也漂亮了，叫起来声音好大，成熟中带着磁性，里里外外都是成年狗派头了。

芬芬也在长高，新学期，班主任陈晓春仍然安排芬芬和西麻子同桌。

陈玉长得高高大大、肥肥胖胖的，据说为了好养，陈成龙和雷水秀叫他西麻子，其实他脸上光光亮亮的，一点麻坑也没有，全班十九个男同学当中，西麻子称得上是班里帅哥中的帅哥。

丑丑一直没有狗伙伴，上课下课、出出进进，都跟在芬芬身边。很多时候丑丑规规矩矩地待在座位下面，和同学们一起听课，丑丑俨然学生模样，竖着耳朵听得很认真，看上去似乎真能听懂人的语言，甚至能理解人的情感。

大家都十分喜欢丑丑。

课间逗丑丑玩，成了同学们的一种娱乐；甚至上课的时候，个别男同学背着老师在桌子底下骚扰丑丑，尤其西麻子经常偷偷踢丑丑的屁股，丑丑被踢痛了就朝西麻子怒叫，结果弄得满堂大笑，严重影响了课堂纪律，老师便把丑丑赶出了教室。虽说遭奸人陷害，丑丑并不感到委屈，而是心甘情愿地待在教室门口，安安静静地等着它的主人。

也许，它明白人与人之间没有绝对的公平，况且狗与人。

一日，西麻子从家里带来一只漂亮的小狗，芳名花花。

花花有小巧玲珑的身段，纯白的皮毛，嘴巴和鼻子都长得十分精致，尤其是水汪汪的眼睛特别招人喜爱。见到花花，丑丑眼前一亮，表现出了前所未有的亢奋状态，只见它痴痴地盯着花花。喜欢一个人是很难控制的，丑丑义无反顾地朝花花走过去，全然忘记了芬芬和同学们的存在，全然不知道它自己的主人也正无奈盯着它。

“丑丑！”芬芬带着责难的口气叫了它一声。

可丑丑的眼神里已经没有芬芬这个小主人了眼里只有花花。它若无其事地走到花花身边，然后很绅士风度地把头搭在花花脖子上，花花也不反抗，并且回头用舌头舔了丑丑的耳朵，神态还那么优雅。

芬芬一下子就喜欢上了花花，不再干涉它们。

丑丑便以主人翁的身份，带着花花在学校到处玩。从此，下课的时候，看不到它们的身影了，但芬芬知道丑丑找到了朋友，很替丑丑感到高兴，甚至央求西麻子天天带花花来学校陪丑丑玩。

快乐的时光总是短暂的，放学的时候，西麻子呼唤：“花花回家喽！”丑丑怅然若失，花花亦依依不舍地一步一回头。每次丑丑都要走到歪脖子水杨树下面目送花花，直到花花消失在山路的尽头。

转眼到中秋节了，这天中午放假的时候，西麻子呼唤花花回家，呼唤了很久，花花都没有回应，丑丑也没有出来。“它们会到哪儿去了呢？”芬芬和西麻子以及陈家村的同学一起在学校周围寻找，一个女生首先在歪脖子水杨树下的稻草跺里发现了花花和丑丑，只听见她“啊”一声尖叫，大家都紧张起来，并迅速跑过去，一看，惊呆了——丑丑和花花的身体连在一起，它们在干什么呢？平生第一次看见丑丑那样的情景，芬芬呆呆地站在那儿看着，好像并不明白。

反应最快的是西麻子，他很生气，立刻从地上捡起一块石头喊了一声“打”。可想而知，接下来石头雨点般地打在丑丑身上。

丑丑和花花并没有分开，它们一起朝养殖场后面的那片坟地逃跑。那一刻，丑丑的绅士风度、花花的优雅气质统统没有了，它们弯着腰，慢慢向山里移动，轻声呻吟着，表情十分痛苦。

同学们一边追一边不断地从地上捡起石头朝丑丑瞄准，再狠狠地打出去。芬芬茫然地跟在大家后面，泪水冲破眼眶的阻挡，不断流出来，掉到了地上。

当天，丑丑很晚才回家，带着满身的伤痕。芬芬盯着它看着，丑丑却始终不敢抬头直面芬芬的审视。其实，芬芬并不想责骂丑丑，芬芬不知道丑丑错在哪里；芬芬甚至恨死了西麻子那帮人，那样残暴地打了丑丑。

第二天，西麻子不但不带花花来学校，还当着全班同学的面，骂丑丑是流氓狗，芬芬的脸刷一下红了。

西麻子仍然喋喋不休，陈家村的同学也跟着起哄，芬芬被他们围在中间，孤立无助。许春艳站在旁边看着看着就站了出来，她以女侠的姿态大声说道："路见不平，拔刀相助！周芬芬，不要怕他，打架就打架，我帮你！"

芬芬立刻就像一头发怒的狮子，朝西麻子冲了过去——东风吹战鼓擂，打架谁怕谁。

坦白讲，芬芬根本不是西麻子对手，好在芬芬手脚麻利，刚开始散打的时候，芬芬并不吃亏。后来不知是谁在一旁提醒了一句："西麻子，把她撂倒！"西麻子立即改变了战术，以柔道的动作迂回上来把芬芬摞倒在地。芬芬就那么素面朝天地被西麻子压在身下动弹不得，尤其西麻子的屁股还一拱一拱的。这时，芬芬看见西麻子脸上浮现一种怪怪的笑容，芬芬仿佛一下子明白了流氓的含义，于是放声大哭了起来。

"旺……旺！"正当芬芬软弱无助的时候，芬芬听到了丑丑的叫声，接着西麻子"哎——哟"一声尖叫放开了芬芬。同学们一下子散开了，有人大喊："快……打死丑丑……追……"

等芬芬从地上爬起来，才知道刚才丑丑咬伤了西麻子的屁股。同学们已经跑出了教室，芬芬跟着追了出去，她看见丑丑已经跑远了，并且很快消失在树林深处。

袁文英得知西麻子被丑丑咬伤了屁股，她呆住了："怎么回事？丑丑平日好温顺的，今天怎么咬人了呢？"

"快把西麻子送到县防疫站去打针去，不然可能会得狂犬病的！"陈校长提醒了一句。

袁文英急忙背着西麻子朝大路坪疾步而去，对哭泣中的女儿不管不顾。芬芬忍不住又伤心大哭了起来，芬芬一边哭一边明白了自己不是哭给妈妈听的，妈妈听不到她的哭声，芬芬是哭给自己听的，因为妈妈背着西麻子走了，而不是背着她，西麻子那么可恨地从她身边夺走了她的妈妈。芬芬因为受不了这样严重的精神打击，才哭的。她哭了很久，哭完了，她自己擦干了眼泪。

在芬芬印象中，妈妈名如其人，很文弱，今天她还是第一次看见妈妈那么威猛有力，背着肥肥胖胖的西麻子竟然能小跑走路。

芬芬在忧忧郁郁中度过了一个紧张的中午。下午，她站在歪脖子水杨树下面，看见妈妈从山路那头走来了，芬芬跑过去，扑到妈妈怀里。搂着妈妈，母爱才在她心中失而复得。

袁文英淡淡地看了芬芬一眼，然后不言不语地把芬芬牵回家里。一进屋，袁文英摊在了床上，连说话的力气也没有了。芬芬突然看见妈妈好可怜的，她甚至被妈妈脆弱的样子吓坏了，心里立刻明白了一个道理，就是自己今后一定要听妈妈的话，不能给妈妈增加麻烦。

丑丑与花花事件使芬芬更懂事了。

稍事休息了一会儿，吊在办公室门口的那块破铁皮钟响了，芬芬回到了教室。芬芬旁边的座位空着的，西麻子没有来上课了，芬芬猜想妈妈带他打完针之后，把他送回家去了，所以……大概他的屁股痛得难受，丑丑那么高大，浑身有力，一口咬下去西麻子的屁股肯定开花了，还流着鲜血，西麻子不能来上课了，请假了。想到这些，芬芬心里产生了一些快意。这些快意有自己的，也有代替丑丑的。她希望西麻子知道丑丑的厉害，今后再也不敢欺负丑丑了。那么西麻子的屁股会烂成一朵什么花呢？一定很难看。

忽然，芬芬听见有人在教室外面大声嚷嚷。班主任陈晓春赶紧在黑板上写了几句拼音，布置同学们抄十遍，把教科书往讲台上一扔，跑出去看热闹去了。同学们相互看了看，用眼神交流了一会意见，“哄”的一声，跑了出去，没抄黑板上那些拼音。芬芬急忙趴到窗口往外看了一眼，原来西麻子妈妈带着西麻子找袁文英兴师问罪来了。

“听说你们家丑丑平日很温顺，怎么今天咬人了呢？是不是你家里的小妖精唆使的？”

袁文英苦笑地说：“确实不是我女儿唆使的。丑丑它护主心切，这才咬了西麻子屁股。回头我好好教训我女儿，让她把丑丑关到屋里去，您看行不行？”

“你要明白，西麻子流了那么多的血，不是用药水能补回来的……若是西麻子害了狂犬病，天就塌下来了，你撑得起吗？”

“那是那是。要不……您看……”袁文英一边从口袋里掏钱一边说：“这是前天你发给我的这个月的工资，给西麻子打针用掉了三百多，剩下的都在这里，你拿去给西麻子买点营养品吃，好不？过几天我还带西麻子去打针，再打两针就没事了，您放心，不会感染的。绝不会的。”

雷水秀拿过钱，两个手指撮了撮，不屑地冷笑了一声：“哼！就这么点，怎么够！”

“那……下个月你把我工资扣了，您看够了不?”

芬芬看见西麻子妈妈从她妈妈手中拿过钱，钱装进了自己的口袋里，嘴里喋喋不休地说：“你自己说的啊，到时候别怪我不近人情……还有，昨天，你们家丑丑强奸了我们家花花。你要知道，这年头有钱人家养狗，没钱人家养猪。我们家花花可是从香港买来的巴黎狗，是名贵狗种。你们家丑丑是什么东西，流浪狗、下贱种。我警告它……不，警告你，今后若再发生这种的事情，我决饶不了它！我叫西麻子爸爸拿火铳打死它，烧它的毛、刮它的皮，破开肚子，黄焖下酒。”

“谁要打死丑丑?”芬芬愤怒地冲了出去：“我们家丑丑没有惹祸，是西麻子他们先把丑丑打伤了，丑丑才咬伤了西麻子的屁股，西麻子还要打人……”

陈晓春急拦住芬芬，不等芬芬把话说完，把芬芬拖回了教室。袁文英继续留在那儿跟西麻子妈妈讲尽了好话。

最后，雷水秀牵着西麻子嘟嘟囔囔地走出了人群，风波就这样平息了。芬芬知道丑丑冒着生命危险保护她，更加喜欢丑丑。可是不知道丑丑跑到哪里去了。

陈校长在办公室和老师们说：“狗的事件看似偶然，其实有着深刻的矛盾的，是违背自然规律。它由人类亲手制造的人与狗之间的矛盾，进而又引起人与人之间的矛盾，根本原因在于富人和穷人之间的矛盾。之前，西麻子嫌弃丑丑是流浪狗，把高贵的花花从丑丑身边夺走，弄得丑丑不仅失去了女朋友，还被打得遍体鳞伤，丑丑自然怀恨在心。俗话说有仇不报非君子，当看见西麻子把自己的主人按倒在地，压在主人的身上，丑丑自然会冲上去报复西麻子的。呵呵呵！

“看您说的，这狗怎么能和人相提并论呢?”

“当然可以。你没看见有钱人家那宝贝狗，那吃的……哈！都是有机食物、穿的名牌衣服，还要请保姆照顾咧。”

“这狗咋比人还高贵呢?”

“这就叫贫富差别。不然怎么人人都梦想发财呢?”

“有钱人瞧不起穷人可以理解，怎么会异想天开把狗也划分为贵族身份、贫民身份，人的思想真的是太奇怪了。不知道狗们喜不喜欢呢?”

“话说回来，如今的狗确实聪明。”

“呵呵!”

袁文英就苦笑起来，她本来和这件事情没有关系，开始并不知道花花是丑丑的女朋友，以及后来西麻子又怎么和芬芬打架了，怎么被丑丑咬伤的，一切的一切，她完全都不知道。然而，作为芬芬的妈妈及监护人，也是丑丑的主人之一，与狗性事件脱不了干系，最后西麻子的伤由她出钱治疗。就这样，她两个月的工资赔给了雷水秀。接下来，她和女儿的生活过得可惨了。好在石溪边上种的那块红薯、白菜、萝卜都已经成熟了，可以挖来吃了。袁文英说红薯是个好东西，书上介绍可以防癌呢，城里的人都喜欢吃；烤红薯价格不菲，6 元钱一斤呢。

放学后，芬芬扛着锄头、提着妈妈用藤条编织的丑篮子去溪边地里挖红薯。半路上，丑丑不知从什么地方跑出来，对芬芬使劲地摇着尾巴、抬着头望着芬芬。芬芬摸了摸丑丑，没有像平时那样激动，也没说话，而是继续朝溪边走去，丑丑跟在她身边，一前一后。芬芬来到地里，挖红薯，丑丑就站在高坎上痴痴地张望着那条弯弯的山路，芬芬知道它在想它的朋友花花，也忧郁起来。

芬芬挖好了红薯，叫上丑丑，然后到石溪把红薯洗干净，回家蒸熟了，和妈妈、丑丑一起吃。

一日，芬芬病倒了，躺在床上发高烧。袁文英没有请医生来，或者把芬芬弄到医院去看病，而是跑到对面农场，从唐云琪手里赊了白米饭和猪肉炒辣椒，端给芬芬吃。奇怪了，芬芬的病居然好了很多，袁文英说：“知道你没有病，主要是这段时间营养不良，只要吃些高营养食物就会好的。”

说这话的时候，丑丑就站在她们身边，默默地站了一会儿，出去了。

外面艳阳高照，天气比较闷热，丑丑独自跑出去干什么？芬芬在心里有过一瞬间疑问。她吃着辣椒炒肉，热得满头大汗的，也就没去细想。袁文英就到石溪打来了凉水，帮芬芬擦脸、擦背，有妈的孩子像块宝，芬芬感觉非常舒服，好像病完全好了。于是她下了床，准备到教室去找许青艳，她刚一走到门口，却看见丑丑匆匆忙忙地回来了，嘴里叼着一只滴血的野兔。

丑丑径直把野兔叨到袁文英面前，袁文英惊叫：“天呐！丑丑真的听懂了我的话，刚才出去找野兔子去了，它这是在给你补充营养啊!”

芬芬一下扑过去，抱住了丑丑，摸到丑丑鼻头上渗着细细的汗珠。秋老虎，丑丑也不怕热，急急忙忙跑到山上去找野兔子。芬芬连忙把丑丑带到石溪，丑丑喝了水，凉快了一会；又帮丑丑洗了个凉水澡，回到家里又围着兔子看着，爱不释手的。

袁文英烧了开水，开始整理野兔，一边赞叹地说：“丑丑怎么这么聪明，知道给芬芬补充营养咧……怎么这么能干！动物的智商真的进化好快，和人类一样快。”

丑丑不声不响地摇了几下尾巴，表示谢谢主人的夸奖。

12

西麻子的屁股终于好了，重新回到了课堂上，仍然和芬芬同桌。世事风云变幻，“两个国家”局势完全发生了改变。西麻子先用刀子在课桌中间刻了一道“国界线”，声称不许周芬芬超越过界，否则他有权利进行武力打击；又运用外交手段制裁芬芬，不许其他同学与周芬芬交往。芬芬自知打不过他，只能小心翼翼地不敢乱说、乱动。好几次，上课的时候，芬芬的肘子刚刚碰到“国界线”，西麻子不是拿拐子朝芬芬划过来，把周芬芬挤到桌边上，就是用拳头打得周芬芬手臂生痛生痛的，而芬芬是个非常听话的学生，上课的时候绝对不跟西麻子吵架，等到下课，芬芬对西麻子也有过武力还击，结果吃亏的依然是芬芬。考虑到“国格”尊严问题，芬芬也声明不许西麻子侵略她的领地，西麻子却偏要把手伸过来，偏要冒犯她，结果“两国”边境之争风云迭起，摩擦不断。芬芬对西麻子的种种欺辱行为，除了声讨和舆论谴责之外，也没有别的办法，久而久之，芬芬连声讨和舆论谴责也放弃了，任凭西麻子在她的“国土”上胡作非为。但芬芬的这种忍让只在用沉默逃避现实，并非深入灵魂地接受，芬芬在心里对西麻子有一种说不出的鄙视，或许因为丑丑，丑丑一天看不到花花，芬芬看西麻子一天不顺眼。

芬芬发现丑丑的脾气比先前暴躁了，每次遇见陈家村的同学都要狂吼乱叫。许青艳告诉芬芬，说陈家村的同学都听西麻子指使，背着芬芬欺负丑丑；还商量着把肉骨头泡农药里，再给丑丑吃，或用老鼠药把丑丑毒死。

简直欺人太甚！

芬芬愤怒地到教室里乱骂一气：谁要打丑丑，将来不得好死；谁要毒死丑丑，就掉到石溪水塘淹死；谁要打死丑丑，就被洞神娘娘掐死……

西麻子突然站起来，一巴掌拍在课桌上，指着许青艳的鼻子，问："是不是你告的密?!"

许青艳也站了起来，并不吭声，而是挑起眼皮，和西麻子硬盯。西麻子更加恼羞成怒，说："你和她玩得最好，肯定是你告的密！老实点，承认了，我们放你一马，不然的话……嘿嘿！修理你。"

同学们一下子围了上来，把西麻子和许青艳围在了中间。

"你敢?!"许青艳毫不示弱："就是你们陈家村同学天天打丑丑，还说要毒死丑丑。"

说时迟、霎时快，西麻子朝许青艳脸上奋来一拳，许青艳的鼻子当场就流出血来了。芬芬看见许青艳为她两肋插刀，一种侠义的英雄气概在心中骤然升起，只见她勇敢地推开挡在她前面的几个同学，冲过去，同西麻子扭打起来，打成了一团。许青艳也顾不及鼻子上的疼痛，继续投入了战斗。

芬芬和许青艳以2∶1的优势对决西麻子，西麻子有些招架不住，大喊了一声："陈家村的上！"

"许家人的上！"许青艳跟着喊道。

顿时，全班同学骂的骂、叫的叫、咬的咬、抓的抓，书、文具盒、书包、钢笔都被用来当做了武器，满天飞舞，教室里一片混乱。

"统统给我住手！"班主任陈晓春已经站在讲台上了，并把手里的黑板刷子"啪"的一声拍在讲台上。至于她什么时候走进来的，又观看了多久战斗场面，同学们都不知道。

同学们怔住了，停止了厮杀，教室里出现了短暂的安静……突然一片鬼哭狼号。

陈晓春叫同学们都回到自己的座位上，按顺序检查了同学们的伤势，之后宣布停课，让同学们各自回家处理伤口，还要通知家长来学校处理打架的事情。

袁文英得知学校发生了打群架事件，风急火燎地从外面赶了回来，当看见女儿的嫩背上受了伤，袁文英十分心痛，急忙到房里找消炎药，最后在窗台上的一个小盒子里找到半瓶红药水。没有棉签，袁文英把红药水直接倒在芬芬背皮上，芬芬背皮开了好大的一朵大红花。袁文英嘱咐芬芬洗澡的时候不要乱摸乱抓，避免生水渗进伤口里。交代完了，袁文英说幸亏当时丑丑不在场，否则，像上次那样咬伤了人，她又得赔钱。

芬芬："真是的，丑丑跑哪里去了，最近几天，丑丑老是不在家。"她想到的并不是当时丑丑在不在场，帮不帮她，而是丑丑最近情况有些异常。

许家人和陈家村的家长纷至沓来，要求学校主持公道。家长们争吵不休，学校好一片热闹景象。雷水秀也来了，凶巴巴地要求许青艳家长赔偿西麻子的医药费。陈校长说许青艳伤得比西麻子还重。雷水秀袖手一挥：“我不管，我只认医药费。许青艳她妖里妖气，搬弄是非，活该！”

陈校长急忙打电话请陈成龙过来调解医药费事宜。

陈成龙很快赶来了，背着火铳。

芬芬看见陈书记背着长长的火铳，使她想起西麻子妈妈的话——拿火铳把丑丑打了，黄焖下酒。

那么陈书记带火铳到学校来做什么呢？虽说陈书记到学校来是为西麻子打架的事，但带着火铳到学校来，会不会捎带打死丑丑，黄焖下酒？

芬芬这样想着，越想越害怕，站在走廊里一动不动地盯着那条火铳发怵，不知不觉手心和额头都冒出了冷汗。怎么办呢？走为上计，这是爸爸讲的三十六计里第三十六计，现在正好派上用场了。

芬芬说：“丑丑，西麻子爸爸要用火铳打死你，他现在就在学校里，还带着火铳。如里让他看见了你，说不定会朝你开枪。听别人说他爱吃狗肉，远近都知道的。无论碰到谁家的狗，只要他看上了，就打回去吃了，甚至残忍地邀请狗主人一起吃咧，有时会给狗主人两只或五只肉鸡作为交换，算他没白吃白拿。”

丑丑围着芬芬转来转去的，芬芬和丑丑有一种心灵感应，芬芬感觉丑丑是在寻找一种保护，确切说是寻找芬芬的保护。

芬芬：“那好，我们上山吧。”

丑丑快速摇了几下尾巴，表示同意。

芬芬立刻带着丑丑悄悄离开学校，走过小木桥，朝养殖场后面的大山里转移。丑丑亦十分警觉，一边走一边回头，看后面有没有人追来。

芬芬和丑丑一口气翻过山顶，走到一块宽敞的草地上才停下来休息。草地里开满了黄色的小花朵，那是一种叫“路边黄”的药材。唐云琪阿姨经常到学校周围采“路边黄”，晒干后，送到县城的中药店里，三元钱一斤。

芬芬说：“丑丑，我们来采路边黄吧。”

丑丑真能帮芬芬忙的，它看见芬芬用手扯路边黄，它就用爪子和嘴帮忙，身子一扭一歪的。不一会儿，草地里的“路边黄”被他们拔光了。芬芬又找来一根草藤把“路边黄”捆成一捆，然后，他们才坐下来休息。想到

“路边黄”可以换钱，芬芬感觉自己长大了，可以挣钱了，美得下不了地了，情不自禁地唱起了山歌“哟——嗬！妹是桂花千里香，哥是蜜蜂万里来。蜜蜂见花团团转，花见蜜蜂朵朵开……”

她知道歌里面蜜蜂飞、桂花香，别的深刻的意思则不懂了。

一只野兔突然出现在他们视线里，只见丑丑一个鲤鱼翻身扑过去——可惜没逮着。野兔迅速朝树林里逃跑，丑丑紧追不舍，瞬间消失在树林里。芬芬虚无地望着那个方向，心里有些忐忑不安。理论上讲芬芬应该跟过去，帮丑丑一把，但看四周密密麻麻的树木，不知道野兔朝哪个方向跑了，丑丑追去了，跑得无影无踪。最后芬芬决定留在原地等待。好一会，丑丑叼着半死不活的野兔回到了芬芬的身边。那一刻，芬芬高兴地和丑丑抱成了一团。

芬芬一兴奋，肚子就饿了。兴奋情绪促使血液快速流动，快速消耗了芬芬的能量。

芬芬抬头看着天空，太阳开始偏西，已经下午了，西麻子爸爸应该离开学校了吧——想象着西麻子爸爸扛着火铳一摇一晃远去的背影，芬芬说：“丑丑，我们回家去。”

等到回来路过养殖场的时候，唐云琪阿姨叫住了芬芬，她说：“芬芬，快回去，你妈妈让我碰见你叫你快回去……快去!”

唐阿姨的语气十分急切，又语无伦次，似乎发生了什么事情，难道是妈妈生病了？芬芬一边想一边匆匆忙忙赶回家。推开门，芬芬看见屋里坐着西麻子的爸爸，妈妈也在另一张板凳上正襟危坐。但是，西麻子爸爸的一条腿还搭在妈妈的腿上，芬芬甚至听见“咯吱咯吱”的响声，好像要把她妈妈的骨头都压碎了。

袁文英趁机搬开了陈成龙的那条肥腿，站起来说：“看，我女儿回来啦。看，她们还抓到了野兔子。”

西麻子爸爸不慌不忙地把目光移到芬芬的身上。芬芬看见他黑色的脸上长满了黑色的胡须，像一张能够轻易置人于死的魔鬼的黑网，那黑网里的两只眼睛就是两个冰凉的黑洞，像要把芬芬吞噬进去，芬芬不由向后退了几步。袁文英一把搂住芬芬，说：“芬芬，叫陈伯伯。”

芬芬没有吭声，回答她的只有屋里暗淡光线里芬芬警觉的目光。虽然，芬芬不明白大人们之间的肢体语言，但是芬芬觉得她和丑丑一回到家里，妈妈有一种如释重负的从容。

“叫啊！叫陈伯伯。”袁文英重复了一句。

“汪汪！”不是芬芬叫，而是丑丑代替芬芬叫了两声，也不知道丑丑叫的是不是“陈伯伯”三个字。丑丑的声音和平常不大一样，它在说什么呢？一时之间，芬芬的智商到不了那种理解的高度，只知道丑丑表达的绝对不是欢迎的意思。

西麻子爸爸站了起来，说：“它就是丑丑吧？长得好肥，可以换五只鸡……差不多了。”

袁文英忙不迭地说：“不不不……陈书记，您知道的，我经常到您养殖场打工，不在家，把女儿一个人留在家里，这不，丑丑就是她的伙伴。”

芬芬看见妈妈用乞求的眼神望着陈书记，陈书记的表情却狡诈阴险的，芬芬心里又生气又难过。

袁文英拿起野兔子递给陈书记，说：“这兔子您带回去，下酒。兔子肉比丑丑肉好吃。”

西麻子爸爸在喑哑的秋风中咳了两声，才把野兔挂在火铳上，说道：“那，丑丑强奸我家花花的事，迟早我要向你讨回来。”

“人怎么能跟畜生计较呢。”袁文英小心地说。

“嘿嘿……你等着吧。”西麻子爸爸扛起火铳，恼怒地夺门而出。野兔吊在枪口上摆来摆去，滴着血，一路离去。

袁文英张着嘴半晌说不出话来。至于芬芬和丑丑上山以后，学生打架的事情怎么处理的，西麻子爸爸又是怎样来到家里把他的肥腿压到妈妈腿上去的，芬芬一无所知。

晚上，袁文英靠在床头一声接一声地叹气。芬芬躺在妈妈身边，双手抱着妈妈的腿，那双被西麻子爸爸压过的腿。芬芬知道妈妈好累好苦，她想安慰妈妈，所以她要用这种方式来温暖妈妈那双受伤的腿。

袁文英抚摸着芬芬的头，说：“芬芬啊，你以后小心点，不要招惹西麻子了；特别是丑丑，千万不能再惹是生非了。”

芬芬说：“妈妈，我不想惹祸的。西麻子那些人天天打丑丑，拿石头打咧！打得丑丑好痛的。”

“今天西麻子爸爸在会上说同学们的伤自己负责。”

“噢。”

“许家人同学的伤比陈家村同学的伤重得多咧。”

“陈家村同学多，当然打赢了。”芬芬又不知轻重地问了一句：“西麻子爸爸不要我们赔钱了吗？”

"你以为你和许青艳真的伤得了西麻子？不过……幸好，幸亏没伤着西麻子，不然的话……"到了舌头的话，袁文英把它咽了回去。袁文英沉重而缓慢的语调，像吊了一块巨大的石头。芬芬终于没有再问下去，芬芬害怕一旦自己的声音通过空气的传播震断了那根绳索，那石头掉下来会撞到妈妈。芬芬最终不敢做那个危险的尝试，而是依偎着妈妈，静静地合上了眼睛。

睡梦中，芬芬梦见自己飞起来了，还一边飞一边哈哈笑着……丑丑跟在后面……

经过群架事件，陈晓春在班上再三强调不准打架，还把芬芬跟西麻子调开了。芬芬被调到了许青艳旁边，就这样，班上的组织纪律基本恢复到了正常的状态。同学们大多不知道记仇的，打过骂过之后，又都玩到了一起，只有芬芬和西麻子仍然他不理她、她不理他。

许青艳和芬芬十分投缘，刚一认识就玩得极好，在经历群架之中的并肩战斗之后，关系更加紧密团结了。

13

养殖场的事情突然特别的多，每到周末，袁文英就被喊去打工，把芬芬一个人留在家里。

这天袁文英又出去了，芬芬带丑丑到许青艳家里去玩，许青艳爷爷正好在家，芬芬看见扎大包头、抽竹筒汗烟、脸色蜡黄的许青艳的爷爷，心里有一种莫名的难过和紧张："原来人老了好丑陋啊！我不要老。"芬芬向菩萨祈祷。

那只是一个十岁多孩子多么幼稚的想法！

人怎么可以不老，妈妈常常说自己老了，那时芬芬并不理解妈妈的意思；见到许爷爷之后，芬芬开始感觉妈妈心里的失落了，这使芬芬更加可怜许爷爷。在许爷爷面前芬芬变得轻声细语，许爷爷便夸奖她有礼貌，说女孩子就要像芬芬这样子，秀秀气气、斯斯文文。

原来许爷爷对女人是有品位的，尽管他是个瑶族老头。

许青艳对芬芬说，曾经许爷爷的爷爷是瑶寨里有名的巫师，方圆百里，人家家里有事，都请他爷爷的爷爷去做法事、赶死尸。

芬芬突然记起来了，原来她爷爷死的时候，到她家里替她爷爷做法事的那个许老道士就是眼前的许爷爷。当时许爷爷通神通鬼的，吓得芬芬老认为家里有鬼，特别是爷爷的灵堂里鬼最多，芬芬每次进去都很紧张，害怕自己的魂魄被鬼抓走了，她可是不愿意跟鬼去那边的。直到爷爷出丧那天早上，许老道士念念有词、舞刀弄剑，把鬼统统赶出去之后，芬芬悬着的心才放下来。

芬芬开始对许爷爷进行了新的观察，她发现许爷爷和一般人有许多不同之处，许爷爷经常自言自语，好像跟什么人说话，可他身边并没有别的什么人，那么许爷爷一定是和鬼在说话！尤其许爷爷那双游离不定的眼睛，总是在寻找什么东西似的，而那东西看不见摸不着，那一定不是人间之物，一定是鬼，不是鬼，就是神仙！

芬芬开始害怕起来，等到傍晚，她打算带丑丑回学校去睡觉，许爷爷说为了她的安全，要教她几句避邪咒语，这弄得芬芬更加害怕。看见芬芬战战兢兢的样子，许爷爷又补充了一句："你回到学校以后先不要进屋，得先到茅坑打个转，对于鬼，茅坑是迷魂阵，再从茅坑出来，鬼就找不到你了，就不会跟你进屋的。"

简直毛骨悚然!!

"今晚我就住在你们家里好吗?"芬芬几乎哭着说的，虽然她不清楚自己住在许爷爷家里是不是很安全，但毕竟许爷爷是人，没有鬼可怕，何况还有许青艳做伴呢，芬芬如是想。

许爷爷点了点头。

就这样芬芬和丑丑第一次留在了许青艳家里过夜。

芬芬和许青艳睡在一张床上，许青艳说她爷爷的爷爷还会放蛊。芬芬急忙问许爷爷会不会放蛊；如果会，会不会把她给放了。许青艳说不知道。芬芬瞪大了眼睛望着虚无的黑暗，小心地一呼一吸。不知道许爷爷会不会放蛊。那么，她需要牢牢地把自己保护起来。上半夜，芬芬几乎没有睡觉，她担心许爷爷真的会放蛊，并且把她给放了，不敢睡觉。瞧许爷爷怪里怪气的样子，肯定有魔鬼俯身——原来许爷爷是个危险人物！芬芬不由想到了在学校看见的那个"国民党军官"，认为世上应该有鬼存在的。她这样想呀想，思想过于紧张，人很快就疲倦了，不知不觉中闭上了眼睛，事与愿违地睡着了。

第二天爬起来，许青艳以及许家人的同学邀芬芬去石溪捉鱼。芬芬完全忘记了先前的害怕，带着丑丑屁颠屁颠地和同学们一起，直接来到大家认为鱼儿最多的溪段。许青艳事先从家里带去很大一包生石灰，大家便一起动手，先用石头在上游筑了一道水坝，再把下面的鱼儿往上驱赶。芬芬和许青艳堵在下游，不让被驱赶的鱼儿往下游逃跑。同学们又赶紧在下游筑第二道水坝，鱼儿就被上下两道水坝拦在中间。许青艳便往水里撒生石灰。不一会儿，鱼儿被闹晕了，接二连三浮出水面，同学们欣喜若狂地扑到水里，把鱼儿捞起来，有半死不活想要逃跑的鱼儿，同学们便相互配合，对他们采取围追堵截的方法把它们逮住。看着如此热闹的场面，丑丑在岸边走来走去地——见了鱼儿就兴奋，这是丑丑的老毛病。芬芬担心丑丑会帮倒忙，不让丑丑下水。然而稍不留神，丑丑擅自跳到了水里，并没有经过芬芬的批准。丑丑在水里东搅和西搅和，水被搅浑了，鱼反而不见了，芬芬急忙把丑丑赶回了岸上。

溪里的晕头鱼儿被捞完了，大家把捞来的鱼集中起来，再每人一份，按原始的方法，估堆子，每堆差不多，大家没有异议。

芬芬分到了四条鲫鱼和一条“硬筒鼓”。返回许青艳家里，许青艳把自己的鱼和芬芬的鱼一锅煎了，又放了辣椒、生姜、香葱进去，味道又香又甜。下午大家又到山上砍柴，捎带偷了别人家的橘子吃。

这是一个有趣的周末！

吃完晚饭，天完全黑下来了，芬芬突然记起许爷爷可能是个会放蛊的危险人物，于是提出回学校去睡，许青艳也留不住她，许爷爷只好叫许青艳送芬芬回学校。

芬芬和丑丑跟着许青艳一道踏着夜色上路了，当路过坟地的时候，许青艳便念叨许爷爷教她的避邪咒。奇怪！芬芬真的不害怕鬼了。许青艳一直把芬芬送回学校，芬芬便留许青艳在她家里过夜，反正许青艳第二天都要读书，提前一夜到学校来可以一方两便。

从此以后，袁文英不在家的时候，芬芬就到许青艳家去玩，天黑之后，许青艳再送芬芬回学校，陪芬芬在学校里睡觉。如此这般，有丑丑和许青艳做伴，芬芬不再寂寞，不再孤独了。

许青艳比芬芬大两岁。两年前，她读过四年一期，四年二期的时候交不起学费。不过，她有另一种解释，那是因为她家里需要她做饭、喂猪，所以不读了。两年后，她重新回到学校，便和芬芬在一个班上了，还和芬芬成了好朋友。然而许青艳仅仅比芬芬大两岁，山里的事情她知道的却比芬芬多得多，尤其她会念避邪咒，这一点芬芬十分羡慕，而周建华只知道教她三十六计。

后来，在一次回学校的路上，许青艳说有了避邪咒，大鬼小鬼都不敢招惹她们、不敢捉弄她们。芬芬问她避邪咒是否真的灵验，即使从坟地经过她都不害怕吗，许青艳十分得意地说："当然，不信你往后面看看。"

芬芬好奇地回过头去——天哪！芬芬看见无数幽蓝的鬼火在她们身后的黑暗中上蹿下跳，芬芬结结巴巴地说了一句："有……有鬼！"，早已吓得腿脚发软，一下陷入到了极度恐怖之中。丑丑也狂叫起来。

芬芬正要逃跑，许青艳一把拉住她，悄声说："不能跑，鬼怕恶人，如果……我们这一跑，它们就知道我们怕它们，反而会追上来的。"

天哪！芬芬只好硬着头皮，假装勇气十足的样子，悠悠然然地走。当芬芬迫不及待地第一个冲进房屋的时候，她的内衣湿透了，腿脚都在发麻，冰凉冰凉的。从此，芬芬确信世上是有鬼的。

许青艳说丑丑肯定看见鬼了，不然不会叫得那么凄惨，说如果把丑丑的眼泪涂到人的眼睛里，连续涂上七天，那么，人也可以看见鬼的。

"真的吗?"

"真的！不信你可以试试看。"

"我不敢。"芬芬摇着头："还是不要那样子做了。"

"我也不敢。"

芬芬忽然明白过来，其实许青艳比她胆小，从来不曾回头看过身后。许爷爷肯定交代许青艳不能看后面，而她叫芬芬回头看后面，是因为她和芬芬一样对未知世界十分好奇，在芬芬看到黑暗里那些可怕的鬼火之后，她又叫芬芬把丑丑的眼泪水涂到眼睛里去，她想拿芬芬检验世界上到底有没有鬼，而她自己则不敢冒这个险。芬芬无从知道许青艳这样做是不是很想害她，但是可以肯定许青艳是个胆小鬼，原来许青艳外表的坚强完全是许爷爷教她的那些咒语支撑起来的，正如她脸上那特别易碎的微笑，稍有风吹草动那微笑就从脸上掉下去了。毫无疑问，许青艳是脆弱的！许爷爷的避邪咒语并不能使许青艳真正坚强起来。

袁文英回来之后，芬芬把事情经过一五一十地讲给袁文英听，袁文英也没能给芬芬一个肯定的答案——世界上到底有没有鬼，因为自然界里的秘密太多了，人类目前的科学水平远远达不到那个认知的高度。

袁文英只说，有丑丑做伴，不怕了，不要在许家人玩太久，天黑就要回家，许家人有那么远，路上不安全；再说许爷爷家并不富裕，既是许爷爷不在乎他的小菜、白米饭，芬芬终归不能经常去吃人家的。

从此，芬芬整天都在想，鬼到底是个什么样子？芬芬那次只看见鬼火，并没有看见真正的鬼。她想她要是胆子更大一点，盯着那些鬼火多看一秒二秒钟的话，或许就能看见隐藏在火焰后面的鬼脸。虽说那样做十分冒险吓人，但是，如果能够揭开世界上有没有鬼，这个比天还大的秘密的话，看一回鬼，吓晕了也值得。

话说回来，那是不可能的，芬芬没有那个胆量。芬芬当时吓得腿脚发软，立即调头逃跑比较合乎逻辑。所以，芬芬觉得自己并不胆小，至少比许青艳胆大。许青艳不敢回头看后面，芬芬回头看过一回，而且芬芬不会念咒语，甚至差一点点就把丑丑的眼泪涂到自己的眼睛里看鬼，看周围形形色色的鬼。事实证明爸爸教她的三十六计，比许爷爷的避邪咒语，法力更高更强！嘿嘿！

那个“国民党军官”的鬼样子在芬芬脑海里又清晰起来了，芬芬变得越来越胆小了，当初“国民党军官”坐过的那条板凳，芬芬再不敢坐了。

芬芬感觉鬼就活在她身边，前后左右、天上地下到处都有鬼，大鬼、小鬼、男鬼、女鬼，无论白天黑夜地骚扰她。她睡觉的时候鬼也来捉弄她，梦中冰凉的鬼手触摸到她脚尖的时候，她立刻清楚地知道鬼来了，她拼命地挣扎，想睁开眼睛，可是怎么也睁不开；她拼命地叫喊，可是怎么也喊不出声音来。任凭鬼手从她的脚尖一点一点地往上碾压到她的胸口，她的呼吸越来越闷，直到最后临界窒息的刹那，惊骇地醒过来，瞪大眼睛四周搜索，并没有发现周围有什么异常。门口，丑丑也没有一点动静。

芬芬开始意识到丑丑有可能不在狗窝里，自从失去花花，丑丑的性情忧郁了，经常不声不响地不知道跑哪儿去了。这使芬芬感到某种潜在的危险——总有一天丑丑会出麻烦的。

芬芬开始担心起丑丑，究竟会出什么样的麻烦呢？

当芬芬把她的担心告诉许青艳的时候，许青艳白了芬芬一眼，她说：“别怕！大不了丑丑再咬一口西麻子的屁股，咬得皮开肉绽，痛死西麻子！”

“那可不行。”

“为什么？”许青艳用陌生的眼光看着芬芬，又道：“难道你和西麻子讲和了？”

“不是。”芬芬急忙解释：“上次丑丑咬了西麻子屁股，我妈妈赔了两个月的工资；如果丑丑再咬西麻子屁股，不定又要赔多少钱，我和我妈妈又要天天吃红薯。红薯不好吃，吃腻了。”

“哦。”许青艳心不在焉地应了一声，急忙和别的同学做游戏去了，丢下芬芬在操场上独立寒秋。

芬芬和许青艳的对话最终没有结论，她俩的矛盾在于对避邪咒语和三十六计认知上出现了分歧。芬芬感觉和许青艳对话越来越困难了，芬芬打算把自己的担心告诉妈妈，芬芬相信妈妈知道三十六计，肯定有办法救丑丑的。遗憾的是，芬芬还来不及对妈妈说出自己的奇怪的感觉的时候，芬芬担心的事情提前发生了。

陈成龙突然气冲冲地冲进芬芬家里，双手端着火铳，随时准备开枪。他先是在房里寻找，袁文英企图阻止他，不料被他搡到一边。当没有看见丑丑，陈成龙又到学校东找西找，也没有找到丑丑，又回到芬芬家里。他俨然鬼子进村扫荡一样，弄得鸡飞狗跳的。

在没有找到丑丑之后，陈成龙露出了一双邪恶的眼神，他盯着袁文英，低声吼道：“丑丑呢？你们把丑丑藏哪里去了？”

“怎么啦？”袁文英小心地问。

“怎么啦，你是真不知道，或是假不知道？”

“我们真的不知道。”

“那我告诉你，最近你们家丑丑经常半夜三更跑到陈家村去勾引我们家花花，现在我们家花花已经怀上丑丑的丑种了，不打死它，我能咽下这口气吗?!”

“我当多大的事哩。”袁文英笑道。

“昨晚，我又撞见了，可惜我当时手里没拿火铳；否则，我一枪把它给解决了，下酒。”

“你犯不着跟一个畜生过不去嘛；再说花花怀孕了，是好事哩。”

“好个屁……”陈成龙憋着后面的话，凑到袁文英耳边，威淫地说：“如果我把你的肚子搞大了，那才叫好事。”

“啪”的一声，袁文英甩手给了他一记响亮的耳光。陈成龙愣住了。

那一刻芬芬非常吃惊，妈妈竟然敢打西麻子爸爸的耳光！芬芬第一次发现妈妈原来那么勇敢！

芬芬的预感终于得到了证实，丑丑终于惹出大祸出来了。西麻子爸爸又将怎样对付妈妈对付丑丑呢？芬芬的心一下子揪了起来。她想骂陈伯伯坏蛋，又不敢骂出来，憋在心里又悲愤、又难过。

这时陈成龙眼光一闪，夺门而出。顺着他的身影，芬芬看见丑丑晃晃悠悠地从小木桥那头往家里走来。陈成龙一边跑一边开始端起火铳朝丑丑瞄准。

“丑丑快跑!”芬芬大声喊道，几乎同时“砰”的一声枪响，陈成龙扣动了机关。

丑丑调头朝陈家村方向跑去，瞬间消失在山路尽头。

芬芬长长地吁了口气：“没打着！没打着!!”

陈成龙回过头，走到芬芬面前，拉着脸。芬芬被他凶巴巴、魔鬼般的脸色吓得直往后退，倘若地上有一条缝，芬芬会毫不犹豫地钻进去，躲起来。

陈成龙抓住芬芬的手臂，把芬芬拖到袁文英面前，说：“你看你养的女儿，胆子越来越大了，竟然几次三番坏我的事。现在，我要把她带到村委会去好好教育一下她；如果你想通了的话，你就到村委会来，用你自己把你女儿换回去。”

芬芬拼命挣扎，但是越挣扎，陈成龙把她的手臂捏得越紧。芬芬咬着牙、忍着痛喊着妈妈，妈妈没有回答。芬芬回头看见妈妈缓缓地张开嘴，想讲话，一句也讲不出来。妈妈只用痛苦的眼神，看着女儿像在狼嘴里的羊羔一样在陈成龙手里挣扎。芬芬肯定妈妈被气晕了。芬芬就在惊魂未定中，被陈成龙拖走了。于是，芬芬放声大哭，陈成龙并没有因为芬芬的哭而心软，他直接把芬芬带到村委会。

芬芬被陈成龙关在一间阴暗的木屋里。木屋里摆着一张小木床、一张简易书桌、一张凳子，书桌上有个斑斑点点的水杯和一个脏兮兮像老女人的粉脸被雨淋花后令人作呕的暖水壶。

芬芬紧贴着墙壁站着，她曾经晚上陪妈妈上厕所就是那样站着。选择这样的位置，芬芬可以保证自己身体后面是安全的，前面的情况都在自己视线监视之内，一旦发现情况异常，她可在第一时间做出反应。

芬芬听见陈成龙就守在门口，偶尔有人从门口经过和他说话。就这样，芬芬被关在屋里，陈成龙守在屋外，芬芬一直从中午站到傍晚。她的腿难受极了，却坚决不到那张凳子上坐一会儿，哪怕短暂的几秒钟，或到那张小床上躺一会儿，她坚决用站立的方式表示她的坚强反抗。

“你要整人，整我好了！干吗拿我女儿出气?!”

这是妈妈的声音。芬芬鼻子一酸，眼泪哗哗地流了出来。

“想明白了?”在门口，西麻子爸爸问她妈妈。

妈妈的声音："别啰唆！快把我女儿放出来!!"

"嘿嘿!"西麻子爸爸阴阳怪气的笑声，芬芬同时听见门口有钥匙在锁里转动。

"放心，我没对她怎么样。"西麻子爸爸的声音由高到低，由冰冷到温柔，芬芬猜想，他脸上一定还带着狡猾的笑。芬芬就盼着妈妈狠狠地骂他，果然妈妈狠狠地说："你敢伤害我女儿的话，我和你鱼死网破!"

"我这就放他出来。嘿嘿!"

门被打开了，袁文英冲了进来。

芬芬张开双臂向妈妈扑过去，没想到，因为站得太久，她的一双腿脚已经完全麻木，"扑通"一声倒在了地上。

袁文英急忙把女儿扶起来，抱到凳子上，帮女儿揉着腿，眼泪滚在了脸上。陈成龙站在袁文英旁边，神情也十分紧张，嘴里说着莫名其妙的客气话，可能也害怕芬芬的腿脚出问题，他明白，一旦芬芬的腿被弄坏了，袁文英肯定会和他拼命的。

袁文英揉了好久，芬芬的腿才慢慢恢复了知觉，袁文英叫她试着走了一圈，西麻子爸爸就挡在门口，他让芬芬走出了木屋，则把袁文英拦在了里面。

袁文英站在屋里说："芬芬，你先回去，饭菜热在锅里。"

芬芬怔了一下："妈妈，你不和我一起回家吗?"

"别问了，你妈妈还有事。"陈成龙说着把门关上了，把他自己和袁文英关在了屋里面。

芬芬在门口徘徊了一阵，看见妈妈没有出来，就一个人怏怏地离开了。她一路走，一路听见身后有魔鬼摧花断枝的声音，整个的脑海里充满了一种前所未有的愤怒。

芬芬回到学校，丑丑已经不在了，芬芬又回到了从前一个人守家的孤独里，只不过她没有再去溪边水杨树下面的草垛里睡觉。

山谷里已经冷了，风呼呼地吹，树枝光秃秃的。

寒冷的骤然出现使芬芬有些吃不消，她紧紧地抱紧双臂，坐在床头，坚持等妈妈回来。她的眼睛紧紧地盯着一处，脑子里追忆着白天发生的事情，她问自己，难道妈妈是被那个魔鬼莫名其妙的客气话打动了？不然妈妈怎么会心甘情愿被关在那间暗无天日的屋子里面。最终她没有得出什么结果。等到妈妈回家的时候，她已经睡着了。一个十一岁的女孩子能有多大本领坚持彻夜不眠呢，况且白天在村委会站了半天，相当疲倦了。

芬芬是突然睁开眼睛发现妈妈坐在自己身边的。

“妈妈！”芬芬惊喜地喊了一声，坐起来，突然感到一阵晕眩，又躺了下去。她生病了。

袁文英也看出了女儿身体出现了异常，用手摸了摸女儿的额头，说：“芬芬，你发烧了，你先躺着，妈妈这就去陈家村，看今天有没有人杀猪……有人杀猪的话，妈妈买点肉回来弄给你吃，你的病就好了。”说完她急急忙忙地出去了。

袁文英从陈家村回来，两手空空。袁文英说昨晚陈家村有人杀猪了，早上还在村里卖了一早晨，她去晚了，别人已经把剩下的猪肉挑到县城去卖去了。

“要是丑丑在，丑丑会到山上抓野兔子回来。”芬芬有气无力地说。

“现在只有吃药退烧。”袁文英说着从衣兜里掏出两包药，分别从里面拿出几片递给芬芬；又倒了一杯热水拿在手里，准备给芬芬喂药。

芬芬把药一片一片地放进嘴里，喝着妈妈喂来的水，一颗一颗地把药吞到肚子里，然后又躺了下去。

袁文英帮芬芬盖好被子，又说和芬芬商量一下，说过几天考试完了，她爸爸也要来了，今年一家就在学校过年。

“噢。好啊。”

“你……”袁文英顿了顿：“你不要把你被西麻子爸爸带到村委会，妈妈到村委会接你，你先回家，妈妈后面回家这件事告诉别人，对你爸爸也不能说。好吗？”

“为什么？”芬芬盯着妈妈问。

“别问为什么，你答应妈妈就是。”袁文英一边说一边目光闪躲。

“我答应你。”

袁文英俯下身子，在芬芬的额头吻了一下。幸福就是这种感觉，芬芬满足地笑了，袁文英也笑了。

芬芬的病时好时坏，许青艳和几个同学来家里看她，大家纷纷议论：

“没想到丑丑会在夜里跑去见花花，惹出这么大的祸。”

“确实没想到！”

“除非丑丑死了，否则它会回来的。”许青艳肯定地说。

袁文英：“原以为丑丑只是暂时躲出去，谁知道竟一去不回了。”

芬芬相信许青艳说的，丑丑一定会回来的。

药片吃到肚子里，没有多大作用，芬芬的体温时高时低，睡梦中，芬芬迷迷糊糊的总觉得丑丑老是在她面前晃来晃去，她伸手去摸，却总是摸不着。

后来，袁文英终于到陈家村买了一斤五花肉，拿回家，一锅炖了。袁文英说肉是芬芬的治病良药，叫芬芬不要忍嘴，能一顿吃完就一顿吃完，她自己却舍不得吃一小块。芬芬知道妈妈心痛她，都让给她吃，芬芬也心痛妈妈，一再要求妈妈也要吃，袁文英才勉强喝了几口肉汤。

猪肉吃下去，芬芬的病真的就好了，并且好得很快。芬芬恢复了健康，也就回到了捡柴、洗衣、做饭的生活状态。与以往不同，以往有丑丑做伴，现在只她一个人，她真的失去了丑丑。她在闷闷不乐中熬到了期末考试，接着放寒假了，学校便空空荡荡的了，这孤独的情景使得芬芬更加想念起丑丑。

这一年的冬天特别冷，袁文英说家里储备过冬的柴火够了，不要上山捡了，叫芬芬待在家里多看书，少出去玩，外面太冷，还说待在家里一边看书一边烤火是最幸福事。袁文英还特意跑到陈校长家里借了《三国演义》、《品三国》给芬芬看。芬芬只好装模作样地看书，其实她心里只惦记丑丑会不会回来，她不相信丑丑会死掉，或永远不回来了。

盼啊盼！突然一天，远在水井打工的周建华打电话给唐云琪，要唐云琪转告袁文英，说丑丑跑他那儿去了，说他也不知道丑丑为何要跑他那里去，竟然丢下芬芬不管不顾，他也很奇怪。

丑丑没有死，芬芬和袁文英非常高兴！

“丑丑真的太聪明了，还记得那条路！”

上次暑假，袁文英把丑丑和芬芬带到水井乡，事隔多日，丑丑居然还能记得走过一次的那条路。当西麻子爸爸要打死它的时候，它就那么毅然决然地从那条山路上跑掉了，还跑到周建华那里去了，躲过了一劫。

“丑丑真是块好料！”

那么丑丑是怎么过沅水河的呢？

几天后，周建华放假了，来石溪溶学校和袁文英一起过年。出乎意料，周建华没有把丑丑带回来。

袁文英略带责备的口气说：“你怎么不把丑丑带回来呢？你不是不知道，对于你女儿，丑丑有多么重要……你应该把丑丑带回来。”

“放假了，大船靠到岸边，我离开的时候，丑丑不在，不知道跑哪里去了。这不，我急着见你们，所以……”周建华疲惫的脸上挂着灿烂的笑容，一把搂紧女儿，说不等它了。

袁文英：“算了。”

“那么丑丑一个人在船上会不会被饿死?”芬芬从周建华的怀抱里挣脱出来，口气非常严肃，说完还流出了泪水。周建华惊讶地看着芬芬，没有想到女儿会为了一只狗如此伤心。

“如果它没有饭吃怎么办呢?”芬芬又重复了一句：“会不会饿死?”

周建华已经失去了脸上挂着的微笑，空气中弥漫着尴尬的情绪。周建华慢慢明白了，他把丑丑留在船上，犯了一个天大的错误，这错误使妻子和女儿都不高兴了。

周建华缓慢地再次把芬芬抱到怀里，缓慢地说：“乖女儿，爸爸知道错了。不过，爸爸保证丑丑不会被饿死。老周在守船，爸爸离开之前已经委托老周照顾丑丑，相信他不会让丑丑饿死的。”

芬芬这才慢慢停止了哭泣。

周建华用挖沙淘金的粗手抚着芬芬的嫩肩膀，笑道：“乖女儿，这次考得好吗?”

芬芬迅速从书包里找出期末成绩单送到周建华手上，同时十分激动地踮着脚尖，把身体往上耸了几下，洋洋得意。

袁文英：“看来你女儿是块读书的料。这不，她读书并不怎么不认真，照样考第一名。”

周建华说：“你辛苦了。”袁文英说：“培养孩子辛苦是应该的，只要孩子听话就行。”

芬芬突然脱口而出：“西麻子爸爸把我带到村委会，妈妈为接我回家，代替我坐了一夜牢呢……”

袁文英突然抓住了芬芬的一只手，芬芬却像过速的火车，来不及刹住，下面的话她又接着说了出来：“西麻子爸爸把他自己和妈妈关在黑屋里呢。”

袁文英抓着芬芬的那只手僵硬了，芬芬感到了冰凉，同时闪电般明白了妈妈的意思——妈妈不让她说，这事妈妈曾经嘱咐过她。但是她忘记了。

芬芬看见爸爸盯着妈妈，妈妈也速度极快地瞟了爸爸一眼，然后把目光移到门口。妈妈的表情像是一个被强奸了的女人，羞愧、可怜。

芬芬对刚才的话非常后悔!

“我饿了，请问我可以在你这里吃饭吗?”周建华忽然冷笑着说。

袁文英转身就去了厨房，也不叫芬芬帮忙烧火。

周建华再没有和袁文英说话，而是默默地坐在那儿发呆。袁文英因此一天一夜不理睬芬芬，甚至叫芬芬去许青艳家里去和许青艳睡，芬芬不得不提心吊胆地面对精通巫术、会放蛊的许爷爷。

芬芬在许青艳家里一直搭睡到大年三十，袁文英才到教室里搬了几张课桌，在临时属于她和周建华的床对面，给芬芬搭建了一张临时床铺。零时放完一串挂炮之后，一家人才上床睡觉。至于芬芬不在家里睡觉的几个晚上，爸爸和妈妈做了什么、会不会吵架、吵架后又是怎么和好的，这一切芬芬完全不会知道。

芬芬刚躺下就盼望天亮，还反复地问妈妈几点了。妈妈说：“你别吵了，天快亮了。”

芬芬迷迷糊糊地刚要睡着，却听见门口“沙沙”的声音，她一下警觉起来，她说：“听！是什么在门口弄得好响的?”

周建华仔细地听了一会，门口真的有动静，便拉开灯，披上衣服。

“沙沙沙沙……”门口响声不断，赶紧下床，芬芬也跟了下去。

周建华轻轻把门打开一条缝，一只狗“嗖”地就钻进来了，直往芬芬怀里扑，当芬芬定神看它时，芬芬惊呆了：“丑丑!”芬芬脱口大喊了一声。

“丑丑回来啦?!”袁文英也惊喜地从床上滑下来，急切地抚摸起丑丑。

芬芬腿脚一软，竟跪在地上，双手抱着丑丑，口里语无伦次地说：“丑丑，这些天你是怎么过来的……你饿不饿……你怎么知道跑水井去的……你还记得那条路啊?!”

丑丑不言不语，眼睛亮汪汪的，似乎盈着泪水。

袁文英便跑到厨房取了一碗吃食给丑丑，丑丑狼吞虎咽地吃了起来。

看见丑丑可怜的样子，芬芬心痛地说：“丑丑真的饿坏了呀。”

“丑丑是怎么过河的呢，难道丑丑会游泳……它又是怎么跑到淘金船上去的?”袁文英好像自言自语。

周建华快速抓了抓丑丑的背毛，惊诧地说：“真的是游泳过河的，毛还是湿的呢。它上次也是游到船边，我把它捞上船的。幸亏发现得早，晚一时半刻，就被水冲走了。”

丑丑什么时候会游泳了？曾经在芬芬和许青艳以及许家人那些同学到石溪抓鱼的时候，丑丑仅仅到石溪里蹦跶过几下，难道那么简单的训练，丑丑学会游泳了？芬芬对此感到十分惊奇。

袁文英：“有可能，我从也来没有怀疑过丑丑的智商。”

周建华：“可是那需要多么大的勇气啊，沅水河可不比石溪，冬天的河水也没有秋天的河水暖和。”

现在，如果把丑丑算作家庭成员，那么大年三十除夕之夜，他们一家人团圆了，达到了正常家庭生存状态。

这一夜，这一家人兴奋得失眠了。第二天他们一直睡到中午，肚子饿醒了，才起来搞饭吃。

天空突然飘着雪花下来，增添了过年的气氛。

下雪一直持续了一天一夜，学校周围白茫茫一片，树木、道路、小桥、瓦屋上覆盖着厚厚的积雪，山谷变得亮堂堂的。

多么美丽的雪花。

周建华陪着芬芬在学校的操场上堆着雪人，空气中滚过一阵一阵的欢笑声。就在芬芬和爸爸给雪人五官进行艺术刻画的关键时候，笑声中传来陈成龙骂骂咧咧的声音，芬芬转身望过去，看见陈成龙提着火铳朝他们这边走过来了。

芬芬以比他更快的速度，向周围搜索了一遍，当看见丑丑安安静静地待在雪地里，才舒了一口气，说：“那个人就是西麻子爸爸。”

周建华立刻握紧拳头，瞪着陈成龙。他把眉毛挑到了最高处，表情是轻蔑和仇恨的。他盯着陈成龙，似乎要把陈成龙捏碎后，再一点一点硬生地揉进眼里，方能解心头之恨。

当陈成龙经过他们身边的瞬间，周建华猛然地拉住了他。陈成龙侧身瞟了一眼，还来不及说话，周建华已经朝他当头一拳，陈成龙急忙躲闪，但由于脚力失重，一个趔趄倒在了雪地上，火铳摔出去老远。

“杂种!”周建华狠狠骂道。

陈成龙从地上爬起来，拍打着身上的雪花，很茫然。他在雪地上找到了他的火铳之后，才知道问周建华是谁，为什么打他。

“你说我是谁!”周建华仍然狠狠地说。

陈成龙在看了芬芬一眼之后，揶揄着：“你是她爸爸?!”

周建华没吭声。

陈成龙：“难道你知道我和你老婆的事了?”他话一出口，周建华对他当胸一拳，只见他两脚离地，飞出去几米远。

“知道害怕了吧?!”周建华走上去，冷笑地说。

陈成龙再次从地上爬起来，还没站稳，周建华接着又飞出一脚，陈成龙终于倒下了，仰卧在雪地上。周建华没有给陈成龙一丝喘气的时间，直接冲上去对地上的陈成龙噼里啪啦又一阵拳打脚踢。身高体大是周建华的绝对优势，陈成龙几乎没有还手的余地。

袁文英在厨房里听见外面吵架的声音，跑出来，要把周建华拉开，袁文英说算了，这个人报复心很重。

周建华甩开袁文英抓着他的手，对袁文英凶巴巴地吼：“骚货!”

袁文英一下眼里噙满了泪水，嘴里继续劝周建华不要打了。

周建华：“你还要给他们代课吗？你这样怕他吗？这种人，你越怕他，他越欺负你!”

骂完袁文英，周建华瞪着陈成龙，骂道：“你，要不要我告你强奸?！如果你敢再勾引我老婆或者欺负她，老子打死你！杂种!”

“不……不敢了。可是你们家丑丑昨天晚上跑到陈家村勾引我们家花花。我们家花花才刚刚生了四只狗仔……八成是丑丑的丑种……下次……我一枪打死它。”终于，陈成龙从惊骇中缓过神来，向周建华提出了抗议。他也是个男人，要为自己挽回最后一点尊严。

“丑丑对花花那么有情有义，而你连一只狗都不如!”周建华说完，牵着芬芬朝家里走去。就在芬芬刚要跨进门的一刹那，听见身后“砰”的一声枪响，几乎同时，丑丑凄惨地叫了一声。

芬芬大惊：丑丑出事了!

芬芬转身冲过去，看见丑丑倒在雪地上，身上中了几十颗火铳钢弹。

芬芬蹲下去，抱起丑丑放声大哭了起来；丑丑也流出了眼泪。周建华和袁文英跑过来，看见丑丑奄奄一息，也惊呆了。

芬芬一直抱着丑丑哭着，丑丑起伏着肚皮，血不断地从它的身体里流出来……流出来……慢慢地，丑丑在芬芬的怀里流尽了最后的鲜血，安详地合上了眼睛，雪地上留下了一大片血色。

大家终于明白：丑丑之所以大年三十，冒着生命危险从水井到金色县城，再游过沅江，来石溪溶学校，只是为了看一眼襁褓中的花花母子。

畜生尚且有情有义，人类又怎样呢?

看了一眼丑丑的尸体后，周建华一个箭步冲到陈成龙面前，腾空一脚，陈成龙应声倒地。在地上，陈成龙并不打算爬起来，而是哆哆嗦嗦地摸索着自己的火铳。周建华看出他有要开枪的架势，有道是“三十六计”，要“先发制人”，周建华抢先扑了上去，和陈成龙扭作一团……

“砰”的一声，雪花飘落，天崩地裂。

陈成龙再没有还手，周建华慢慢爬起来，这才发现陈成龙的脑袋中弹了，躺在雪地上一动不动。

周建华急忙用手到陈成龙鼻子前面探了一下，顿时呆住了；陈成龙当场气绝身亡了！

袁文英尖叫着搂住了芬芬。

周建华愣愣地看着地上的陈成龙的尸体。

“快……快跑！”袁文英忽然大声喊道。

“一起跑！”周建华一手抱起女儿，一手牵着袁文英。

三人开始逃跑。刚跑过小木桥，袁文英停了下来，语无伦次地说：“钱和东西都没有拿出来……你一个人跑……跑啊！人又不是我打死的……我要回去收拾一下……你快跑吧，不然陈家村人赶来，你就没命了。”

“那……好吧。”周建华丢下芬芬，匆匆走了，雪地上留下一行慌不择路的脚印。

袁文英软瘫在了地上，芬芬也吓得哇哇大哭。

袁文英挣扎着爬起来，拖着芬芬艰难地回到屋里。当她收拾好东西，准备离开的时候，门口却被一群陈家村村民堵住了。

屋外传来雷水秀凄惨的哭叫声，那一刻，袁文英整个崩溃了，像是走到了世界末日。接着，她和芬芬被村民拖了出来，拖到雪地上。

芬芬已经停止了哭泣，仿佛眼前发生的一切，赶走了她的畏惧，她的眼睛里剩下呆呆的目光。她紧紧地拽着妈妈的衣服，不敢轻易松开，担心一不留神妈妈也走了。爸爸已经走了，妈妈不能走，芬芬脑子里大概只剩下这一种意识了。

“把她的包袱缴了。”雷水秀突然从人群里面冲进来，凶巴巴地嚷道，身后跟着她的亲戚。听见雷水秀的话，她的亲戚冲上去夺走了袁文英的包袱。袁文英和芬芬就那么无助地站在原地。

“把她绑到钟下面去。”雷水秀又狠狠地道。

袁文英就被带到办公室门口的破铁皮钟下面，有人迅速找来了麻绳。看见那冰凉的麻绳，袁文英打了个寒战，她知道接下来自己将要被绑起来——那可是用来绑猪绑羊的绳索啊，绑在人身上肯定很痛很痛。

慌乱之中，袁文英也有过冷静的思索：幸好雷水秀只是叫人把她绑起来，而不是吊起来，倘若像破铁皮钟一样被吊起来，那么很快她会没命的，自己死了也就算了，芬芬怎么办呢？芬芬才十一岁呀……周建华会不会去自首呢？或是跑掉了，他从此要颠沛流离、担惊受怕地过日子吗？

几乎同时，雷水秀的两个亲戚把袁文英按到松树杆上，有人开始将麻绳从袁文英腰部横拉过去。捆绑的过程很残忍，雷水秀的亲戚使出了最大的力气，麻绳被拉得紧紧的，把袁文英的腰和手都绑在了里面。接下来，袁文英遭到的惩罚和古代惩罚不贞女人惊人的相似……

雷水秀骂骂咧咧地说："把那娼妇的衣服剥光了，让男人看看！谁想上就上，反正她犯贱，反正她喜欢勾引男人。"

"这样做是犯法的。"唐云琪拨开人群冲到了雷水秀面前大声说："你们不能这样做！"

"关你屁事！"雷水秀恶狠狠地瞪着唐云琪，说："不就是你给我找的美女吗?！当初你说这娼妇怎么样怎么样的好！现在好了，我男人死了，你不心痛吗？你开心了是吗？难道陈成龙不是你表哥吗?"

"我今天来给表哥拜年的。表哥死了，我也很难过，但这事情应该由政府来处理，你不可以非法拘禁袁文英。"

"反正她勾引我男人。她男人打死了我男人，我就要拿她出气。"雷水秀回头对身边的一个脏兮兮的丑陋男人说："去，上去剥光那娼妇的衣服，我给你一百元辛苦费。"

丑男人立刻一摇一晃地走过去，一脸淫笑地对袁文英，说："我慢慢脱，免得把你弄痛了。"

看见丑男人龇牙咧嘴的样子，袁文英吓得满脸惊恐，胸口一紧，吐了。她想逃跑，可是自己丝毫不能动弹。她就那么看见丑男人的那张臭嘴慢慢地……慢慢地凑过来。袁文英仰天流泪，绝望地放弃了反抗。

丑男人拉开了袁文英的外衣，唐云琪一把推开他，用身体护着袁文英，大声说道："雷水秀你不能这样做！"

雷水秀冷笑："哼，吓唬谁啊！"她到人群中收寻，发现了两个亲近的姐妹，说："去把她拉开，每人两百元。"

两个女人就走上来，把唐云琪架在中间，强行拖出了人群。

"不能那样做！"山谷回荡着唐云琪撕心裂肺的声音。

丑男人继续剥袁文英的衣服，一层一层地剥去，像剥一个鲜嫩的春笋，把袁文英剥到了乳罩和半裸之间。袁文英在寒风中瑟瑟发抖。

旁边的女人们开始不忍心看下去，有的已经把头扭到了一边，但是男人们的眼睛正像一束束追光抓在袁文英的乳罩上面。

“脱！”雷水秀大声命令丑男人。

丑男人迅速摘掉了袁文英的乳罩，扑到袁文英身上，一张臭嘴凑到了袁文英的嘴上，双手猥琐地摸索……

其余男人哈哈大笑，像观看一场有趣的游戏。

袁文英无声地流着泪水。

“住手！”突然许爷爷在人群中正声喊道。

许爷爷并站了出来，他走到丑男人身后，丑男人全然没有没有理会许爷爷，而继续在袁文英身上摸索着，看得出他已经进入了忘我状态，人类本能的欲望经由他的无耻，被演绎得无比丑陋，从而他把自己丑恶、蒙昧的本性暴露得一览无余。

许爷爷十分气愤，高高地扬起他长长的竹烟斗，使劲向丑男人的头部打了下去，丑男人“哎哟”地大叫一声，回头一看，见是许爷爷，急忙放开了袁文英，双手捂着自己丑陋的脑袋到一边去了。

“快把她衣服穿上！”许爷爷用命令的口气说。于是有几个妇女从人群走出来，扶起了袁文英……

雷水秀破口大骂：“死老头子，多管闲事！以为我不知道你们的关系吗?!”

在场的村民又瞪大了眼睛，雷水秀的话显然使他（她）们感到了震惊：“难道许爷爷会和袁文英有那种事情?”

“不会。”

“不一定。他们关系好得很呢。”

“许爷爷会放蛊，有迷心术。”

“真的吗?”

“这年头什么怪事情都有啊。呵呵！”

许爷爷明白雷水秀的言下之意，也听见了大家的议论，被气得全身发抖，只见他努力克制自己，一字一句地说：“你要知道，我阻止你这样做，是在为你好！你如此无法无天，你难道真的不怕坐牢吗？当然，你男人死了，是要追究责任的，但是凶手不是袁老师。退一步说，即便是她，也有政府，也轮不到你这样胡来！”

“我胡来了，那又怎样?”

“你这样会闹出人命的！”

“哪个叫她勾引我男人！”

“天作孽犹可恕，自作孽不可活……”许爷爷忽然双目紧闭，口中念念有词。

雷水秀的亲戚立马凑到雷水秀耳边轻声地说：“算了，不要和他吵了，小心他放蛊。”

雷水秀愣了愣，折身扑向陈成龙的尸体，号啕大哭，村民又一窝蜂地跟了过去。那几个帮袁文英穿衣服的妇女依旧护着袁文英，把袁文英搀到办公室里面，坐下来。

袁文英慢慢从昏厥中苏醒过来，那一刻，她想到的是芬芬，问芬芬在哪里。

袁文英记得自己被捆绑的那会儿，看见芬芬站在人群中哇哇大哭，陈校长一直把芬芬搂在身边，好像要把芬芬藏起来。丑男人开始剥她衣服，陈校长还用手捂住了芬芬的眼睛，不让芬芬看见自己的妈妈被别人剥去衣服，尤其还是一个丑陋男人。那情景横竖都让人把它和日本鬼子强奸中国妇女的悲惨历史联系起来，那是多么悲哀的事啊！它会让知性的人，联想到中国国民的现代素质、道德体系，等等，本质的东西。

所幸，袁文英从陈校长充满善意的眼神里，明白陈校长要保护芬芬，这才得以坦然面对突如其来的迫害。

“妈妈！”芬芬突然在门口哭着跑进来，扑到袁文英怀里。陈校长就跟在芬芬身后，微笑着。

“谢谢你！”袁文英有气无力地说。

“不用谢。”陈校长一边说一边从口袋里掏钱出来：“这里有一百元钱，你拿上，赶快带芬芬离开这里，坐车回家，今后再也不要到石溪溶来了。”

袁文英的泪水夺眶而出，扑通一声跪在陈校长面前。

“好了好了，赶快走！”陈校长扶袁文英站起来，挥手：“走吧走吧。”

袁文英带着芬芬准备离开，她们一走出办公室，便看见陈良民带着十多个警察从石溪那边走来，走过小木桥……

袁文英站住了，芬芬也呆呆地看着：她们一直看着警察走到陈成龙尸体旁边。

“这下好了，警察来了。”陈校长站在袁文英背后如释重负地说：“我说怎么没看见陈良民，原来他报案去了。”

警察在检查完陈成龙的尸体后，鉴定陈成龙脑部中弹死亡，系他杀，凶手周建华在逃。显然，地下制造的鸟枪不但能打猎，也能杀人，这就像刀的双刃性，刀能切菜也能杀人；又像钱的两面性，钱能让人过上好生活，也可以让人干坏事，让人为了钱心生邪念。然而，人们在制造一件事物的时候，都是带着美好愿望的，谁去料想事物的反面呢？正如人们想方设法地让事物朝着自己希望的方向发展的时候，却事与愿违地走到了相反的方向。袁文英不会想到：当初来石溪溶打工，结果会如此悲催。

警察把陈成龙的鸟枪作为杀人凶器装到了一个大塑料袋里，连同袁文英母女、雷水秀以及陈良民都带到公安局。

在经过长达数小时的问话之后，四人被放了出来。袁文英便带着芬芬回到了锦木村。人生无常，袁文英怎么能知道，一年之后的今天，这个原本普普通通的家庭，会在日月轮转的瞬间，像脆薄的水杯“砰”然破碎。灾难从天而降，幸福随之失去，即便贝多芬再世，恐怕也弹不出这个家庭，以及这个社会特定的交响乐章。

家里很久没有住人，袁文英看见柜子、灶上到处都蒙上了厚厚的灰尘，不得不彻底地打扫了一遍。芬芬回到家里，很快睡着了，表情那样楚楚可怜，袁文英看着她，看着看着，泪就流了出来，她心想：当初自己带着女儿去石溪溶学校教书赚钱，就是为了带给女儿一个好的生活，现在看来，一切最美好的希望都只是一场幻想，甚至是一场劫难。

袁文英躺在床上久久不能入睡。夜，那么的寂静，也没听见村里的狗叫，或者狗叫了，袁文英没有反应。她在回忆着：当时那个威风八面的公安，证实了她的身份和基本情况之后，十分详细地向她询问的案发时的一些细节，她庆幸自己当时比较冷静，没有说错话，她所有的描述对周建华是公平的，甚至很有利。

第四章

14

鸟枪事件轰动了金色县，人们都热衷于情杀故事，议论最多的是鸟枪背后的男女问题——究竟周建华的妻子和死者是什么关系，到底是男人勾引女人还是女人勾引男人或是男女相互勾引呢？现在陈成龙不在了，死无对证，这问题便成了令人捉摸不透的斯芬克斯之谜。人们只能意犹未尽地对着通缉令上周建华的黑白图像摇头叹息。

“鸟枪事件”被传到了湖天县，锦木村的人也知晓了，袁文英在村里一天到晚抬不起头来，无论她走到哪里，总会有人在背后指指戳戳，甚至从前玩得很好的几个朋友对她也爱理不理了。

只有唐云琪依然每天过来看她，陪她说话。唐云琪说她找过律师，又在公安局得到内部消息，那就是公安方面的初步认定有两点：一是当时凶手和被害人正在打斗，鸟枪为被害人所有，有可能被害人先有开枪的念头，或者正在准备开枪，但凶手身材高大，年轻力盛，轻易夺过鸟枪，在没有考虑后果的情况下，向被害人开了一枪，打中了被害人头部，致使被害人当场死亡；二是当时凶手和被害人正在打斗，鸟枪为被害人所有，有可能被害人有开枪的念头，或者正在准备开枪，但凶手身材高大，年轻力盛，扑上去抢夺鸟枪，导致鸟枪走火，打中了被害人头部，致使被害人当场死亡。根据目击证人陈良民的反映，凶手和被害人扭在一起的时候鸟枪已经响了，说明凶手没有主动向被害人开枪，而是抢夺过程中鸟枪走火，打中了被害人头部，致使被害人当场死亡。

综上分析，鸟枪事件属于误杀。

袁文英认为，既然是误杀，周建华不会被判死刑，最多无期，有道是苍天未尽路有途，进去之后，好好改造，就有期了，再好好改造，减刑了。本来就是，好好的，谁愿意去杀人呢？只要建华不被判死刑，她袁文英心中也好有个盼头嘛。

现在好了，周建华不定躲在外面哪个肮脏黑暗的地方熬日子，抑或已经自杀了也很难说。

想到这里袁文英打了寒战，后悔不该叫周建华逃跑。

唐云琪说："当时如果不逃跑的话，一旦被陈家村捉住，结果又会怎样呢？你不就是个例子嘛。你不是凶手，都让雷水秀绑到雪地里当众剥光了上衣，整了个半死，那换成周建华肯定会被雷水秀千刀万剐的。"

"叫周建华逃跑是明智的选择。三十六计，走为上计。"袁文英确信唐云琪的分析是合情合理的，从而得出了她自己结论，她相信周建华也深谙此计。

没过多久，袁文英又否定了"逃跑计"，认为周建华当时应该到公安局报案自首，现在都来得及。即便被判无期，至少还和她可以见个面，说说话，而不是躲起来，生不见人，死不见尸，让人揪心死了。

究竟该不该逃跑，现在要不要去自首，袁文英一直在想。她想得眼睛发黑、腿脚发软、茶饭不思，整个人都陷进去了，仍然无从知道周建华该不该逃跑，要不要自首。

如今，这没有男人的日子截然不同，袁文英感受到了。周建华在家的时候，虽说生活过得清贫，那也是树上的鸟儿成双成对，绿水青山带笑颜。那时，袁文英一天到晚做三个人的饭，简简单单。有时候，她出去打麻将，周建华还自己做饭；更别说山上的农活，周建华从来不喊她帮忙，除非她自己想做，做累了，只要她撒撒娇，周建华会主动帮她揉背、揉腿、揉肩膀。当然，她也经常给周建华按摩的。记得几年前，一次她和唐云琪到城里玩，唐云琪请她进洗脚店洗了一次脚，她便记住了按摩师的手法，回家后，她学着给周建华洗脚按摩，技术不错。周建华就喜欢这样聪明温柔的女人，尤其妻子那双细嫩的小手特别乖巧，总会在他最需要的时候，抚慰他，让他感觉春风荡漾。常常，看见妻子美丽的样子，周建华忍不住要把身体压在了妻子身上……同时把幸福和快乐扎成一束束最美的鲜花献给妻子。

但是，但是……一切皆成了往事，现如今袁文英不得不承担起家庭重担。自从出了"鸟枪事件"，从石溪溶被带到公安局问话，再从公安局被放出来之后，袁文英和芬芬再没有去过石溪溶学校，芬芬的学籍关系还在那里，到现在几个月了，芬芬也没有到锦木村学校读书，整天待在家里，沉默寡言的。

母女俩的日子一天比一天难熬。熬到暑假，村里的孩子们整天围着村庄奔跑、捉迷藏、做游戏。芬芬便站在门口看着，无法迈出那一步，加入到小伙伴们的队伍中去。唐云琪看见芬芬孤独的样子，说："芬芬，出去和她们一起玩去。"

芬芬挪一下位置，继续看着外面。唐云琪便把其他孩子叫过来，把芬芬邀出去玩了。一个大雨滂沱的黄昏，芬芬哭着从外面跑回家，湿淋淋的，泪水和着雨水从脸上滚落，掉在了地上。

"怎么啦?"袁文英小心地问道。

"她们骂我爸爸是杀人犯。"芬芬一面哭一面抹脸上的水珠。

袁文英缓缓地把芬芬搂在怀里，从那个白雪飘落、冷冻一地血色的上午开始，芬芬一直处在惊恐状态；要债的人也不断地上门来，冷言冷语的。袁文英一筹莫展，于是她想要离开锦木村——有一种胜利叫撤退——想到了逃避，这种残酷的现实，她已经无法承受下去。她想出去打工，她把这个想法告诉了唐云琪。

"芬芬怎么办?"唐云琪关切地问。

袁文英忧心忡忡地说："把她送到外婆家里去，下学期就放外婆那边读书。已经耽误了一个学期，下半年开学只好留一级，再读五年级。"

"你想好了?"

"我不出去打工，怎么养得活女儿?"

"既然你想好了，我有个同学，姓舒，在金色县城开着一家塑料用品店，生意火爆，前几天还给我打电话，让我帮她找个人看店子，包吃住，八百元一个月。"顿了一下又道："每月只有两天休息，你愿不愿意去，如果你愿意，我打电话告诉她。"

袁文英不假思索地说："好。我去。"

"那你明天把芬芬送到外婆家去，后天或大后天我带你去我朋友店里，如何?"

"我明天上午把芬芬送过去，中午可以去金色县，我一刻都不想在锦木村多待……待下去了，再待下去，芬芬会得自闭症，我也会变成傻子。"

"那好，明天中午我们在金色县见面。记住，迎风中路253号中意塑料用品店。"

"好……"袁文英欲言又止，把滚到舌尖的话咽了回去。

唐云琪盯着袁文英，似乎心里已有了几分意识："是不是担心……"

"也没什么担心的。"袁文英急忙说。至于她心里的担心和唐云琪的担心是否是同一个担心不得而知，因为她们的担心没有说出来，没有形成语言。

芬芬突然从里屋走了出来，面无表情的。

袁文英和唐云琪在对望了一下之后，唐云琪先开口："芬芬，明天你妈妈要把你送到你外婆家里去，你妈妈要到金色县城去打工，不能照顾你了。"

"知道了。"芬芬闷闷不乐的。

"不是……你非常喜欢到外婆家吗?"袁文英充满疑惑地望着女儿。

"那是以前的事，现在我哪里都不想去。"

袁文英听女儿平淡而略带冷漠的语言，问道："芬芬，你怎么了?"

"你们刚才的话我都听见了，我去就是了。"芬芬说完低着头回了里屋。

望着芬芬的背影，唐云琪若有所思地说："这孩子吃了太多的苦，受了太大的惊吓，性情都变了，这样下去真会变傻的。"

袁文英鼻子一酸，抽抽咽咽地哭了起来。

"好了好了，不要伤心。"唐云琪说着站了起来，一面开门一面又说："小孩子吃点苦头也好，会懂事早。"

"话是这么说，可她毕竟才十一二岁啊!"

唐云琪："人嘛，就是这样，总是在矛盾中——一方面大人总是不愿意自己的孩子受苦，另一方面又说孩子要吃苦头才懂事。围城之中，这应该是一种痛苦吧。呵呵!"

袁文英豁然有了深刻的认识，刚才自己和唐云琪心里没有说出来的担心，以及对芬芬的爱，不管自身的或外来的，富贵的或贫穷的，自己真的没有必要想得那么复杂。当年，自己的母亲不也是一个人把她和哥哥养大了，纵然那么艰难的生活，母亲也没有被打倒。袁文英便想起了母亲的话——日子总归要过下去的。

唐云琪点了点头。

唐云琪走后，袁文英替芬芬收拾了两大包换洗的衣服，春天、夏天、秋天、冬天的都带上了，这是替芬芬做好了长住外婆家的准备。至于这次芬芬不愿意去袁榴的真正原因，是与舅妈有关，或与红毛水鬼有关，或是与外婆家的茅坑有关，或是因为爸爸杀人的事，谁也说不清楚，或许芬芬自己也不明白。

第二天，袁文英带芬芬坐小客船来到袁榴码头。远远的，芬芬便看见明明、丹丹在沅河里洗澡，盼盼坐在水边的湿地上堆泥人，浑身脏兮兮的。

芬芬跑过去，将书包搁地草地上，准备下河，袁文英却在身后叫道：“回来，先到外婆家去！”

芬芬并没有停止脚步，但看见明明和丹丹朝岸边游来，才站住。

袁文英把盼盼从地上拖起来，于是大家一起回家。

老远，芬芬看见外婆坐在葡萄树下面纳凉，舅妈在不远的地方剁着猪草，好大的“叮叮”声在袁榴上空回响。

“外婆！”芬芬奔过去，扑到外婆怀里。舅妈朝她瞟了一眼，面无表情地继续剁自己的猪草。

“乖孙女来了？”外婆平静地说，眼睛已望到了大包小包的袁文英，问道：“这是怎么了？”

“妈。”袁文英走到母亲跟前，低着头说：“我准备出去打工，我想把芬芬放您这里读书，我每个月交两百元生活费。您看……等开学的时候，我来办转学手续。”

旁边，舅妈剁猪草的节奏变慢了，显然她在偷听袁文英和婆婆的对话。

“妈，我若不出去打工，怎么养得活芬芬呢？再说芬芬还要读书，将来要考大学。”

“咣当”一声，舅妈扔掉菜刀，突兀地站起来。

“嫂子！”袁文英一怔，脱口叫道。

嫂子不声不响地进屋里去了，留给袁文英一个冷冷的背影。

“别理她。有我在还轮不到她不高兴。”母亲瞪着屋里说：“这女人越来越厉害了。”

袁文英忧心忡忡地说：“那要是这样的话，芬芬在这里……”

“不怕。再说芬芬都这么大了，怕什么！”

“我会经常来看您的。”袁文英的声音就有些哽咽。

母亲苦笑了一下：“文英啊，你这次出去，在外面要好好的，要正正经经做事，不要再出什么乱子啊。”

“妈，我知道，我这次是到唐云琪的朋友的塑料用品商店打工，包吃包住，一个月八百元。”

“又是唐云琪！”母亲一下恼怒起来：“你不能不靠她吗？你已经被她害得够惨了。”

“妈，这不能怪她。”

“那你说怪谁？当初要不是她把你介绍到石溪溶去代课，你和建华会发生那种事情吗?"

"妈，我暂时在那里先做着，等有机会我再换别的地方。"

母亲再次沉默，时间在此停滞了几秒钟。然后，袁文英去了母亲的房间。芬芬和明明、丹丹、盼盼围上来，对外婆（奶奶）说葡萄都红了，可以吃了，可外婆（奶奶）没有答应她们的要求，她们只好望着头顶上的红葡萄一下一下地把口水咽到肚子里。

没多久，袁文英从母亲的房里走出来，把大包小包的芬芬的衣服已经放到母亲的衣柜里了。

袁文英走到母亲身边，在小凳子上坐了下来，又和母亲说了一会儿话，芬芬、明明、丹丹、盼盼就站在旁边，都很安静，看上去很享受她们的对话，但是她们并不明白在说什么，尤其盼盼觉得莫名其妙；孩子们仅仅在享受一种家庭的幸福。

袁文英走的时候，母亲没有站起来送她。母亲一直坐在靠椅上，直到袁文英走远了，母亲才突然在芬芬的手背上轻轻地拍了两下说："妈妈打工去了，你就安安心心在外婆这里读书吧。"

芬芬没有明确表示出自己的主观意愿，更没有从前喊着、叫着要到外婆家住的那种欣喜若狂的心情，好像是完全被动接受了母亲和外婆给她的安排。

一切跟从前一样，晚上睡觉四个人挤在一张床上；好在那是一张大床，可以容纳一个大人和三个孩子。外婆特意安排芬芬和自己睡一头，明明和丹丹睡一头。盼盼在舅舅舅妈床上睡。

曾经，睡觉的时候，芬芬老是爱缠着外婆讲故事。除了"红毛水鬼"，外婆还会讲别的好听的故事，外婆总是讲得筋疲力尽，芬芬、明明、丹丹却张着嘴巴听得津津有味。然而这次睡觉之前，芬芬一直没有出声；明明、丹丹疯疯癫癫地嚷了一阵，见奶奶没有理会，只好偃旗息鼓，闭着眼睛睡了，运气好的话，也许能够在梦里感受到更神奇的故事。

次日，芬芬、明明、丹丹起了个大早，一人一个塑料脸盆，去沅水河里捡螺蛳。当然，还有别人家的孩子也在。

大家挽着裤脚，蹚在浅水里，低着头寻找。河风清爽怡人，河柳轻轻飘动，袁榴河畔生机无限的一天从此刻开始。

芬芬、明明、盼盼逆水而上，轻轻托着盆子在水面滑动，当看见螺蛳便弯腰下去，把螺蛳从水里捞出来，丢到盆子里。等到太阳慢慢爬起来，照到水面上，河水更加清澈见底，身边大大小小的螺蛳可以看得清清楚楚，捡起来速度快多了。她们不捡小的，只捡大颗的，那些未成年的小螺蛳才得以逃脱被消灭的危险，慌慌张张地向深水处爬去。

丹丹忽然说肚子饿了，芬芬和明明彼此对看了一眼之后，不约而同地端起螺蛳，和丹丹一起回家去。

她们在离家门不远的路上，看见外婆（奶奶）和舅妈（妈妈）在摘葡萄。树上的红葡萄快摘光了，旁边装了满满两箩筐。明明和丹丹飞快跑过去，外婆（奶奶）说："你们想吃的话，每人拿两串。一会儿就挑到县城去卖了。"

明明和丹丹刚伸手去拿，芬芬大声说："别吃！让舅妈卖掉。"

"哦……"

"我们去摘无花果吃。"芬芬说着，放下螺蛳，走向后院，明明和丹丹跟着去了。

她们从前门到后院需要经过堂屋，再走过一个小小的弄堂，弄堂隔壁是舅舅、舅妈、盼盼的房间。此时，盼盼正一个人坐在床上，当看见三位姐姐从房门口经过，急忙从床上滑下去，一摇一晃地来到了后院。

芬芬麻利地爬到无花果树上。像往常一样，明明、丹丹、盼盼站在树下面仰望着，指挥芬芬寻找红果子，等到芬芬把摘来的果子丢给她们，她们便伸手去接；接不住的，掉到斜坡上，往下滚，便急忙去追，捡起来，也有的滚到土坎下面捡不到了，她们心里会可惜一阵子。

芬芬在无花果树上荡来荡去，敏捷得像只猴子似的，有时，眼看要掉下去了，却又弹了起来，树尖上的红果子都被她摘到了。

芬芬摘了一会，从树上滑下来，明明、丹丹、盼盼给芬芬留着几个半红半青的果子，芬芬掰开就吃，囫囵地咽了下去。她早就感觉肚子完全饿了，舌头都饿麻木了，已经不在乎无花果甜或不甜，只要吃到肚子里都舒服。

饥饿得到了一点缓解，大家便凑到台阶上欣赏兰花，一边看一边忍不住又摘了几朵，放到鼻子下面嗅嗅。

芬芬觉得兰花的味道和螺蛳的味道相同，清香四溢，而半青不熟的无花果气味和尿液的气味相同，怪怪的，每次吃完无花果，芬芬就有尿尿的反应。产生了尿尿的反应，当然要去茅坑，但是茅坑一直破破烂烂的没有得到修缮，芬芬害怕别人看见她的嫩屁股，就望着明明轻声地说："陪我尿尿去好吗?"

"不。我妈妈不许我陪你去。"明明连忙摇头。

"为什么不许……不陪我去呢?"

"我妈妈说……不告诉你。"明明边说边走开了。

芬芬把目光移向丹丹，丹丹坐在台阶上没有任何表情，不知道真的没有看见或者假装没有看见芬芬，反正她不会答应芬芬的，更不可能主动要求陪芬芬去的。芬芬终于没有向丹丹开口，也没有请求盼盼，她保持了自尊。

芬芬鼓起勇气独自走到茅坑，在解裤子之前，忍不住把头从破洞口伸出去，朝外面瞧了瞧，等看到锦江南岸的那条大路上的几个行人走远后，赶紧蹲了下去……

从茅坑出来，经过明明、丹丹、盼盼身边的时候，内心突然厌恶起来：曾经，她的三个妹妹多么听话，多么喜欢她；现在芬芬的爸爸杀了人，她们开始变了，变得和外人一样生分了。想到这些，芬芬心里很难过，便再不看妹妹们，直接回到了堂屋里。

她吸了口气，确定自己嗅到了螺蛳的清香，不由望了一眼灶台，发现锅里正冒着热气，早晨捡回家的螺蛳正在锅里煮着，可是没有看见外婆。当她举目张望门外，立刻吓坏了，她看见外婆歪歪斜斜地倒在灶门口，不省人事。

芬芬飞快扑了上去，抓着外婆边喊边摇，边摇边喊，外婆没有任何反应。外婆整个身子硬硬的，手脚冰凉、没有生气，那一刻，芬芬恐慌极了，她肯定外婆已经死去，"哇"的一声，她伤心地哭起来。

此时此刻，明明、丹丹、盼盼也来到了奶奶身边，看见奶奶倒在地上都吓得哇哇大哭。对门的袁四叔跑过来，说："听见你们几个哇哇哭，我过来看看，原来姨婆出事了，我看看。"袁四叔附下身去，在姨婆的鼻子下面探了探，说："是活的，还有气，赶快去把袁医生叫来。"

芬芬迅速跑了出去，很快就叫来了村里的袁老医生。经初步确诊，外婆动脉血管有点硬化，加上过度劳累，所以晕倒了。袁医生便给外婆开了几十颗药丸，又请袁四叔帮忙，把药丸放到了外婆嘴里。过了一会，又过了一会，外婆才动了一下嘴唇，舒了口气，醒过来。但是外婆右脸肌肉不停地颤动起来，嘴角也歪了，看上去非常丑陋，芬芬无法把外婆同照片上的那个漂亮的外婆联系到一起，她们完全变成了不同的两个人。

外婆缓缓张开嘴，想说话，却说不出来，并且右手右脚也在不停地抖动。

袁老医生建议把外婆送到县城大医院去好好治疗一下，但是舅舅不在家，舅妈早上到县城卖葡萄去了。大人们都不在，芬芬、明明、丹丹、盼盼谁也做不了主。大家只好把外婆扶到竹床上，暂时安顿下来。

外婆看着四个年少无力的孙女，自己又不能动弹，忍不住老泪纵横，却哭不出声音。芬芬一边哭一边不停地给外婆擦拭眼泪，而她自己的眼泪和鼻涕流到了嘴边，却不知道，她应该沉溺于深沉的痛苦之中，才感觉不到的。

孩子们在惊慌和无助中熬了一天。傍晚，舅舅和舅妈一起回来了，当看见脸部扭曲、右手右脚不停抖动、已经不能说话的母亲，都大吃了一惊。

“这是怎么了?”

“外婆晕倒了，医生说外婆动脉血管硬化。”

舅妈烦躁地说：“动脉血管硬化，那是个什么病？话都不会讲了。一下子就变成这个样子了，这怎么办吗？这以后家里病的病、小的小……”

“别啰唆，做饭去!”舅舅低声吼道。

芬芬听得出来，舅妈心里充满着怨恨，舅妈不是心疼外婆，而是心疼钱或担心别的什么事情。

舅舅坐在竹床边上，抓着外婆抖动的右手，说：“妈，我明天带你到城里大医院去检查一下，这个病不可怕，开点药吃，多运动运动，慢慢就好了。以后，家务事你不要做了，芬芬和明明都这么大了，让她们去做，你安心把病养好。”

外婆使劲地摇头。舅舅又说：“钱，我来想办法，您别担心。”

舅舅说这话时声音很低，说完微微抬起头，望向门口，脸色有些茫然：毕竟钱不好找，平常家里人有个小病小痛的熬一熬就好了，不吃药；现在母亲病得不轻，必须上大医院看看，将需要一大笔钱，这笔钱从而来，没有钱又怎么看病呢？心里没有把握。又陪外婆坐了一会儿，舅舅去了后院，也不知干什么去了。

芬芬默默地帮舅妈做着饭。舅舅又回到了堂屋，给他外婆盛了饭，夹了菜，递到外婆手上，外婆试着用左手吃饭，可是没有成功，饭菜都掉了到竹床上，油腻腻的。

芬芬提出给外婆喂饭，外婆摇着头拒绝了。舅舅只好把筷子换成了调羹，外婆用左手慢慢地挖着吃。

大家一边吃一边关注着外婆的状况，屋里气氛异常沉闷。

忙了大半夜，大家各自上床睡了。芬芬感觉肚子饿，且越来越饿，饿得睡不着觉，就后悔晚餐没有吃饱。她躺在床上一直睡不着，迷迷糊糊地挨到了天亮。早晨起来后，因为饿了一夜，没睡踏实，芬芬感觉浑身无力，却不得不坚持帮舅妈扫地、煮饭、炒菜，这些家务原来都是外婆的事，外婆六十多岁，身体一向硬朗，这次突然病倒了，犹如黑夜里突然熄灭的灯，弄得大家惊慌失措的。

现在，舅舅背着外婆到县城看病去了，舅妈下地里干活去了，家里剩下四个孩子，用外婆的话说，四朵金花。舅妈临走之前交代芬芬洗衣服。

芬芬将全家人的脏衣服泡到了那个大大的木盆里，搬了小凳子，坐下来，一件一件地搓，明明、丹丹、盼盼站在旁边冷冷地看了一会，后来商量出去玩，还手牵手、勾肩搭背走出去。她们好像已经安排了好玩的游戏，故意瞒着芬芬，也可能在显摆，故意气芬芬来着，反正神神秘秘的，芬芬看出来了。

芬芬一边洗衣服一边想：昨天开始，她们几个就怪怪的，她们以前不是这个样子；尤其是外婆病倒了，舅妈吊着的脸色更加阴沉了……

总之，一切都变了。至于她们为什么会变成冷漠的妹妹和恐怖的舅妈，芬芬心里有所思考的：她觉得自己是爱她们的，自己又没有犯什么错误，她们不应该那样对待她。

那么她们为什么突然变了呢？

芬芬估计她们的态度变化和爸爸、妈妈有关系，她知道她爸爸杀死了西麻子爸爸，成了杀人犯；她妈妈也曾经被别人剥光了衣服。这一切如同死亡，亦如同可怕的魔鬼，而芬芬自己则是那魔鬼的女儿。

多么可怕的魔鬼的女儿啊！锦木村的小朋友对她爱理不理的。明明、丹丹、盼盼、舅妈也是因为她是魔鬼的女儿不理睬她了吗？可是她们不一样啊，她们是她的亲人啊，怎么也开始变化了呢？

芬芬年纪虽小，却是深邃的，她想到了这点，可能来袁榴之前，她的潜意识里已经产生了这种看法，所以当初她态度反常，不高兴来袁榴。

芬芬把大家的脏衣服洗干净，晾到了后院的那两棵木桩之间的铁丝上。已经下午一点多钟，芬芬肚子饿了，于是给自己盛了饭，坐到葡萄树下面边纳凉边吃。

舅妈扛着锄头从大路那头一摇一晃地走来，阴沉沉的脸色。芬芬有些紧张地站起来：“舅……”

芬芬刚一开口，舅妈的锄头“砰”的一声扔到她的脚边，差一点打到了她的脚背上，芬芬被吓得目瞪口呆，硬生生地咽回了后面的话。

接着舅妈劈头盖脸地骂道："你看你好馋！妹妹都还没有回来，你一个人先吃饭了？你吃死啊你！"

芬芬低着头，看着碗里没有吃完的饭菜，难过得眼泪都要掉下来了。她不知道该不该继续吃饭，倘若继续吃饭的话，又怕舅妈骂她；如果停下来不吃了，肚子却没有饱，剩下的饭菜也浪费了。

芬芬一边想一边不知所措地拿筷子一下一下地扎着碗着的食物，在吃与不吃之间徘徊挣扎。

舅妈冷冷地说："吃不吃，不吃倒潲水缸里喂猪。"

芬芬站起来，径直走到路边的潲水缸边上"哗啦"一下，把碗里的饭菜倒了进去，眼泪也流了出来。舅妈却在背后大声嚷道："没事了吗……没事去把猪草剁了。"

芬芬又从阴暗的地方走出来，走到葡萄树下面，那里摆放着一块砧板、一把缺口刀，专门用来剁猪草的，猪草就在旁边。芬芬便坐到那个石头凳子上，弯腰取了一把猪草，放在砧板上，剁起来……

这是一个黑色的日子，外婆和舅舅都不在，舅妈肆无忌惮地修理着芬芬。

舅舅把外婆背回来了，城里医生的诊断结果与袁榴河陔袁医生的诊断结果大致相同：外婆动脉血管硬化，确切地说，外婆得了帕金森病。

外婆哑巴了，手不停地抖动，再不能讲故事了；舅舅便给外婆做了一个木头拐杖，外婆从此依靠拐杖走路，变成了'三只脚'。

芬芬不得不接替外婆扫地、做饭、喂猪，明明和丹丹负责割猪草，衣服舅妈洗，有时舅妈搓好了，芬芬或明明或两人一起拿到河里去清洗。舅妈也喂猪、炒菜。总之大家的分工不是十分明显。

外婆有超强的生存意志，每天坚持吃药、锻炼，坚持拄着拐杖在葡萄树下面走来走去，很快就找到了新的平衡支点，使身体趋于平稳，病情也得到了控制。

然而，不幸总是接踵而至：当这个贫困的家庭在经历了突如其来的打击之后，逐渐适应了新的生存方式的时候，更大的打击已悄然降临。

这天上午，舅妈本来要去地里割黄豆子，她已经背着背篓，拿着镰刀出去了，已经走到了石板路上，走出去几十米远，突然又折身走回来，把背篓和镰刀丢在门口，自言自语地说："算了，明天去割黄豆子，今天天气好，先把那几件棉衣洗了。”她一边说一边去里屋找出她自己和女儿们冬天穿脏的棉衣，把棉衣泡在门口的木盆里。

舅妈随即开始用刷子仔细地刷着棉衣；芬芬在屋外的猪圈里喂猪；外婆在葡萄树下面练习走路；明明带着丹丹、盼盼在后院摘无花果吃，家里的一切都那么平平静静，自然而然。

太阳在不断升高，空气热乎乎的。

风从河面吹来，经过河岸的树林，已经变得凉爽舒适，像音乐，轻轻拂过袁榴河畔，大地连同人类一样都陶醉了。慵慵懒懒的了，这样惬意的世界里，谁去料想未来会发生什么不幸呢？

绝对不会！

芬芬喂完猪，提着桶子走到门口，舅妈头也不抬地说：“等我刷好了，你把这几件衣服拿到河里去清干净。”

“好。”芬芬答应着，没有因此停下来看那衣服，直接走进堂屋，走向弄堂，走出后门，下了台阶，把桶子放到那个堆放杂物的棚子里。

“芬芬！”明明在无花果树上大声喊道。

明明从什么时候起对芬芬直呼其名，芬芬记不太清楚了，曾经明明叫芬芬“姐姐”的。至于明明对芬芬改变称呼，有没有别的意思，芬芬并不清楚，反正芬芬只大她一岁。一个称呼而已，芬芬不在乎。

明明从树上滑下来，走到芬芬面前，塞给芬芬两个无花果。芬芬把无花果拿在手里，没有打算要吃，她怕吃了半青不熟的无花果想尿尿，而那个破破烂烂的茅坑，犹如石溪溶学校的“国民党军官”、红毛水鬼一样，让她害怕。

“芬芬，你吃无花果呀。你若要尿尿，我陪你，我替你站岗放哨。”明明笑着说。

芬芬轻轻掰开无花果——这是两颗成熟程度百分之七十的无花果。芬芬慢慢地把无花果放进嘴里，轻轻地嚼了一下，咽下去。

明明：“怎么样吗？好吃吧？”

丹丹和盼盼一下围上来，三个妹妹，三双十分好奇的眼睛瞪在芬芬的脸上，仿佛要在芬芬脸上寻找什么天机。

芬芬的嘴缓缓地张开着，想说话，却又犹豫不绝的，结果变换成了无可奈何的微笑和龇牙咧嘴的诡笑。她对她们对她的好奇也好奇。

这的确是一场非常开心的游戏，双方你看着我，我看着你，等待着自己想要的答案。

可是现在，双方都没有露出一丝一点的破绽。她们三双眼睛对决一双眼睛，实力悬殊。芬芬出于防范，全神贯注于观察三个妹妹的脸色，反而没有尿尿的感觉了，芬芬这个生理上的变化，三个妹妹是无论如何也不会知道的。

明明终于开口说话了，问："你想尿尿了吗?"

原来她们在等待无花果在芬芬身体里产生反应——芬芬首先得到了答案，明白过来了。

"你真的吃了无花果就要尿尿吗?"丹丹迫不及待地追问芬芬。芬芬点点头，又摇摇头。丹丹、明明、盼盼迷茫极了，不知道是哪个答案。

"到底是不是呀?"明明一双充满期待的眼睛看着芬芬。

芬芬又摇摇头，又点点头。

"不说……不说是吗？不说我们不让你走，我们看你到底什么时候尿尿。"明明忽然拉着芬芬"哗啦"一下坐在了地上，不肯善罢甘休的阵势。

马上，丹丹和盼盼作出了连锁反应，坐在了旁边，表示支援明明的行动。

明明为了使芬芬明白她的强烈态度，把脚上的凉鞋脱下来，拍打着地面，企图借用肢体语言给芬芬施加压力。明明和丹丹照做了，顿时大地一片响声。

"明明、丹丹，我刚才吃了无花果，可是我现在不想尿尿啊。我真的不知道我是吃了无花果才要尿尿，或者我本来就要尿尿啊。"芬芬哀求地说："你们让我走吧，舅妈要我到河里去洗棉衣哩。好不好啊？明明……"

"芬芬！"突然，舅妈的声音通过弄堂传出来，凶巴巴的。芬芬急忙站起来身，向舅妈走过去，说这就去河里洗棉衣。

舅妈只用了几秒钟，走下了台阶，站在那里狠狠地瞪着芬芬，当芬芬经过她身边的瞬间，突然狠狠地拧着芬芬的小肩膀，且从牙缝里挤出一句话："懒丫头！躲在这里偷懒！"

出于本能反应，芬芬一下爆发出了巨大的力量，迅速从舅妈手中挣脱出去，但她的肩膀好像连皮带肉被撕下了一块。舅妈那只阴毒的手还久久地停在空中，捏得紧紧的，仿佛心中的恶毒仍留在她手心里，她要牢牢抓住它。

疼痛使芬芬抽抽泣泣地哭了起来，一边哭一边穿过弄堂，走到堂屋里，当看见葡萄树下面，外婆拄着拐杖哆哆嗦嗦地看着屋里，立刻站住了。她先在屋里忍住了哭，装得十分平静后才走了出去，说：“外婆，我到河边洗衣服去了。”

外婆恹恹地看着她，右脸肌肉一直不停颤动，但是外婆的神情是听见了，并认同的。

芬芬用最大的力气提着桶子朝河边走去，一拐一拐的，桶子的重量使她的身子偏向了一边。她走到了码头边上，然而她万万没有想到，她前脚刚到，明明她们后脚已经跟上来了。

事实上，她们一直在跟踪芬芬，想看看芬芬吃了无花果之后到底尿不尿。她们仍然在为自己纠结于心的那个好奇的问题费神劳心，并且乐在其中。

“芬芬，你要是想尿尿了，你去尿尿，我们替你洗棉衣。”明明说。芬芬却说自己不想尿尿，这使得明明、丹丹、盼盼失望极了。

芬芬将棉衣从桶子里拿出来，堆在水边上，再把桶子洗干净，返回来又从水边拿过一件棉衣，到一块石板上用棒槌捶打，一边捶打一边往棉衣上浇水，直到看见从棉衣里打出来的水完全清净了，芬芬才停下来，把棉衣放水里荡了几次，拿起来拧干了，放到桶子里，算是洗好了一件棉衣。

明明和丹丹等得心烦气躁，开始商量着下一步的游戏，要到上游的一个地方去洗澡，在那里已经聚集了很多小朋友，那里比较好玩，那是小孩子们最喜欢戏水玩耍的地方。

她们刚准备上去，却听见“轰”的一声巨响，码头下游不远的地方有人在炸鱼。随即，附近听到爆炸的大人以及孩子们都不约而同地涌向下游，所有人的目的只有一个——捡鱼。河里炸鱼，见者有份，谁捡到算谁的。

芬芬急忙说：“我也去捡鱼，让盼盼留下来看着衣服，好不好？我等会再洗衣服。反正盼盼不会游泳，捡不到鱼。”

“好好。盼盼你看着衣服，我们去捡鱼。”明明交代了一句，急急忙忙朝下游跑去，丹丹和芬芬紧紧跟在她的后面。

然而谁都没有料到，这样简单的分别竟是永远的诀别，留给芬芬一生的悔恨！

人们陆陆续续赶过来了，不急于下水，都还站在岸上观望，因为“炮声”刚刚响过，即使鱼被炸死了，也得等上一会才浮出水面。

大家死死地盯着那片水域，随时准备冲到水里去捡鱼。

时间一分一秒地过去了，正当大家焦急万分的时候，第一条死鱼浮出了水面，贼亮、半尺长，接着两条、三条……接连不断的死鱼往上冒。当然，也有半死不活的。水面上白鳞鳞一片。

所有的人都奔跑着冲进水里，水花被溅得乱七八糟。芬芬、明明、丹丹夹在人群中间，奋力奔跑着……前面有人游过去了，到达了那片水域。芬芬一步一步往前走，水漫进了她的嘴里，浮力开始把她托起来，于是她划开水面游了过去。死鱼的尸体就在她身边，一伸手就抢到了几条，她不知道把鱼装到哪里。好在大家都急急忙忙的没有准备装鱼的工具，所以大家在同一条起跑线上，公平竞争，谁的手脚麻利谁就将抢得最多。

每个人手里都抢到了几条鱼，没有地方装，大家只好往岸上送，再冲进水里去抢，再送到岸上，又到水里去抢，再送到岸上……如此来来往往，好不热闹。

芬芬急中生智，把自己的上衣扎进裤腰里，再把鱼从领口塞进衣服里面，等把汗衫塞得满满的，才游回去，把鱼从汗衫下面取出来，放在地上，和明明、丹丹的鱼放在一起。

水面的鱼很快被抢光了，大伙儿便开始扎猛子，潜到水底摸鱼。

芬芬一个猛子钻到水底，睁开眼睛，看见身边白花花一片死鱼尸体，赶紧往领口塞，塞了一会，忍不住又浮出水面，深深吸一口气，再钻下去，再塞，直到把衣服里塞得满满的才浮出水面，游向岸边。如此往返了好几趟，芬芬和明明她们捡的鱼最多，好大一堆。

所有的死鱼终于被抢光了，大伙儿慢慢地回到岸上，满心欢喜地拿着自己的鱼回家去。

芬芬在即将上岸的时候，有了尿意，于是悄悄的尿在了水里，感觉十分惬意，站在水里，不用脱裤子，没有人看见她的嫩屁股，比上茅坑安全多了，她当时还一边尿尿一边与别人说话呢。明明和丹丹根本不知道这些，所以她俩后来一直没有从芬芬那里得到她们想要的、好奇的问题的答案。

明明和丹丹先走到岸上，看着地上的鱼，兴奋地跳来跳去的，一边还商量如何才能把鱼拿到家里去。

芬芬在水里把周身上下仔细搓了一遍，刚才站在水里尿尿，屁股周围热烘烘的，自己身上肯定沾上尿了，所以必须洗干净了才能上岸。

这时，明明不知从什么地方捡来了一个食品袋子，正和丹丹共同把死鱼装进食品袋里，看见芬芬走过来，明明突兀地问了一句："芬芬，你还不尿尿啊？"

芬芬一怔，有些得意地笑起来，摇摇头，又点点头，又摇摇头。明明和丹丹满腹疑云地相互看了一眼，不知道要不要继续研究芬芬到底什么时候尿尿。

芬芬因为要去码头洗棉衣，来不及说话，径直走了。明明和丹丹提着鱼，跟了上去，虽然她们没有得到答案，但是盼盼还在码头上守着衣服呢，她们要去找到盼盼，和盼盼一起回家。

但是，但是当芬芬和她俩来到码头上，根本没有看见盼盼的身影。

盼盼会到哪里去了呢？

芬芬看见水边的棉衣少了一件，正好盼盼的那件。不好！一种不祥的预感猛烈地袭来，难道……芬芬的心揪起来了，目光开始向河面搜索。

看见芬芬慌张的神色，明明和丹丹也意识到：盼盼可能出事了，她俩的脸色立刻紧张起来。

“快找！”芬芬说完，奔向下游……

明明拉起丹丹，说回家告诉妈妈！她俩飞快地向家里跑去。

不一会，舅妈跌跌撞撞地朝码头跑来，一面跑，一面喊着盼盼的名字，然而回答她的只有凄厉的河风。

盼盼出事了。无疑！

村民们也闻讯赶来，大家帮忙在河陔仔仔细细地寻找了一遍，依然没有看见盼盼的身影。

舅妈就在码头上呼天唤地哭喊起来，一声声，一把把尖刀似的扎进了芬芬的心里。芬芬陷入了深深的伤痛和自责，她后悔不该跑去捡鱼，让盼盼一个人在码头上看守衣服，不然不会出事的。退一万步，假设她不提那个建议，即使出了事，也不是她的责任，然而……现在，等待自己的会是怎样的惩罚啊？芬芬又害怕又紧张，手心和额头冒出了涔涔冷汗。

舅妈几次三番往水里扑腾，寻死觅活地要去水里把盼盼找回来，一群妇女一边拉住她，一边劝慰她。

人群中不断有人质问：“怎么回事啊……怎么办呢？怎么让盼盼一个人留在码头上？怎么没有人下去救她？怎么……”

明明说：“是芬芬要去捡鱼，把盼盼留在码头上守棉衣，盼盼就不见了。”

丹丹说：“是的。就是芬芬！就是芬芬!!”

“芬——芬，你个扫把星！你害死了盼盼啊……”舅妈边哭边骂，边骂边哭。

芬芬早已吓得浑身发抖。她低着头，流着泪，如果地上有缝隙，她会毫不犹豫地钻下去，躲起来。

然而她最最脆弱的时候，没有一个人同情她、体谅她，所有在场的人只在议论沅水河和锦江河每年都溺死人，有时溺死的还不止一个，两个三个一起溺死的都有，甚至更多，现在又溺死了盼盼。

那么，到底是盼盼不会游泳，或者红毛水鬼出现了，或者……可能盼盼看见自己的棉衣被水冲走了，伸手去抓，结果不小心掉下水的，恰巧水里就藏着红毛水鬼，或者……盼盼那么小啊。

大家话里话外，在于根本不应该把盼盼一个人留在码头，真是的……

显然，千错万错，都是芬芬的错！芬芬仿佛变成了祸害人类的红毛水鬼而成为众矢之的了。尤其是舅妈一直没有停止过对芬芬的指责和毒骂。

芬芬无可奈何地紧紧抓着装衣服的塑料桶子，不敢抬头看一眼周围的人群。她想要去找外婆，找到外婆再大哭一场，把委屈哭出来，她相信外婆会心痛她的。

盼盼死了是无法挽回的一件事，村里的爷爷、大伯们已经开始主动帮忙打捞尸体。他们划着小船在码头周围，拿渔网和篙竹在沅水河里打捞。舅妈一直在码头上呼天哭地喊着盼盼的名字。

爷爷、大伯们在码头周围搅和了两个多小时，根本没有找到盼盼半根毛发；大家又往下游方向寻找，慢慢地一边划船一边找；人随船动，岸上的村民也跟着朝下游走去，给船上的男人们壮胆助威。

码头上剩下芬芬孤独一人。

芬芬坐了一会，然后把剩下的两件棉衣草草洗清了一下，装到桶子里，提回家。

老远，芬芬看见外婆坐在葡萄树下面，面对着码头，呆呆的，仿佛右脸肌肉都停止了颤动似的，整个人又凝重、又悲哀。显然，外婆已经知道盼盼出事了。看见外婆奇怪的样子，芬芬不能判断外婆会不会责怪她，毕竟盼盼是她害死的。这是多么大的错误啊！外婆怎么能够轻易地原谅她呢？

原先想扑到外婆怀里痛哭一场，现在芬芬怀疑外婆也恨她了，便放弃了释放的念头，只能在心里把自己的委屈和悔恨一并慢慢消化。她甚至不敢直视外婆的目光，默无声息地走到后院把棉衣晾到铁丝上，再回堂屋，准备做饭。

15

舅舅突然提前回家了。芬芬并没有感到惊讶，她猜想舅舅已经知道盼盼出事了才回来得这么早。平常舅舅很晚才回家的，有时大家都睡觉了，舅舅都还没有回来。

这年头，飞得最快的是消息。

芬芬怯怯地站在坑台后面，看见舅舅的目光冷冷的，像冬天冷冽的寒风。芬芬很害怕，不知道舅舅会不会骂她、会不会打她。

舅舅撂下板车，转身就走，奔向河边，来势汹汹。芬芬心中风起云涌的疼痛，觉得外婆和舅舅已经把她抛弃了，忍不住悲伤地哭了起来。

她一边哭一边做饭，结果看见自己的眼泪和鼻涕都掉到饭菜里了，用手去抓，又抓不回来，全当成作料掺在了里面。她心里念叨：反正眼睛看不见，只要自己不说出去，谁都不会知道……绝对不能说出去……绝对绝对不能说！

做好饭，舅舅、舅妈他们还没有回来，芬芬先到猪圈去喂猪，又打扫卫生，试图用勤劳为自己赎罪，从而能获取大家的原谅。

天色暗下来了，芬芬一直没有和外婆说话，一个人独孤地坐在门口，猜想着舅舅、舅妈会怎样地对付她。她本来想到后院去，后院黑乎乎的，好像有鬼，又不敢去。

芬芬担心盼盼会不会被找到，找到又会变成什么样子。芬芬曾经看到过一个溺水身亡的男孩子：那是前年夏天，湖天县一带连续下了几天大雨，沅水暴涨，螃蟹、小鱼、小虾都爬到了岸上，河畔的孩子相约去河边捡螃蟹。谁也没有想到一个名叫袁超的男孩子，为了水边的一个小小的螃蟹掉到了河里，一下被洪水卷走了，再也没有上来。第二天中午，袁超的尸体在袁榴下游很远的地方浮出了水面，有好心人用绳子捆住他一只脚，把他拴在岸边，不让他被水冲着走，等着他的亲人去给他收尸。袁超的父母双双在外打工，家里只有他和年迈的奶奶。听到这个消息，袁超的奶奶一下晕死过去，隔壁邻居急忙把袁医生叫来进行抢救，奶奶才又活了过来。村里几个大胆的爷爷大伯，把袁超的尸体从水里像拖一条死鱼一样拖到了袁榴码头。那是好大的一条死鱼——白发人送黑发人，袁超的奶奶哭得死去活来的，好几次差一点点就跟着袁超过去了。大家都去码头看热闹，芬芬也去了。一边是洪水滔滔，一边是艳阳高照，袁超肿胀得快要破皮的尸体，被太阳烘烤得乌渍渍的，好像一个破败的皮球被水泡涨了，脏兮兮的。芬芬壮着胆子瞟了几眼，反胃，走到一边，真的就吐了，当天夜里还做了噩梦，直到现在芬芬还心有余悸。

芬芬就在心里念叨："盼盼，你千万不要死啊！即使死了也别喝那么多水，不要涨得像袁超那样子，那么恶心啊！"

芬芬把头抱在膝盖上，念叨念叨睡着了。等她醒来的时候，天色已黑，舅舅、舅妈、明明、丹丹回家了，唯独没有盼盼。附近的很多村民也在，大家或坐或站在葡萄树下面，对着这不幸的一家不停地说着安慰的话。

芬芬站了起来，去厨房，盛了一碗饭，夹了菜，小心地端到舅妈面前。舅妈并没有伸手去接，而是狠狠地盯着她。

她看见舅妈两只红肿的眼睛像两把带血的弹簧刀，只要舅妈眨一下眼皮，刀尖立马就会朝她弹出来。

旁边的人劝舅妈多多少少吃一点，说人死不能复生，活人还要活下去，不能不吃饭。

舅妈喑哑地哭起来，先前在河边又哭又骂，喉咙不行了。她又要把声音放出去，把嘴张得像吃人的黑洞。她哭着，黑洞带着恐怖的气息，向周围扩散，以致霸占了她大部分的脸。芬芬看着它，"啪"的一声，手里的碗掉在了地上，摔成了碎片。

舅舅迅速冲过来，以更响亮的声音，甩了芬芬一个耳光。

芬芬顷刻倒在地上，放声大哭，脸上火辣辣的痛。

"扫把星！别在那哭死，去把地上扫干净，不然不要吃饭了。"舅妈突然又能发声了，并且骂得干净利索。

芬芬爬起来，去拿扫把，扫地上的碗片。她做着这一切，脸上还一直挂着泪水，却没有人安慰她。她知道自己是一个犯了错误的孩子，所以不敢怨恨大家。

舅舅、明明、丹丹吃完饭，坐在门口，没有说话。邻居们仍然议论纷纷。

芬芬扫好地，才开始吃饭。她一边自顾自怜地吃着，一边流着泪水，内心很久都无法平静下来。她不明白，舅舅原来这么凶，想着想着伤心地越哭越凶，鼻涕也流了出来。她忽然记起了前面掉在饭菜里的鼻涕，"哇"的一声，吐了，一连吐了几口，全吐自己的裤子上面。

“明明，帮我舀瓢水好吗?”芬芬弯着腰，哭着说。

明明冷笑了几声，走开了。

芬芬没有再央求别人帮她。她站起来，呕吐出来的脏物便从裤子上流到了脚上，她也懒得去管，准备自己去水缸舀水。这时外婆拄着拐杖走到她面前，外婆的目光是坚定的，芬芬看着，会意地站住了。外婆拖着残疾的身体，到水缸里舀了一瓢水，趔趔趄趄地送到芬芬手中。外婆到底是爱她的，那一刻，芬芬感到非常非常的温暖。

盼盼的尸体终于被找到了，她是被爸爸背回家的，她爸爸很久都没有背她了，没想到这竟是最后一次背她。

村民纷纷赶过来，安慰的安慰，看热闹的看热闹，总之，袁榴河畔出大事了，村子里沸沸腾腾。

舅妈哭着喊着扑到盼盼尸体上，晕了过去。几个妇女急忙把她弄到堂屋，平放在竹床上，又掐人中，又灌凉水，用她们的土方法实施急救。

按照当地习俗，盼盼未成年，又是溺水死亡的，尸体不能进屋，时间限用在中午十二点到日落之前，随便一个时辰里埋掉都可以，装木匣子里或用草席裹尸，到乱葬岗挖个坑，把尸体放下去，填上土，行了，跟埋死猪、死狗、死鸭差不多，根本没有任何送葬仪式。掩埋工作一般由孩子的父亲完成，当然也有请叔叔、伯伯代劳的。

舅舅先把盼盼的尸体放在门口地板上，用白布盖着，然后到后院去做木匣子。他从杂物棚找了几块杉木板子，自己一个人默默地做着，他在为女儿做最后一件事。这是他想不到的事，也是他不愿想到的事，他脸上布满了悲伤的情绪。他一捶一捶地钉，像钉在了自己的心口。他又必须一捶一钉钉下去，一直钉到最后。把木匣子做好后，他的心也痛不堪言。

明明和丹丹不知从什么地方走出来，站在人群中间，盯着地上的白布看着。她俩明明知道盼盼就在那白布下面，却没有胆子去揭开那白布看一眼盼盼——她们朝夕相处的亲妹妹。

芬芬有莫名的冲动，要去揭开那白布看一眼盼盼，要和盼盼做最后的诀别。可是，她刚挪动一下脚步，就被外婆的左手抓住了。外婆虽然不能说话，但看得出来，她不允许芬芬那样去做。

外婆牵着芬芬的手，就像一个普通的看客。而芬芬的眼睛一直盯着那张白布，脑子里想着盼盼的尸体会是什么样子，会不会和袁超差不多，乌溃斑斑，像水泡的破皮球？

“不会的！盼盼是多么漂亮的女孩子，袁超哪能跟盼盼比！”芬芬盯着那白布，在心里念叨：“绝对不会的！”

不一会，舅舅扛着木匣子来到盼盼尸体旁边，准备把盼盼装进去。舅妈又大声地哭着扑上来。

舅舅深深地吸了口气，顿了顿，平服了一下自己的心情，对舅妈说：“最后看一眼你的女儿吧。”他缓缓地揭开白布的一头。舅妈俯身看了一眼，立刻又晕死过去。几个妇女又把她弄到堂屋里，平放在竹床上，又掐人中又喝药丸，重新进行了一次急救。

外婆在和舅舅对望了一眼之后，拄着拐杖走过去，低头凝视着白布下面……

外婆虽然镇定，也不禁脸色苍白，两行泪水无声地流过了嘴角。

芬芬本来要和外婆一起上前去看盼盼，外婆却在起身的那一刹那，把芬芬往后按了一下，芬芬明白外婆不让她看，她不得不地站在原地，不敢轻易跟过去。

“最后一面啊！”芬芬心都要跳出来了，眼看着舅舅把盼盼的尸体抱到木匣子里，即将钉上盖子，芬芬突然不管不顾地冲了上去，揭开白布——她顿时惊呆了，原来盼盼的死相比袁超的死相糟糕得多。如果说袁超的尸体像水泡的破皮球，那么盼盼比破皮球更加难看，因为她整张脸已经被食肉鱼咬得稀巴烂了，像肉泥，鼻子也不见了，只剩下两个小黑洞洞，像两把黑剑，直指芬芬的灵魂。芬芬的手指一抖，白布一下从她的手上滑了下去。

“等一下！让我看一眼盼盼。”一个熟悉的声音传来——袁文英穿过人群，径直走到木匣子边上，躬下身子，揭开了白布……

袁文英怔怔地看着盼盼的尸体，一直摇头，她痛苦极了，根本不相信眼前的事实。

哥哥在她耳边哀哀怨怨地说道：“都是你的好女儿出的好主意，把盼盼一个人留在码头上守衣服……”

袁文英掉头愣愣地瞪着哥哥，十分骇然哥哥绝情的言语。哥哥也看着她，这对兄妹对望着，不再吭声，这个世界停滞了好几秒钟，然后被嫂子嘶哑的哭骂打破了：

“还我女儿啊……你把你的女儿接回去，不要放在我家里……还我女儿啊……”嫂子拼命地扑过来，被身边的人拦住了。

袁文英这才反应过来，到人群中寻找芬芬。

芬芬就站在外婆身边，浑身发抖。袁文英“扑通”一声跪在母亲面前，哭着说：“妈，是我不好，是我连累了你们。我这就带着芬芬离开袁榴，回锦木村去。”袁文英接着给母亲叩了三个响头，完了，站起来，去到房里收拾芬芬的衣物。

母亲没有阻拦她，很快把目光转向到木匣子——看着儿子钉着木匣子，把盼盼钉在了那里面。她的脸上没有任何表情，甚至和其他村民没有什么两样。她看到儿子把木匣子钉好后，扛在肩上。袁四叔跟在后面，帮忙拿着锄头和筲箕，和她儿子一前一后地朝沅水河边走去，在那里有一个专门掩埋小孩子的地方。

村民开始陆陆续续离开。

袁文英大包小包从母亲房里走出来，母亲的神色十分淡定，或许她认为袁文英把芬芬接走才是最好的结局。

芬芬背起自己的书包，捎带还拿了一袋自己的日常用品，跟着妈妈默默地离开袁榴河畔，朝锦木村走去……

可是芬芬怎么也不会想到，妈妈在金色县打工，今天来袁榴接她回家，正是妈妈被侮辱、被迫害中的大逃亡。然后，妈妈带女儿回家去，要在那场惊恐之后，慢慢回过神来，恢复平静。

那么，袁文英第二次出去打工，究竟是怎么的一场灾难？袁文英回想起来还心有余悸……

她上次把女儿送到外婆家里，告别母亲之后，坐车来到了金色县县城。遵照唐云琪的交代，袁文英找到了迎风中路253号门面——那是一个有着100多平方米的塑料用品商店，里面摆满了大大小小、色彩鲜艳的塑料盆、塑料桶、瓷碗不锈钢碗、拖把抹布以及各种各样的家常用品的店。袁文英踮脚走进去，看见收银台坐着一个四十来岁的美女，美女脸色红润；旁边地上放着一台电风扇，摆着头，疯狂地转动着，把美女的头发吹得满天飞，衣服也被吹飘起来，迎风贴在美女身上，廓清出美女丰满而富有性感的曲线，让人浮想联翩。美女手里拿着计算器，几个手指“哒哒哒”按着键盘，动作极优雅。看得出美女精明能干。几个顾客手里拿着选好的东西，站在收银台前，准备付钱走人。袁文英一直站在旁边，天气比较热，已经口渴了，却不敢问美女讨口水喝，也舍不得去买瓶矿泉水，就那么傻傻地站着，额头冒着汗珠。等美女收完了钱，她刚要开口说话，又有顾客走进来，同美女打着招呼。袁文英继续等在那里。美女冷冷地看了一眼袁文英，问她是否要买东西。袁文英摆了摆头，她本来想问美女是不是舒老板，但看见有顾客在，美女又很忙，便忍住了，盘算着等顾客走后，再问问美女。不料，美女先开口发话了："你不买东西，老站在这里干吗？"袁文英急忙说："我是唐云琪的朋友，唐云琪介绍我来你店里打工……你就是舒老板吧？唐云琪说要带我过来……她来了吗？我们约好了在你店里见面的……她还没有来吗？"

美女定神看着袁文英，"哦"了一声。随即去招呼顾客去了，袁文英犹豫了一下，跟上去，对美女说："舒老板，要我帮忙吗？"

美女默认了。没错，是舒老板，这年头，女老板都比较年轻漂亮。

舒老板悄悄对袁文英说："你去看着他们挑选，别让他们把东西弄坏了。"

袁文英领了任务，走到最里面，看见两个顾客在选垃圾桶，挑三拣四地把垃圾桶丢来丢去，袁文英不敢说什么，只在一旁跟着收拾，把丢散的垃圾桶重新叠到一起。顾客又要拿起来比较，袁文英又打开桶子，让顾客选来选去。

舒老板突然惊喜地叫起来："云琪，好久不见，越来越漂亮了啊！"

"怎么会越来越漂亮，越来越老，差不多嘛。你才越来越漂亮咧。"

袁文英急忙迎出去，唐云琪看见她，会意地说："文英，你来好久了？"

舒老板抢先说道："来了很久了。她起先站在店里，又不说话，我疑心一想，莫非她是个小偷，我又则耳一听，以为她神经有毛病，突然地跑到我店里来，突兀地冒出一个疯子，吓我一跳。虽然她不说疯话，你若是心有所思，她真的就是疯子了。她又不早点说明白……看咯，我都快要想成疯子了。"

唐云琪把手撑在收银台上，一直看着舒老板说话，听了半天，也没听出个所以然来。舒老板就笑起来："坐撒……我也不知道怎么说，我的表达能力大幅下降了，不知道是不是神经出毛病了。最近天气好燥，我很郁闷……你们要喝水吗？"

袁文英去旁边地上，倒了一杯冷开水，递到唐云琪手里。袁文英自己返回去喝了几杯，这才感觉心里舒畅了。她先前早看见地上有个水壶，还有一次性水杯，没好意思去喝。

唐云琪把水喝到肚里，大声说："燥你个头啊！生意太好了，把你忙疯了吧?”坐了舒老板的位子，往后靠，很享受地摊开手臂，悠然说道:“人和人就是不一样，当老板好神气呀!我怎么就没有这个命呢!老天不开眼啊!”

舒老板:“很多情绪上的问题，是由于姿势过于随便引起的。不信，你坐正了试试，就会感觉老板这个位子不好坐。”

唐云琪:“去去去!坐在老板位子上，想着钞票“哗哗”飞来，好爽!”唐云琪往上耸了耸身子，莫名庄严起来，道:“当老板就这范儿。”

舒老板:“做生意很累人的，又赚不来多少钱。记得读大学那阵子，我不但文章出色，演讲也是一流水平，如今为了赚钱，学业都荒废了。”

唐云琪:“袁文英来了，你可以舒服了。她很会做事的。你有空可以静下心来看看书，重温一下过去的好时光。”

舒老板不屑地笑了一下，说:“什么年代了，节奏好快，我为了赚更多的钱，每天陀螺似的旋转，耳鼓里充满着各种喧嚣与聒噪，哪里还能静得下心来看书。至于初恋情人，有句歌词唱得好，轰轰烈烈的曾经相爱过，卿卿我我变成了传说。”

“怀念初恋情人很幸福的。”唐云琪不怀好意地贼笑。

“有些爱不可以坚持，坚持就是错误。”舒老板挥着手:“不说这些了吧，我不想犯错误。”

“你只想单曲循环?”

“瞎说!我的爱情观很纯洁。”

“别把自己弄得个黄花女似的。”

“这辈子，我做不成黄花女了，做圣女总可以吧。”

“嗯。那，我把袁文英交给你了，她也想做圣女，你们好好相处吧。我回去了。我的圣女，我下次再来看你们。拜拜!”

唐云琪意犹未尽地走了，留下一串爽朗的笑声，像一道清风吹过。

舒老板便把袁文英带到楼上，安排她住下来。舒老板走在前面，拉开灯，袁文英看见所谓的楼上，是门面夹层，矮矮的，各种各样的货物堆满一地，中间一块地方放着一张小床，小床上面也乱七八糟的。夹层整个没有窗子，漆黑一片，古墓似的;空气幽灵一样的从下面，通过楼梯口飘上来，鬼在里面不需要开灯，人在里面活动必须开灯。袁文英小心地走进去，感觉十分压抑，好像一抬头，就会碰到上面的楼顶。好在她个子不算太高，不然，头真的会碰着楼顶。她确定，只要伸手，便可以摸到楼顶的，她没有去做那样的尝试。

舒老板说："你就住这里，方便些，旁边有超市，买东西也很近，吃饭就到我家里，和我们一起吃。我们家对下……对工人很尊重、很照顾的，饭都在一个桌子上吃。以前请过几个保姆，我们也都在一个桌上吃饭，不分下人上人。"

袁文英低着头"嗯"了一声，心里很温暖。舒老板交代完了下去了。

袁文英并没有去看店子，她在楼上整理了好长时间，把散乱的货物搬到了一起，靠着墙壁摆放好，房子一下变宽了；还发现了一个液化气灶和一口铁锅。她把小床移到货物的对面，又搬了几个纸箱子放在床头，把自己的东西放在纸箱子里；试了一下液化气灶，还行，"啪"的一下，点燃了，敲一下锅子，当当响；旁边还有半桶水、一个洗脸盆。袁文英找了一块抹布，把水倒在脸盆里，把床抹了一遍，又洗了锅子，然后下楼到龙头那把脸盆和水桶洗干净，再提了水上楼。她想有灶、有锅，自己可以做饭呢。又想，没有必要，舒老板包吃包住。

整理好楼上，时间已经不早了，舒老板说可以关店门了，之后，提着早晨买来的菜，带袁文英上她家去吃饭。舒老板边走边上课，教袁文英如何如何做生意，又叫袁文英记要住方向……这么小小的一个县城，丢不了，一会儿她不送袁文英回店里了，袁文英自己回来睡觉。

袁文英一边点头一边看路，下意识地记住了几个特别的标志，免得回去迷路。

舒老板把袁文英带到了"沅江花园"小区。"沅江花园"住的都是有钱人家。袁文英看见鳞次栉比的高层洋楼，特别的漂亮，最震撼人心的是"沅江花园"创造性的设计——扇形建筑线条、明亮柔美的色彩搭配、简约时尚的外立面，人文主题广场，园景小品、绿化雕砌景观等，尽显时尚、自然、生态、人文气息，使现代化住宅大楼，在五颜六色中变得诗意葱茏，气质优雅而高贵。

袁文英随舒老板一同乘观光电梯，徐徐上升，沅江就在她们的脚下脉脉流淌，像一条绿色的飘带，渐渐远去。

现代科学真是很给力，人无须爬楼梯，只需用手指轻轻一按，就到了家门口。舒老板打开房门，一股浓郁的芳香扑鼻而来，袁文英为之一惊："舒老板家里好香啊！"

舒老板半天没有吭声，慢条斯理地换好拖鞋，慢条斯理到厨房冰箱里取了橙汁，回到客厅，坐到沙发上，再打开瓶盖，喝了一口，然后对袁文英说："这是从国外进口的檀香，知道这种檀香是来自哪里吗？"

袁文英不好意思地摇了摇头。

舒老板把橙汁放在茶几上，认真地说："檀香的原材料是檀香树。檀香树是一种半寄生植物，生长极其缓慢，通常要数十年才能成材；是生长最慢的树种之一，成熟的檀树可高达十米；圆柱形木段，有的略弯曲，一般直径10厘米~30厘米，外表面灰黄色或黄褐色，光滑细腻，有的具疤节或纵裂，横截面呈棕黄色，显油迹；棕色年轮明显或不明显，纵向劈开纹理顺直；质坚实，不易折断；气清香，燃烧时香气更浓；味淡，嚼之微有辛辣感。檀香极香，木质细致，甜而带异国情调，余香缭绕；木材可制器物，亦可入药。这种檀香生长在热带雨林地方，印度、东南亚、马来西亚一带，是极其珍贵的树种。"

袁文英听得云里雾里。舒老板淡淡一笑："算了，不说这些，说了你也不懂。该做饭去了"，继而朝里面大喊："妈——我饿了。"

袁文英顺着声音的传播望过去，看见一位六十开外的老人。老人容光满面，很健康硬朗的样子。

舒老板说："我妈妈。"袁文英喊道："阿姨你好！"

老人瞟了她一眼，没出声，折身去了厨房。舒老板说："文英，去看我妈妈怎么炒菜，去学学，我妈妈会炒很多好吃的菜，让她免费教你，你学会了，也算学得一手艺。"

袁文英应声去了厨房，说："阿姨，我来给你帮忙啊。"老人闷声闷气地说："别叫阿姨，叫阿婆。我都快七十岁了。"

袁文英笑道："嗯，阿婆。"阿婆没有答应，只把女儿买来的菜一样接一样从食品袋里拿出来，放在橱柜台板上。袁文英说："阿婆，你家里条件这么好，干吗不请个家政给你们搞卫生做饭？您这么大年纪了，不要这么辛苦呀？"

阿婆冷冷地道："以前请了几十个保姆，个个一样，做不了几天就跑了。"

"为什么呢？"

"不知道……她们上我们家来，我们又没亏待她们。大概她们想挣钱，又不愿意吃苦。"

听得出，阿婆心里积压了很多怨气。袁文英不再吭声，拿起一个苦瓜，放到砧板上，破开，刚要把苦瓜瓤扣出来，丢掉。听见阿婆说："那个要留着，不能丢掉。"

袁文英疑惑不解地问："苦瓜瓤可以吃吗？"

阿婆："当然可以吃。丢掉多可惜。"

袁文英："这里面有好多籽。"

"籽慢慢抠掉撒。"阿婆不耐烦地说。

袁文英不敢多话，只低着头，去抠苦瓜瓤里的籽。苦瓜瓤绵绵的，手触上去，湿湿的，苦瓜籽立刻变得溜滑起来，躲在里面捉迷藏一样不肯出来。袁文英一边抠，一边想：苦瓜瓤松蓬蓬的，抠一下籽，也就没有什么瓤了，又不好吃，连瓤带籽一把抠掉多快当，何苦费这么大的功夫。阿婆家这么有钱，何必如此节约，简直得不偿失嘛。这，在乡里，穷人家里，吃苦瓜都不吃苦瓜瓤，真是越有钱越节约。

袁文英如是而想。等到吃饭的之前，舒老板老公回来了，看见袁文英，微微惊讶地说："你长得像徐小凤呢。"袁文英腼腆地笑："哪里，徐小凤是大明星，大美女，我一个乡里人哪能跟她比呀。"

舒老板白了一眼自己的老公，对袁文英，说："我老公，也姓唐，和唐云琪一家呢，应该比你大，你叫他唐哥吧。"

唐哥点头笑了一下，坐到舒老板身边，与妻子很亲热、很默契的样子。袁文英不好意思看他们亲热，就去了厨房。阿婆安排她把菜端到餐桌上去，准备吃饭了。舒老板和唐哥随后来到了餐厅，一边等着吃饭一边聊天。

舒老板说："我们家里就三个大人，我儿子在省城一所贵族学校读书，封闭式教育，放暑假，去北京参加英语补习班，一年到头很少在家。现在家里加上你，四个人，你随便些，不要拘束，就像在自己家里一样啊。"

袁文英非常感动："嗯，我很随便的，以后家里的饭菜我搞，有什么别的事需要我做的话，只管安排我就是了。"她把菜摆到餐桌上，再去了厨房。从厨房出来，舒老板又说："家里也没有多少事，就我们四个人的饭菜，再就搞卫生，不要搞早餐……都在外面吃，早上从店里赶过来，你也不方便，主要晚餐搞好一点就行了，中午看情况，可以在店里吃，也可以回家吃。卫生也不是天天要搞，一周搞一次，窗帘半年洗一次。"

袁文英点着头，嘴里说着好好好，一边把饭筷摆到餐桌上。全都摆好了，两菜一汤——清炒苦瓜、青椒炒肉、酸菜汤。

舒老板说："你自己装饭吃咯。"袁文英没有自己先装饭吃，而是把主人都装好了饭，自己最后吃。

阿婆不知从什么地方端来一碗人参肚条汤，送到舒老板手上，舒老板慢调斯里地喝起来。袁文英看出来了，阿婆不是节约，而是吝啬，所以事先把好吃的东西藏起来了，舍不得给外人吃。

唐哥装作若无其事的样子，埋头吃饭。这个家庭很有一套管理下人的手段，有唱红脸的，有唱白脸的，一半是天使、一半是魔鬼。袁文英不指望能吃到好东西，吃饱就行了。然而，在夹了几次菜之后，阿婆说少吃菜，多吃饭，弄得袁文英面红耳赤，连白饭也不敢吃了。

回到店里，关上店面门，店里越发闷热。想到自己原本守店子来的，怎么变成了舒老板家里的保姆了？从明天开始，不但要守店子，还要做饭、搞卫生，像穿个拖鞋加弹跳一样，辛苦可想而知。袁文英哭笑不得，她遭受了属于主人精心算计好的一种变相剥削，并且面临吃不饱肚子的状态。

袁文英真的肚子饿了，怎么办呀？她摸了摸口袋，走下楼，打开店门，到附近的商店里买了一斤桃酥糖，自顾自地吃起来，又喝了水，然后睡觉。

从此，袁文英开始了两点一线的打工生活。舒老板家里有事，需要袁文英，袁文英就在舒老板家里做家政；店里有事，袁文英就在店里忙活，袁文英便想起锦木村老支书的口头禅，“共产党员冲锋在前，哪里需要哪里上”。在舒老板家里，一连几天吃的小菜，没多少油水，肚子饿得好快。袁文英不怕多做事，就怕吃不饱饭。有时，晚饭过后，舒老板说：“文英，茶几上有水果，随便吃。”袁文英看了几眼茶几上面的两个干枯得快要变质的苹果，想吃。她来了好几天了，看见那两个苹果一直待在果盘里，没有人吃。阿婆不吃，她也不敢吃，饿的时候，眼巴巴地望着那两个苹果，咽口水。她实在想不通，以舒老板家里的条件，不至于如此吝啬，那两个苹果小小的，绝对是超市里打折后的处理品。袁文英就在心里得出了结论：人越有钱越小气。

结果，几天时间，袁文英瘦了一圈。她的这种变化被唐哥发现了，唐哥认真地看着她，说怎么瘦了。阿婆便狠狠地瞪了唐哥一眼，说：“她瘦不瘦与你没关系，你还是多关心你的妻子吧，她每天赚钱很辛苦的。”

唐哥立刻低头吃饭，好在他说话的时候，舒老板去了洗漱间，不在旁边，没有听见，不然，会不会生气不知道了。

袁文英终于明白了在她之前的那些人，在舒老板家里做不长久，要逃跑的原因。原来那些人和袁文英一样，为了生活离开家乡，离开亲人，在阿婆家里打工，单纯只想挣点辛苦钱。阿婆却不能忍受陌生人在她家里晃来晃去，对她们看不顺眼，包括她们说话、做事、吃饭、卫生习惯等。尤其是阿婆还敏感于袁文英和唐哥的接触，担心唐哥对袁文英有别的想法，而亏待了她的女儿。这年头，婚外情很多，保姆勾引男主人的故事屡见不鲜。阿婆是个精明之人，可以通过女婿的微小举动，猜透男人的心思，然后登上一个高处，以女王的魄力，统治自己的家庭。

袁文英十分注意自己的一举一动，也不主动找唐哥说话。唐哥工作比较忙，很少回家吃饭。偶尔在家里碰上唐哥，袁文英连个微笑也不敢，唐哥也极严肃，他俩的这种回避态度很生硬，使得主仆之间正常的眼神不知道往何处搁置，显得十分尴尬，甚至很慌张。

说来很神奇，自从袁文英到来，店里的生意异常火爆，每天买东西的人出出进进，袁文英甚至看见了以前的同事——石溪溶学校的陈晓春老师。陈老师仍然一脸笑容，一开口就问袁文英过得好吗，芬芬长高了没，学习成绩怎样。袁文英淡然一笑，显然不愿意提及过去。陈老师自言自语地说："今天来县里开会，刚结束，其他老师逛超市去了，我想买个塑料脸盆……还要看看，带点什么东西回去。"随后陈晓春老师挑选了东西，付了钱，走了。袁文英在门口站了一会儿，看着远处的马路和行人，也不知道心里在想着什么。

没过多久，店里走进来几名顾客，说要买东西，袁文英便陪着她们挑选。顾客很挑剔，选来选去、丢来丢去的，把店里弄得乱七八糟的，半天没选好一样东西。顾客是上帝，袁文英也没有办法，不敢去说她们的不是。一个黑衣顾客拿着一个选好的热水瓶，问多少钱。

"38 块。"

"能不能优惠点？"

"最少 35，不能再少了。"

"太贵了。"顾客说着将热水瓶递过来，袁文英伸手去接，只听见"啪"的一声，热水瓶掉在了地上，摔了个粉碎。袁文英惊呆了，极短的时间，她清楚地看见，这位顾客在她没有接住热水瓶的刹那，故意松开了手。

这是怎样的一个阴谋呢？

袁文英迅速想到了雷水秀，潜在意识的回忆：这名顾客好面熟。袁文英瞟了瞟另外几位顾客，都认识，原来她们都是雷水秀的亲戚，上次在石溪溶，大雪纷纷，这几个妇女，听了雷水秀的唆使，拿绳子把袁文英绑到松树杆上，剥光她衣服，袁文英被她们整得半死不活。一位波斯诗人写道：在创世之初，真主把一朵玫瑰、一朵百合粟、一只鸽子、一条毒蛇、一点儿蜂蜜、一个死海苹果和一把黏土混在一起，结果，他发现得到的混合物是一个女人。因此，女人除了共有的名字之外，还有其他有个性的，如祸水、红颜、狐狸精、女王、母老虎，等等。故此，女人是矛盾的，女人与女人之间，相互羡慕又相互妒忌、相互欣赏又相互践踏、相互安慰又相互残杀。绵长的人类历史，多少女人演绎了多少是是非非、风流柔情，或对、或错，没有人能说得清楚、道得明白。

可以肯定，这些女人不是来买东西的，而是冲着袁文英来的，或践踏或残杀，袁文英已经看出她们的阴谋。直到今天，雷水秀还不肯放过她。

袁文英说："打烂东西要赔的。"

黑衣顾客冷笑："开玩什么笑你！我哪里打烂东西了？分明是你自己打烂的，诬赖我！"

袁文英："你是故意的。"

舒老板听见里面在争吵，走进去："怎么回事……这……地上的开水瓶，哪个打烂的……哪个?!"

黑衣顾客指着袁文英，说是她打烂的。旁边几位妇女立刻站出来证明是袁文英打烂的。袁文英百口莫辩。

舒老板："我忘了告诉你了，店里有规定，损坏东西照价赔偿。"

袁文英含着泪，点了点头。舒老板又道："看在唐云琪面子上，赔个进价，月底从工资里扣除。"

袁文英走到一边，想哭。但是，她忍住了，没有哭出声音，她听见那些妇女在对舒老板说自己的坏话：狐狸精……祸水……以为自己漂亮，以为自己像徐小凤咧……在石溪溶代课的时候，喜欢穿透明衣服，奶子都看得见，好大两砣，在里面动来动去，吸引男人眼球，结果弄出人命了……听说了吧？就今年正月初二的事……全县人都知道咧。老板娘，小心她勾引你男人，啊……风骚死人她……

几名妇女说了半天，说完了，一件东西不买，走了，还故意从袁文英身边经过，朝袁文英翻白眼、吐口水。

舒老板听她们讲了半天，原本指望她们买她的东西，结果大失所望。舒老板便冲着袁文英发起火来，说："你也真是的，知道她们来者不善，你不要理她们撒，看看看看，开水瓶打烂了，怎么办……先扫干净……20块。你赔，扣工资。别怪我不讲面子，这个……公事公办。"

袁文英去拿扫把，开始扫地。舒老板站在她身边，一边打量着袁文英，一边饶有兴致地说："看不出来呢，你真的像她们说的那么潮吗……你胆子不小啊，还闹出了人命，你潮流嘛。"

袁文英默默扫地。

舒老板等待了一小会，见袁文英不想说话，轻叹一声，继续说："从某种意义上讲，追求新鲜，是事物发展的动力，新鲜的出来，还想再新鲜的。再好的夫妻，在性方面，都不可能完全和谐，即便和谐，千篇一律的动作姿势，久而久之，也会变得淡而无味，彼此熟悉得像左右手。性本身是神经系统冲向陌生地带的探险行为，越神秘、新鲜，才越刺激。这种欲望，并不会因为婚姻甜蜜而改变。所以，当听到一对好夫妻，一方出现婚外情时，并不奇怪，天性使然。没有出现婚外情的，是因为没有条件，并不是不想，一旦他们具备了条件，就不可避免。最高境界的婚外情，既要开心快活，又不要影响到家庭，更不能闹出人命啊。"

袁文英扫好地，准备去倒垃圾。舒老板有点意犹未尽地说："好。不和你说了，说多了，你也不懂。"袁文英苦笑了一下，提着垃圾走了出去。

舒老板不再谈论婚外情理论，坐在收银台里面，专注于发短信，一脸的艳情，很幸福。至于是不是发给情人的，袁文英不知道。袁文英没有心思管，她还有很多事要做，去了楼上，却又不知道从何做起。她在楼上站了一会，脑子里很乱，又下来了。刚好有顾客进来买东西，袁文英急忙走过去，招呼顾客。

傍晚，去舒老板家吃饭的时候，唐哥坐在沙发上看电视，见袁文英走进来，瞟了一眼，赶紧收住眼光，回到屏幕上。袁文英也不敢喊他，只提着菜，去厨房做饭。阿婆正好看见了这一幕，尽管他俩没有说话，阿婆对于他俩的细微情节，仍然看不顺眼。她把自己的女儿叫到隔壁房里，嘀咕一阵，也不知道说了些什么。舒老板回到客厅，瞪着自己的老公，说："难得你回来吃饭，袁文英看见你，目光都不好意思，你们不是已经很熟悉了吗？难道袁文英怕你不成，为什么怕你？"

唐哥抬头看了看舒老板，问："你什么意思？"

"没什么意思，就是感觉你们有点不正常。"

"哪里不正常了？"

"正常。正常你们干嘛躲躲闪闪的，以前很少看见你那样的眼神。警告你啊，你可不许对她动坏心思！"

"神经病啊，你！我看我今后还是在外面吃饭好，省得你疑神疑鬼。"

“袁文英是有前科的，她勾引别人老公，还闹出了人命。”

“你老公我不是那种人，知道吗？”

“美色当前，男人容易感情泛滥，走火入魔。”

“难得你说了这么有境界的话，你想让我出轨吗？”

舒老板弱弱地说了一句：“亲，对不起咯，我这不是爱你嘛，好爱好爱……”

唐哥：“你太有深意了，我受不了”，说完站起来，走向餐桌。他看见袁文英从厨房走出来，开始摆菜，准备吃饭了。舒老板不得不停止自己的表白，一个非常隆重的煽情机会，被袁文英毁掉了。吃饭的时候，舒老板看袁文英的眼神冷冷冰冰的，吃完饭，叫袁文英赶紧回店里去，碗不要洗了。

对于舒老板的反常态度，袁文英是有感觉的。她在路上，一边走，一边想，舒老板对她和唐哥开始戒备了，这种戒备，应该来源于阿婆刻薄的态度、监视和石溪溶那些妇女说的坏话，也有舒老板自己的小心眼，都说女人爱吃醋，舒老板也不例外。袁文英告诫自己以后要多注意，最高程度与唐哥保持距离，来打消舒老板对她的误会，只有这样，自己才可以在舒老板店里继续打工，以解决目前的生活问题。

不知不觉，袁文英走到了店门口，打开店门，走进去，刚要上楼，突然，被人从身后封住了嘴巴，同时，一把尖刀架到了她的脖子上，耳边，一个嗡嗡的声音说：“别喊，喊就搞死你！”

袁文英迅速反应过来，遇到歹徒了。她知道刀子的厉害，所以没有反抗。镇定了一会，她指了指自己的嘴巴，歹徒犹豫了一会，把手松开，让她说话，刀尖仍然架在袁文英脖子上。袁文英喘了口气，说：“你劫财吧？我没有钱啊，我一个打工的，穷得叮当响。”

歹徒凶巴巴地说：“没钱？没钱。走，上楼去！”

袁文英慢慢朝楼上退，脑子里回想着，觉得歹徒好面熟……也许是雷水秀的人。袁文英又不敢声张，担心被杀人灭口。歹徒在后面催促：快、快，上去！

袁文英打开房门，走进去，歹徒把她按到床上，命令：“脱！”

袁文英哀求道：“兄弟，你放过我吧？求你了！”

歹徒冷笑：“你们怎么不放过陈成龙呢，他应该也求过你们吧？”

看见袁文英迟迟未动，歹徒把刀子在袁文英眼前晃了几圈，嘴里骂道：“什么鬼天气，这么热！”

袁文英很害怕，开始脱衣服，慢慢地，手不停地颤抖，外衣脱掉了，露出红色的乳罩；歹徒扑过去，一把扯掉乳罩。这时，他已经把凶器丢到了一边，他抓住袁文英，去扯袁文英的裤子。当看见袁文英正在例假，勃然大怒，继而把袁文英拖到地板上，一顿拳打脚踢。袁文英死死抱着自己的头，含着泪，忍受着痛。歹徒发泄完了，捡起自己的刀，临走，威胁袁文英不许报警，不然杀死全家，又说过几天再来，说自己喜欢搞女人运动，锻炼身体。

袁文英惊恐地看着歹徒摔门而出。歹徒冲到楼下又一阵乱打乱砸，噼里啪啦的，而后扬长而去。袁文英才挣扎着爬起来，走下楼，看见店里很多的东西，被打得稀巴烂。这是要赔偿的，袁文英再也承受不住，倒了下去，倒在了店里。

等她醒来的时候，已经是第二天早上。她急忙语无伦次地给舒老板打了电话。舒老板急急忙忙赶到店里，看着自己的烂东西，舒老板脸色由红变青，对受伤的袁文英冷冷地说："看出来了，她们说得没错，你真的很潮。你荷尔蒙旺盛，你到处招蜂引蝶，把我也给讴了。"

袁文英失声痛哭。

舒老板挥手："昨天打烂热水瓶，今天……滚蛋吧，你！你如不滚蛋，不知道还会怎么加害我！红颜祸水，我不想我的老公也走火入魔，被你勾引了。"

袁文英便到楼上拿了自己的李行包，流着泪，说着对不起。然后，带着自己的伤，经过一天的漫长考虑，来到了袁榴。当她看见盼盼冰冷的尸体心里更加痛，还有嫂嫂撕心裂肺的哭喊声、惊恐万分的芬芬，以及哥哥的冷言冷语、母亲的万般无奈。袁文英迅速做出了决定，接芬芬回锦木村去。

16

天色已晚，路上几乎没有别的行人，气温三十多度，袁文英和芬芬背着包袱，匆匆忙忙地赶着山路，热得汗流浃背。山路寂静，袁文英担心可能会碰见坏人，倘若对方是劫财的倒不害怕，因为她们身上没有钱；那，假如碰见了劫色的，可就惨了，不但自己充满危险，说不定对方是个变态狂，或者两个一起，连芬芬也不放过，岂不叫人悲恸欲绝。想到这些，袁文英头发都竖起来了，一紧张，汗流更多。

芬芬也没有说话，从昨天到今天，她一直处在自责的情绪里，尤其盼盼被找回来之后，确实溺水死亡，盼盼那惨不忍睹的死相便占据了芬芬的思想，占据了她的身体，她的头发连同指尖都有盼盼幽幽怨怨的气息，仿佛盼盼就附在了她的身上，压得她喘不过气来。

“对不起，盼盼，我不是故意的……我真的不是故意的……”芬芬边走边在心里一遍又一遍地念叨，以致完全忽略了身处越走越黑的、阴森森的路上。相反，她不知道害怕黑暗，完全不需要念叨许爷爷教她的辟邪咒语了。虽然她对许爷爷古里古怪的咒语持有怀疑，但曾经在夜里怕鬼，违心地念叨过好几次，且屡试不爽，辟邪咒语真的把鬼吓跑了，自己后来再没有看到过一个鬼怪，之后在石溪溶小学看见的那个“国民党军官”再也没出现。

月亮很快爬上了山头，周围朦朦胧胧。

月光下山路是苍白的，青蛙从水田里爬到路上小憩，当听见越来越近的异类的脚步声，便急忙逃命，又从路上跳回水田去，冷不防就撞到了袁文英和芬芬的脚上。若平常，袁文英和芬芬一定会把它们捉回去，按到俎板上杀头、剥皮、挖心、掏肺，最后，剩下嫩嫩的净肉炒紫红辣椒，拌上生姜，水煮田鸡，放少许胡椒、香葱，味道极鲜极美。

此刻，别说袁文英和芬芬拎着包袱，腾不出手；即便她们没拎包袱，腾得出手，也没心情去捉那些青蛙，她们急于回家。

又走了一会，她们终于看到远远的几点灯火在黑暗里闪烁——锦木村就在眼前，家就在眼前。

村口突然传来一声狗叫，接着满村的狗全部叫了起来，成年的、幼小的、公的、母的、粗犷的、尖细的、低沉的、洪亮的，各种各样的声音，夜幕中锦木村一片狗吠。

“妈妈!”芬芬冷不丁地喊了一声。

“嗯。”

“你说，阿黄和丑丑在家的话，会不会跑来接我们呢?”

“肯定会。”

“不是肯定会……肯定老远跑来了。”芬芬心里可能还在想着盼盼的死，所以语无伦次。

“那当然，阿黄和丑丑都非常聪明。”

边走边说，袁文英和芬芬来到了村长家门前的那条通往自家的田埂上。村长家里年轻的狗妈妈，突然带着几只小狗崽子，从屋里冲出来，冲她们

“汪汪”地叫，且来势汹汹。袁文英和芬芬不约而同站住了，经验告诉她们，狗怕恶人。这时候不能心慌，要沉着，要显示更强大的气势，压倒狗的气势，狗才不敢咬你。袁文英和芬芬便站在田坎上与狗对峙……

“汪汪汪汪……”

“叫死啊！叫……”

人狗双方大声地对骂。自然界就是如此，敌进我退，敌退我追，生生相依，生生相克。

袁文英看见一个身影晃出来，骂道：“回来！别叫。自己人。”

狗们停止了狂叫，它们一定明白“自己人”的特殊含义。既然主人用“自己人”这种爱称吆喝它们，说明主人有多么爱它们。大城市里，很多人精神空虚，依靠宠物狗来支撑感情，人狗一窝，人与人之间真的不如狗与人之间亲密了。

袁文英惊喜地喊道：“刘姨?!”

母狗已回到刘姨身边，摇着尾巴，嗅着刘姨的裤脚，又舔了自己的儿女，既温顺又可爱，与刚才龇牙咧嘴、凶巴巴的样子判若两“狗”。

刘姨站在门口大声地说：“文英……你回来了?”

“嗯。”袁文英亦大声地说：“刘姨，村里什么时候养了这么多狗啊?”

“村里年轻人都到外面打工去了，留下来的老的老，小的小，守在家里冷冷清清的，多养几条狗热闹啊。乡里养狗又不搞计划生育，自然狗丁兴旺撒……哦，芬芬也回来了?”

“是啊。我们走了。”

穿过田垄，到家了，袁文英准备做饭，突然想起，走之前，缸里剩下的几斤大米送给刘姨了。

“没有米了。”袁文英茫然地说。

“谁叫你把米给了刘婆婆?!”

“我没有想到今天会回来。再说米放太久会生霉的，所以才给了她。”

“你去借，我睡觉了。”

“好，我去刘婆婆家里借一点。”袁文英夺门而出。

刘姨家的狗妈妈、狗仔又叫了起来，袁文英只得把刘姨喊出来，她的声音在夜空中传得远远的，第二天锦木村人都知道袁文英和芬芬回家了。

芬芬晚上做了噩梦，梦见盼盼跟在她后面。她看见盼盼脸上血肉模糊，没有鼻子。盼盼想说话，一张嘴，血水就流了出来。盼盼的嘴张得好大，像吃人的黑洞，沉水嗡嗡的声音从那黑洞里游走出来，淹没了芬芬的耳朵，芬芬被吓得尖叫起来，结果芬芬被自己的叫声惊醒了。

袁文英急忙把女儿搂在怀里，说别怕，做梦而已。芬芬说有鬼，说自己看见过鬼，在石溪溶看见过一个国民党军官。是否盼盼也变成了鬼，找芬芬报仇来了？

“哪里有鬼，没有鬼。日有所思，夜有所梦。”

17

“真的不敢相信，雷水秀会如此心肠恶毒！”唐云琪愤慨地说。

可以肯定，袁文英当初的担心不是没有道理。舒老板在电话里告诉唐云琪，说袁文英离开了，唐云琪十分惊讶：“才去多久呀？一个月不到啊。”

电话那头：“应该是雷水秀的人，天天……哦……也不是天天，几乎天天到我店里来，找袁文英麻烦。那些人在店里面唧唧歪歪、扯扯拉拉，还打烂我的东西，我损失惨重啊！看在袁文英是你朋友的分上，我没有要她赔偿，可是我的生意受到了影响。袁文英真的是……都不知道怎么说她，反正，她自己不好意思在这里待下去了，走了，不是我没有照顾好你的朋友哦。”

唐云琪得知袁文英回锦木村了，大清早就过来串门，见面就是那句话：“真的不敢相信，雷水秀会如此心肠恶毒！”

袁文英无奈地苦笑：“不怪她。她死了丈夫，肯定不甘心，再说她是你表嫂哩。”

“她守不了几天寡，要改嫁的。你没看她那样子，骨子里水性杨花。幸亏她长得不怎么样，要是生得漂亮一点，潮得下不了地。”

“她有她的难处。”

“可是你们家不也是……”唐云琪欲言又止。

袁文英看着她，目光是信任的，唐云琪才又继续说道：“你们不也家破人亡了?!”

“胡说！我爸爸会回来的。”芬芬从自己的小房里冲出来，盯着唐云琪，十分生气地说，眼里还涌出了泪水。

“芬芬！”唐云琪一怔：“你也回来了？”

芬芬没去理睬唐云琪，而是自顾自地走出门口，向远处张望。她在盼望爸爸回家，她相信只要爸爸回来了，爸爸一定会弥补给她爱。她千疮百孔的心就会好起来。

“芬芬好像在恨我呢。”唐云琪为自己介绍袁文英到石溪溶学校找代课而懊悔。她说：“早知道结果是这样子，打死我，也不会介绍你去石溪溶代课……谁会料到呢……我也是好心……谁也料想不到结果会是这个样子啊。”

“不怪你。”袁文英顿了一会又道，“现在建华不在家，不知他是死是活。这不，快开学了，芬芬的学籍还在石溪溶，说真的，我不敢去石溪溶学校开转学证，我担心会碰见雷水秀。”

“我代替你去开转学证，她不敢把我怎么样！”

袁文英忧心忡忡：“可是有了转学证又如何，芬芬还是没有地方读书。”

“就在锦木村小学读吧”。

“不！我要带芬芬离开这里，去一个没有人认识我们的地方去生活。”

话一出口，袁文英倒抽了一口冷气，她不知道自己哪来的勇气，突然决定要带芬芬出去谋生，陌生的，那个还没有概念的地方，是什么样的地方呢？她们去了那个地方之后，又会怎样的生活，还会遇到多少意想不到的困难呢？

一切的一切全然未知。

唐云琪的反应极其冷静，并严肃地问：“你确定要带芬芬一起走吗？”

袁文英深深地吸了一口气：“是的。我必须带芬芬一起走。作为母亲，不管遇到多少多大的困难，我都要把女儿培养好，我要让芬芬在一个正常的环境里长大成人。”

唐云琪沉默了一会，然后语气缓慢地说：“这样也好。”她的沉重的语气，使原本复杂的问题更加忧郁了，看得出来，她舍不得失去袁文英这个好朋友，她说：“那我们以后不见面了吗？”

袁文英又很迷惘，说：“没有办法，随缘吧。你可能已经知道了，芬芬在袁榴闯了大祸。”

“哦——我不知道。什么大祸？”

“芬芬和三个表妹到河边去洗衣服，碰见别人炸鱼，她们去捡鱼，叫盼盼看着衣服。盼盼最小的，结果盼盼掉到河里淹死了。主意是芬芬出的，舅舅、舅妈怨恨死芬芬了，说芬芬害死了盼盼，要我把芬芬带走。”

“原来如此。”唐云琪若有所思：“芬芬这才回来了？”

"我母亲又动脉血管硬化，半身不遂。"

"这么说，芬芬不能留外婆家里了？"

"是啊。芬芬晚上做梦都在哭，吓哭的。"

"屋漏偏遭连夜雨，倒霉的事一桩接一桩。文英，你一要坚强。"

袁文英苦笑。

"为什么说盼盼是我害死的？"芬芬蓦然地站在袁文英和唐云琪面前，并大声质问，满脸的愤怒，她对妈妈不公正的言论极为不满。

"不是……那是……"袁文英被女儿的态度吓呆了，吞吞吐吐的。

袁文英的确心虚。她一开始，一直没有向芬芬了解过事情的经过，她是在去袁榴的路上听村里人讲：芬芬把盼盼留在码头上看着衣服，结果盼盼掉到河里淹死了。她当时惊呆了，悲痛霸占了她整个的思想，她没有去怀疑会有别的隐情。

"那么，事情到底怎样的啊？"袁文英此时急于知道真相。

"我承认，主意是我出的；我问明明、丹丹，明明和丹丹都赞成；是明明要盼盼留下来的。"

唐云琪急忙说："这样的话，他们全怪在芬芬头上是不公平的。文英，你应该对他们讲清楚，叫他们不要冤枉芬芬。"她非常激动，站了起来，手指着袁文英，说："你一定告诉他们，不是芬芬一个人的错，芬芬也不是罪魁祸首。"

袁文英跟着站起来，把芬芬搂到怀里说："是的是的，妈妈不知道真相，妈妈说错了，妈妈会跟他们讲清楚的。"

唐云琪："再说谁愿意盼盼死呢，芬芬也不愿意的。"

芬芬的脸色慢慢开朗起来。显然，她的很多思想障碍，逐渐被唐阿姨的公正言语和妈妈的赔礼道歉打消了。于是，她平静地靠在了妈妈的怀里，感受着柔软的妈妈的气息。

芬芬非常享受这种柔软，甚至是妈妈胸脯的气息。芬芬小时候吃奶，吃到四岁多，妈妈每天都抱她，即便后来长大了，她也经常懒在妈妈怀里撒娇。在石溪溶，妈妈最后一次把她从草垛里抱出来。时隔一年，妈妈再次把她搂在怀里，她一边享受着妈妈温暖融融的身体，一边思考着一个问题。

这个问题，从昨天到现在，一直像一条长长的毒蛇一样，死死地缠绕着她，使她喘不过气来，她像快要窒息而死。

她是从盼盼被装进木匣子那一刻，想到了这个问题的——这是一个严肃的问题，芬芬现在要把它说出来：

为什么？为什么老人死掉了，大人们会把尸体洗干净换上新寿衣，装到好大的棺材里面，停放到灵堂里，还要请道士掐算良辰吉日出丧，亲戚朋友和子孙都来吊唁，举行隆重的追悼仪式后，才在次日，朝阳升起的良辰吉日，抬出去下葬。

小孩子则不同了，芬芬看到过袁超，还看到过别的小孩子不幸死后，大人草草地把尸体像埋畜生似的埋掉了。现如今，盼盼同样的，没有换新衣服，甚至头发都没梳，脸也没洗，就被舅舅随随便便钉了个木匣子，随随便便装进去，随随便便地在一个悲哀的日落之时埋掉了。

芬芬百思不解，为什么小孩子死掉之后与老人死掉之后，受到的待遇相差那么远呢？这是为什么？一样的生命，一样的亲人们的尸体啊！

芬芬的思想是有深度的，她可能是第一个想到这个问题的人。

袁文英和唐云琪在听了芬芬的提问之后，很茫然，不知道怎样回答一个十二三岁的孩子简单又复杂的问题。

袁文英把芬芬从怀里分开，缓慢地回到座位边上，缓慢地坐下去，是在给自己找到一点时间思考，以便回答女儿的问题。然后，她说："这是袁榴，乃至整个湘西，或者全中国，几千年流传下来的风俗吧？"

芬芬固执地追问："为什么会是这样的风俗？"

"哈哈。这个嘛，我知道。"唐云琪大大咧咧地笑起来说："这……这个，大人把孩子生下来，辛辛苦苦养大不容易。小孩子就不同了，小孩子没有长大就死掉了。想想啊，养儿女防老，大人一泡屎、一泡尿、一口饭、一口水把孩子养到五六甚至或十多岁，加上感情投入，孩子却突然出事死掉了，大人的辛苦不就白费了，希望也就完全落空了，大人一生气，把孩子草草埋掉了。"

"不是顽皮出事死掉的，是生病死的呢？"

"那也是到世界上来收债的撒，反正那些孩子都是哄骗父母亲来的。他们只是从人间路过一回，对父母不负责任。"

"可是，死都死了，为什么是太阳下山的时候埋掉，而不是早晨呢？死都死了，大人还要和小孩子计较什么呢？"此刻，芬芬更加明白，自己要明白什么了，说话越来越尖锐了。

唐云琪仍然大大咧咧地笑着说："早晨好时辰，老人去那边越走越亮，能庇佑后人。下午越走越黑，应该是对小孩子的惩罚吧。父母让小孩子在黑暗中迷路，继续迷路，迷晕死，让小孩子找不到轮回，下辈子不要这个孩子了。"

“大人真的好自私！还把时辰分出好时辰、坏时辰，对小孩子不公平！”芬芬一味摇着头，脸上充满了惊讶和不满。

“哎——世界上哪有那么多公平啊?!”

“难道小孩子……盼盼是故意死掉的吗?”芬芬跺着脚，极度悲愤：“绝不是!”

袁文英再次把芬芬搂在怀里说：“芬芬，别听唐阿姨胡说八道。”

“我哪里胡说八道了，人嘛，是这样，都有私心，如果能够上半夜为自己想着，下半夜为别人想着，不是整夜为自己着想，则很不错了。”

袁文英略带责备：“你看你，在小孩子面前都说了些什么呀!”

“我实话实说嘛。人要能看见自己的自私和贪婪的话就有救了。就怕人看不到自己的可恶，还在说他人的不是。”话到这里，唐云琪坦然而得意地笑起来，似乎很满意自己的高谈阔论。

袁文英：“说谁呢?”

唐云琪：“有感而发，不针对谁谁谁。”

芬芬再不能忍受唐阿姨自命不凡的样子，心里越来越有强烈地要争吵下去的冲动，她挣脱出妈妈的怀抱，冲着唐云琪，大声说道：“大人不要生小孩子，没有希望也就不会失望!”

芬芬小小年纪真是语出惊人。唐云琪在和袁文英对望了一眼之后，小心谨慎地说：“这个……一个家庭怎么可以没有孩子？没有孩子会死气沉沉的。再说，一代接一代，是祖祖辈辈几千年流传下来的责任。是吧?”到后面她的语气变得十分和悦，又道：“芬芬，你说呢?”

“不知道。”

“芬芬，阿姨我是为你好撒!”唐云琪说着，绕到芬芬后面，双手按在芬芬的肩膀上，凑到芬芬耳边说：“不信？不信你问你妈妈。”

袁文英：“云琪，她还是个小孩子，不懂这些大道理。”

唐云琪：“她不懂，我偏要说，让她懂嘛。”

芬芬：“反正我不喜欢你。”

唐云琪：“好好。不喜欢我就不喜欢我。我担心你小小年纪胡思乱想，把脑袋给想傻了。”

从某种意义上说，唐云琪确实是一颗好心，袁文英和芬芬不知道应该感谢她，或是反对她。母女俩都没有找到合适的话语，只好沉默起来。

看见袁文英和芬芬无话可说，唐云琪更加情绪高涨。她回到座位上，跷起二郎腿，抖出一副老道的江湖派头，又道："你看你，被雷水秀欺负成这个鬼样子了，才出去打上几天工呢?！她，跑回来了。我都不知道说你什么好……她骂你，你不会报警吗？或者你骂回去嘛。太老实了你！"

袁文英："老实好啊。"

"好你个头啊好！"唐云琪很生气，对袁文英不知好歹的言语非常嗔怒。她指着袁文英，又指了指芬芬，说："怎么会这样呢？我一片好心，被你们娘儿俩当作了驴肝肺了。"

袁文英笑道："我知道你是好心，知道你为我们母女好。但是芬芬还小……"

唐云琪急忙摆手，嘴里说道："奇了怪了，刚才的问题不都是芬芬提出来的吗？这年头，小孩子成熟的速度比年龄快咧。看到没有啊？芬芬非常聪明、懂事。所以，你一定要对你哥哥、嫂嫂，把盼盼的事情讲清楚，不然芬芬会继续胡思乱想的。"

唐云琪又望向芬芬，问道："你说你妈妈傻不傻？"

芬芬站在两个大人之间，看着她们激烈地争执，你一言，我一语，唇枪舌剑。芬芬忽然明白了自己的问题——人不可能拒绝长大，长大之后不可能不复杂。在那一刻，她想唐阿姨不是最坏的人，可能唐阿姨说得对，社会真的太深奥了，所以，大人比小孩子坏，唐阿姨也是如此。

随后她对唐云琪的态度温和起来，说："我不知道。你和我妈妈说话，我回房里去了。"

芬芬前后态度的改变，让唐云琪心底微微振动了一次，等她明白过来之后，满足地笑起来，说："文英，你女儿比你聪明。我喜欢。你一定带她出去，让她多接触外面的世界。她将来混社会，肯定比你强。"

"是吗？比我强……好啊！我想好了，就这两天走。"袁文英面有难色，说完长长地叹了一口气："可是我还没有路费。"

"哦。"唐云琪一边从口袋里掏钱一边说："这里有三百元钱，给你们当路费吧。"

"云琪……"

袁文英有些不好意思接受云琪的钱；但如果不拿，她和芬芬便没有路费，她们太需要这三百元钱。所以，拿也不是，不拿也不是。

唐云琪便将钱塞到袁文英手里，说："拿着。我回去了，家里还有好多事呢。"旋即消失在门口。

袁文英追了几步，站在门口望着唐云琪的背影，百感交集；直到唐云琪完全消失，她才回屋里去。这时，芬芬从屋里走出来，手里拿着《三十六计》，眼睛红红的，当她一看见袁文英，“哇”地哭了起来。

“怎么啦?”袁文英惊讶地看着她。

“我要爸爸……我要爸爸……”芬芬睹物思人，想起爸爸跟她讲三十六计的情景，所以想爸爸了。

袁文英把女儿搂在怀里，忍不住也泪流满面，哽咽地低声说道：“芬芬，不哭，妈妈明天带你离开这里，带你去找爸爸啊……不哭。”

说不哭，却哭得更加伤心。母女俩哭成了一团，多日来的悲伤和委屈，那一刻像洪水溃崩，汹涌而出。

第五章

18

次日，袁文英带着芬芬，再次离开了锦木村。这一次将是永远地离开。

太阳刚刚爬上村口的那个无名山头。袁文英和芬芬选择早上离开，这是一个好时辰，和老人下葬一样越走越亮的好时辰。

这一次，袁文英没有告诉任何人，唐云琪也不知道具体时间，所以没有赶过来为她们送行。这是袁文英希望的，她不需要别人给她们送行，她觉得悄悄离开是最好的结果。

第一次离开是到石溪溶小学代课，袁文英是快乐的。

第二次离开是去金色县县城打工，袁文英是坚定的。

这一次离开，袁文英完全是茫然的，没有具体地方，没有事先联系和安排。那么，到底出去打什么工呢？一切的一切都未知。

袁文英心里清楚地知道必须离开锦木村，必须找到一片和平的天空，让芬芬能在正常的环境中正常成长。这也是袁文英心中唯一的信念。

太阳冉冉升起，袁文英和芬芬一前一后地走在田埂上，像远征的战士。风掠过山坳，树木、稻田、野草用猛烈的舞蹈为战士送行。

走着……

沉默着……

突然，袁文英拼命地跑了回去，跑到那个无名山头上，面朝村子，呆呆伫立，像在眷恋，或要带走对锦木村深情的爱。

芬芬在后面惊异地望着妈妈的背影。

袁文英静静地伫立着，她以一种新的开启，让自己对未来之路充满自信。既然困难无法躲避，她选择了坚强面对。

袁文英静静地站了一会儿，转身对芬芬说："女儿，走吧。"

这一步，无法抗争的宿命的安排，无论通往黑暗或是光明，为了女儿，袁文英都迈出去了。在以后活着的日子里，袁文英始终不能忘记，那天早晨离开锦木村时的情景，也始终不能忘记，当时自己悲壮而复杂的心情。

她们沿着出村的山路走了半个钟头，便来到了303国道锦木村岔路口，此地往东通向怀华市。袁文英打算在此搭班车去怀华市找工作。她刚才走在路上已经想好了，不能去湖天县城，那里离金色县近，不安全，雷水秀可能会突然过来找她麻烦；再说去湖天县城，会碰到熟人，这是袁文英不愿意看到的。金色县更加不能去，雷水秀会随时跑来骚扰她们，或对她们进行人身攻击，弄不好还会闹出更大的乱子。

袁文英和芬芬只有去怀华市，首先，怀华市距石溪溶比较远；其次，怀华地方大，人海茫茫，隐匿其中，不易发现，雷水秀也不方便去找她麻烦；再次，关键在于怀华市没有人认识她们，她们需要一个不知道她们过去的完全陌生的地方，开始全新的生活。

远远的，一辆开往怀华的班车从西面驶来，袁文英急忙招了招手，班车立即减速，缓慢地开到她们身边，刹住了。袁文英毫不犹豫地牵着芬芬爬了上去。那一刻，过去所有的痛苦和委屈都留在了背后的那一溜尘灰里，取而代之的是对未来的美好憧憬。

车继续向前行驶，随着车身的摇晃，袁文英的心也在不安地跳动。她在为自己想要的生活打算着，她知道，好好使女儿的生活开心快乐是她的义务。那么，她已经行动了，她想自己必须迅速找到工作，安定下来，尽快让自己和女儿进入井然有序的生活状态。

几经周折，袁文英和芬芬来到了怀华市最繁华的荷池路段。

一座座大厦、一层层商铺、一个个茶楼、一间间酒吧、一堆堆人群、一串串车流，给荷池抹上了浓重的繁华斑驳的都市色彩。

人海中，男女老少，富有的、贫穷的、不富不穷的、半喜半忧的、急匆匆的、悠悠然的，阴险的、阳光的，各种各样的人、各种表情的脸，川流不息，应接不暇。

袁文英却是茫然的。她一边走，一边东张西望，她在寻找工作机会。芬芬紧紧跟在她的身边，懵懵懂懂的。她们已经在街上流浪了很久，城市的喧嚣正在以尖锐的刀锋削去生命的光华，把疲惫和紧张雕刻在了她们的脸上。

芬芬已经走不动了。袁文英打算让芬芬休息一会儿，便把芬芬带到路边，在花坛上坐下来，取出包里的鸡蛋、矿泉水。这些是从家里带来的事先煮熟的鸡蛋、矿泉水瓶里装的是冷开水。她们吃好喝完，又歇了一会。然后，袁文英牵着芬芬继续找工作。

终于，袁文英在铁路桥下面看到了一处广告专栏，栏板上面贴着大大小小、重重叠叠、没贴紧的、被撕破的、新的压着旧的，杂乱无章，厚厚的，各种各样的广告。

袁文英仔仔细细地寻找招工简章，至于那些“重金求子”“性病密方”“寻人启事”等杂七杂八的，她没有时间去看，更没有心思去看，她关心的只是工作。

一个三十出头、瘦瘦高高的男子走了过来，手里拿着一卷广告和一瓶胶水。男子走到广告栏前面，打开胶水瓶，往栏板上面乱涂一气，然后把手里的广告贴了上去。袁文英迅速扫描了上面的文字内容——玫瑰园茶庄招勤杂工一名，包吃住，月薪1000~1200元，面议。

袁文英不禁眼睛一亮：“老板，你看我行吗？”

男子怔了一下，接着上上下下打量起袁文英，只见他瞪大了眼睛，挑剔中露出一种惊喜的微笑。

“你……好，好。你跟我走。我不是老板。”

男子喜出望外，直接把袁文英带到了“玫瑰园茶庄”。

“肖姐，你看！”男子进门就高声喊道。

沙发上，一名衣着华丽、体态丰腴的中年女人慢慢地站起来。

“肖姐，你看！”男子重复了一遍。

所谓的肖姐审视的瞟着袁文英，揶揄地说：“噢……这是你找来的工人……这么快？”

“是的，你看她长得像谁。”

“像谁？我看看……徐小凤！”肖姐脱口而出，同时异常惊奇地笑起来，

又道："好好好，我喜欢徐小凤。尤其徐小凤的'明月千里寄相思'我最喜欢听了。"

"嘿嘿！哥的眼光就是犀利，一下发现了她。"

坐在吧台里的两名年轻貌美的茶道小姐，急忙从吧台里走出来，盯着袁文英看着，对于袁文英像徐小凤，她们也感到非常惊讶。她两先目光直视，后又歪着脑袋观察袁文英，大惊小怪的样子。

袁文英腼腆地笑了一下，望着肖姐，说："您就是老板娘吧？"

肖姐没吭声，默认了。

袁文英："老板娘，我还有个女儿。"

芬芬站在袁文英身边，用陌生的眼神望着肖阿姨。是的，芬芬知道应该叫阿姨的，这是常规性知识，这种称呼城里和乡里没有区别。

"哦。"当看见瘦小可怜的芬芬，肖姐犹豫了一下，但，显然她决定留下袁文英了，她问："你属什么的？""属马。"袁文英把芬芬轻轻地推到肖姐面前，小心而殷切地道："老板娘，这是我女儿周芬芬，十三岁了，非常懂事的。"

"她留在这里倒是可以，反正她跟你住一间房。只是我这里是茶庄，是做生意的地方，假如她一个小孩子在茶庄里跑来跑去，会是一个什么样的场面呢？横竖都有幼稚院的味道啊。"

大家都笑了。

袁文英急忙说："不会的不会的。我女儿很乖很听话，我叫她别到处乱跑……"

"喂——3号房送两杯铁观音！"这是从二楼楼梯口传来的声音，男性的，分贝很高，大家的注意力一下子被牵引上去了。

两名小姐一前一后返回吧台里，开始煮茶，其中一位把一只朱红色茶盘放在吧台上，便站在旁边看着。

袁文英停止了说话。就是这短暂的缄默不语，袁文英看见小姐煮茶的程序动作那么优雅，像在舞蹈，的确，那是最美的舞蹈，它的背后蕴藏着几千年的中国文化。

袁文英看见那小姐双手捧着半明半暗的雕花茶壶，悠悠地把煮好的铁观音，慢慢地倒进两只透明的玻璃杯里，然后轻轻地放到朱红色茶盘中，旁边的小姐便小心地端起来，上楼去，慢慢悠悠地走着，那应该也是舞蹈中的一个部分。她们就那样默契而流畅地完成了一曲美丽而动人的"茶颂"。袁文英看着看着就喜欢上了沏茶这门技艺，脸上情不自禁地流露出了向往的神情。

肖姐和男子的目光重新回到了袁文英身上，商量着：

“怎么办呢?”

“她带着个女儿，有点麻烦。”

袁文英被“女儿”二字刺激了一下，回过神来赶连珠炮似的说：“我女儿很乖很听话！你叫她别乱跑，她就不敢乱跑，你叫她别乱说，她就不敢乱说，她不讨人厌的。”

袁文英之所以变得如此紧张，是因为小姐们刚才的“茶颂”，让她非常非常喜欢玫瑰园茶庄了。她明白自己迫切需要找到这份工作，不然她和女儿今晚可能就要露宿街头，情急之下她有了给肖姐下跪的冲动了。

肖姐淡淡地笑了一下：“要不……把你女儿放在别的地方。”

“不可以！”袁文英大声嚷道，有点神经质。

“我这不是在给你商量嘛，好像别人要抢你女儿啊！”

男子急忙接过话茬，耐心地用温柔的眼神直面着袁文英，说：“是呀。肖姐是好人，遇到这么好的老板娘，是你的福气咧，以后你在店里做事会做得很开心的。”

从这点看来男子不仅是个热心肠人，还是个善良的人。

果然，他的婉转的言语很能煽情，袁文英听了心里一阵激动，说话结结巴巴的了。可想而知，这时候袁文英是脆弱的，别人对她稍露甜词，却大如甘露，她立刻表示要留下来，而全然不顾地向两个对自己品头论足的陌生，并神使鬼差地向老板娘和男子诉说起母女俩的不幸遭遇。

好在她留了个心眼儿，绝不提及周建华杀人的事情，而是说丈夫跟别的女人跑了，丢下她和女儿相依为命，不然也不会带女儿出来打工谋生。她的这点冷静难能可贵，也给自己赢得了别人的同情。肖姐就愤愤不平地骂道：“臭男人，没一个好东西！”

肖姐完全忽略了身边的这个男子，说话不管有没有伤及别人。

男子低下头，悄无声息。没有人知道他心里的感受。但是，他肯定明白肖姐泛指的。这是现代社会的普遍现象，男人在外面行为不端，到处寻欢作乐。想象一下所有被男人抛弃和伤害过，以及正在被伤害的妻子们，她们就是一只只被遗忘的雌物。自然界都那样，一只公狮可以有很多只母狮，一只公猴可以有很多母猴，一个男人可以有很多个女人，所以女人们有理由为她们的爱情挣扎呐喊。作为男人被女人骂几句又算得了什么。

男子如是而想。

“好。你和你女儿都留下来吧。”肖姐的口气十分仗义。

袁文英喜出望外。

“但是……”肖姐刻意停顿了一下，说：“但是，你一定要交代你女儿，哦——芬芬，对吧？你要交代芬芬不准在茶庄里打打闹闹、不得带小朋友来店里玩、不得蹦蹦跳跳，走路要大方，说话要细声，总之，要安静，要安安静静。最好让客人感觉不到她存在，就好像没有这个小孩子。明白吗?”

袁文英鸡啄米似的点着头，口里不断地应着“嗯嗯嗯”，感激之情难以言表。

肖姐自我解嘲：“没办法啊，我这个人就是心软，看见别人受苦我就会同情别人。”

这年头，满世界流动着透明的空气。

袁文英当晚就听说了肖姐的丈夫也是跟别的女人跑了，五年了，还跟别的女人生了个儿子。

这件事是那男子说出来的。男子名叫李健，别称小李帅男，是肖姐的朋友，经常来茶庄喝茶聊天。今天白天肖姐请他出去贴招工广告，他便把‘徐小凤’带来了。‘徐小凤’又把周芬芬带来了。肖姐把‘徐小凤’留下来，男子亦十分高兴，毕竟是他发掘‘徐小凤’的。他仿佛干成了一件伟大的事业，心里得意洋洋，一不留神就把肖姐的秘密告诉了袁文英。

肖姐说：“小李帅男，人，我收下了，工资怎样算呢?”

“哈哈！肖姐姐好姐姐，工资也要问我吗?”

“当然得问你，是你带来的美女啊。她还有个女儿，这吃的住的用的，你来算吧。”

小李帅男满面笑容地说：“这个嘛……‘徐小凤’你女儿在这里吃住用，每个月交两百元生活费，你同意吗?”

“同意。”

“同意的话，本来每月给你1000元，现扣去两百元，肖姐给你八百元工资，如何?”

听说八百，袁文英愣了一下：怎么又是八百，当初雷水秀给她的工资是八百，塑料店的老板娘给她八百，现在肖老板也给她八百，都是八百，这仅仅是一种巧合吗……会不会是命中注定的呢？以前的人喜欢“8”，现代人都不喜欢“8”了，“五一二”汶川地震的日期加一起等于“8”，尤其当官的不喜欢“8”“七上八下”，用脚后跟也能想得出来“8”不吉利……

小李帅男：“在想什么哪？你同意吗？”

“哦……我同意。”

小李帅男得意地扣了一个响指：“哈哈！成了。”

“看来‘徐小凤’也听你的啊。我说嘛，小李帅男哄女人一套一套的。”肖姐一面说着笑，一面看着袁文英，说以后就叫“徐小凤”了。

小李帅男的目光也一直追在袁文英腼腆的脸上，他的小眼睛像聚了高压光弧，贼亮贼亮的，有点暧昧。

肖姐自问自答：“说好了吧……说好了。说好了，阿兰你把‘徐小凤’带到楼上一号房去，让她们母女俩住一号房，需要交代的你交代她们一下就行了。”

阿兰就是刚才沏茶的小姐。

阿兰从吧台应声而出，领了袁文英往楼上走，芬芬跟在后面。楼梯阶比较矮，相对平缓，阿兰丰满的屁股一扭扭的，很性感，脚步却极为轻巧。她一边爬一边说：“茶庄上下两层，下面是大厅和吧台，厨房和洗手间，我和阿珍，哦，就是下面那个美女，她是肖姐的远房亲戚。我和她住洗手间隔壁那间小房，邻街面还有三间茶座；二楼全是麻将室。”说着她来到了一号房门口，打开门走进去，又道：“就这间……放了一些杂物，不过很宽敞，两个人住足够了，后面有阳台，可以晾晒衣服。你和你女儿住里面很好的，有窗户，空气好。”

袁文英放下行李，刚想坐下来休息一下，阿兰却说：“你的工作就是打扫卫生、烧菜做饭。我和阿珍负责招待客人，给客人端茶送饭这些事你就不用管了。”

“嗯。”袁文英点着头。

“先带你转转，让你熟悉一下环境，回头你再整理你的东西。”说完阿兰已经走到了门口，袁文英只好先跟在阿兰后面，芬芬也跟了出去。

阿兰边走边说：“那些来打麻将或喝茶的客人，通常用一上午时间处理自己的工作，快到中午的时候，他们开车过来，要吃饭，你就给他们做饭。你做好了，我和阿珍送到他们的房间去，他们边吃边玩，或者吃了好再玩，随他们。也有打电话订座订餐的，反正，有客人吃饭的话，我和阿珍会告诉你的，你只管做好就行了。”

“嗯。”

阿兰打开一间麻将室，让袁文英进去看看。袁文英微微吃了一惊，她没想到大城市的麻将房这么漂亮，就站在门口不敢抬步。

阿兰淡淡地笑：“这也怕啊？没吃过猪肉，难道没见过猪走路吗?!”

“我会不会把地板踩坏了?”

阿兰：“踩不坏的。这样的麻将房一共六间，都做过隔音处理、每间房间都一样，都有一台全自动麻将机，有茶几、沙发、洗手间，方便顾客嘛。顾客是财神，得伺候好了。”

袁文英这才放心，开始蹑手蹑脚地往里面走了几步。她看在眼里，心里感叹，大城市就是不一样，麻将房竟然如此高级，连墙壁都是皮子的，用手摸上去，柔软光滑。

阿兰关上门说：“现在隔壁都有客人在玩，不便打扰他们，看过这间就行了。”

袁文英：“嗯。”

阿兰便往楼下走，袁文英一直跟在她后面。

再次来到大厅，袁文英才注意到大厅精细雅致的装修和华丽的摆设，以及吧台里坐着的浓妆艳抹、金镯玉环、乱红欲坠的老板娘的亲戚阿珍。

阿兰的打扮更加入时的，蕾丝上衣、超短裤。相比之下，袁文英看见自己半新不旧的灰色套装，真是太土气了，怪不得阿兰交代她，不要她送饭送茶，就是不让她接触客人，不能让玫瑰园茶庄丢失体面啊。

袁文英看见一楼的三间茶座里，吊着柔和的灯色，半暗半明，下面设置有沙发、茶几等辅助性喝茶聊天工具，而茶最终是人喝的，人才是喝茶聊天的主要工具。阿兰说做人很累，人们喝茶聊天时候，以思考和语言演绎自己的人生。茶座是生活，是小小的舞台，人们把它打扮得漂漂亮亮的，希望配合好心情，能够超常发挥，演好自己的角色。

袁文英对阿兰投以敬佩的目光，说：“阿兰你是大学生吧？讲话好有道理。”阿兰不屑地笑道：“大学生又如何？大学生一样找不到工作。大学生一样给老板打工。漂亮才是女人最根本的资本，男人们的口号是要美女不要才女。”阿兰盯着袁文英，说：“你怎么长得那么像徐小凤啊？我对你羡慕嫉妒恨。”

阿兰说完，去了她和阿珍的房间，砰地关上门。

阿兰和阿珍的房门正对着大厅大门。

袁文英独自走进厨房。肖姐已经在厨房里忙碌起来——自从前面那个勤杂工走了之后，肖姐便四处托人找勤杂工。这年头不愿意享受的人少，愿意做事的人更少，犹豫不决的嫌钱少，高低不就的不少。总之找个勤杂工和找男朋友一样难，都找了几个月了还没找到，“玫瑰园茶庄”厨房里的事没有人做，肖姐只好亲自下厨为顾客服务。好在她做得一手好菜，客人们喜欢吃，仍然一如既往地光临茶庄，茶庄的生意才没有受到影响。但作为老板娘，应酬很多，岂能长长久久地将炒菜进行到底？肖姐不得不请小李帅男出去贴招工广告，呵呵！立马来了个“徐小凤”。谢天谢地！

肖姐认为“徐小凤”虽然拖着个尾巴，可芬芬也是个人见人爱的美人胚子。只是小了点，有些遗憾。不然玫瑰园可要发大了，都说21世纪人才资源最重要，找到了人才就找到了钱财啊。嘿嘿！肖姐预计，单凭袁文英的那张明星脸一定会迷倒一城客人，加上阿兰和阿珍的万种风情，玫瑰园茶庄的生意一定会百尺竿头，更进一步。“美”多好啊！年轻、漂亮、性感、妩媚、娇艳……总之，一个“美”引无数英雄掏腰包，多好啊！美让人陶醉，美让人激情膨胀，美让人心花怒放，美让人忘乎所以，美也让人干坏事、让家庭恐怖、让社会动乱不安。

当想到自己的老公成了别人的英雄，肖姐黯然心伤，好在找到了袁文英这么个大美女，茶庄收入有望攀高，肖姐高兴。

小李帅男也高兴，美到底是好事，所以人人爱美。

“肖姐。”袁文英在背后轻声喊道。

肖姐略略回过头来：“嗯。我忙呢，楼上那两桌客人在店里吃晚饭，阿兰和阿珍都不会炒菜……我不炒谁炒。现在的女孩子就只会享受，不会劳动。”肖姐仍然在忙着炒菜，锅里正冒着水烟。

袁文英说：“我帮你吧。”说着她就要动手择塑料盒子里的小白菜。

“不急，你先看看，先学学。”肖姐一边把一只整理好了的母鸡放到高压锅里，一边说：“客人们吃菜好挑剔的，你得学会做各种各样的菜。”

“老板娘，我会哩，我在家里都是我炒菜。”

“呵呵！这可不比你家里，尤其外地客人，多半不吃辣椒。看看，这只老母鸡就是武老板要的，不要煮不要炒要蒸着吃。我刚才在鸡身上抹了一点点盐，放几片天麻、几片生姜在鸡肚子里，放到高压锅里蒸熟，然后斩成小块，调一小碗佐料，沾着吃。白斩鸡，肉质细嫩。你大概没有吃过吧？”

“哦。”袁文英恍然大悟。

“你先不要急，先看几天，跟我学习学习，免费的。”

“哦。”

“我当初到厨师班学习，可是花很多学费的。我有厨师证，二级。”肖姐把铁锅敲得叮当响。

“哦。”

“那个姓武的老板是香港人。他在怀华开煤矿，经常带人到我这里来打麻将，一天输赢几万或几十万，眼睛都不眨一下。”

“哦。”

“他玩过很多女人，在怀华就有几个情人。”

“哦。”

“他说他已经审美疲劳，看见美女只有想法，没有办法了。”

“哦。”

“就是下面举而不坚。呵呵。”

“哦。”

“哦……哦!”肖姐突然回过头瞪着袁文英，问：“怎么？你只会哦吗？我是在给你介绍他们的情况，让你心里有个数。”

“哦。”

“哦……不是……你听着也行，可以不说话。”肖姐忍不住笑了起来，自嘲地说：“看，我也跟着你哦哦哦了。”

“肖姐，你人真好。可是你说的这些我都是头一次听说，我一个乡下出来的女人什么都不懂，我能说什么呢？我就喜欢听你说啊。”

“你叫我肖姐？这就对了，多亲切啊。”

“嗯，肖姐。”

“嗯。”肖姐在答应之后，又突然反应过来，笑道：“看看，看看，我又跟着你‘嗯’了，‘徐小凤’的魅力就是大呀！幸好我和你一样都是女人。我如果是个男人，也会爱上你的，说不定……嘿嘿，强奸你！哈哈哈哈!!”

“肖姐取笑我咧。”袁文英有点脸红，也不知道是油烟熏红的；或是听见肖姐要强奸她，她心里有同性恋臆想，害羞红的。

“开玩笑开玩笑。”肖姐说完继续炒菜，袁文英便站在旁边看着。肖姐每炒好一道菜，出锅的时候分一小碗，说留给店里员工吃的，说自己经常和员工一起吃饭。

袁文英一直看着。肖姐炒完菜吩咐袁文英收拾厨房。阿兰和阿珍招呼好客人，便到了店里员工的晚餐时间，袁文英这才想起了芬芬，她到二楼房里找，没有；麻将室也找了，也没有。于是急忙返回一楼，到每个房间搜索了一遍。现在，整个的茶楼找遍了，都没有。

“芬芬不见了！”袁文英心怦怦地跳，继而手脚发软，窝在了沙发上。她在想，芬芬会在哪里，芬芬初来乍到，又会去哪里呢？芬芬是不是到外面玩，找不到回来的路了？或者芬芬走到大门口被人贩子给拐走了——岂不天要塌下来了！天哪！想到这些，袁文英想哭，又哭不出来，好像有一块巨大的石头压在了她的胸口上，压得她喘不过气来。

阿兰：“芬芬怎么会不见了？难道碰见人贩子了？去报警吧?!”

肖姐：“有可能。这年头人心不古，一些人为了钱，专门干那伤天害理的事。”

每个人脸上都失去了笑容。

袁文英打起精神，又从沙发上站起来，走近吧台，央求阿兰带她去派出所报警。阿兰犹豫不决，说：“你自己一个人去咯，我要煮茶了咧。”袁文英抽抽咽咽地哭了。肖姐说：“走吧，我陪你去。”

阿珍突然指着沙发后面大声喊道：“‘徐小凤’，芬芬在那！沙发下面。”

大厅的右边摆着一排红色沙发，靠门口有一小块空间，空间里放着一个高大的青花瓷瓶，瓷瓶上面或小桥流水，或百花盛开鸟语花香，或美人嬉戏。

阿珍说：“先前看见芬芬围着瓷瓶转悠，谁知道她什么时候转晕了睡着了，我和阿兰也没大注意啊。呵呵。”

阿兰：“是啊，我也没大注意。”

袁文英跑过去，把芬芬抱起来，真的哭了。芬芬睡眼惺忪地醒过来第一句话说：“妈妈，那小鸟是在找虫子吃吗?”

袁文英哭笑不得。

“好了好了，虚惊一场。”肖姐又说：“大家吃饭吧。”

阿兰和阿珍便把菜和碗筷摆到大厅的茶几上面，还有红酒，每人一杯，都斟好了。小李帅男也赶来了。为感谢小李帅男找来了“徐小凤”，肖姐特意请他喝酒，事先已经通知他了。他是刚才从麻将屋里出来的，满脸兴奋，说武老板今天手气好，赢了好几万，给了他1000元红钱。他拿在手里，一抖，哗哗响。阿兰嚷着要他分200元，阿珍也跟着要分200。他说都不给，把钱收进了自己口袋里。阿兰说："你好小气"，偏要到他口袋里去抢。小李帅男说："光天化日之下不要拉拉扯扯的，不然不好看，外面人不知道，还以为你是我老婆呢。"阿兰骂小李帅男臭美。小李帅男说："莫怪我小气，这几天我输了4000多元，输破产了，快餐都没得吃了，这1000元是明天的起脚钱，发财就靠这1000元了"，又对袁文英说："大家通常是在大厅吃饭，把茶几当餐桌吃饭的。"

大家相继坐定，开始喝酒。

茶几很大，是玻璃制品，上下两层：上面一层透明的，有金色框边；下面一层是简约的热带风光，鲜艳明快。茶几和沙发搭配得十分和谐，使人有温暖感觉，也很有食欲。

肖姐端起酒杯："来，为'徐小凤'的到来干杯！"

袁文英说不会喝酒。

肖姐说："今天一定得喝，今天第一次见面，没有理由不喝，更没有不喝的理由。"

袁文英只好硬着头皮把酒一口气咽到肚子里。她说不出酒是什么滋味，只觉得喉咙里好热好热的。

阿兰便用兰花指拿起酒杯，一边做着示范动作，一边告诉袁文英喝红酒不能像喝水……首先轻轻地端起杯子，右手指拿在杯脚处，再慢慢摇一摇杯中的红酒……可以透过玻璃观看酒的成色……这样，嗯……才叫品酒……

袁文英懵懵懂懂地听着，脸色开始泛红了，且越来越红，像盛开了一朵红玫瑰。这情景容易让人浮想联翩，一名顾客从楼上走下来，看见了，立刻惊呆了。

肖姐说："看看看看，冉老板都看呆了。"

"我看她长得像徐小凤。好美！"所谓的冉老板由衷地说。

"美吧，嘿嘿！冉老板你不能白看，你得告诉你的那些有钱的朋友，就说玫瑰园茶庄来了个'徐小凤'，不仅歌唱得好，菜也炒得好，叫他们有空都来看看，顺便尝尝'徐小凤'的手艺。"

冉老板笑道："肖老板好聪明，知道名人效应。"

"哈哈哈哈！"肖姐十分得意。

"她的歌唱得好不好，还不知道咧。"

肖姐用征求的口气望着袁文英，问："要不，给他唱一个？"

袁文英连忙摇头，又紧张又难堪。

小李帅男："算了算了，她今天累了，明天唱，明天唱。"

冉老板也斜着袁文英，嘴里对肖姐说："好的好的，我可是等着'徐小凤'给我唱歌听啊。"

肖姐："一定唱给你听。"

冉老板又说了几句笑话，瞄了几眼袁文英，出门的时候还一步三回头的，仿佛在思忖什么心事，他也许在想：世界之大，无奇不有，人也可以有赝品，还赝得十分相似，甚至比真品更漂亮。

小李帅男不禁冷哼了一声："瞧那德性，老色鬼！"

阿兰："关你屁事！"

小李帅男："怎么？我骂他，你生哪门子气，难不成你跟冉老板也有一腿？"

阿兰："有又怎样，没有又怎样？反正不许你骂他。"

小李帅男："拜托，不要那么放荡，应该注意一下你的人格。"

阿兰："少来啦。知不知道，拿人格吓人表明你懦弱无能，我建议你找个偶像，做人体运动，加强体能锻炼。"

小李帅男："找你？"

阿兰："切！就你那穷样，做梦吧你！"

小李帅男："喝酒。"

大家继续喝酒，杯光斛影。

肖姐一边喝酒一边吃菜一边说："哼，这年头谁不知道名人效应?！那个谁谁，丑不拉几的想出名，没出名之前在超市打工，也就千把块钱一个月，后来用牛皮播人，播出名了，收入大增。这年头，人的价值不由自己的才华、能力决定，也不是看你对社会的贡献多大，就看你敢不敢疯！你要是够大胆，引起国人注意，把国人逗开心了或惹火了，你就发了。"

阿兰："那确实，我也想试试，嘻嘻！"

小李帅男："不要脸。你要真的把自己弄成那样，我保证没人敢娶你。"

肖姐："至于'徐小凤'的歌唱得好不好，菜炒得好不好，不是关键，主要借助名气就 OK 了。"一仰脖子，半杯红酒下去了，她又说："导演张艺谋拍过电影的武隆、安远都红了吧，旅游收入不菲啊。"

阿兰点着头，一边又给肖姐斟酒。

肖姐继续说："两千年多前的屈原，久吧？都说屈原死得好啊，世上许多人都是死了才出名的，跟其有关联的事物也能出名啊，汨罗江就红了吧，汨罗的糯米就变成了粽子，十元钱拳头大两个。”

小李帅男：“倘若再弄点屈原牌游泳衣也赚啊……广告词这么说，穿屈原牌游泳衣，直空翻、后空翻、转体三周半，轻而易举。呵呵！人固有一死嘛，名人之死，可以养活一大堆人，真是死得其所，死得伟大啊！”

阿兰：“那把粽子做更小一点，卵子大一个，更加赚钱啊！”

满屋大笑。

小李帅男：“你说，屈原是不是下水游泳，跳到水中，被水鬼拖脚溺水而亡的呢？”

阿兰：“谁知道呢。”

小李帅男：“传说屈原是被美人鱼带去脱离苦海了。”

肖姐：“那你也去。”

小李帅男：“我才不去，我只喜欢喝酒……喝！人生苦短一杯酒。喝！”

阿兰又要给袁文英斟酒，小李帅男说：“算了算了，看得出来‘徐小凤’确实不会喝酒，再说她今天够累的，饶了她吧。”

袁文英连忙颔首道：“是啊是啊，我真的不会喝酒，你们大家慢慢喝。我们吃饱了……我先带芬芬上楼去了。”她说的“我们”指她自己和芬芬。

肖姐：“去吧去吧，今天早点休息，明天早晨我带你去买菜。”

“嗯。”说完，袁文英站起来，牵着芬芬朝楼梯走去。她突然感觉很累，仿佛整个身体被抽空了似的，没有一丝力气了，脚下就像灌了铅似的沉重，每抬一步都非常艰难。芬芬亦走得很慢。母女俩一路无语。袁文英心想：原来城里人真的会赚钱呢，张口闭口都是如何赚钱。

19

玫瑰园茶庄隔壁有餐饮店、商品店，再远一点有酒吧、歌舞厅、咖啡厅。菜市场在街道对面，拐两个弯便到了。记得小时候读三年级，语文老师在课堂上对学生讲“但是”就是拐弯的意思，然后叫一个同学站起来用“但是”造句，那个同学抓耳挠思想了半天：“早上，我迎着朝阳，从家里出发，走九个但是走到了学校。”同学们哄堂大笑，原来这个同学在心里计算路上有几个拐弯。

这同学精辟的造句，带给大家许多快乐。从此，提到“但是”，袁文英就会联想起“拐弯”，说到“拐弯”袁文英会想到“但是”。袁文英第一次去菜市场的路上，记住了玫瑰园到菜市场只有两个“但是”，总共不到一公里，买菜相当方便。袁文英对肖姐说：“我记得路了，明天你不用麻烦带我去市场买菜了。”

肖姐坐在沙发上，抬头瞪着她，没有吭气，并没有袁文英预计的好心情。甚至，袁文英看见肖姐对她的话很怀疑。袁文英急忙重复了一句：“我真的记得路了，拐两个弯就到了。”肖姐淡淡地轻笑了一下，目光瞟向对面墙壁，墙上挂着不大不小的一台平面彩电，画面里八路军和日本鬼子在激烈地战斗着。

袁文英看见肖姐不理睬自己，便去了厨房。她的工作既简单又复杂，她只需要买菜、做饭、炒菜、搞卫生，其余时间可以照顾芬芬，可以看电视，可以睡觉，可以做自己喜欢做的事情。

肖姐照旧要带袁文英去买菜，教她如何砍价，一边买一边说：“砍价是一门学问，砍价时要掌握对方心理，就得砍到对方又疼又痒，最后以最低价卖给你。”肖姐又说其实也省不了多少钱，菜贩子都很狡猾，说小本生意实在难做，再少就亏了，那不如回家打麻将去，到麻将桌上赌一把。肖姐说砍价是最烦人的事，能砍多少是多少，细水长流，日子长了，一定得精打细算。袁文英鸡啄米似的点头。

袁文英终于明白了：肖姐为什么对她不放心，要带她去买菜，原来肖姐的目的在于教会她砍价。

肖姐看见袁文英没有什么换洗的衣服，再估计一下她俩的身高差不多，便把自己不穿的一些衣服送给了袁文英。这些衣服都很好的，有的还是崭新的。袁文英很喜欢，就穿起来，很漂亮，心里非常感激肖姐，做起事来更加认真、卖力。肖姐还带袁文英到理发店做了徐小凤那样的发型，认认真真把袁文英打扮了一番。她没有花费多少钱，就包装了一个山寨版“徐小凤”出来了。回到茶庄，客人们看见“徐小凤”都啧啧惊奇。肖姐于是看“徐小凤”的时候总是带着赞赏的神情，心里十分佩服自己的打算和眼光，交代袁文英可以自由出入娱乐室和接见客人们，不仅要把美亮出去，亮给客人们看看，还要把玫瑰园茶庄的名气也亮出去！

袁文英说：“我一个烧茶做饭的见不得客的。”肖姐说：“那不成，‘徐小凤’你是大明星，客人都喜欢你。我得认真策划一下……下一步……请个音乐老师教你唱徐小凤的歌，把你好好包装一番，争取把你打造成为玫瑰园的金字招牌。网上那个“凤姐”有什么好看的，看‘徐小凤’吧！”

袁文英说：“省了吧，肖姐，我不是吹牛的料，我又不会上网，我成不了徐小凤，也成不了凤姐。我去做饭了。”

袁文英每天早上第一件事搞卫生，楼上楼下、大大小小、二十多间房间，擦桌子、拖地板。这些对袁文英来说不算难。搞完卫生去买菜，等她大包小包把菜买回来，阿兰、阿珍便起床了，袁文英便给她们做早点。她因为心里十分仰慕她们的茶道技艺，所以很乐意为这两名美女服务。然而，令袁文英意想不到的是阿兰和阿珍一边吃着袁文英做的早点，一边说着袁文英的坏话，说：“袁文英一个乡下妇女土里土气的，女儿十多岁了，黄脸婆了，竟然喜欢抛头露面，出入娱乐室，丢人现眼……不知道肖姐怎么想的，她又不是真的徐小凤，难不成她真把自己当徐小凤了？”

“切！真品徐小凤会到这里来吗？做梦吧你。”

她们说话的声音很轻，不想让袁文英听见。偶尔，袁文英看见阿兰和阿珍神神叨叨的样子，以为两个小姑娘在一起说私密话，跟她袁文英没有关系，她决然不去猜想阿兰和阿珍不是她诚挚的伙伴，而在说她的坏话。

肖姐还教会了袁文英炒粤菜、湘菜，客人们反应袁文英炒的菜好吃，肖姐听着十分高兴。客人们吃到‘徐小凤’为他们做的他们想吃的饭菜也十分高兴。茶庄里的生意一天比一天红火起来，用肖姐的话说，自己属龙，袁文英属马的，星相有曰“龙骑马背，一世富贵”，说袁文英就是她的福星，是玫瑰园的金字招牌。

通常客人们在玫瑰园急急忙忙吃完中饭，开始打麻将、打跑胡子，阿兰和阿珍为他们泡好香茶，放到他们的手边。客人们用完餐，碗筷乱扔，满桌狼藉。阿兰和阿珍会把客人们用过的餐具、剩饭剩菜收起来放到门口，等着袁文英拿去洗，有时她俩也会送到厨房，交给袁文英处理。

起先，袁文英并不明白，以为阿兰和阿珍关心她，帮她忙，后来知道了，阿兰阿珍不高兴她去娱乐室和客人见面，怕她抢了她俩的风头，才被迫帮她收拾碗筷。她们对她看不顺眼。对于阿兰和阿珍对她这个乡下妇女的奇怪想法，袁文英又好气又好笑。

袁文英每天烧水、泡碗、洗碗、收拾炕台，还要把碗放到消毒柜去消毒；这些都是袁文英的基本工作。袁文英做完这系列工程，已经下午，这时候会有一段空闲，袁文英可以回自己的房间或坐到大厅的沙发上看电视。往往，袁文英也感觉有点累了，想休息一下，便去躺在沙发上养养神。

然而，阿兰或阿珍去给客人们添加茶水的时候，会好似漫不经心地问客人在不在茶庄吃晚饭。

“在。”

“那——晚上想吃点什么菜呢?”

接着，阿兰或阿珍就把客人晚上要吃的菜单交给袁文英。袁文英便到厨房去对菜单，看早上买的菜中有没有客人要吃的；如若没有，她得匆匆忙忙地去菜市场把菜买齐，又一次大包小包地来回走四个“但是”。

袁文英买菜回来，开始做晚饭。当然，她和芬芬、阿兰、阿珍、肖姐的晚餐捎带都搞在了里面，出锅的时候，她会用小碗装一碗，单独留在一边。都是好吃的。这不，来玫瑰园二十几天，她和芬芬都吃胖了。

芬芬在长身体，很健康，袁文英对肖姐常常心存感激，她必须承认肖姐对她的帮助和对芬芬的宽容。袁文英想明白了一个问题，玫瑰园里这份工作非常适合她，别处钱多的工作她不一定做得下来，即使她做得下来，别人也不一定会同意她带着女儿。对她来说丈夫已经没有了，女儿成了她全部的爱。现如今母女俩生活过得不错，自己得好好工作才对得起肖姐。袁文英就有担心芬芬在玫瑰园会不会太顽皮，从而影响到茶庄里的生意，就再三嘱咐芬芬，在茶庄里不许打打闹闹。芬芬没有反驳，芬芬确如袁文英说的很乖，很少说话，没事的时候待在小房里不出来。对于芬芬的顺从，肖姐说芬芬确实是个乖孩子，因此一天比一天喜欢起芬芬。芬芬上学以后，肖姐每天都坚持等芬芬放学回来，才吩咐开饭，并且尽把好吃的往芬芬碗里夹。

阿兰、阿珍说老板娘比较大方，她们常常到吧台里拿饮料和红酒喝。肖姐说只要不是浪费掉，吃了喝了，她不会计较。

袁文英相信肖姐是这世界上最好最好的人，遇到这样好的老板，意味着自己即将，或者说已经找到了正常的、适合芬芬成长的环境。那么，自己最热切的希望，或说最大的愿望就有可能实现——芬芬将来能够考上重点大学。

茶庄里的水果也从来不断，品种也多：本地的、外地的、国产的、国外的、干的、湿的都有，全是高级别的，大家随便吃。客人可以一只手打麻将，一只手吃水果，免费的。但俗话说得好，墙内损失墙外补，客人们的茶水钱和麻将桌租金可不菲，一人一天或一个晚上一百元，一分不少。

至于芬芬何以能够到城里学校读书？这，又得感谢肖姐的菩萨心肠。

袁文英在玫瑰园可谓安定下来了，按理说她应该很开心的。细心的肖姐却总是发现袁文英脸上的那挥之不去的忧愁，尤其是接近开学的日子，袁文英几乎没有一丝的笑容。在一次午饭之后，袁文英在厨房洗碗，肖姐站在旁边轻声问袁文英为什么不高兴，好像有什么心事。袁文英不得不告诉肖姐，说芬芬没有地方读书。肖姐不禁哈哈大笑："这有何难，教育局局长是我的亲弟弟。"

这真是踏破铁鞋无觅处，得来全不费工夫。肖姐找了弟弟帮忙，芬芬读书的事情得以圆满解决了，并且读的是怀华市最好的学校，半封闭式教育。

芬芬上学以后，早晨六点半起床，刷牙、洗脸、吃早餐，吃完早餐去学校，中午在学校食堂吃中饭，晚上很晚才回来。

晚上这段时间，袁文英尽量陪在芬芬身边。看着女儿做作业，袁文英感到心里踏实。女儿聪明伶俐，又出落得漂漂亮亮的，集父母之优点于一身，袁文英十分欣慰，她坚信自己当初带着女儿出来打工是一个非常正确的选择。现在，生活已经为她们打开了一扇都市之窗。

那么唯一的担心就是周建华了——这个生死不明的男人。

每当想到周建华，袁文英的胸口便隐隐作痛。这痛苦见不得人的，尤其白天绝对不可以多想。想太多，会走神，别人会看出端倪，现在的人又都好奇，别人如果顺着端倪继续深入调查研究下去，知道了她的过去的话，就会知道她的老公是在逃杀人犯，她的谎言就会被揭穿。那么，结局一定很悲惨。多少个黑夜里，躺在床上，袁文英也只能在心里一遍又一遍地念叨：建华你在哪里……你到底是死是活……

想到周建华，就又想起了母亲，想起了唐云琪，有时还会想到刘姨，以及阿黄、丑丑，故乡的一切又多那么清晰地浮现在脑海里。这些原本应该忘却的过去，仍然无声无息地存在。人是矛盾的，总把感情弄得很复杂，越想忘却越忘却不了。

日子就这样忙忙碌碌地过着。转眼到了中秋节，城里的单位放假了，上班族也出来放松，或喝茶聊天，或聚会唱歌，大多数人还是喜欢打牌赌博，这样一来使得怀华市各娱乐场所生意火爆，玫瑰园茶庄更加热闹异常。

这一天肖姐回娘家和亲人团圆去了。肖姐说老公被小三抢走了，爱情没了，自己不能为了赚钱连亲情也弄丢了。

玫瑰园六间麻将室都有人在玩，一楼那三间茶座也有人在打跑胡子。冉老板、小李帅男都在。人多了，又都是有钱的主，小李帅男便没有上桌的机会，只好站在旁边看热闹，捎带接受买烟、跑腿、传话的任务，充当了临时服务员。这种角色他以前经常扮演，久而久之，他对茶庄里的工作程序非常熟悉了，和大家的关系也比较随便。小李帅男性格比较随和，讲话比较幽默，大家比较喜欢他，老板们赢了钱就打赏他，千儿八百的，小李帅男也不客气，一概接受，笑嘻嘻地把钱装进自己的口袋里，说："老板您继续赢钱，我就站在您身边，我哑巴，有事您知会我一声。"

这天吃饭的人也很多，早上，袁文英买菜回来，就接到订单，开始做饭，已经困在厨房里三个多小时了，累得满头大汗的。

确实太忙了，天气又有点闷，阿兰和阿珍楼上楼下跑，给客人添茶送饭，忙得香汗横流，飞红乱溅的。

小李帅男又跑下楼给袁文英送来一张菜单。袁文英喘着气说："小李帅男你替我照看一下芬芬好吗？芬芬放假了没地方去。"

"好的。"

"你看着她，不许她乱说乱动吵人。"

"OK!"小李帅男说着眼睛已经望到了那个坐在沙发上看电视的芬芬，他说："没事，她很安静，在看电视。"

午饭过后，时间稍稍缓冲了一会，阿兰和阿珍懒洋洋地坐在吧台里休息。袁文英还在厨房里收拾残羹剩汤、大盘小碟、长筷短碗。

小李帅男从楼上走下来，说四号房的广佬要葡萄吃。

阿珍懒洋洋地说："让我休息一下下行吗？"

阿兰："叫'徐小凤'去送吧，反正那些色鬼喜欢她，她也喜欢和他们打情骂俏。"

小李帅男："她应该与你不一样，不是那种人，你不要污蔑她。"

阿兰："切！我是哪种人了?!她不是那种人？你个白痴能看出来才怪。告诉你，她就是那种人，闷骚型。通常乡里出来的女人，看上去老实巴交的，像个大户人家的小丫头。可是她们心里鬼得很，整天想方设法要改变自己的生活现状，不惜用美色、身体勾引男主人。一旦她们飞上枝头，麻雀变凤凰，马上变闷骚为张扬，到那时你就会知道她们的厉害了。"

阿兰开始讲话时是坐着的，说到这里，她终于忍不住站了起来，与小李帅男隔着吧台，眼瞪眼。

小李帅男："你太有才了，像编故事一样动听。你怎么不去当作家啊?!"

阿兰："电视剧里经常出现这类人物。"

小李帅男："桃红点点，各自争艳。你不要妒忌'徐小凤'嘛。"

阿兰冷笑着："哼。我妒忌她?！她能和我是一个层次上的人吗？你不会也喜欢她吧？你怕她辛苦，舍不得去叫她，反过来诬蔑我。"

小李帅男摇着头："好好。知道你文凭高，口才好。我输了，你赢了，我不和你瞎掰了。"他走去厨房，对袁文英交代了一番，要袁文英去送水果。

不一会儿，袁文英从厨房走出来，手里端着刚刚洗好的黑葡萄，径直上楼，走进了四号房。当袁文英躬身把水果盘放到茶几上面的时候，她的屁股恰好对着冉老板，高高翘起，那层黑纱里透着柔柔的性感。冉老板一伸手摸着了她屁股。袁文英大惊，转过头去，发现冉老板正嬉皮笑脸地看着自己。袁文英刚要开口指责，冉老板却抢先说道："对不起，你的屁股真的太漂亮了，还有大腿……女人美不美，主要看大腿。呵呵！我禁不起诱惑，冲动了一下下，请原谅。"

袁文英白了他一眼，没说什么，无辜无奈地忍受了这一猥亵之事。

冉老板又道："你知道的，臭男人都是这样的。嘻嘻！"

袁文英冷哼一声："我不知道！"

"那你只要知道怎么伺候男人就 OK 了。"

在座的客人立即哈哈大笑，很暧昧。

袁文英有被污辱的感受，心里有气，准备反驳了，转念一想：肖姐交代过的，说臭男人都好色，碰到动手动脚的不足为怪，别当真，原则一条——不能同客人吵架，更不能骂客人，不然扣工资的。这年头做人要半醉不醉，半醒不醒，才算得上最佳人生态度，方能如鱼得水。

袁文英忍住了，在摆好水果盘的同时心情慢慢平静下来了。她不愿意和冉老板再纠缠下去，于是转身便走。当她的目光扫过垃圾桶那一瞬间，发现垃圾桶里有几个雪梨，仔细一看，都是被咬过的，却是又大又好的雪梨，仅仅只被咬了一两口就被丢进了垃圾桶里。袁文英心里痛惜，脱口而出："想吃就吃，不想吃就不要吃，丢掉多可惜多浪费。"

一个客人"嗖"地站起来，用广式普通话大声嚷道："我丢的啦。关你屁事啦！"

他话一出口，影响了所有人的情绪，大家随即停住了手中的游戏，目光一齐瞟到了袁文英身上。

袁文英脸刷的红了，且快步走到门口。她明白离开是避免冲突的最好办法。然而现实没有依照她主观愿望去进行，不让她轻易地逃走，她听见那男人在背后骂道："傻里傻气地竟然来训我！"

袁文英愤怒了，但没有回头，只是站在门口。她忍耐了一下，在极短的时间里，如果没有听见后来别人骂她，她也就那么愤怒地走了。可是，冉老板急忙劝解："刘经理，你别生气，女人嘛，都小气。"

所谓的刘经理喋喋不休地说："我走南闯北，从来没见过这种三八婆啦！哥哥我今天吃几个梨她也有意见，也来教训哥哥！"

袁文英猛然转身，冲过去，把一双拳头举在刘经理面前，一字一句地说："三八婆怎么啦？三八婆不偷不抢，凭这双手吃饭，轮不到你说三道四！"她把拳头捏得紧紧的，已经蓄积了全身的力气，此刻她像一位出色的女侠，在隐忍着面对狂野和放荡，而不会轻易出手，只在等待那一刻，腾空而起，战胜邪恶。

刘经理张开嘴，被袁文英突如其来的威胁震住了。他愣了好一会才缓过神来，嘟嘟囔囔地道："你……你，怎么……难道你还敢打人啊?!"

"是可忍，孰不可忍！"

刘经理不屑地冷笑着说："哼！这都什么年代了，吃个梨还那么小气。告诉你啦，章鱼哥看好西班牙，鹦鹉支持荷兰队，动物都比你聪明。你开窍点吧你！再说我不缺钱，花钱寻找刺激才能丰富我的人生意义，丢几个梨又算得了什么啦。"

袁文英也是掷地有声："蛇和老鼠做朋友，老虎是驴的好邻居，你没见过吧？动物都比你素质高。"

顿时，"观众"情绪愈加高涨，哈哈大笑有之，插科打诨有之。全楼人都轰动了，小李帅男、阿兰、阿珍也从楼下跑上来看热闹。

刘经理："呵呵！原来你是从乡下冲到城里来的、不伦不类的母老虎啊！不错不错，很有时代动物特征嘛。不过我告诉你，我不是你的驴，我是武松。我打母老虎的啦。哈！"

满堂大笑！

袁文英大声地："是！我是乡里人，我没有见识。你今天把这么好的梨咬一口丢掉了就是不对。"

刘经理："我愿意，我有钱，要赔多少？不，要赔，也轮不到你来要我赔啦。"

袁文英一时无言以对。

冉老板轻轻地拍了拍袁文英的肩膀，十分温柔地说："'徐小凤'你别生气，刘经理刚刚输了十多万，心情不好，你原谅他，别和他吵了啦……啊……好吗？”

袁文英来不及作出任何表示，刘经理阴阳怪气地又说：“天上黑鸟飞，地上黑狗追，飞呀飞，追呀追，上下哼哼哼。”

哈哈哈……

阿兰嗲声嗲气地说：“瞧你那德性，就知道飞呀飞，追呀追。”

“女人不就喜欢男人追吗？男人不追，女人就会阴阳失调，会脾气烦躁。”

大家都听出来了，刘经理话里话外都在针对袁文英。

袁文英：“你什么意思？！”

刘经理：“什么意思你自己猜啦！”

袁文英：“我要你给我赔礼道歉。”

阿兰：“‘徐小凤你真认真了啊，你？！肖姐要是知道你和客人吵架，肯定会骂你的。”

阿珍：“‘徐小凤真是的……梨丢都丢了，还有什么好说的。算了，下去吧，下去做饭去吧。”

“我不！我要他向我道歉。”

阿兰：“提醒你一下下，顾客是上帝。”

袁文英：“我就是要他向我道歉。”

“呸！要我赔礼道歉，门儿都没有！我不但不会给你赔礼道歉，我还丢啦。”说着刘经理从水果盘里抓起一串黑葡萄丢到了地上，并踩上几脚，踩得葡萄水四处飞溅，溅到袁文英裤脚上，黑兮兮的。

袁文英扬起了手掌，立刻就要打下去，打到刘经理的脸上。千钧一发之际，冉老板一把抓住了袁文英的手。然而，刘经理似乎很享受袁文英的武力威胁，忽然低声说道：“算了，不跟你吵了，我要打牌了啦，要把本搬回来。”说完回到自己的座位上去了，安静得好像没有一丝丝风吹草动，更别说刚才吵过架。

袁文英欲哭无泪。

大家一哄而散，各自回桌子上继续打牌、喝茶，好像什么都没有发生过。

袁文英从楼上下来，来不及生气，又去了厨房。小李帅男走进来，劝袁文英：“不要管闲事，他丢他的，又不是丢你的，你心痛个什么劲啊。你得罪人不说，白白受气。”小李帅男对袁文英说了很多安慰的话，说：“这年头生活很累，活着就应该享受生活，碰见喜欢的男人大胆爱一回，没事的，很正常。不要一个人苦撑，女人容易老，不要等到你老了，没有激情了，想爱都爱不起来。不如趁自己还年轻，去寻找到自己需要的最真实的东西，那东西就叫快乐。”

袁文英想了一下，认为小李帅男的话有道理，心想自己带着女儿在外面打工不容易，何必去管闲事，引起不必要的麻烦。这不，自己的事都管不好，都不知道周建华是死是活，还去管别人的闲事干吗？

时间是治伤良药，它让袁文英慢慢恢复了平静，然后继续自己的生活、做自己的事情。

阿兰和阿珍，在吧台里幸灾乐祸地说着袁文英的不是：

“看不出来‘徐小凤’，一个乡下妇女，孩子都十多岁了，土里土气的，小李帅男也喜欢她呢。”

“不会吧？”

“谁知道呢？”

“话说回来，我有点佩服她，敢跟客人吵架，刚才还敢动手打人呢。”

“她有什么不敢的，看她那风骚样子，天生就喜欢招蜂引蝶惹是生非。”

“长得像徐小凤撒，得意撒。”

“她以为她真是徐小凤吗？我呸！赝品。”

“肖姐真是的，那么宠她干吗?!”

“别说肖姐宠她，那些客人对她也很好的。尤其冉老板看她的眼神，那叫色啊，色色的。”

“她是从锦木村瑶乡那边过来的，听说那边的女人会巫术，她是不是有什么法子迷惑男人呢?”

“不会吧？你别唬人。”

“我想……应该不会，不然刘经理也不会骂她的。”

“就是。”

“反正她怪里怪气的，我看不顺眼。”

“呵呵，你妒忌她吧?”

“呸！她也配?!”

肖姐从娘家回来后，直接把车开到茶庄里，刚进门，阿兰便迫不及待地告诉她，说：“袁文英今天和刘经理吵架了，牛！雷人得很。”

肖姐微微一怔：“为什么吵架?”

阿兰："'徐小凤'责怪刘经理浪费水果，态度不好，刘经理忍无可忍，吵起来了。'徐小凤"还动手打人哩，茶庄里可从来没有这样的先例啊。"

肖姐淡淡地笑道："'徐小凤会打人？我不信。"

阿兰："不信，不信你问阿珍。"

阿珍在一旁接过话茬："是的。徐小凤骂人了。刚准备打人，被冉老板拦住了。"

肖姐："那你们两个干吗吃的……干吗不劝劝'徐小凤'，叫她不要和客人吵架。"

阿兰："劝了。我都提醒她顾客是上帝了。"

阿珍："你错了不？顾客不是徐小凤家上帝，她家上帝是玉皇大帝。"她忍不住呵呵地笑个不停。

阿兰"扑哧"一声跟着笑了。

肖姐愠怒地道："看你们两个什么人格？"

阿兰忍住笑："肖姐你会怎么处理'徐小凤'呢？"

肖姐白了一眼阿兰，没有任何态度。肖姐在大厅坐了一会，开车回家了。两天之后，正常上班，茶庄生意恢复到了正常状态，不像假日那么忙乱。

肖姐忽然严肃地对阿兰、阿珍说："那天的事，我问清楚了，你们都有不对，当时吃饭的人太多，'徐小凤'一个人做那么多饭菜，你们还叫她去送水果，结果冉老板摸了她的屁股……她和刘经理吵起来了……你们不但不体贴她，反而把她当机器人操作，甚至妒忌她。我就不明白了……照说，她应该跟冉老板吵架，不应该和刘经理吵架啊。"

阿兰："就是嘛。屁股可以摸得，丢几个梨却不行，说明一个问题……"

阿珍："什么问题？"

阿兰："物质对于她比尊严更重要。"

肖姐："你们俩不要背后说别人坏话。不要年纪轻轻的，心里如此阴暗！要不得的。"

阿兰、阿珍面面相觑。

肖姐顿了一下，又道："这件事到此为止，我是不会处罚'徐小凤'的，你们不要有任何抱怨。我劝你们，做人要大气，'徐小凤'身上有好多优点值得你们俩学习的。"

阿兰、阿珍脸色难堪。

又坐了一会，阿兰站起来，上了二楼，径直走到杂物间后面的阳台上，她昨天洗好的衣服，还有阿珍、袁文英的衣服都晾在那里。

阿兰用手捏了捏了自己的衣服，干了，打算收起来。当她发现阿珍的那条八百八十元新买的减肥内裤的时候，脸上浮现出了一种可怕的坏笑。她伸手摘下了阿珍的按摩减肥内裤，并迅速离开了阳台，进入杂物间，偷偷地把按摩减肥内裤塞到了袁文英的垫絮下面，然后若无其事地回到大厅。她完成这一系列动作的速度之快，似乎无需经过任何考虑程序，而一气呵成。

傍晚阿珍去阳台收衣服，阿兰也去了，她俩同时发现了一个空衣架吊在钢丝上，只听阿兰大叫："咦！这是谁的衣架？"

阿珍："看着好眼熟啊。"

阿兰："不是我的……反正。"

阿珍恍然大悟："哦……是我的啊……上面应该晾着我的按摩减肥内裤……裤呢？"

阿兰："是吗？裤呢……（唱）北风那个吹啊……雪花那个飘飘……内裤那个飘走了……"

阿珍慌忙地探头看楼下："地上那个没有啊……应该不会飘走，今天没刮北风啊……别的衣服都在的，不会独独飘走了我的内裤啊……怎么不见了呢？"

阿兰："赶紧找吧。"

"我下去找找，看'徐小凤'有没拿错。"阿珍噔噔噔跑下楼，又噔噔噔回到阳台，一脸的失望："没有，'徐小凤'说没有收错。"她上气不接下气地说。

阿兰冷笑："没有收错？没有收错问题大了！"

阿珍："什么问题大了？"

阿兰："你想想看，茶庄里就我们三个女人，除了她，还会有谁要你的内裤。你知道的？'徐小凤'是从乡里来的，爱贪小便宜。她生活还在温饱线以下，不然她也不会为几个梨跟刘经理吵架。她有什么不想要的！肯定是她偷了，她不敢承认。"

阿珍："不会吧？"

"走，到她房里去找去。"阿兰不由分说把阿珍拉到了杂物间，二人随即在袁文英的衣服堆里乱翻一气。

"没有。"

“不信找不到。”阿兰突然揭开了袁文英的垫絮，按摩减肥内裤出现在了阿珍的面前。阿珍一把抓到手里，直奔楼下，气冲冲地冲到袁文英面前，大声质问：“‘徐小凤’！不是说，你没有收错吗？是……你没有收错，你只是偷了。看！在你垫絮下面找到的！”

袁文英一愣一愣的，这件突如其来的怪事令她半晌说不出话来。

阿珍：“你没话说了吧你!?”

袁文英说：“怎么回事……我没有偷呢。”

肖姐在一旁看了一会她们，摇了摇头说：“阿珍，你怎么想到到‘徐小凤’房里去找呢?”

阿珍：“幸亏阿兰提醒我。”

肖姐若有所思：“哦。可能‘徐小凤’收错了，又不记得了，你原谅她，不要追究了。”

袁文英又惊讶、又委屈、又茫然、又不知所措，却不知怎的又似有感激，这几种感觉混在一起，也不知是何滋味，她站在那里，不觉已泪流满面。仰面望着头顶，头顶是水晶大吊灯，她的泪珠就像水晶珠子一样从脸上滚落。

芬芬正好放学回来了，站在门口看见了刚才的一幕。她手里拿着一本书，只见她冲过去对阿珍又打又骂、又哭又闹地说：“臭阿姨，臭阿姨！欺负我妈妈。”书“哗哗”地响，夹杂着撕裂的声音。

袁文英急忙把芬芬拉开，芬芬顺势扑到了袁文英怀里委屈地哭起来。看着这对可怜的母女，肖姐心里也很难过。她虽然缄默不语的，内心却涌起百般感慨，忍不住眼眶也湿润了。

阿珍心里也有所触动，没有继续责怪袁文英，只有阿兰得意地哼着流行小调，屁股一扭一扭地朝自己的小房间走去，留给身后一个妖媚背影。

袁文英忽然应过来，冲着阿兰的背影大声嚷道：“这是阴谋！是栽赃嫁祸！”说着冲过去，揪住了阿兰的肩膀，几乎同时，袁文英的另一只手朝阿兰的脸扇了过去，“啪”的一声，阿兰呆住了。等她反应过来，准备还手，肖姐迅速冲了上去，挡在了两个人中间，说：“有话好好说，不许在店里打架！”

一场精彩的美人搏击战还没正式开始便被肖姐平息了。

袁文英情绪激动地重复着说：“我真的没有偷！我真的没有偷!!”

肖姐点着头：“算了。想开点，该干什么干什么去。芬芬也别哭了，吃饭吧。”肖姐的语气很平静。袁文英不再说话，去了厨房，准备开饭，又回想起刚才发生的故事。对于阿兰的做法，袁文英实在不能理解，都说事出有因，她回忆，一直以来自己没有得罪过阿兰。那么，到底阿兰为什么要欺负她，自己这样一个乡里妇女能有什么值得阿兰不高兴的呢？

这顿晚餐吃得很尴尬，大家都不愿意说话，也不喝红酒。茶几上有青椒炒肉、黄焖鸡，还有别的小菜，味道都不错。肖姐看见一个鸡翅，准备夹给芬芬，谁知阿兰的筷子抢先一步，夹走了鸡翅。肖姐白了阿兰一眼，阿兰大大咧咧地笑了笑，洋洋得意地，故意狠狠地瞪了袁文英一眼。阿兰的这一动作被袁文英看到了，袁文英亦不示弱，还了阿兰一眼。结果，阿兰和袁文英，你瞪我一眼，我瞪你一眼，如箭在弦，随时有可能发生争吵。肖姐说："不管你们有天大的意见，也不许在玫瑰园吵架，不然统统跟我滚蛋。"阿兰"啪"的一下撂了碗筷，站起来，冲进小房里，收拾东西，真就准备离开。阿珍急忙跟进去，拉住她，说："肖姐也是一时之气，想想平常她对我们多好啊!"阿兰没有吭声。

阿珍："你也不对嘛。"

"我怎么不对了？她'徐小凤'和客人吵架，肖姐半句话没得说。我和'徐小凤'争几句，她就批评我不对，说我的不是，居然还上升到了人格高度。"阿兰边说边把自己的衣服丢来丢去。

"肖姐这不也是为你好嘛，不让你们吵架。"

"道理我明白，我不是小孩子了，我可以允许她对我不满，但是我不允许她对我指指点点。"阿兰说这话，开始站着的，后来坐到了床边上，说完流着泪，勾着头，轻轻哭起来，很受委屈的样子。

阿珍抚着阿兰的肩膀，靠着阿兰坐下去，说："你不应该设计诬陷'徐小凤'……弄得我也错怪了她。"

阿兰抬起头："'徐小凤'她还动手打人呢!"

"乡里妇女素质差一点，粗鲁一点……你想开一点。"

阿兰和阿珍并没有避讳肖姐和袁文英的耳朵，说话声音很大，肖姐在大厅听见了她俩的谈话。肖姐把目光从茶几上抬起，移向小房门口，大声说道："'徐小凤'打人是不对，我会批评她的。就这么点小误会，值得你们这么较劲吗？"

阿珍在小房里大声应道："阿兰不走了，我劝她了。"说着阿珍从小房走出来，回到茶几上吃饭，回头朝小房喊："阿兰，出来把饭吃完咯。"

阿兰没有出来吃饭，也没有收拾东西离开。

晚餐不欢而散。

稍后，小李帅男来玫瑰园玩，他在大厅没有看见袁文英，便直接去了厨房。袁文英正在收拾橱柜及碗筷之类。见到小李帅男，袁文英情绪波动起来，她的第一反应，小李帅男是个可以倾诉的对象。她便放下手中的事，认真地问："你说，我一个乡下来的妇女，一没技术，二没长相，三不会说话，阿兰干吗看我不顺眼？我可是没有得罪过她呢。"

小李帅男瞪着袁文英哼哼地笑。

"你快告诉我呀。这是为什么……别笑好不好？"

"那我可就说了……你长得像'徐小凤'，又比较单纯，大家都喜欢你……阿兰不高兴撒。"

"晕啊。这哪儿跟哪儿的话呀？"

"不懂了吧……有的人，你不一定需要得罪她，她就是看你不顺眼……算了，不跟你说这些，点到为止……阿兰也是我的朋友。"

袁文英听出来了，就是那么一个道理，刚来那天，阿兰说过的一句"羡慕嫉妒恨"，有道是：人在江湖，危机四伏。

小李帅男说："人心真的好复杂！你若把人的本质看清楚了你就弄明白了，也就快乐，像我这样快乐了，多好。"

袁文英点着头，她本不愿意和阿兰结仇、结怨，只见她豁然一笑，看开了，心情亦恢复了平静，让自己处在了平和的状态中。

然而，现实是残酷的，往往与愿望相悖，一件料想不到、更为可怕的事情悄然降临到袁文英的头上……

20

继按摩减肥内裤风波之后，不知为何，阿兰主动找袁文英和好了，玫瑰园茶庄平静地度过了一段和谐的日子，袁文英好像找到了小李帅男说的真实的快乐，脸上出现了久违的微笑。

忽一日中午，阿兰坐在吧台里高兴地冲着厨房大声说："今天阿珍生日，晚上请朋友去 K 歌，'徐小凤'一起去啊。"

袁文英从厨房走出来，说自己不会唱歌。阿兰说："你是'徐小凤'啊，'徐小凤'哪能不会唱歌呢?！去吧去吧，去了就会唱了。"

袁文英支支吾吾地说：“不是……是，我真的不会唱歌，尤其你们年轻人唱的那些流行歌，我一句都不会，我就不要去了。”

阿兰：“什么歌都有，你唱你会唱的。我们都想听你唱歌咧。说真的，你来玫瑰园半年了吧？这么久了，我们都还没有听过你唱歌咧。”

“去吧，反正好玩。”小李帅男站在旁边，及时补充了一句，并加上了他的眼神怂恿。

袁文英就有些心动地问：“我们大家都出去玩了，谁看店子呢？”

小李帅男：“不是有我在吗？”

袁文英：“你不去吗？”

“我不去，阿珍又没邀请我。每回，她们出去勾引男人，都叫我给她们做掩护，我是她们的保护神，因为我是集智慧与勇敢于一身的卧底英雄咧！”

阿兰笑道：“是啊，这次不要公的，只要母的。”

袁文英：“为什么？”

阿兰：“小李帅男要看店子。今天店里只有一桌客人，等到肖姐回家了，我们叫小李帅男帮忙看着店子。我们三个一起去，去放松放松，我很久没有去歌厅唱歌了。”

袁文英：“我们都走了，把客人丢在店里不管，肖姐知道了，我们会挨骂的。”

小李帅男：“请放心，我小李帅男会招待好客人的。你们记得回来的时候给我带份夜宵，就可以了。”

阿兰不屑地笑道：“你呀，胆小鬼。我们去玩一会儿，早点回来，明天照常上班，你不说、我不说、阿珍不说、小李帅男不说，肖姐怎么会知道呢?！再说你从来都没出去玩过，就这一次，肖姐知道了也不会骂你的。”

阿珍：“去吧。你放心好了，小李帅男会煮茶，他又不是没有招待过客人，楼上那几位都是他的狐朋狗友，怠慢一下他们也没事。”

袁文英又惊讶又遗憾地说：“小李帅男也会煮茶吗……就我一个人不会啊。”

小李帅男一甩头：“哥没用过飘柔，哥照样自信，哥照样能煮好茶，照样能独当一面，照样能看好玫瑰园。”

袁文英笑了。

阿兰白着小李帅男，讽刺道：“每次你的情绪都那么自恋，结果失恋了就自慰。”

小李帅男："切！这年头天干物燥，擦枪走火很容易，何须自慰？顺应潮流，避孕套也就改名叫安全套了。哈哈！"

阿兰："你真的好浪耶！"又对袁文英说"去吧"。

袁文英犹犹豫豫地说："那我去了……芬芬怎么办……谁照顾她呢？"

小李帅男："哥帮忙帮到底，一并管理。"

"哦……好吧。"袁文英仍然底气不足。她本来没有拿定主意，还在去与不去之间徘徊，但见阿兰相当友好，感到盛情难却，况且这又是一个难得的、长见识的机会，也是她与阿兰冰释前嫌的机会。考虑了一会儿之后，袁文英爽快地点了点头："好，去就去。"

一切按原计划瞒着肖姐悄悄地进行。

吃过晚饭，肖姐照常在大厅坐了一会儿，交代了几句，起身走出了玻璃大门。小李帅男急忙跟踪出去探风，直到看见肖姐的车消失在远处灯火阑珊中，他才回来，诡秘地说："肖姐开车走了，可以了！"，接着他又去做芬芬的思想工作："让你妈妈去玩，叔叔陪你看电视……看《猩球崛起》，好好看。"芬芬盯着电视，妈妈就站旁边，她也没有理会，也不看一眼小李帅男，随便就点了一下头。

所有的事情都安排好了，阿兰和阿珍赶紧洗脸、化妆、换衣服、喷香水。她俩心照不宣地做好了准备，然后带上皮包，邀了袁文英一起走出了玫瑰园。阿兰说打的过去。阿珍说不要打的，刚吃饱饭，走路去，锻炼一下身体，保持身材。

袁文英虽说已经征得了芬芬的同意，但是途中又犹豫起来，说要回去照顾芬芬。阿兰就拽着她说来都来了，不许回去。袁文英只好跟阿兰走。

袁文英这是第一次夜里外出。怀华的夜街异常繁华，人来人往。繁如天星的霓虹彩灯和商店花花绿绿的电子广告，梦幻般地在人们的衣服上、脸上、头发上闪烁着、舞蹈着，像神奇的魔术大师，把台上的物和人变换着各种形态和五颜六色的脸，让观众看得眼花缭乱。

阿珍一路上拨手机联系其他的朋友。

走了大约十分钟，三人来到怀华市最高档的"皇家"歌厅，阿珍预订好了"云雾茶"的包房，包房的豪华比玫瑰园有过之而无不及。

随后，阿珍的其他的朋友也如约而至，个个花枝招展、浓妆艳抹，真的没有一个帅哥，全是辣妹。大家相互打着招呼，是那种兴奋的、高声的尖叫，顿时"云雾茶"热闹非凡。显然，她们都非常熟识。但阿兰和阿珍并没有把袁文英介绍给大家，或者把大家介绍给袁文英。

出于陌生，袁文英不敢同那些漂亮的辣妹说话，而一个人孤零零地坐在一个不显眼的地方，她注意到了，在场的阿珍的女朋友都很年轻，二十岁上下，只有她自己年纪最大。显然，她不适合这个地方，或者说这个地方不适合她。这令她感到心虚，甚至自卑。她把两只手使劲地相互搓揉来搓揉去的，眼睛不时地望向门口，急切得想要离开的样子。

服务生推来琳琅满目的水果车，阿珍叫阿兰点单，阿兰也不心疼钱，尽选好吃的、贵的东西，还要了纯啤，整整两箱。阿珍说："血死我算了，再给你们每人配置一位先生，陪你们玩玩。"

大家欢呼！

阿珍挥舞着棒棒冰："我一再强调，做人要低调，你们不要给我掌声和尖叫好不好?!"

阿兰兴奋地说："好！好!！我只要上次那个谁……谁，叫阿伟是吧?"

服务员说稍等，我这就去叫他过来。服务员后退着走出去，又轻轻地把门带上。

一会儿，房门"咚咚咚"响了三下，随即被推开了，高大威猛的阿伟走了进来，身后跟着一群年轻男人，个个西装革履，英俊潇洒。

阿伟笑容可掬地边走边说："祖国的花朵们张开双手吧，哥哥们来了！"

阿兰立刻站起来，尖叫"耶——！"她的眼睛里闪烁着激动的亮光。

阿伟径直走过去，把阿兰搂在怀里，亲了亲，其他先生则纷纷坐到别的女孩子身边，其中一位年纪稍微大一点的先生，选择坐在袁文英身边。这就是阿珍说的每人配置一位先生……玩玩。袁文英当时并不知道，她可能没有理解阿珍的话。她一直以为那些年轻先生是辣妹们的男朋友，而把自己身边的这位先生当成了服务员。她十分佩服那些女孩子的眼光，找的男朋友一个比一个帅，一个比一个温柔体贴。她身边的这位先生虽然年纪大一点点，却也气质不俗。先生主动找她聊天，她却不怎么理他。先生问她唱歌还是喝酒，也可以掷骰子玩，她说不会，都不会。先生又问吃点什么？她说不要，刚吃饭。先生再问喝点纯啤吗？她说从不喝那东西，像潲水，不喜欢。先生就在她身边沉默了几分钟，站起来，甩头走出去，再也没有回来过。

阿兰和阿珍早已经在"男朋友"的怀里边说、边笑、边喂吃的，甜蜜得像两对刚结婚的小夫妻。

"云雾茶"中，镭射灯光很温柔，半明半暗地变幻着浪漫的色彩。

辣妹和帅哥忙着亲热，没有一个人去唱歌，大厅显得比较安静，犹如平静的海湾，但下面却暗流汹涌。

看着男男女女搂搂抱抱，袁文英并不反感，有道是：没吃过猪肉，也看见过猪走路。现在的年轻人谈恋爱都那样，当众搂搂抱抱实属正常。电视里曾报道过有过几万对情侣一起接吻的吉尼斯纪录。

阿兰突然走过来问："你的先生呢？"

袁文英愣了一下："哦……是说刚才那个人吗？"

阿兰："是撒。"

袁文英："他出去了。"

阿兰："你不喜欢他吗？"

袁文英："什么……喜欢他？"

阿兰说了声"我无语了"，又淡笑："陪你玩的咧，付了小费的……那你唱歌吧……你会点歌吗？不会的话，叫服务员帮你点。我去玩了，不陪你了。"

阿兰一扭一扭地走到旁边的一张小桌子边上，大声喊道："阿伟，我们摇骰子玩，两人一组，输了喝酒。"

"好。"阿伟便坐到桌边，动作很潇洒，看上去很流畅、很美。接着，其他先生和女孩子纷纷凑了过去，满满一桌人。

"比大或是比小？"

"比大！"

"好。比大就比大。"

阿伟抓起骰筒逆时针摇、顺时针摇、弧线摇，骰筒在他手里"砰砰砰"地响。大家的眼睛都瞪直了，骰筒就像一股神秘的魔力吸引着所有的人随着阿伟的摇动一起摆晃着脑袋。

袁文英孤独地坐在沙发上，没有人理她。她抬头看看四周，看见一个服务员恭恭敬敬地站在门边。正好，那服务员也看着她，袁文英就对服务员笑了一下。

服务员便走过来，问袁文英要唱歌吗？

"唱歌……唱什么歌呢……我不会唱啊。"

服务员就帮袁文英点了几首民歌，又把话筒递到袁文英手上，说她们摇骰子玩，你就唱歌。你随便唱，反正好玩，唱得不好不要紧，都是业余水平。唱得越搞怪越出味，那叫特色。

袁文英犹豫不决。服务员说："知道超女吗？牛咪咪、羊咪咪都出名了。现在越搞怪越有人喜欢听。呵呵！"

袁文英便唱了"小背篓"，服务员把手板拍得啪啪响，声音却那么孤单。又说唱得好，叫袁文英站起来唱，上下通气，会唱得更好。袁文英不知不觉地兴奋起来。想当年，在师范学校读书，自己的歌唱得不错的。

这时，屏幕上出现了男女二重唱"跑马溜溜的山上"。

袁文英说："你和我一起唱吗？"

服务员摇摇头："我又不是男声，看他们谁愿意唱？"

这话被一个先生听见了，他刚从洗手间出来，经过袁文英身边，于是他拿起一个话筒，说我来陪你唱。

他的歌唱得好听极了，又高亢又浑厚，是那种带磁性的男高音。

袁文英接着唱女声……

"不许唱！"突然一个辣妹大声嚷道："过来！"

先生立刻放下手中的话筒，回到那女孩子身边，忙说对不起。

阿兰抬头瞟着袁文英，连讽带讥地说："给你配置一个先生陪你玩，你不要，现在又把别人的先生抢去陪你唱歌，你懂不懂规矩呀?!"

袁文英的脸一下红了，刚上来的那么一点兴趣，被阿兰秒杀了。她愣愣地站在那里，不知所措。半天才缓过神来，又听见阿兰跟其他人说别理她，乡里吧唧的。

袁文英更加懵了，怏怏地回到沙发上，呆呆地坐着。旁边阿兰和阿珍她们一直在喊"大！大！大！"看见结果出来就尖叫，接着有人被罚喝酒。

服务员像蒙娜丽莎一样微笑着，问袁文英还唱不唱歌？袁文英摇摇头，小声地问："我可以先走吗？"

服务员："你最好跟你的朋友打个招呼再走。"

袁文英站起来，屏声敛气地走到阿兰身边，低声说道："阿兰、阿珍，我先回去了，好吗？"

阿兰半天才回过头，冷冷地说："好，你要先回去就先回去吧。"

袁文英拉开门，逃跑似的离开了皇家歌厅。

走在路上，她的头还在嗡嗡地响，紧张、恐慌、焦急，她竟然忘记了回去的路——全地球人都知道，女人没有方向感，经常找不着北，实属正常现象。雌性动物也没有方向感，所以才有了狮子王、猴王、狼头和马首。自然界如此是也，怪不得女人傻。

袁文英记得，谈恋爱的时候，周建华带她到怀华玩，她找不着方向，周建华就对她讲过以上精辟的言论。

袁文英不由得想起了周建华。从她滞重的脸上，可以看出她心里的孤独、害怕和无可奈何的哀怨："你在哪里啊？"急切中，袁文英情不自禁呼唤周建华的名字。然而，周建华不在那灯火阑珊处。袁文英孤独地走着。街上的行人川流不息，谁也不在意她迷失方向可怜巴巴的样子。找了一会儿，袁文英停下脚步，深深地吸了口气，冷静了一会儿。一边回忆着来时的路，一边继续寻找，当看见"玫瑰园茶庄"五个大字，袁文英的心情一下轻松起来，这才注意到自己的手心汗湿了，着实虚惊了一场。

当她跨进"玫瑰园"那扇透明的玻璃大门，看见大厅中央蹲着一只硕大的狗，不！那简直是一只老虎。有生以来，袁文英从来没有见过那么大的狗，所以懵住了，她分辨不出眼前的动物是不是狗。她也没有把它想象成老虎，因为老虎要吃人的，如果是老虎，没有人敢把老虎带到茶楼来玩。她没有被吓死，她发现自己仍然是清醒的。

她知道狗会咬人，便小心地往里走。狗冷冷地瞪了她一眼，她被吓得直往后退，同时听见了铃铛的响声。那一刻，整个大厅恐慌了几秒钟。然后，肖姐坐在吧台里，铁青着脸，凶巴巴地说："怕？怕什么怕。你不惹它，它不会咬你，你只管走进来。"

"肖姐?!"袁文英满脸惊讶。

肖姐劈头盖脸地问："说，你们去哪里疯去了？这么大一个店子，还有客人在。你们几个都出去玩了，一个人也不留，像话吗？说……都疯到哪里去了？"

"去歌厅唱歌了……小李帅男说他帮忙看店子的呀。"袁文英一边环视周围，寻找小李帅男，一边说："他到哪里去了呢？"

袁文英在大厅没有看见小李帅男的身影，芬芬也不在，准备到楼上去找。肖姐大声喊："别找了！"

袁文英立刻僵在了那里，神情十分沮丧，有点像犯错的中学生。

"算了算了，别发火，年轻人爱玩啦，你原谅她们一回啦。"

这话是一位坐在沙发上的客人说的，广东式普通话。袁文英看见客人戴着眼镜，手里攥着一根花花绿绿的绳子，绳子的另一头套在那狗脖上，上面还挂着几个金灿灿的小铃铛，应该是真金的。狗偶尔动一下脖子，金铃铛就清脆地响，给大厅带来些许轻松的气氛。

肖姐对客人，说："她们已经不是第一次了。这年头江湖上乱套了，一点规矩都没有了。"

"今天阿珍生日。"袁文英声音轻得像蚊子叫。

肖姐："说什么……阿珍生日?!那也得留一个人看店子。"

客人笑道："算了算了，现在的女孩子不好管啦。"

他一抬头，通过灯光的直射，袁文英便看见他镜片后面的眼睛。他因为年纪老了，双眼皮已经掉下去了，搭在睫毛上，使得他的眼睛看上去凹得很深，眼光很犀利。他的花白的眉毛又浓又长，竖着，像两把刷子，云帆张扬。袁文英愣了一下，对客人有似曾相识的感觉，一时又记不起在哪里见过。

肖姐冷笑："现在的女孩子，就是自己不愿意做事，又要贪玩、贪图享受。"

客人："是啦，现在的年轻人没有一个核心的价值观，不知道自己该干什么，不该干什么，他们个人欲望的膨胀远比他们成熟的速度快。"

肖姐："这年头流行疯，挑战传统，妹妹找哥哥，心花怒放。"

客人："哈哈……那等她们回来了，好好教育教育她们啦。"

"教育她们?!她们不说我脑筋 out 了就算不错了，算看得起我了。"

"呵呵！时代在犯错误，祖国都摸着石头过河啦。女孩子就不能犯一点点错误吗?"

"这不叫错误，叫乱来。'虽然我名花有主，希望你来松土''女人睡五到十个男人才叫够本'，您说这都什么话啊?!"

"年轻人碰上了认同危机。"

"什么认同危机呀。根本在于主观上的故意放纵。"肖姐冷哼一声之后，缄默起来，脸上仍余怒未消。

袁文英说："我上楼去了。"肖姐冷冷地看着她。袁文英小心地走近了楼梯口，她猜想芬芬应该在房里做作业或者已经上床睡觉了，刚要抬腿走去楼上，却听见肖姐在背后喊道："'徐小凤'你会煮茶吗?给武老板煮杯茶，会吗?"

"哦……我行吗……我试试。"袁文英说着转过身来，看了一眼沙发上坐着的客人，客人正好用一种欣赏的眼光看着她，微笑着。那微笑很温暖，如一道春天的风景，亦如优美的"茶道"，美丽迷人，吸引袁文英走进它。

肖姐就从吧台里面走出来，让袁文英走进去，而她自己则坐到沙发上陪客人聊天。显然，这客人就是肖姐口中说过的爱吃白斩鸡的广东佬，袁文英记得肖姐曾经介绍过。

袁文英走进吧台，四下里瞅了瞅，问武老板要喝什么茶。武老板说红茶，说红茶暖色，有温馨感。袁文英从吧台下面取出水壶，灌满水，放到电磁炉上。插上电源，她反倒冷静了。再在雕着花色的茶壶里兑好茶叶，趁着水开之前几分钟，她准备了朱红色茶盘和一只透明的玻璃水杯，放在吧台上，然后静静地站了一小会儿，水烧开了。袁文英慢慢地把开水冲进茶壶里，又反复冲了几次。最后，她右手提起茶壶，左手固定好水杯，把热气腾腾的茶水倒进了透明的玻璃水杯。凭借平时从阿兰、阿珍那里偷学的技术知识，袁文英仔细地煮好了一壶茶，且煮茶过程从容自然。

这是一壶上好的红茶，透过玻璃可以看见里面柔和的水色，暖暖的让人看到了它特有的质感，紧接着产生口渴的臆想，想要把它喝进肚子去。

袁文英双手托着朱红色茶盘，走到武老板面前，学着阿兰、阿珍的样子，微微欠下身子，微笑着说："先生您请用茶。"武老板便把茶端起来，放在茶几上。袁文英才后退了几步，然后转身离开，武老板一直看着她。袁文英本来要去楼上看芬芬的，等她把红茶煮好，也相信自己学会煮茶了，但是她兴奋地弄错了方向，走进了厨房，于是又往回走。

肖姐若有所思："难道武老板您认识她？"

武老板："她是新来的吧？"

肖姐："您回广州之前她已经来了，她是我绞尽脑汁包装出来的'徐小凤'……可以说新来的，所以您不认识她。"

武老板："她确实长得像徐小凤。"

肖姐拊掌，用嬉戏的口气说："老家伙眼力好啊，一下看出来了。哈哈！看上她了吧，要不要叫她过来秀一下？"

武老板暧昧地笑了起来："好，叫她过来，我欣赏欣赏。"

肖姐扬声喊"徐小凤"出来一下。

袁文英应声回到大厅，以为肖姐会有别的吩咐。然而，她站在那里，并没有听见肖姐安排她做事，她只看见肖姐和武老板坐在沙发上审视着她，她也些疑惑地望着肖姐，完全是在等待吩咐的样子。

肖姐"扑哧"一声笑起来，边笑边温柔地说："'徐小凤'，这是武老板，给你说过的，记得吗？前段日子武老板回广州了，今天才从广州回来。武老板说你像徐小凤，说你长得漂亮。"

袁文英：“哦。”

武老板：“我们认识的啦。”

袁文英一怔：“怎么会……您怎么会认识我？我们又没见过面呀。”

肖姐：“哈哈！武老板说你长得像徐小凤，自然认识你的……徐小凤谁不认识呢?!”

袁文英笑道：“肖姐你说的有道理，徐小凤是大歌星，全世界都认识徐小凤，可是我不是徐小凤呢。”

武老板：“刚才你说阿兰和阿珍她们还在玩，怎么？你一个人先回来了。”拍着沙发：“来，坐这里。”

袁文英摇摇头：“她们在摇骰子，我不会，就先回来了。”仍然站在原地不动。

武老板：“那你唱歌呀！徐小凤哪能不唱歌呀?”

袁文英：“我唱得不好。”

肖姐：“她们有没有给你叫先生呢?”

袁文英：“叫什么先生?”

肖姐：“就是鸭子，说好听一点叫先生。有小姐就会有先生的嘛，有鸡就有鸭。呵呵!”

袁文英：“那些人不是她们的男朋友吗?”

肖姐：“切！男朋友……看来你不懂。”

武老板：“哈哈！你笨啦！不过你笨得可爱，我喜欢。”

袁文英脸一下红了，血往上涌，全都涨到了脸上。武老板的目光移向茶杯，他端起茶杯，将茶水喝下一口后，再深深地吸了口气，又将目光投向袁文英，语气缓慢地说：“我读大学的时候，看到过一本叫《茶经》的书，那是一本神秘的古书。在那本书里，极为考究地介绍了种茶、制茶、煮茶，以及每道工序的完成和器具的选用。至于品茶就更为深奥而多姿多彩了。依稀记得这本书里讲，茶道是一种文化、一门艺术、一种美学，讲究“天人合一，物我玄会”的境界，真是讲出了修身养性的真谛啦。

袁文英微微一怔，心想：原来武老板很有学问啊，不由敬佩地望向武老板。就在抬头的瞬间，她看见武老板透过镜片在向她放电，并且说话的样子很优雅，他问：“那么她们到底有没有给你叫先生了吗?”

袁文英害羞地说：“叫了。我当是服务员呢，我没理会那人，那人就走了。”

肖姐和武老板哈哈大笑。

武老板朝地上的狗努了努嘴，说："看来小武比你还见多识广。"

原来武老板的狗叫小武。

肖姐："武老板，您的小武本来就是一只色狗，这些年跟着您征战商场，走南闯北，昼灯夜火、莺歌燕舞，积累了丰富的知识，应该早就明白了人类的暧昧之事和阴险狡诈啊。'徐小凤'刚从乡下出来，怎么能跟小武比呢?!"

武老板笑道："呵呵！明白就好，明白就别说出来啦。我们不要毒害'徐小凤'，她是纯洁的处女地。"说完右手拍着沙发对袁文英，说："来，坐这里，男左女右。"袁文英不由自主地走向他，有点矜持地坐下去。

肖姐不屑地笑道："什么处女地呀，她女儿都十多岁了。"

武老板："这你就不懂了吧，我说的处女地指的是她的灵魂，不是指她的身体。"他一边说一边看着袁文英坐到他的右边，并把脸庞微微侧向袁文英，接着说："其实我见多了，肉体上，天下女人都是一样……要说区别也有点，有肥有瘦、有高又矮、有白有黑、有老又嫩，唯一有一点不同。"

肖姐："什么不同?"

武老板："灵魂不同。唯有精神纯洁的女人才最可爱。"

肖姐连讽带讥地说："您说您见多了，说天下女人都一样，没有美丑区别，那您别色眯眯地看'徐小凤'咯。我看您此刻已经心潮澎湃了，我敢肯定您欲火开始燃烧了。这样可不好，冲动是魔鬼。呵呵!"

武老板："诬蔑我。我看她，不是因为她漂亮，而是因为她单纯。女人的肉体一样的，唯独她们的灵魂不一样，这个玄学中有研究的，我也正在研究。我肯定'徐小凤'的灵魂是纯白的，像天空温暖融融的云朵，飘呀飘，在寻找归宿。"他出现了陶醉状态："飘呀飘……一旦遇到大气对流，产生电压，它就会云浪翻腾，一泻千里……哦!'徐小凤'肯定没有三角恋或四角恋或 N 角恋。"

肖姐："瞧您，到底在说什么呀?!"

武老板："说的就是男人和女人的那档子事啦。"他同时抓住了袁文英的左手，说道："看来你下半辈子得靠我了。"

袁文英惊讶地抽回左手，欲起身离开，不料被武老板一把揽进了怀里。

肖姐急忙说："不是……武老板是这样，喜欢开玩笑，你不用怕他。"

"哦……我要去看芬芬……我看她睡了没有。"情急之下，袁文英推开武老板，朝楼上跑去，小李帅男正好从楼上走下来，与她擦肩而过。小李帅男露出惊讶的表情："怎么你……你一个人回来了？"

袁文英没理会小李帅男，径直跑上楼去了。

肖姐一看见小李帅男，火气又上心了，大声责备起来："小李帅男，一定是你怂恿她们去K歌，你又不待在大厅里，我的货物丢了，你赔吗？"

小李帅男："这不是没被偷嘛。"

肖姐："简直混蛋！你可知道，我这些都是上好的茶叶、高档名贵香烟，还有进口的法国拉菲，价值几十万，你怎么不负责任跑楼上去了？你忍心让小偷偷去了，是不？你够残忍啊！"

小李帅男忙说："对不起对不起，刚上去看了一会儿，冉老板、刘经理、唐先生、苏老板他们在打麻将，好精彩。今天冉老板输惨了，刘经理报仇了。"又对武老板说："您从广州回来了？小武也来了？嘻嘻！"

武老板不露声色地微笑着。

小李帅男："听说怀华小煤窑整改已经结束了，武老板的煤矿可以开工了，又要赚大钱了啊。嘻嘻！"

武老板仍笑而不语。

肖姐："你懂个屁，武老板的煤矿从来就没有停过工。刘经理不是一直在怀华替他打理吗？"

"那是那是。嘻嘻！"小李帅男边笑边往外走边说："那我先回家去了，你们慢慢聊。"

肖姐狠狠地瞪了他几眼，回头问武老板："徐小凤煮的茶好喝吗？"

"好喝！好喝极了！"武老板再次端起了茶杯，呷了一口："我头痛。比较忙。最近情绪低落，处于迷茫状态，激动起来心口跟着痛，你有解救的方法吗？"

肖姐会意的笑道："呵呵！我说说我个人的意见，'徐小凤'心里还没有感觉……您需要淡定、再淡定。"

武老板："再淡定就来不及了，我今年六十岁了，没有多少时间淡定了。"

"武老板真是慧眼识金，'徐小凤'确实很可爱。她到我店里两个多月了，我还没有看见她不规不矩，她不像阿兰那样哥哥拽、妹妹狂的。喏，今晚去歌厅，她可是第一次去。这不，什么是先生她都不懂，这说明什么？说明她单纯，她绝对不会三角恋、四角恋、N角恋。就像您刚才说的，现在这样的女人纯洁难找，我要是男人我也喜欢她。"

"所以我喜欢她啦。去叫她下来，我跟她谈谈，让她到我家里去做

保姆。”

“您这不是挖社会主义墙脚吗?”

“你可以另外找个工人阶级啦。”

“那也得看‘徐小凤’愿不愿意。”

“我出三倍的价钱她肯定愿意。”

“既然武老板这么说了，我就做个顺水人情，我去帮您说说？哦……不行，她有老公……万一找来了，她老公知道了……您干了她，怎么办?”

“给你说啦，这世上的男人有三种：第一种没想法也没办法，第二种有想法没办法，第三种有想法有办法。你认为我属于第几种?”

“呵呵！您属于第三种吧?”

“我当然属于第三种。所以，不麻烦肖老板你了，我只要有想法，我就会有办法，我要慢慢地找到感觉。追女人其实就是一种游戏，好不好玩主要在于过程而不是结果。享受过程才是最快乐、最刺激、最心跳的事，也是爱情的最高境界，最后才能和性结合，才能达到极致。”

肖姐含着一丝嘲笑：“武老板可谓情场老手，玩女人玩出这么一大套深奥的学问来了。”

“嘿嘿！这个嘛，聪明男人都懂啦，不算什么学问。”

“那好吧，我叫‘徐小凤’下来，你自己找感觉。”肖姐说完走到楼梯口，扬着脖子朝楼上喊“徐小凤”下来！当听见袁文英的脚步声，肖姐又走到武老板面前，说：“她下来了，我先回家了，不妨碍你们找感觉了。”

武老板：“我怎么闻到了酸酸的味道。”

肖姐冷哼了一声，挖苦起来：“武文哥哥，我只是想回家休息去咧，你能别吃着碗里望着锅里，然后说全天下的美女都喜欢你，可以不可以?”

武老板：“鬼丫头，嘴好厉害。”

袁文英很快从楼上走下来，站在大厅中央，等待肖姐的吩咐。肖姐交代袁文英：“要招待好楼上的那桌客人，阿兰、阿珍都不在，客人要喝茶的话，‘徐小凤’你给他们煮一下。武老板在这里陪着你，你要更加温柔地招待好他。”袁文英鸡啄米似的点头。肖姐又意味深长地说：“你们都孤身在外，应该有很多共同言语。那……没别的事了，我走了”又对武老板诡秘的微笑了一下：“再见!”

“好的。”袁文英嘴里答应着，心里却在想，武老板怎么不走，十点多钟了，又不打牌。

“来，小袁，坐这里。”武老板重复了一遍前面的动作，右手拍着沙发。

袁文英笑道：“我……我要看店子，我坐吧台里。”

“那你给我加点水啦。”

“嗯。好。”说完，袁文英去吧台里烧水。间隙中，武老板问她在玫瑰园生活得好不。袁文英说自己运气好，碰到了肖姐这么好的老板，对她和芬芬很照顾，生活也过得很好，身体吃胖了呢，再胖就要减肥了。

“胖了好啊，胖了性感。环肥燕瘦。你有自己的特质，乃女人中之极品。”

袁文英害羞得不知道说什么。水很快烧开了，她拿起水壶，轻轻地走到武老板面前，打开壶盖，往武老板的茶杯里加水。

武老板微微欠身，目光盯在袁文英脸上，口中念念有词：“杯中茶色红润明亮，内质细腻，清香延绵，属于茶中上品，这是哪里的红茶？”

袁文英轻声说道：“这个我也不清楚，我去看看出产地。”她正好可以借故离开，却不料被武老板抓住了手腕。袁文英像是被电击了一下，又惊恐又紧张。

武老板从袁文英手里拿过开水壶，放到茶几下面。然后，把袁文英拉到沙发上，男左女右，他让袁文英在他的右边坐了下来。这个过程中武老板既老练又温文尔雅，也没有大粗大俗，以至于袁文英对他没有特别的反感。

“陪我聊聊天好吗？”武老板笑着说。

袁文英低头看着自己的脚尖。小武的金铃铛在她耳边清脆地响。

武老板：“难道我的眼睛真有让人心跳的感觉吗？”

“我不明白。”袁文英轻声地说。

武老板：“通常女人不敢看一个男人，说明这个女人喜欢这个男人，比如，此时的你和我。”

袁文英：“胡说。”但她自己也觉得说话底气不足，好像有什么心事。

武老板：“开玩笑开玩笑。你不同意的话，我不会强迫你做爱。”

袁文英迅速地瞟了一眼武老板，说：“武老板你别讲这种话咯。不然，我不理你了。”

武老板：“哈哈哈哈！不是啦。其实性像茶一样，也是一种文化……是行为艺术……”在看到袁文英白了自己一眼，武老板连忙改张易弦：“好好，美女不许我说痞话，我就不说痞话，我说别的好话，好不？”武老板狡猾地笑，捎带把右手搭到袁文英肩上，轻轻拍了拍：“我认识你啦，袁文英，好漂亮、好温柔的女人，可惜命不好啦!”

袁文英一下怔住了，结结巴巴地问：“你说什……什么……你认识我……是吗?”

武老板：“是啦。有什么不对吗?”

“没……没有不对。”袁文英双目盯着武老板，充满了戒备。

“呵呵！这就对啦。给你说过嘛，你的下半辈子得靠我啦。”武老板喝了口茶，语气缓慢地又道：“你不要怕，我这个人虽然长得有点丑相，哦……看……”武老板挑着自己的花白眉毛说：“看我这眉毛凶凶的，看上去像不像湘西土匪……其实我本善良，我的心非常非常善良。至少我不是坏人，不信你摸摸。”武老板把头往袁文英胸前伸去，让袁文英摸他的眉毛摸他的心。他的脸触到了袁文英的胸脯，他眯着眼，很陶醉，并用鼻子嗅着袁文英的气息，梦呓般地说：“真香啊!”

袁文英把身体往后靠，拉开和武老板的距离，看着武老板凶巴巴的眉毛，出于矜持，她没有去做那样的尝试，去到武老板的怀里摸他的心。她紧紧地抓着自己的手，忍不住想笑。

武老板接着又道：“我在怀华有一套住房，就在前面右边的碧云山庄。我想请个保姆，你愿不愿意？如果你愿意过去的话，不要你做多少事情，家里只有我和小武。”

袁文英把目光慢慢移到小武的身上，说：“小武也算啊，它又不是人。”

小武的金铃铛清脆地响。袁文英仔细数了一下，一共五个金铃铛，也不知道一共有多重，金灿灿的，让人羡慕死了。

“你们家狗也带金圈呀？那么大的金圈得多少钱买呀?”

“要不了太多，也就几万块。”

袁文英倒抽了一口冷气：“几万块还不多吗?”

“我准备给小武换个带钻的啦，好看些。”武老板趁势搂紧了袁文英。袁文英没有反抗，只说：“有钱人家的狗比人还高贵呢。”

“我当它是爱人啦，它可是纯正的德国品种。”

“那您的家人呢?”

“我没有家人了……我……呵呵。”武老板拍着胸脯：“武文，出生在香港，加拿大籍，今年六十岁，英文名字叫 Evan furner。我太太还在加拿大，我有个女儿在美国。我的公司在广州，注册资金一亿七千万人民币。我在怀华开了一个煤矿，就是古树煤矿。你听说过吧?”

袁文英摇了摇头："您太太不来照顾你吗?"

"她在加拿大生活得好好的，还养小白脸伺候她，怎么会来照顾我这么个老头子呢。再说我们离婚十多年了。"

袁文英十分惊讶："真的吗?!"

"你这不是看到了嘛，只有小武和我相依为命。"

"那——这么多年您没有再结婚吗?"袁文英开始由惊奇变成了好奇，也在心里对武老板产生了一些怜悯，情不自禁地温柔地说："您一直一个人过，您不感到孤独吗?"

"曾经沧海难为水，除却巫山不是云。我这个人就是太看重感情了。"武老板的嘴角含着一丝不易察觉的微笑，说："我也是吃苦长大的啦。"

袁文英："那您应该重新找一个老婆，您一个人太孤单了。"

武老板长叹一声："告诉你吧，我先前有个女孩子，二十五岁，日本人，跟了我三年，后来她跑了。"

袁文英："为什么跑了呢？您对她不好吗?"

武老板解释道："不是。我非常非常爱她，对她非常非常好。可惜她嫌我老了，背着我跟一个年轻帅哥来往，到后来偷了我二十万元钱跑了，再也没有回来过。唉——不提了。"

"您恨她吗?"

"不恨。"

"对呀。二十万元对你来讲不算多，您不应该恨她，她跟了您三年，女孩子的青春能有多少个三年呢?"袁文英觉得那女孩子不远万里从日本跑到中国来，这是需要很大勇气的，再说才25岁，武老板60岁，他和她横竖都不相配。袁文英便对那女孩子产生了同情心，便不知不觉不管不顾地说出了自己的想法。

武老板慢慢摘下老花镜，揉了一会眼睛，似乎哭了，甚至连同声音也哽咽起来。他用缓慢的语速说："我不恨她。我只恨我自己没有做到最好，让她失望了，跑了，真就像一首歌里唱的'可不可以再爱我一次，让我学会做你的爱人'，如果她愿意回到我的身边，我一定好好爱她。"武老板顿了顿，叹了口气，更加沉重地说："但是这是不可能的，她不会回来，永远不会回来了。"

武老板说到后面眼眶红了，袁文英感到他心在痛，爱在烧。小武似乎也很悲伤，一动不动地趴在原地，眨巴着狗眼。

看见武老板难过的样子，袁文英茫然地说："可是……您……您太太呢?

您可以找她呀。”

“没有感情了。”武老板摇着头，像梦呓：“都过去了。”

“那您也别痛苦，会有人爱你的。”

“那那个爱我的人会是谁啊……是你吗？”武老板说着，抱住了袁文英，含糊不清地说着：“宝贝，我爱你……你也爱我吧，宝贝。”

袁文英有点被武老板的话语打动了，她躺在武老板的怀里犹豫了一会儿，最后还是站起来了。她走到吧台里，她用手摸了摸自己发热的脸颊，喘着粗气：“对不起，我有老公。”

武老板嘲讽地笑起来：“什么？你有老公，他在哪里呢？呵呵，其实我知道你们的事情，你老公叫周……什么来着，他打死了石溪溶村的陈成龙……”

袁文英捂着耳朵嚷道：“求您别说了！”眼泪一下流了出来，接着趴在吧台上面抽抽咽咽地哭起来。

武老板走过去，摸着袁文英的头发。他走路的动作有点僵硬，确实60岁的人了。他说话十分温柔，说：“宝贝，别哭。我不是故意要伤害你，而是我真的真的真的喜欢你，如果你愿意，明天就搬过去，好吗？即使你不喜欢我，做保姆也行，包吃住包括芬芬，我每月还给你2000元的工资，比在这里做事强多啦。”

袁文英继续哭着。小武的金铃铛清脆地响，清脆的声音把五个金铃铛的金灿灿的幻象，一次又一次地送进袁文英的脑海里，金铃铛金灿灿的光芒变成了火焰，在轰轰烈烈地燃烧，袁文英身上的皮肤被烤得焦痛，心也被烧燃了。她哭着，即使她流干了最后的泪水，也不能把那大火扑灭。她咬着牙，在做着最后的挣扎。她看见自己，不在烈火中烧死，就会在烈火中重生。

武老板温柔地说：“你今晚好好考虑一下。我回去了，你别哭了。”他说完走到了门口。然后，他又折身回来，说：“宝贝，你不要哭了，你这一哭，我今晚肯定睡不好觉，你难道忍心让我失眠吗？你是多么善良的女人，你不会忍心让我难过吧……我走了。”

袁文英慢慢抬头看着武老板，双目噙着泪水。

武老板伸手从茶几上拿过纸巾替袁文英揩着泪，说道：“宝贝，真的别哭了。你这样子我心痛啊……乖，别哭了……我走了……我真的走了。”

袁文英点了点头。

武老板牵着小武离开了玫瑰园。小武的金铃铛清脆地响着，声音渐渐远去……

袁文英独自发了一阵愣。之后，她擦干眼泪，装着若无其事的样子到楼上问客人们要不要夜宵。客人们说玩到十二点钟就休息，不要吃了。袁文英便给他们添了一轮茶水、收拾了一下厨房，完了，回到自己的房里。

灯光下，凝视着熟睡的女儿，袁文英发现女儿脸上还残留着泪痕，她肯定女儿哭过，她的心一下碎了——这是一个没有父爱的孩子。但曾经，她的父亲多么多么地爱她。那么，以后的生活中，她就像一只断了翅膀的小鸟，她的命运会遇上许许多多无法抗争的安排，这其中有可能她的母亲会爱上另一个男人。

袁文英又想起了周建华，她对丈夫有太多的回忆，那缠缠绵绵的初恋、那平淡中的坚守，从三春桃李到初夏新棉到秋水滟滟，丈夫给予自己太多的关怀和幸福。同样，在袁文英的温柔乡里，周建华平添了多少英雄豪气。

人们常说人生如戏，戏中有悲有喜，有相聚也有分离，命运亦如杰出的导师，用一种神秘的力量，安排着台上人物的生命劫数，它不会按照演员的意愿去修改自己的脚本。

“建华你到底在哪里?”这是一个妻子烈火中的最后的心灵呼唤，这呼声亦如将要和丈夫做最后的告别。绝望中，袁文英想到了武老板，难道自己下半辈子真的会和这个老男人联系在一起，正如命运的安排……

不一会儿，袁文英听见隔壁的客人撤了，下楼去了。她下去把大门关好，再返回二楼，她不打算去麻将房搞卫生，她想睡了。但是，她刚刚躺下去，楼下传来了急促的敲门声，深更半夜的“砰砰砰”地响，惊天动地。其中夹杂着阿珍的声音，鬼叫着，怪吓人。

袁文英很快穿好衣服，跑下楼，打开门，只见阿兰耷拉着头，烂醉如泥，阿伟先生和阿珍一边一人搀着阿兰。阿珍也醉眼蒙眬的样子，想必是酒精在身上发挥作用了，她说话声音都变了，像水滴在烧红的铁板上冒烟似的，“嗞嗞”断断续续地响。

袁文英急忙折身走在前面。阿珍和阿伟把阿兰架到床边，袁文英打开阿兰的被子。然后，阿伟抬头，袁文英抬脚，阿珍在中间帮了一把，三人合力把阿兰抬到床上，盖好被子。

阿伟说他要回皇家歌厅去，匆匆忙忙地走了。

阿珍说自己喝多了，头晕，要睡觉了，不能照顾阿兰。袁文英说：“你去睡吧，我来照顾阿兰。”

一阵混乱之后，袁文英确实很累了，上眼皮和下眼皮打架了，她却不敢去睡觉，因为阿兰躺在床上不省人事，需要她的照顾。美酒加咖啡一杯又一杯……袁文英心想，酒也能醉死人的，万一阿兰出现异常情况，她得立刻拨打120……不然……阿兰还年轻啊，不能让阿兰长眠不醒就那么过去了。

于是袁文英搬了一张靠椅，坐在阿兰身边。她坐着坐着就那么睡了，竟然还做了一个好梦，梦见自己躺在周建华怀里，很幸福……

不知道什么时候，阿兰醒了，开始不停地呻吟。袁文英从梦中惊醒过来，睁开眼睛，看见阿兰的头在枕头两边不停地扭动，眼睛却是紧紧地闭着的，面色很苍白，感觉十分难受的样子。

“你想吐吗？”袁文英俯下身去问。

阿兰咿咿呀呀，语不成声。

袁文英急忙到洗手间拿来塑料盆子，放在床边。

阿兰呻吟了一会儿，突然吐起来。袁文英扶着她，让她吐到塑料盆里。立刻，屋子里充满了各种食物发酵后难闻的气味。

阿兰吐了一会儿，长长地舒了口气，躺下去。袁文英赶紧把脏物倒进卫生间冲掉，又回来，阿兰又吐，又躺下去……

就这样，吐了倒，倒了吐，来来回回折腾了好几回。之后，阿兰沉沉地睡着了。袁文英确定阿兰已经脱离了生命危险，才拖着疲惫的身子，回自己的房里睡觉。此时，已经凌晨三点钟，月朦胧，秋虫正呢哝。

袁文英一觉醒来，早上六点半。昨晚很累，按平常情况，这时候她应该沉梦不醒。或许是生物钟把她闹醒了，她爬起来，感觉头很重，想继续睡一会儿，想了想要给芬芬做早餐，只好强打起精神，去厨房忙活起来。

等芬芬起床，吃完早餐，上学去了，袁文英便开始搞卫生，搞完卫生去买菜，做完这一系列复杂而简单的日常事务，肖姐过来了。当时，袁文英正在厨房洗菜，阿兰和阿珍还在睡觉，有可能她俩在梦中正在和男伴卿卿我我、搂搂抱抱呢。

肖姐走进厨房，用异样的目光打量着袁文英，笑道：“昨晚你和武老板聊得很开心吧？”

袁文英微微一怔：“没有……没聊什么，武老板十一点不到就走了。”

“是吗？看你满脸倦容，你们就没有发生一点故事吗？孤男寡女，烈火干柴，容易擦枪走火啊。”

“肖姐你误会了。阿兰她昨晚喝醉了，我照顾她照顾到三点多钟才睡觉。

她吐了六七次，好难受。阿珍也喝多了，是那个阿伟先生送她们回来的。”

肖姐的脸色立刻变了，冷冷地骂道：“小娼妇，好难受是吧……好难受，活该！年纪轻轻的，不正儿八经地谈男朋友，偏要学人家富婆找先生陪玩。迟早她们会后悔的。”她边骂边回到客厅。

“听说……好像，阿兰最近失恋了，心情不好。”袁文英小心地说。

“她失恋了……她失什么恋？不就是武老板不理她了。”说这话的时候，肖姐迅速看了袁文英一眼。袁文英却既无表情，亦不吭声。

肖姐又道：“她和武老板那能叫恋爱吗？他们都是精神空虚，寻找刺激，各有所需，没听说吗……”

吧台里电话忽然响了，肖姐疾步去接，拿起话筒，声音一下变得温柔起来：“喂……哦，武老板……早上好……‘徐小凤’她在，你要跟她说话吗？哦……什么时候……好的……你过来……恭候你的大驾……嗯……好……再见。”

肖姐将电话挂上，心里仍然不大愉快，像想着什么事，大概刚才电话里武老板对她说了重要的事情令她面色疑重地思考着……时间一分一秒地过去了。

突然，肖姐走到阿兰和阿珍的房门口，边敲门边喊：“起床了，一会武老板他们要过来了。”

等到听见阿兰、阿珍在里面答应了，肖姐又告诉袁文英，说武老板要来吃白斩鸡。

“哦。”

“就是上次我教你做的那种鸡。”

“我知道，我现在就开始准备。”

“好。”肖姐说完打开电视，坐在沙发上独自看着新闻……

这个上午，虽然有一点不愉快，但是总的说来，一切正常。

21

天气格外晴朗，怀华的天空很蔚蓝。

一辆黑色宝马悄无声息地开到玫瑰园门口，停住了，从车上下来了三名男士和一只狗——武老板、刘经理、唐先生，还有小武。

肖姐透过玻璃大门看见了武老板的“宝马”，急忙出门迎接：“四位里面请!”她的过于丰润的臀部一颤一颤地抖动着，以至外面的黑色包裙显得紧绷绷的，上身穿的毛衣则比较宽大，松松垮垮的十分潇洒，毛衣领子低低的，乳沟露出深深的一截，男人的目光从上往下，能够看见里面的风景；肖姐脖子上那微微飘动的水红色纱巾，也非常引人注目，她整体看上去既性感亮丽，又浪漫迷人，显然是精心搭配的。

武老板走上去，张开双臂，和肖姐拥抱了一下：“老板娘你今天好漂亮啦!”

肖姐笑道：“漂亮是年轻人的专利。”

武老板双手从肖姐的肩膀上往下，在空中滑开两道弧线，做了一个赞美动作：“瞧瞧，要的就是这范儿，熟美。”

肖姐：“老了，哪里谈得上范儿。”

武老板：“这年头，漂亮不仅仅是年轻人的专利。就算老了可以去整容，别说你还不老啦。”

肖姐：“我这个样子整容?!能整到哪里去，难不成能整出个小龙女？呵呵呵！别逗了。”

武老板：“你不比凤姐丑吧？看看人家凤姐，整容，美呆了。”

刘经理立刻附和：“就是就是。”

肖姐：“耍风是个技术活，不是人人都能做得到的。”

说话间，大家也都坐定好了。

武老板：“你也可以去整容嘛。”

刘经理又道：“就是就是。”

肖姐：“再说漂亮不仅仅只在外表。”

刘经理：“就是就是。”

唐先生忍不住白了刘经理一眼，打趣地说：“就是就是。我看你网上多了，中病毒了。”

刘经理十分得意：“就是就是。”

唐先生：“错！美女们裸聊的时候，通常只说121。”

刘经理：“就是就是。”

唐先生：“看看看看，露馅了吧。”

刘经理：“彼此彼此。”

哈哈哈哈……

肖姐：“唐先生你真逗。”

武老板：“他呀，他就那德性，荷尔蒙过剩，找刺激。”

唐先生："知道岳飞是怎么死的吗？冤死的。"

武老板："你又不是岳飞。我也不是秦侩，冤不死你。"

正当大家聊得开心，武老板突然心神不定地站起来，径直去了厨房。看见砧板上放着一只被拔光了毛的肥母鸡，武老板伸手摸了摸，沉醉地说："看啦，好白好嫩的，它生前一定是个非常漂亮的姑娘。"

袁文英："武老板你真幽默。"似乎昨晚的事她已经忘记了。

武老板："嘿嘿！我这个人读书不多，但我特别会逗女人开心，尤其是你。"

袁文英心里涌起了几丝温暖，柔声地问："那你哪个大学毕业的？"

武老板："加拿大哥伦比亚大学毕业。"

袁文英："是嘛……好像哥伦比亚大学是在美国呢。"

武老板："哈哈！这个你也知道啊？才女！"

袁文英："哥伦比亚大学是世界名牌的大学，我听说过。"

武老板："我刚才不是说了，逗你开心。我当然知道哥伦比亚大学在美国纽约。"

袁文英笑而无语，却是由衷的开心，她完全没有怀疑武老板的话。

武老板又道："老实告诉你吧，我乃香港理工大学毕业。"

袁文英："高级知识分子啊！"

武老板："嘿嘿！刚说你才女，你这来了……你反应很快啦，看来我昨晚给你讲的事情，你也应该已经考虑好了，是不是咯？"

袁文英："没有。昨晚阿兰喝醉酒了，我要照顾她，没来得及考虑。"

武老板："那你现在考虑，我出去了，不影响你考虑。他们在等着我。"

这时，阿兰从房里出来，慌慌张张地往厨房里走，一下撞在武老板怀里，武老板看了她一眼，推开她。阿兰没有任何反应，直奔到厨房，找东西吃。袁文英已经给她和阿珍准备了银耳莲子粥。阿兰胡乱吃了几口，返回大厅里，她的脸上涂了厚厚一层粉，死白死白的，仍然掩盖不住醉酒后的倦容。她在人群中搜索到了武老板，犹如波斯猫眼聚了一束光，她蹬着猫步，款款深情地走到武老板身边，嗲声嗲气："武老板，好久不见，今天是来打麻将或是来看我的呢？"

武老板冷冷地瞟了她一眼，说："你看你，昨晚又喝醉了，你这样疯疯癫癫的，哪个男人敢要你。"

阿兰脸色一沉，扭头走开了，嘴里说："谁稀罕你个老头子？"

肖姐笑道："好了好了，朋友一场。"

阿兰："狗屁朋友!"她已经走到了吧台里，转身她又喋喋不休地骂道："他什么东东，我不是他朋友……谁是他朋友……我有朋友……他不就肥肉一堆，地球上有他一个不多，缺他一个不少。"

武老板半阴半阳地冷笑："想要讨好爷，先给爷提鞋。敢跟爷胡闹，爷让你上吊……"

唐先生笑道："呵呵！时髦。当今流行主打非主流语言，老板你也会呀，佩服佩服!"

武老板："嘿嘿！我心态好，'我的历史就是时尚的历史'。"

阿兰："潮流咧，老流氓。"

武老板："哈哈！这年头流氓一词过时了。再说了，你不流氓吗？你床上功夫我又不是不知道……叫起来那声音中西合璧，好时尚啦!"

大家哈哈大笑，嚷着要武老板再描述一下。

武老板："她叫床不仅会用中文，偶尔又来几句外语。好刺激啦。"

阿兰被气得面红耳赤。

肖姐："先打麻将吧？冉老板邀好了的，怎么还不来呢?"

武老板和阿兰停止了争吵。

武老板："不急。先喝杯茶，聊聊天，冉老板要等一会儿才过来。"

肖姐在关键时候岔开了话题，制止了一场战争。肖姐说："行。请问今天喝什么茶？要哪个煮茶?"

"红茶。'徐小凤'。"武老板话一出口又否定了："不不不！'徐小凤'在做菜，忙不过来啦。阿兰煮吧。"

肖姐脸上浮过一丝不易察觉的讥笑："武老板真会怜香惜玉呀。这不，'徐小凤'还没过去，您已经开始心疼她了。"

肖姐这话深深刺激了阿兰，使得阿兰醋意大发，只见阿兰冷"哼"一声，拂袖而去，冲进房里蒙头而睡。阿珍还在房里化妆，刚才阿兰和武老板在大厅里斗嘴她全听见了，她悻悻地望了阿兰一眼，之后来到大厅，微笑着说："武老板，我给你们煮茶好吗?"

武老板："随便。"

肖姐："给我也煮一杯。"

阿珍熟练地打开壶盖，加满水，放到电板上，水很快烧开了。然后，阿珍把茶叶放进雕着花色的茶壶里，冲上开水，再用细钢筛反复滤了几次，直到看见茶色红润融融，内质温和才满意。她把茶水倒在玻璃杯中，端到武老板面前，微笑着："您请用茶。"

武老板赞许地点了一下头，把茶杯端到手上，刚要开口去喝，阿兰突然从房里冲出来，对着厨房高声喊道："'徐小凤'你出来!"

武老板微微一怔，茶杯就停在了嘴边，用惊讶的目光瞪着阿兰。肖姐正色地问道："怎么啦?'徐小凤'在炒菜，你有什么事?跟我讲吧。"

"我的钱不见了。"阿兰胡乱地翻着钱包，抖给大家看。

武老板摇了摇头，诡笑着呷了口茶，继续与刘经理、唐先生聊侃。

"钱不见了，跟'徐小凤'有什么关系?你又要怀疑她吗?"肖姐越说越生气，她把茶杯重重地摆在茶几上，回头严肃地说："你呀，没有证据，不要随便怀疑'徐小凤'。"

阿兰一连串地说："我昨天从银行取了两千元钱，就装在这个包里，阿珍昨晚请客，我们去K歌，我又没带钱包。钱包就放在抽屉里，我刚才打开钱包，发现钱不见了，我怀疑被'徐小凤'偷了。"

肖姐："你谁都不怀疑，为什么只怀疑'徐小凤'?"

阿兰："昨晚又没有别的客人，阿珍和我一起回来的，只有'徐小凤'在店里，不怀疑她，怀疑谁?"

"好。我把她叫出来，你自己问她，如果她没有偷你的钱，拜托，请你今后别无事找事，别给我添乱。"

肖姐走到厨房里，袁文英正一个人手忙脚乱地炒菜，望着袁文英忙碌的背影，肖姐徒生了些许怜悯，不忍心叫袁文英出去面对是是非非。

伴随着腾腾热气，锅里的菜嗞嗞作响，香气扑鼻而来，肖姐深深地吸了一口，她就那么悄悄地站在袁文英背后，直到看见袁文英把菜出锅了，肖姐才开口。

袁文英回过头来，咧嘴而笑："肖姐，你别进来，油烟好呛人。"

肖姐："把火关了，出来一下。"

袁文英关上火，应声而出。

阿兰凶巴巴地指着袁文英，说："'徐小凤'，我两千元钱不见了。"

"哦，钱不见了，那赶紧找啊。"

"是不是你拿了?昨晚就我们三人在店里，我和阿珍又都喝醉酒了，只有你有下手的机会。再说我和阿珍在玫瑰园三年多了，我们从来没有丢过钱。这不，你一来，我们就经常丢东西。"

袁文英张开了嘴，惊得半天说不出话来。所有人的眼光都看着袁文英，他们怀着不同的心情看袁文英会有什么反应。而此前，武老板、刘经理、唐先生在饶有兴致地交流着他们的牌技、谈论着女人。当听见阿兰咄咄逼人的声音，他们也感到吃惊，便停止了谈论，掉过头来，认真地看着袁文英和阿兰，看着即将发生的故事。

袁文英听见自己的耳朵嗡嗡响，脑袋都气炸了，她有好多辩解的话被堵在胸口说不出来——阿兰昨天还亲亲热热地和自己开玩笑啊，今天怎么了……做人怎么可以这样没有定性……变了个人似的，翻脸不认人。袁文英看着阿兰，看着看着，忽然就憎恶起来。然后，她深深地吸了一口气，平抚了一下心情，缓慢地说："你肯定记错了。你一定不是放钱包里，而是放别的地方你不记得了，你再好好找找。"

"我没有记错。你如偷了，就承认，我不追究了。上次阿珍的按摩减肥内裤可是在你的垫絮下面找到的哦。"

袁文英："我没有偷你的钱，要我怎么承认?！上次阿珍按摩减肥内裤的事情是你栽赃陷害我的，今天你又来陷害我呀?"她顿了顿，很克制地说："我昨晚看见你喝醉了，就搬了一张靠椅，坐在你床边守着你。你后来吐了，吐了六七次。吐完了，你睡了，我也睡了。今天早上我没去过你的房间，我哪里偷了你的钱了?"

武老板站起来，挥着手："够了！别理她。你没有偷她的钱，你就不用给她解释。"说着，走到袁文英面前，用一种爱惜的眼光注视着袁文英，而且不容商量地说："去收拾东西，吃了中饭跟我离开这里！"

小武在袁文英身边嗅来嗅去，早在阿兰跟武老板斗嘴的时候，它翘着尾巴在人群中钻出钻进，脖子上的金铃铛清脆地响。武老板说："看见没有，小武好高兴，小武也欢迎你过去啦。"

刘经理："是的。现代人生活好了，吃得营养充足，脑壳长得到位，思想已经辐射到宇宙之外。'徐小凤'你不能目光短浅，你需要调整一下思维，让自己换个境界生活。你跟武老板走，比待在玫瑰园炒菜幸福，至少没有人敢欺负你……你认为我说得对不对?"

刘经理说这些话是看着袁文英说的，袁文英也瞪着他，他本来在问袁文英，唐先生抢先说道："你的话，兄弟我非常赞成，21 世纪，进化好快，同一个地球上的狗狗也在进化，大脑已经超常聪明。刚才，小武听见人类吵架，显得异常兴奋，想必小武同样热血沸腾。"

刘经理："你错了，小武不是看见人类吵架才高兴的，小武因为知道

‘徐小凤’要去它们家才高兴啦。”

唐先生笑道：“原来小武也喜欢美女哦。呵呵！”

刘经理和唐先生有一搭没一搭地聊侃，把大家逗笑了。武老板催了一句：“‘徐小凤’你去收拾啦！”

袁文英便望着肖姐，口里喃喃地说：“这个……以后再说吧……我还没有跟芬芬商量好呢。”

武老板：“你不用感到为难，这事我跟肖老板协商好了的。至于你女儿，放学的时候，我陪你去把她接回家不就成了。”

肖姐叹了口气，想说什么，又没有说。她预感到了，袁文英就要离开玫瑰园了。人往高处走，也没有人跟钱过不去，武老板给袁文英开了高价，袁文英自然会过去的。肖姐知道，该她自己炒菜了，至少没找到新厨师之前。

袁文英犹豫了一会儿，决定跟武老板走。她很快打好行李包，从楼上下来。刘经理便主动帮她把东西放到车后备箱里，笑着说真是不打不相识。袁文英也笑了笑，回头又去跟肖姐和阿珍道别，阿兰走过来狠狠地道：“去吧去吧。去了，武老板和小武带你双飞。”

武老板走到袁文英身边，把手抚在袁文英肩上，眼睛却狠狠地盯着阿兰，嘴上对袁文英说：“走吧，又不是不见面了。这么近，你随时可以过来玩。”

肖姐：“是的。有空来玩啊。”

袁文英随后钻进了武老板的“宝马”里。

离开玫瑰园，袁文英心情是复杂的，她坐在车上想：阿兰三番五次欺负自己，但是肖姐和小李帅男对自己很好，有知遇之恩；阿珍也不错……自己的生活也刚刚摆顺，本来不应该走的，只是武老板对自己更加关心，答应给自己2000元一个月，哪里去找这样的好事啊？武老板还是香港理工大学毕业，文化高、素质高，又离过婚，受过感情打击，经历过风风雨雨，他对下人应该不会苛刻的……又催得紧……没时间想那么多了……来都来了，还是坐武老板的小车来的。

袁文英并不认识武老板的宝马，她只是感觉坐在武老板的小车里面很舒服，她极少坐小车的，更别说高档小车了。

22

武老板的家坐落在碧云山庄，距玫瑰园不远。碧云山庄乃怀华市最高档次的别墅住宅小区。

宝马穿过繁华的荷池路，爬上一个小小斜坡，开进一处别墅，停在别墅大门口的花园的一块空地上。刘经理首先下了车，武老板、小武、唐先生、袁文英依次下车。

花园中间有四方凉亭，绿瓦红栏，青花瓷桌、瓷凳。一条石板小径长约二十米，连接着一栋漂亮的小洋楼。花园以及楼房四周由栏杆围着，形成一个四方形院落，院落四周栽有杨槐树，树下面是两排长方形花坛。

“好漂亮啊！”袁文英由衷地赞叹。

刘经理：“这是武老板的别墅和花园，从现在开始你就住在这里了。幸福吧？”

放眼望去，袁文英看见花园里有不少枯死的草木，地上到处都是飘落的黄叶。花坛里有稀稀疏疏的菊花，花骨朵朵，小小的，还没有开放。

武老板边走边说：“看，这里很久没有人打理了，花都死了，树叶都落了满地。我这个人嘛，比较懒惰，很久没有搞卫生了，上次的卫生好像是半个世纪以前搞的。哈哈！”

刘经理说道：“老板，这不能怪您懒惰，要怪只能怪季节变化太快了，您劳动的节奏跟不上。”

武老板：“是的。冬天快到了，树叶落了，夏天的花还能开吗？季节如此啊。”

唐先生：“老板，您太有才了。这么平常的一件事情，让您这么一说，把人生哲学、大自然的奥秘都道出来了，佩服佩服。”

武老板骂唐先生拍马屁。袁文英咯咯地笑，武老板突然想起地问：“你女儿中考了吗？”

袁文英：“还没有。不过快了。”

武老板：“哦……要女儿好好学习啊。”

“嗯。”

大家说着也就来到了别墅门口，武老板打开房门，做了一个十分绅士的“请”的动作。

袁文英微微抬头，面前的豪华令她震撼，她甚至不敢向前迈开一步，她在门口默默地站着，张着嘴看着里面。她看到偌大的客厅，客厅里边有一弯旋梯连接着楼上楼下，梯阶上面铺着红色地毯，房顶吊着金色电灯和豪华浪漫的配饰，中间地板镶嵌着透明的玻璃，玻璃下面有水晶、小石子、小草和霓虹彩灯。这些装饰每一件都比袁文英的脚珍贵，好像脚一脚踩下去，“哗哗”一声，满地碎了。袁文英越看越不敢迈开自己笨重的脚。

“进来吧。”武老板喊了一声。

袁文英才脱了鞋子，小心谨慎地走进去。武老板直接把她带上了二楼，给她安排住房；上面还有三楼。

这时，武老板的手机响了，他拿出来瞄了一眼：“冉老板打来的。”

武老板把手机贴在耳朵上，至于那头具体说了什么，袁文英一句也听不见，只听见武老板说：“你到了，我们可是等了你几个钟头……我现在安排‘徐小凤’……真的，在收拾行李……嘿嘿……行行行，一会儿见。”

接完电话，武老板交给袁文英一串房门钥匙，交代了一番，牵着小武，匆匆出去了。刘经理、唐先生跟在他后面，屁颠屁颠的。

武老板走后，袁文英首先铺好床，把自己和女儿的东西整理了一下，放到一个小柜子里。然后，她里里外外、楼上楼下参观了一遍武老板的别墅。别墅里很多的她没有见过的高档的东西直冲进她的眼瞳。有生以来，她第一次置身于这样豪华的房子里，她感觉自己像是走进了传说中的天堂——原来真的有天堂！此时此刻，她真就那么想。世界上真有天堂。那么，世界上也应该有地狱的……难道会是石溪溶、锦木村、袁榴和她一样平穷的村民，他们的生活环境吗？袁文英觉得可以这么比喻的。城里的生活环境就是好。城里人喜欢说乡里空气好、山清水秀，都是骗人的鬼话，假如真的要他们到乡里去生活，他们不会愿意。况且，乡里，并不见得山清水秀空气好。现在乡里人都知道赚钱，山也卖了，地也卖了，树木也被砍光了，环境被破坏了，乡里人到城市打工去了，天底下哪里不浮躁？

这个社会上，人与人不一样，有穷人和富人。这现象是存在的，她记得一位哲人的一句话：“无论什么事情发生在一个人身上，这也是为了宇宙的利益。所以，人各有各的命运。”

但是，没有人真的相信命运而对生活无欲无求，心甘情愿地过穷日子。相反，人的欲望在不断膨胀，每个人都在为自己私欲拼命赚钱，甚至不择手段。

袁文英开始嘲笑自己，以前相信了那些鬼话。不然，自己不会去石溪溶学校代课，也就不会落得今天的下场。这不，女儿也跟着自己受苦受罪……女儿的性情都有些变了，变得有些呆板，没有原来那样活泼聪明了……说什么乡里空气好、山清水秀，大自然美。骗人！

袁文英百般感慨。

傍晚，武老板的宝马被小李帅男开回来了，小李帅男是坐在驾驶室里与宝马唱二重声——按一下喇叭叫一声“徐小凤”，叫一声“徐小凤”按一下喇叭。袁文英听见了，跑出来。小李帅男说：“武老板在打麻将。上车，带你去学校接你女儿。”

袁文英便坐上车，他们很快开到了学校，恰好放学，学生鱼贯而出，五颜六色的，更像流动的花海。袁文英和小李帅男一边一人守在学校门口，瞪大眼睛逐个辨认，等到学生差不多走光了，他两眼睛亦看疲了，却没有看见芬芬的影子。袁文英说：“莫不是没有看见，芬芬已经从眼皮子底下溜过去了？”

小李帅男：“肯定不会。哥的眼睛好犀利的，再等等……看！那边那个晃晃悠悠的小不点，是不是芬芬？”

袁文英疾步走过去，认出来了：“芬芬！”

芬芬十分惊讶地：“妈妈……你来接我来了！？”

袁文英牵起芬芬的手，说：“怎么……别的同学都走光了，你才出来，你被老师留学了？”

“才不会呢，我喜欢最后出来。”

“小李叔叔也来接你了……”在即将走近宝马的地方，袁文英指了指。

顺着她的视线，芬芬看见小李帅男坐在驾驶室里，她说：“叔叔开车来接我吗？”

“是的。上车吧。”袁文英快步走到前面，为女儿打开车门。芬芬却站在旁边，迟迟不动。

小李帅男探头出来说：“不相信叔的开车技术吗？”他做了一个潇洒的甩头动作，笑道：“哥没用过飘柔，哥照样自信。”

芬芬莞尔一笑，钻到了车里。“嗖”的一声宝马，飞出去一般。

袁文英：“我女儿比我聪明，知道安全第一。”

芬芬：“错！我今天第一次坐小车，我不能紧张，‘成功秘诀’里第九计写的，任何突变情况下，都要保持一颗清醒的头脑和平静的心态，宇宙才会在我心中。”

小李帅男：“呵呵！好深沉的小美女。”

“可是为什么不是去玫瑰园呢？”芬芬发现方向不对，急忙问道。

小李帅男：“叔带你去一个新地方，就在前面……快到了。”

片刻，宝马爬上斜坡，停在了别墅门口，袁文英和芬芬从车上下来，小李帅男开着宝马回玫瑰园去了。

袁文英领着芬芬一边走一边解释搬家的来龙去脉，其中未成年人不宜的情节被她删掉了。当看见红栏绿瓦的凉亭，芬芬飞快地跑过去，凉亭里的瓷桌和瓷凳她非常喜欢，用小手在上面摸来摸去。袁文英说："妈妈要去做饭了，你在花园里玩，不要到处乱跑。"

武老板出去的时候交代过，家里不能用液化气，用液化气污染环境，全得用电器。好在在玫瑰园打工时，袁文英已经学会了电饭煲、电磁炉、电冰箱、电水壶、微波炉、洗衣机的使用方法。

袁文英在厨房的一个瓷缸里找到了一点大米，她把大米淘好，放到电饭煲里，插上电，按了指示灯，再到冰箱里，看看有什么菜。然而，除了一包黑豆豉，别的什么也没有。

"好吧，今晚就吃豆豉。"她想：武老板一个人的家，能找到大米和豆豉已经不错了。她把豆豉炒了一下，去喊芬芬吃饭。

芬芬一蹦一跳地走到了门口，只见她微微怔了怔，大声嚷道："哇！好漂亮耶!!"顺手把书包放在地板上，再用力甩进去，像打保龄球。书包便贴着地面"嗖"的一声钻到了茶几下面，芬芬顺势滚了进去，她躺在地板上，伸了一个幸福的懒腰。

"吃饭了。"袁文英笑道，看见女儿高兴，她也高兴。她了解女儿的，女儿原本很聪明、很快乐，要不是家里的坏事情一桩一桩地出，女儿也不会性情大变。

现在，拨开乌云见晴天，女儿终于露出了笑容。可见，离开锦木村来怀华打工，这条路走对了。城里的生活环境就是好，今天她和芬芬实实在在生活在城市里了，所幸命运到底还是掌握在自己手中。袁文英如是想。

芬芬并不急于吃饭，她从地上爬起来，直接走上楼梯，回头对袁文英，说："我要到楼上去踩一踩。"

袁文英虽莫名其妙，但还是顺从了女儿。她打开电视，坐在沙发上一边看电视一边等着芬芬。好一会儿，芬芬从楼上走下来。袁文英说吃饭吧。芬芬说："一楼客厅我还没有踩过，我现在踩。"于是到处跺脚，嘴里不停地念叨："踩踩……踩……"

"你怎么了？"袁文英充满了疑惑。

"没什么，走过路过就要踩一踩。"芬芬像在说梦："如果一切只是一种

注定，那么就让缘起缘灭一瞬间。”

袁文英大惊：“什么什么……你说什么？”

“没说什么，我要吃饭了。”芬芬淡淡地道。

袁文英：“芬芬，这里离学校比较近，从明天开始，你中午回来吃饭，妈妈做好饭菜等你回家吃。”

“明天学校中考，不回来吃。”

“要不……妈妈去给你送饭，妈妈现在事情不多，不像在玫瑰园，妈妈有时间照顾你了。”

芬芬：“不要……不要你去送饭！该回来的时候我会回来的，一切只是一种注定……”

袁文英：“你到底说什么？”

芬芬：“姐说话你少插嘴，否则姐让你后悔。”

袁文英：“芬芬！别疯言疯语的，妈妈在和你讲正经事呢！”

“哈哈！跟你开玩笑，哈哈！”芬芬做了个鬼脸，完了，埋头吃饭。

袁文英：“明天早上妈妈送你到学校去。”

芬芬：“干吗？”

袁文英：“这不换地方了嘛，妈妈担心你找不到路，带你熟悉一下。”

芬芬：“随便你。”顿了一会又道：“华尔街我都到过。”

好在袁文英没有听见芬芬这句话，不然她会以为女儿疯了。她只是感觉芬芬的声音听起来有些冷漠，女儿最近的态度非常情绪化，这点袁文英感觉到了，但她无从知道女儿心里在想些什么。袁文英曾经有过瞬间的莫名其妙的怀疑，然而她终究还是忘记了自己的想法，作为一个母亲，自然不会把女儿往坏处想的。

当晚，武老板深夜才开车回家的。当时袁文英和芬芬已经上床睡了。袁文英听见屋里有动静，知道是武老板，深更半夜的，估计武老板不会有什么要她去做。即便有事，武老板也会叫她的。她最后没有说服自己爬起来出去照顾武老板。

她仰面躺在床上，床软软的很舒服，舒服得容易让人产生欲望。现实的残酷使袁文英不敢去胡思乱想，她在期期艾艾的情绪里迷迷糊糊睡着了。也不知道过去多久，她突然醒过来，原始的欲望火焰般呼啸着烧在她的身上，血找不到突破口，身体在不停地轻颤，她感到自己快要被烧死了，她大口大口地喘着气，身体每颤动一下，她趁机换一口气，她清楚自己没有死，清楚自己想周建华了，想念不只在心里，还有生理需要。她对周建华有强烈的渴求，这种渴求是属于她和周建华之间的。事实上，她每天都在思念周建华，同时，每天都在压抑着自己的欲望。倘若时光能够倒流，她希望能回到从前，从前的日子平平淡淡，却恩恩爱爱、缠缠绵绵。

她必须承认这种渴求，是对性的渴求。她常在梦里梦见做那事，虽美妙至极，醒来后却不大好受，并且每次梦见的都不是同一个人，大多数又都不认识，这对于她说来，更是难以启齿的苦楚。每每这时，她会感到心口很痛，每一分钟，每一秒钟都在痛，连呼吸都很痛。

袁文英再也无法入睡。为了排除生理上那幸福的痛苦，或者说习惯了早起，她干脆爬起来。刚6点半她本来想给芬芬做好早餐，可是厨房里没有早餐可做。看见时间差不多了，她叫芬芬起床，并把芬芬送到学校去，在路上顺便买了一碗稀饭喝了。回来之后，袁文英便大搞卫生，楼上楼下、阳台栏杆、窗子墙壁、卫生死角，她花了整整一个上午才搞完。

已经中午，武老板慢慢悠悠地起床了，吩咐袁文英把他的卧室收拾整齐。武老板的卧室就在袁文英房间的斜对面——好大的卧室，整个的粉红色装饰墙面，浪漫而温馨。一张弹簧床靠在卧室正中墙壁，对面摆着柜式液晶彩电，彩电上面挂着空调；旁边有一小门，里面是小卫生间；卧室左边有窗，窗下是一张红木书桌和一张转椅；书桌上摆有一台电脑和一个青瓷笔筒；笔筒里插着几支自来水笔，几本地摊杂志歪歪斜斜地搁在书桌上。

袁文英走到床边，撩开被子，惊呆了：看见小武舒舒服服地躺在被窝里，她怎么也不会想到武老板会和狗睡在一起。袁文英听说过这年头人与人之间很生分，很多人靠养狗来寻求精神寄托，他们宁愿和狗亲热，也不愿对别人友好，宁愿对狗倾诉，也不会把心思告诉朋友。

袁文英惊恐地看着被窝里的小武，世界在她脑子里变得更加混乱了。

小武抬头看着袁文英，它的眼神居然与武老板的眼神惊人的相似，狡黠、霸气，与阿黄、丑丑温顺善良的眼神完全不同，袁文英对它产生了一种莫名的畏惧。

袁文英拉了拉被子，小武懒洋洋地爬起来，走到门口，伸了一个长长的懒腰，像在做健身操，而它脖子上的金铃铛清脆地响。

武老板没有在卧室的小卫生间早便，他是去了“公共洗漱间”。他从洗漱间回到卧室的时候，袁文英正站在书桌旁边。武老板轻轻走过去，从身后将她抱住，并在她的脖子上亲吻起来：“宝贝，我好喜欢你。”

袁文英一惊，推开武老板，跑楼下去。她的心怦怦直跳，她又紧张、又害怕、又有些许期待。她在客厅默默地待了一会儿，感觉肚子很饿了，便去了厨房，打开冰箱，看见昨晚剩下的一点点黑豆豉，别的什么也没有。袁文英又来到客厅，抬头望向楼梯，欲言又止。

武老板跟着下楼来了，只见他若无其事地说："走啦。带你去买菜，顺便出去吃早点……哦，太晚了，应该叫中饭了。带上购物袋。"说完径直往外走，小武不知从什么地方跑了出来，一摇一摆地跟在武老板后面，脖子上的金铃铛清脆地响。

袁文英拿上购物袋，锁上门，疾步追出去。武老板已经走出了花园，袁文英便跟在他身边，沿斜坡而下……

武老板边走边说："前面有个惠民粮油店，买米、买油很方便。"

袁文英："哦。"

武老板笑道："粮油店里的老板娘年轻漂亮，到她那里买东东可以一饱眼福。我喜欢去她店里买米，在家里自己做饭啦。家里的饭菜比外面的卫生。嘿嘿!"他顿了一下又道："买菜还在原来的那个菜市场，只是方向相反，你原来从玫瑰园去买菜，是由北往南，现在是由南往北。带你走一趟，你就知道了。"

"嗯。"

"现在先吃中饭，你肯定饿了。"武老板边说边把袁文英带进路边的一家餐馆里。性感靓丽的服务员满脸笑容地迎上来，嗲声嗲气地说："武老板，好久不见，您今天想吃点什么东东……您坐大厅或坐小包呢?"

"坐小包吧。"

服务员就把武老板领到一间小包里，袁文英跟进去了，但自始至终，服务员都没正眼瞧一眼袁文英，同性相斥，仿佛她的眼里没有袁文英这个人，她只在心里认为袁文英是武老板新的猎物，或者叫玩物，她看不起袁文英或者也妒忌袁文英，这问题只有她自己明白。

小包里的装修和摆设相当别致，按照湘西一带风格设计的，整个色调古朴而浪漫，具有浓烈的喜庆的气氛。袁文英应该也是第一次来到如此别致的地方吃饭，也是第一次和一个老公之外的男人一起吃饭，所以显得有些矜持，同时又兴奋地保持着微笑。

坐定后，服务员请武老板点菜，武老板让袁文英点，袁文英说不会，服务员就轻蔑地冷哼了一声。最后，武老板自己点了菜，又补充了一句："就我们两位。”

“稍等。”服务员离开。

现在，包房里剩下武老板和袁文英，他们相对而坐。武老板的眼睛隔着镜片直直地看着袁文英，他在等待一个开心游戏的开幕。袁文英低头看着桌面，心里在接受胆怯与勇敢的战斗。

他们都没有开口说话。此时无声胜有声，沉默保持了十多分钟之久。然后武老板从对面把手伸过来，抓着袁文英的手，问：“你，为什么不敢看我的眼睛？”

袁文英闪烁地看了一眼武老板之后，又低头看桌面。

武老板：“你说我是不是个好人？”

“是好人。”

“知道我是好人，为什么不喜欢我呢？”

“我们有言在先，我给你做保姆。”

“就不能干点别的事情吗？”

“干什么？”

“和我做爱……我一定会让你很幸福很幸福。”武老板的声音带着诱人的梦呓和遐想。

袁文英涌动了一下，许久，羞涩地说：“不可以。”

“为什么不可以？”

“不为什么。”

“知道吗？我们见过面的。”

袁文英惊恐地瞪大了眼睛，结结巴巴地说：“您……您到底是谁？您怎么会见过我?!”

“你不记得我是谁吗？告诉你吧，在石溪溶我们有过一面之缘。”武老板在袁文英的脸上摸了一下，继续说：“你是一个有魅力的女人，第一次见到你，我就喜欢上你了……前年秋天，我到石溪溶考察，在……那个小学校，我看见了你，那个叫……什么……叫陈成龙的那个书记，吩咐你给我们烧开水，你烧了开水送到办公室来，给我们泡茶，我们见面了，我看见你就像看见了‘徐小凤’。”

“原来你是徐小凤的粉丝呀。”

“我说的是真心话，自那一次见过你之后，我就忘不了你了，甚至天天想着你。我后来第二次到石溪溶听说你出事了离开了石溪溶。”

“听说您准备在石溪溶投资搞旅游开发呀？”

“那个石溪落差太小，还受季节影响，开发出来没有多大的价值，我就没有到那投资了。呵呵。主要你没在那里，我不想到那里投资。”武老板顿了顿说：“是我的终究还是我的，终于在怀华我又遇见了你。嘿嘿！你跑不了啦。”

袁文英笑道：“我有那么大的魅力呀？您开玩笑吧？”她抽回了自己的手继续说：“当时……好像还有一只狗。”又低头看了看武老板身边。

武老板：“你是在找小武吧，当时就是小武，它那时还是个小孩子，没有现在这么成熟。”

袁文英：“记起来了，是小武。”

武老板：“我对你可是一见钟情哪！可惜呀……你不理解。”长吁短叹地说：“有道是多情总被无情误啊！”

服务员拿着碗筷推门进来，不知缘由地说：“武老板您做人这么成功，叹哪门子气呀？”她的声音有点像林志玲，听起来好温柔。

武老板往后靠在靠背上，仰面朝天，长叹一声：“唉——我的事业年年重启，我的太太天天重找，我能不叹气吗？”

服务员：“您真会开玩笑。听您说话，好舒服。”

武老板就把身体倾到前面，坐正了，深沉地说：“人嘛，复杂的，有阳光和阴暗两面，像白天和黑夜，交替着来，这个在医学上也有做过研究。不过阴暗的自已是对自己的折磨。要对自己最好，就要开心。我经常一个人阴暗的时候很痛苦的，感觉好寂寞、好孤独的。”

服务员：“您对面不是坐着一位美女吗？”

武老板：“她呀，虽然近在咫尺，却远在天涯。”

服务员：“那我陪你，好不好？”

武老板摇着头，用手顶了顶眼镜：“你呀——不要，你静不下心的。我管不住你。我要找一个本本分分、安安静静陪我慢慢变老的女人。”

服务员冷哼了一声，笑道：“才不稀罕你个老家伙。”

武老板笑而无语，很暧昧。

门口，又进来了两名上菜的服务员。武老板开始动手打开消毒碗筷。服务员训练有素地把菜轻轻地放到餐桌上面，低声说：“您要的菜齐了，请慢用。”

先前的服务员最后一个出去的，稍带把门带上了。忽然，她又推开房门，探头进来，对武老板说：“您的小武在外面欺负我们家的丽丽咧。”

武老板："它吃饱了吗……吃饱了，别管它。它喜欢丽丽。它也需要女朋友，不要大惊小怪啦。"

"嗯。再见。"

吃饭的过程是愉快的，也是矜持的，尽管武老板说话随便，袁文英在武老板面前总是有些拘谨，只见她低着头，小心地夹菜，饭菜送到嘴里包着吃，小口小口的，害怕一不小心弄出声响，会出丑。武老板看出来了，说："'徐小凤'不要紧张，吃东西要放松，又没有外人在"，不断地往袁文英的碗里夹菜，袁文英却吃不下，弄得她吃也不是，不吃也不是，总之很拘束，多多少少都有强迫的味道。武老板轻松笑道："不强迫你吃了，你随便。"说完也不再看她。

吃着吃着，袁文英想起了那次给武老板烧水的事，说："那次你们那么多人，都是男的，我一个都没看清楚，真的不记得您了。"

武老板："我们都是帅哥，你不好意思看吧。"

袁文英忍俊不禁，笑了，却呛了鼻子，难受了好一会儿，才道："看你的头发全没有黑色了，还帅哥呢。嘻嘻……"

武老板："嘿嘿！头发白有什么可怕呢，比我帅的没我有钱，比我有钱的没我帅，反正我最有魅力，我是男人中的战斗机。"

袁文英开心地笑起来："那是那是。"

武老板："怎么样？喜欢我了吧？嘿嘿！"

袁文英心里涌起了几许羞涩，脸色微微泛红，她嗔呢地道："你真的喜欢我吗？"眼睛却不敢正视武老板。

武老板："你说我们要是单独在一起待上三天，会不会做爱？"

"不会。"

"为什么？"

"因为我不够优秀，我只是你的保姆。您那样尊贵，对我来说叫做高山仰止啊。"

"你呀！真聪明，以退为守。可是我是真的喜欢你。"武老板说着"啪"的一声，放下碗筷，有些激动地："我偏要试一试，从现在开始，我三天不出门，我就待在家里陪着你，即使冉老板打电话邀我打牌，我也不去，不怕他纠缠，我坚决不理他……"

正说着武老板的手机响了，他掏出来瞄了一眼来电显示，果真就是冉老板打来的。只听见武老板说："喂……打牌……今天没空啦……我在陪'徐小凤’吃饭……吃了饭我们还要去买米、买菜、买日常用品……不行，她初来乍到，不熟悉地方，我得陪着她啦……哪里金屋藏娇啦……嘿嘿！我就不能请她来做事吗……瞎说！我又不是坏人，怎么把她带坏啦？你别妒忌我，我知道老弟你也不是吃素的……好好好，明天再说，Bye bye 啦。”

武老板接完电话，在与袁文英对望了一眼之后，耸耸肩，爽声笑道：“说曹操，曹操到。不理他，就陪你。”

袁文英：“你当真要陪我呀？”

武老板：“当然。难道你不喜欢我陪你吗？将来有时间的话，我还要陪你到你小时候生活过的地方去看看，看看你出生的地方到底是个什么样子，到底那地方怎么就能够养育出来这样漂亮的女人，那地方一定会令我流连忘返！”

袁文英微微一惊，被感动了，说：“我出生在袁榴河畔，那是一个很美的地方。”武老板问：“那里你应该还有什么亲戚吧？”袁文英说：“还有母亲还有哥哥、嫂子、两个侄女，也不知道他们现在过得好不好？”武老板说：“回老家看看就知道了，我陪你去……开车去，叫刘经理、唐先生他们都去，小武也去，热闹热闹。”袁文英笑道：“那地方虽说离县城不算太远，但是偏僻，还没修公路，车开不进去。”

武老板：“那我们就走路去。”

袁文英：“再说吧。别把你们累着了。”

武老板：“难道你不喜欢我去？”

袁文英：“不是……我……喜欢。”

武老板挥手：“喜欢就别说了。吃饱了？吃饱了，走吧，先买菜去。”

事实上，对袁文英来说，这其实只是生活中普普通通的一天。这一天她跟着武老板，没有像别的女人那样傍着大款进高档商场，花别人的钱，抖自己的派头，她只是尽心尽力地做好保姆的事，她不想那么快就仰视武老板，她需要保持自己的重量，需要时间划开主雇的界限。

武老板带着她在菜市场买了鸡和鱼和别的几样小菜。

在菜市场门口，袁文英突然看见了一个熟悉的身影——唐云琪。袁文英在经过短暂的犹豫之后，主动叫了一声云琪。

唐云琪也非常惊讶：“文英——是你吗?!”

“是呀！你到怀华来玩吗?”

“我来怀华办事，想不到会碰见你。真巧。”

"嗯。那你今天住下来吗？如果住下来的话……"袁文英就对身边的武老板说："这是我的朋友，我叫她住到您家里可以吗？"

武老板："当然可以。你的朋友也是我的朋友啦。"

唐云琪这时才注意到袁文英身边的武老板和小武，同时听见了小武脖子上金铃铛清脆地响声。她说不客气，说："我今天办完事回锦木村去，家里还有好多事情呢。"袁文英也不强留，唐云琪便把手机号码留给了袁文英，今后打电话联系，说完急急忙忙地走了。

武老板继续领着袁文英，来到一家大型超市，买了几十种零食。大包小包的，袁文英费了好大的力气才拿回家。

武老板牵着小武，一回到家里，说："好累好累啦，天天坐车，今天走这么一下下路，累晕了。"袁文英说："还说要陪我到锦木村去，走路去，您走得动？那么远，累死您。"

武老板说："为了'徐小凤'，累死都值得，有道是牡丹花下死，做鬼也风流。"又说要开始锻炼身体了，不然没有力气吃不消袁文英，怕到时候有想法，却没有办法啦。

袁文英听了这话，心有不安。她望着武老板的眼睛，一道蕴含关爱的眼神慢慢亮开了。她说："您辛苦了，好好休息一下吧，要不要给您煮杯茶，在我们村子六十岁的人一般不出去做事了，都待在家里带孙子，享天伦之乐，您也不要太累了啊。"

武老板斜斜地歪在沙发上，懒懒地说："哎呀，我要赚钱啦，我没有资格享福啦，我只有二十几个亿，不多。"

袁文英倒抽了口凉气，瞪大眼睛："您大老板没有资格享福，难道我们那些乡下老爷、老太比您更有资格享福吗？我就不明白，您干吗那么辛苦，要那么多钱干吗？二十多亿还不够呀?!"

武老板摇着头："这个你不懂啦，这个不是钱多钱少的问题，这是一个人的价值问题，体现的是一个人能力的大小。"

袁文英说："也许。"她顿了顿道："那，你好好休息，我去做事了。"她一边去了厨房，一边思考一个问题：有人身价几十亿，有人却在为温饱奔波，就像此刻的武老板与她自己，到底人和人的区别有那么大吗？为什么……是社会机遇的不平等吧？那么，现在机遇就在眼前，武老板有钱，而她自己长得漂亮，她和他可以各取所需……可以像别的美女那样傍个大款，告别贫穷，幸福就在眼前……

想到这里，袁文英有点慌乱不安，一不小心划破了一个指头，急忙把手指含到嘴里。她吮吸着指头的瞬间，又在心里告诉自己不能那么去想，记得母亲哑巴之前嘱咐过她，要她在外面要好好做人。

袁文英这样一想，又觉得对不起母亲，也对不起周建华。她此刻一半是人，一半是鬼，她就是一个矛盾，并且还是带着社会性质的矛盾。

傍晚，芬芬放学回来，无精打采地随随便便坐到地板上。袁文英问她考得怎么样，她说不知道，明天还有一天考试。

袁文英把芬芬从地上拖起来，带到武老板面前，告诉芬芬沙发上坐的是武爷爷，是这别墅的主人。

芬芬双目一亮，大声嚷道："哇塞——原来是楼主！"

袁文英："芬芬！跟武爷爷说话不许疯言疯语的。"

武老板笑道："她没有疯言疯语，她在跟我开玩笑。好可爱的女儿，还是个美人胚子，我喜欢。"

芬芬环视客厅，喃喃地道："楼主，你的房间好漂亮哦……可是，怎么没有大花瓶呢？"

"什么东东？"武老板又迅速反应过来，说："哦……是玫瑰园里那种大花瓶吗？"

"是啊，我喜欢那个大花瓶，那上面有兰花、栀子花，好香，还有小鸟，会唱歌。"

"看看看看！芬芬好聪明，一个花瓶被她说得那么诗情画意。我明天就把那花瓶买来送给你，要不要？"

"不许要！小孩子不能随便要人家的东西。"袁文英在芬芬正要说话之前的那一瞬间，抢先制止了芬芬，把芬芬刚刚萌生的欲望秒杀了。

芬芬狠狠地白着袁文英，满脸委屈。看见芬芬这种异样的眼神，袁文英心里说不出是一种什么样的感受。但是，她忙着去厨房做饭，她脑子里还在惦念着锅里的红烧鱼有没煮好，所以顾不得琢磨芬芬的眼神。等到饭菜熟了，她把它们搬运到了客厅茶几上。这种进餐形式与玫瑰园相同，或许是从玫瑰园引进的，或许武老板原本也在客厅吃饭。因为，在客厅吃饭，可以边吃边看电视，很放松，现代中国大部分家庭都选择这种进餐形式，规规矩矩坐在餐厅或到厨房吃饭多不方便。武老板说自己很喜欢这种自由随意的进餐形式，利用吃饭时间从电视里看新闻、了解世界大事，这叫做举重若轻，乃大家风范。

武老板还说："以前只他一个人吃饭，现在有女人、有女儿，三个一起吃饭，一家子好温馨啦。"袁文英含羞地笑了笑，低下头，当着武老板的面她不好意思吃，担心武老板看见她吃饭的样子不雅观。

芬芬一直闷闷不乐，草草吃完饭，早早地上楼去了。

"躲到房间里，也不知道在干什么。"袁文英一边收拾厨房一边念叨。

武老板也说今天累了，要上楼去休息了。他走到楼梯口，忽然又回过头来，认真地说："对了——你没事了……给小武洗个澡。小武已经十多天没有洗澡了，上次还是在广州一家宠物店里洗的。隔壁洗漱间里，那个蓝色塑料盆子里面的东西都是小武的用品。洗好了，你要把它的毛吹干，不然水到处滴，会把屋子弄得好脏的。天凉了，也冷。"

在掠过一丝惊讶之后，袁文英低声答应好。

"完了你也早点睡吧，你今天忙了一天，也够累的。"

"嗯。"袁文英站在原处，一动不动地看着武老板慢慢吞吞地朝楼上爬去，一种莫名的害怕陡然朝她袭来，她不由得寒战了一下。都说女人的第六感相当准确，虽然她现在还不能预知将来会发生什么样的事情，但担心已经存在了。

袁文英便将小武叫到洗漱间，准备洗澡。有生以来，这是第一次替动物洗澡。此前，在袁榴、在锦木村，在袁文英脑子里完全没有人给动物洗澡的概念。她突然想起了雷水秀说过的一句话：这年头有钱人家养狗，没钱人家养猪。呵呵，洗吧。

袁文英打开温水龙头，小武自己就站到了水下面。袁文英便给小武擦了香皂，好香的，满屋子都香了，玫瑰的味道。袁文英思索着自己不会给动物洗澡，只好把小武当成小孩子，或和芬芬小时候一样。她一只手托着小武的下巴，原则上不让小武呛到水，一只手小心翼翼地搓小武的身子，搓呀搓。小武脖子上的金铃铛清脆地响着。袁文英用手去摸，有点爱不释手。小武的身子确实有些脏，袁文英耐心地洗了几遍，除了小武那又肉、又红、又勇敢坚挺的生殖器之外，狗脸狗屁股狗脚，袁文英都用香皂搓了，用清水冲洗干净，然后包上浴巾，再带小武到客厅用电吹风吹干身上的毛毛。袁文英心想，当年给芬芬洗完澡，从来没吹过头发，都没有享受过小武这样级别的待遇。呵呵！有钱人家的狗狗比穷人的孩子高贵呢。

做完一切，袁文英回到那间属于她和女儿的房间，芬芬不在房间里。袁文英急忙到楼下和隔壁寻找，都没有找到芬芬。此前，她没有看见芬芬从门口出去过。那么，芬芬肯定是在这楼内。

此刻，除了武老板的房间没去找过，她已经找遍了整个楼房，都没有。芬芬到底会在哪里呢？会不会在武老板房里？袁文英来到武老板卧室门口，刚要敲门，又犹豫不决，她担心武老板已经睡觉了，怕惊扰了他，她的手就那么停在空中不动。好一会，她听见里面传来了芬芬的声音。她"砰"的一声敲下去，还一连敲了好几下。

门一打开，袁文英就迫不及待地冲了进去。她看见芬芬歪歪斜斜地撑在书桌边上。电脑是开着的，屏幕里面"男女智勇向前冲"的游戏，芬芬一眨不眨地瞪着显示屏，手在不停地点击鼠标。袁文英已经来到芬芬的身边，芬芬冷冷地瞟妈妈一眼，继续玩自己的游戏。

武老板站在旁边嗔怒地对袁文英说："你紧张什么，我又不会吃了她。"

袁文英拉起芬芬往外走，口里掩饰地说："不……不是，小孩子不能玩电脑……太晚了，您早点休息吧。"

袁文英把芬芬拖回她们母女的房间里，紧紧地关好门，对芬芬说："你以后不许到武老板的房里玩电脑，不许上网，你要好好学习，将来要考大学。你大学毕业才能找到一个好工作，才能赚足够的钱，才能像城里人一样过好日子。"

芬芬撅着嘴，闷闷不乐，懒得搭理妈妈，她愣愣地坐了一会，蒙头睡觉。袁文英跟着脱衣睡了，睡到半夜，芬芬突然尖叫一声，拼命地抓着妈妈。袁文英惊醒过来，脑子里意识到芬芬又做噩梦了，她把芬芬搂在怀里，问怎么了。芬芬说梦见盼盼了，盼盼脸上血肉模糊，盼盼想张开说话，又没有声音，盼盼已经变成鬼了，好可怕。袁文英轻轻地捂着芬芬的肩膀，嘴里说着："世界上没有鬼，是你白天想多了，晚上才做噩梦。你以后不要想盼盼了，她都死了那么久了，再说我们已经离开了袁榴，盼盼找不到我们的。我们以后就在这城市里生活，不回袁榴了，永远都不回去了，你什么都不要去想了，答应妈妈，要开开心心的，好吗？"

芬芬在袁文英怀里"嗯"了一声，闭上眼睛继续睡觉。袁文英再也无法入睡，过去的事一幕一幕地浮现在她的脑海里——养殖场的坟墓、雪地上丑丑流的血、陈成龙的死、还有雷水秀歇斯底里的哭叫、母亲丑陋的脸、哥哥绝情的话、盼盼没有鼻子的死相，以及周建华的负案潜逃，一切的一切，像一块巨大的石头压在她的胸口上，压得她喘不过气了。她就那么痛苦地想来想去，始终没有找到一个清晰的思路。最后，她迷迷糊糊地睡了一觉，天亮了。

23

接下来的两天，武老板真的没有出门。到了第三天，武老板就有些心慌了，他在房里一会儿上网，一会儿说不行了，老了，上网眼花；又说："不懂网络不行的，电脑盲和过去的文盲差不多，'徐小凤'你应该学会上网啦。"

"没有条件学啊。"

"家里不是有电脑嘛，我教你，如何？"

"有空再学吧。"袁文英转身欲走，武老板一把拉住她，说："从现在开始，我先教你开机关机，熟习鼠标……来……手按这里……"

袁文英试着拿起鼠标，在桌面上移动了几下，鼠标没有反应。袁文英说自己笨，学不会，几欲撂了鼠标离开，武老板急忙把她按在转椅上，说："鼠标要在布垫上才能找到感觉，就像男人要在自己喜欢的女人身体里找感觉一样，像女人要在自己喜欢的男人怀里一样，才能找到快乐。"袁文英脸红了，按照武老板教的，把鼠标移到布垫上。武老板指着"开始"，说："这里点一下……点左键……对，点一下……等一会，等屏幕出现小武图像……"袁文英看见一只硕大的狗……

袁文英又移不动鼠标了，武老板便从后面抓着袁文英的右手，帮她点击，他的左手同样抓在袁文英左腕处，以至他整个的身体伏在了袁文英的背上。袁文英感觉背后热乎乎的，她甚至清晰地听见了武老板的一呼一吸，那是一种雄性的诱惑。袁文英不由心跳加速，一股深藏的潜流马上要从身体里冲出来，渴望在阴阳对流中燃烧，要化成一只生命的凤凰，让自己脱胎换骨地重生一次……

突然，袁文英扔下鼠标跑下楼。

武老板在背后诡秘地笑了起来，跟着也下楼了。他从冰箱里取出一包吃食，拿在手里。那是前天同袁文英一起到超市买来的香脆鸡翅。小武一直跟在他后面，它脖子上的金铃铛清脆地响。

袁文英微微颤抖地坐在沙发上，咬着牙，压抑着内心的原始欲望，残忍地看着那只扑扑欲飞的凤凰在烈火中挣扎，生死未卜。她脸色僵硬，好像十分痛苦。武老板走过来，笑着说："怎么了……你生气了？我又没欺负你啦，我更加不会强迫你，要你做你不愿意做的事情。你不想学电脑，别学得了。我又没有得罪你啦，生什么气啦?"

袁文英无言以对，仔细回想一下，觉得武老板说得没错，他的确没有对不起她的地方，相反他对她们母女像亲人一般。那么，不是……就是自己心灵深处已经对武老板有了一种说不清道不明的感觉——难道自己开始变了吗？袁文英怀疑自己已经爱上了比自己大二十多岁的武老板。

武老板从包装袋里取出一个鸡翅，抛向空中，小武跳起来，把鸡翅叼到嘴里，同时亮出了它那又肉、又红、又勇敢坚挺的生殖器。袁文英不敢看小武又肉、又红、又勇敢坚挺的生殖器，也不知道，武老板这样做，是不是想借用视觉效果引起她的生理反应。

武老板不断地往空中抛鸡翅，小武一跳一跳的，又肉、又红、又勇敢坚挺的生殖器总是在袁文英眼前颤动，袁文英一抬眼就能看见小武又肉、又红、又勇敢坚强的生殖器。她联想到了男人身上的家伙，满脸涨得通红。

武老板一个接一个地抛，小武一次又一次地跳起来，脖子上的金铃铛清脆地响。直到抛完最后一个鸡翅，武老板说："小武都跳出汗了，去帮它洗个澡。"

"好。"袁文英应声朝洗漱间走去，小武跟在她身后，一摇一晃的。

袁文英放开热水，小武自己站到了水龙头下面。

"给它打点沐浴露，擦擦。"武老板突然站在门口说。

袁文英照着做了。

"尤其它肚皮下面要好好洗一下……小武躺下……翻过来，让阿姨把你的东东洗洗干净。"

小武乖顺地躺到地板上，露出肉色的肚皮和肚皮上又肉、又红、又勇敢坚挺的生殖器。武老板笑一声："看，小武的东东生得多么英俊，比人的东东还标致。"

袁文英有些不好意思去洗小武的肚皮。武老板说："怕什么，它是小武，又不是我。"说着蹲下去，摸小武又肉、又红、又勇猛坚挺的家伙，一边又道："亲爱的，当你躺在沙发上，等待着你爱的男人时，你的心、你的肉体、你的思维将会如何表现啊?"原来武老板的要求有企图的，他想配合语言，进一步给袁文英以感官刺激。

小武非常配合地躺在地板上，好像感受到了快乐。武老板继续说："小武非常有人性的，它知道享受，知道我在摸它……来，你也摸摸。”

袁文英一下站开了。

“大惊小怪！狗鞭滋阴壮阳，仅次于驴鞭，是上好的补品……你摸都不敢摸。”

“别说了！”袁文英捂着耳朵，歇斯底里地尖叫。

武老板站起来，只见他慢慢地走到袁文英身边，抱住了袁文英，嘴巴贴在袁文英的耳朵上说：“想我了吧……你说你多傻，这么年轻漂亮，怎么可以没有男人……你是需要我了……走，我们去沙发上吧，我会对你负责任的……我会让你非常快乐的，宝贝。”

袁文英最终温软在了武老板的怀里，半醉不醒的，洗漱间到客厅十几步，她都不知道自己是怎么躺在了沙发上，而且武老板的手已经摸到了她的衣服里面，并一直往下滑……

武老板并不急于剥她的衣服，他隔着衣服在她身上摸索着，他要让袁文英完全兴奋起来，对他渴望到疯狂的状态，才真枪真刀地干。他要的就是女人的激情，他说过，美女他见多了，视觉已经麻木了，对于他，女人缠绵悱恻的样子和女人幸福的呻吟比女人的身体更容易勾引出他的激情，可以使他获得最大的满足和快乐。

袁文英就那么躺在沙发上，不由自主地沉醉……呻吟……沉醉……呻吟……

“要！”她脱口喊道。

武老板以最快的速度把她剥光，把自己剥光，扑上去……

袁文英就好像到达了柔软的海滩，温暖的风吹着她，潮水不断涌来，浪花一次一次地开放……

最后武老板发出了满足的呻吟，之后放开袁文英，光着身子去洗漱间冲澡，叫袁文英也去冲。袁文英说：“你先洗，你洗好了我再洗。”

“来嘛，来帮我搓搓背。”武老板扬声喊道。

袁文英捂着胸脯走了进去，她那样的动作，似乎……好像能遮住害羞，她在心里会感到更安全。

“没什么不好意思的嘛，做都做了。”武老板把香皂递给她，说不用捂着了。

袁文英就放开了，去给武老板身上涂香皂，结果她大吃一惊，她摸到一个一个的硬疙瘩，并且这些硬疙瘩排着整整齐齐的队伍大面积扩散，向武老板的臀部、大腿、手臂延伸，像沙滩里面埋着卵石一样的，表面柔软，里面硬硬的，武老板近似“石头人”一个，仅仅他剩下头、手、脚、命根子四个局部是正常的。

“这些是什么?”袁文英结结巴巴地问。

“我也不知道。”

“那你去医院看过了吗?”

“看了。医生也不知道是什么东东。可能是脂肪瘤。”

“痛吗?”

“不痛不痒，十多年了。就这样。没事。”

“会不会传染?”袁文英惶恐地问。

“不会。”

“不会就好……真的不会吗?”袁文英将信将疑的。

“阿兰都不怕……”话一出口，武老板马上明白自己说漏了嘴，急忙解释：“不是……你别误会，我是说阿兰她知道我的。”

“阿兰……我明白了，阿兰为什么故意找我麻烦，原来你们……”袁文英觉得自己的血从沸点开始下降，说：“我是真的开始喜欢你了，你却告诉我这种事情。”

武老板不屑地说：“女人就是二，喜欢争风吃醋。”

“告诉我，你有没有真的喜欢我?”

武老板嬉戏的口气：“嘿嘿！我只想和你爱爱。”

袁文英的心一下凉透了。武老板并不去安慰她，他只自顾自地把自己洗干净，然后出去了。小武也走了。袁文英光着身子，那么茫然地站在洗漱间里，任凭水哗哗地流。美人、流水，印证了那句悲催的词句“花自飘零水自流，肠断人倚楼”。

此后，武老板几天没有回别墅。袁文英去买菜的时候，捎带去过一次玫瑰园，肖姐告诉她武老板在楼上打麻将，袁文英也懒得上楼去看他，她同肖姐聊了一会，告辞了，说要回去做中饭，芬芬中午要回来吃饭的。

这天中午，芬芬却没有回来吃饭，等到傍晚，武老板带小武回来了，进屋就高兴地说：“‘徐小凤’，生活费还有吗？没有了……用完了的话，我给你。”他从包里拿出一沓票子：“今天手气真好，一杀三，赢了十多万。看！全是真币，如假包换。”

袁文英没有吭声，也不看他一眼。

“知道你还在生我的气啦，我给你道歉好不好?”武老板将钱塞给袁文英，又说：“你也是过来人，你应该知道，臭男人都好色。你要理解我，我也是没有办法的办法，谁叫我没有太太呢，再说你那个时候不是在石溪溶吗？那个叫陈……什么龙的家伙，不是一个好东西!”

“陈……什么龙的……”这句话像一把剑刺在了袁文英的心上，她徒然地愣了一会。她又觉得武老板说的话有些道理，怪只怪阿兰先于自己认识了武老板，这以后只要武老板真心对自己就行了，可谓相见恨晚!

她这样想着，心里也就平衡了。

她收好武老板给她的生活费，说：“我去给您煮茶。”她刚要去厨房烧水，听见芬芬喊妈妈。袁文英朝门口望去，看见芬芬背着书包走在前面，后面跟着芬芬的班主任，年轻可爱的张老师。张老师戴着花边近视眼镜，文质彬彬。

袁文英急忙出门去迎接，把张老师迎进客厅。张老师看着客厅里的装饰，脸上更加惊讶地：“不错啊！豪宅，条件挺好的嘛。”

武老板抢先说道：“哪里哪里，一般般啦。”

袁文英迫不及待地问：“张老师今天来家访有什么事吗?”

武老板：“不急啦，去给张老师煮杯红茶啦。”

“嗯。”袁文英匆匆去厨房烧水，她在厨房一直担心芬芬出了什么事。张老师来家访，弄得袁文英心里忐忑不安，间或她探身出来听武老板和张老师说话。她本来想开口问张老师究竟什么事，但见武老板兴致勃勃地问这问那，她也不好插嘴，她甚至观察到，武老板看张老师的眼神正如第一次武老板看她的眼神，很暧昧，女人的第六感是醋烧成的，袁文英不大高兴了，或许她在为自己的女儿担心，或许皆而有之，她在等待的过程中，感觉水开得太慢，太慢了。她听见武老板说：“张老师辛苦了，跑这么远，不是留有联系电话吗？您提前打电话过来，我开车去接您啦。”

张老师：“不客气。我今天来是……”

“不急不急，喝了茶再说啦。”武老板色色的，并递过一支烟：“您请?”

张老师摆摆手：“对不起，我不会抽烟。”

“不好意思啦，我忘了您是人类灵魂工程师，不能抽烟。”

“您真会开玩笑。”

“哪里哪里……那，我自己抽了，可以吗?”

“您请便。”

武老板点着烟，优雅地吸了一口，赞赏道："张老师好年轻啊！"烟圈随着他一张一合的嘴被吐了出来，飞到张老师的衣服上、脸上、头发上。

武老板又道："张老师是本地人吗？"

"是的。"

"张老师结婚了吗？"

张老师点了点头，又摆了摆头，而她始终没有多说一个字，她害怕被烟二次污染，不敢开口说话。武老板不好再问下去，二人之间出现了尴尬的场面。武老板便一口接一口地抽烟，显得焦躁不安，还不时自嘲地笑笑，摇摇头。张老师间或看他一眼，也没有说话。

这时，袁文英托着茶盘走来，请张老师喝茶，捎带也请了武老板。

芬芬已经撂下书包，跑花园去玩了。袁文英就坐在那张塑料矮凳上——芬芬爱坐的"熊猫咪咪"的屁股上。

袁文英惶惶然然地问："张老师，芬芬是不是在学校里惹事了？"

"没有。今天我来是想了解一下芬芬在家里的学习情况，另外，向你们家长汇报一下，我们班上这次的中考成绩，还有周芬芬大半学期以来在学校的各种表现，这个……"

"哦。"

"周芬芬平常在家里喜欢看书吗？"

"不大看书。"

"那么她的作业应该是她自己独立完成的吧？"

"那倒是。我平时比较忙，没有时间照顾她，也不辅导她。"

"喏——这么跟你说吧，周芬芬这孩子非常聪明，也懂得尊敬老师，和同学们相处都很好，可惜就是贪玩。"

袁文英惊讶地问："她在学校很顽皮吗？她原来在乡里读书比较认真呀，怎么到城里来读书反而顽皮了呢?!"

"顽皮是孩子的天性。"张老师喝了一口茶，委婉地说："她刚到我班上那段时间是比较好的，上课比较认真，后来爱去上网了，几乎每天中午都去网吧，下午就没精打采的，上课不是打瞌睡，就是走神，这样下去还怎么读书？就说这次中考吧，我们班七十七名同学，她的成绩排名倒数第三名。"

袁文英坐在矮凳上，张着嘴，说不出话来。愣了一会，她突然跑到门口，大声喊："周芬芬你给我回来！"

芬芬耷拉着脑袋从花园走到客厅，掰着手指头，站在旁边。

"说！你哪天……什么时候，天天去上网了？你哪来的钱上网啊……你不吃中饭吗？我给你的中饭钱你拿去上网了？你说?!"袁文英过于激动，语无伦次地吼道。

在芬芬眼里，妈妈很久没有生过这么大的气了，她知道自己犯了错，心里虚虚的，便轻声说道："妈妈，我没有拿你给我的钱上网，我吃中饭的……是我的同桌李伟强请我上网，他家里好有钱，他姑姑每天给他很多钱。他天天请我陪他打'男女智勇向前冲''闯关向前冲'。"

袁文英："向前冲向前冲……就知道向前冲，冲过头了，你……你就回不来了。你现在不好好学习，将来长大了干吗去……你说?! 你冲你个鬼啊你！"

张老师顺着鼻梁把眼镜往上推了一下："哦——李伟强吗？我明天就去找他的姑姑谈谈，小孩子不要给那么多钱，还上网?!"显然，张老师很生气了。她接着说："当初玫瑰园肖老板介绍你来我班上的时候，说你很懂事、很爱学习，现在，你看你……怪不得电视里、报纸上都在说富二代孩子精神空虚、聚众吸毒、追求刺激……找不到人生的意义，没有正确的人生价值观念……李伟强！上网真的成了他的精神寄托了……这么小天天请客上网了！"

武老板见张老师的态度没有期望中的温柔，心里很快判断，他此前的甜言蜜语只是一场独角戏，准确说他自作多情。他在意识到了这点后，就立刻换了一种口气，说："小孩子在于教育。谢谢你告诉我们这些情况，今后我们一定好好教育女儿。"

张老师："我真搞不懂，你们家离学校这么近，干吗不要她回家吃中饭?"

袁文英："不……不是……"

"已经叫她回来吃的，她自己不肯回来。明天中午叫她妈妈去学校接她，好不好？你的话，我和她妈妈都记住了。"武老板打断了袁文英的话，对答了一句。

张老师站起来，说："要是这样，再好不过。一定不许她中午上网了，得把她的网瘾戒掉，不然毁了……好吧，看后效吧。"张老师说完，起身离开。武老板袁文英便跟在她身后，说："就在我们家吃晚饭吧，吃了晚饭再走吧?"

"不客气，谢谢了。"张老师一边走一边又道："我也是希望孩子好，如有得罪，请家长多多理解。"

武老板："哪里哪里，张老师教育学生认真负责，我们感谢都来不及，何来得罪……真的是非常非常感谢张老师。"

他们说着，走过了石子花径，武老板和袁文英一直把张老师送出花园才返回家中。

武老板："怎么样，刚才给足你面子了吧？"

袁文英："谢谢您。可是说假话不好吧，总有一天她们会知道的。"

武老板："不能对老师讲实话的啦，不然她们知道你是个保姆，她们会看不起芬芬的，对芬芬肯定不会好。"又对芬芬做了一个鬼脸，说："芬芬让我们共勉，一起向前冲。"

袁文英说："看咯，老的不正经，把小的也给带坏了。"

最后袁文英被武老板的话说服了，停止了辩驳。她看一眼愣在沙发的芬芬，心口突然很痛，很无奈地对芬芬说："芬芬，妈妈带着你出来打工，好辛苦。你都看到了。妈妈指望你争口气，认真读书，将来考一个好大学，找一份好工作，好好生活，怎么……你就不能理解妈妈的心情吗？中午还去上网，中考成绩那么差。"

"我不上网我干吗？丑丑又不在了，没有人和我玩。谁和我玩呢？许青艳在石溪溶呢。"

袁文英："天哪！你还在想着丑丑，想着许青艳……丑丑不就一只狗吗，你想它干吗？"

武老板："你可以陪小武玩。"

"我不喜欢小武，它不会抓野兔子，不好玩。我好久都没有和许青艳她们一起玩了……可惜她们不在这里。妈妈我今后永远都见不到她们了吗？"

袁文英："就知道玩，真是气死我了……啊你！"

芬芬瞪大眼睛看着她，面无表情。

武老板："算了，你明天中午去学校接她回家，现在别骂了，吃饭！"

袁文英悻悻地去了厨房，她首先给小武盛了吃食，这是武老板交代的——武老板曾经有言在先，吃饭的时候得先侍候好小武。

家访使袁文英的心情更加沉重起来，她根本不敢把过去聪明懂事、好学上进的女儿同现在这个迷恋上网、神神经经地女儿画上等号。想到那些迷恋网络、深陷其中、不能自拔而被毁掉了前途的许许多多孩子，袁文英就不寒而栗，她担心芬芬会成为其中一人。偌大的网络，不缺少芬芬一个牺牲者，也不会多芬芬一个牺牲者。

好在自己现在有时间了，可以照顾女儿了，袁文英决定从明天开始，每天中午去学校接芬芬回来吃中饭，杜绝芬芬上网；不能让女儿再玩“向前冲”了，女儿再向前冲，女儿真的拽回不来了。袁文英的心情很久都不能平静。

“别想了，芬芬已经睡觉了。”武老板从楼上走下来，诡秘地笑了一下：“今晚去我卧室睡吧，让我好好安慰安慰你。我吃两粒伟哥。”

袁文英微微张着嘴，迷迷茫茫地望着武老板，欲言又止。

武老板：“我先上楼去了，把被窝给你暖好。”

袁文英心想，反正不是第一次了，你要是很久没沾过腥，就该知道什么叫饥饿。尤其，前几天有过一次激情燃烧，像点燃了导火索，后面必然会继续燃烧下去的，她说：“好吧。你先上去，我一会上来。”

武老板依然慢慢吞吞地走向楼梯，他的行动一直都慢半拍——这难道因为他有满身的硬疙瘩？而他的身体看上去红光满面、精神矍铄，非常正常。袁文英就怀疑武老板身上的疙瘩多多少少影响他的行动，并不是因为他六十岁了，她见过很多六十岁的男人，正常身体都不像武老板那样的状态，何况武老板的生活过得那么优越呢。

夜色正好。别墅很安静。晚霞的余辉还在温暖着这个城市。人在这样的舒适的夜晚，安静的心里容易滋生一种本能的欲望。那个哧哧燃烧的导火索一直在燃烧。袁文英收拾了一下客厅，先到自己的房间看了一下芬芬，芬芬果真已经睡着了，她便悄悄走到对面，武老板的房门虚掩着，袁文英推门进去，小武也在里面。

武老板笑眯眯地迎上来，抱住袁文英就亲，他们一边接吻一边拥到了床边。武老板刚想脱衣服，却听见袁文英说：“不行，你的床铺不干净，小武天天睡在上面，我不习惯和狗睡一张床……睡不下去啊。”

武老板就有些着急地说：“那你换掉啦，壁柜里面有被子，床单都有，把原来的被子铺在地板上给小武睡啦。”

袁文英便从壁柜里随便取了干净的被子和床单，打开来看，才发现被子毛质的，暖暖的淡红色。武老板告诉她那是驼毛被子。

“会不会太热了？”

“不会。好薄的。这两天气温降低了十多度。”

“那——就盖驼毛被子？”

“好的。”

袁文英第一次抚摸着驼毛被子，感觉柔柔的、暖暖的，她在中学的时候读过一篇描写沙漠和骆驼的散文，好美。美感让她联想起了骆驼，进而她想到了沙漠，想到天边的云和暖暖的风，她忍不住想躺到被子里，去感受一下沙漠的温度。

上得床来，武老板没有像上次那样缓慢，也没有上次那么优雅，他一定真的吃了伟哥，所以心急火燎的。只见他直奔主题把袁文英剥光，把自己剥光，把袁文英压在身下。袁文英有触电的感觉，她赤裸地躺在武老板的下面，呻吟着，紧紧地和武老板缠在一起，让每一次接触都电花飞溅。武老板真的吃了伟哥了，因此显得异常兴奋，亦如枯枝发新芽，不断爆发出新的力量。他在袁文英身上，无数次激流勇进，冲过潮流，抵达幸福的岸滩。

袁文英望着武老板，喘息未静，细声说："看不出来，您好厉害。"

武老板得意地笑了一下，又要求和袁文英掉换位置，他在下面一边享受，一边叽叽哼哼地念着："天上黑鸟飞，地上狗儿追……飞呀飞，追呀追，上下哼哼哼……"

小武在旁边躁动不安地走来走去，不断地调头观看主人做着游戏，脖子上的金铃铛清脆地响。

武老板已经大汗淋漓。

飞呀飞，追呀追……终于偃旗息鼓了。

袁文英说还要。武老板说完了，子弹全打光了。袁文英说："子弹打光了，你拼刺刀啊！"

武老板说："拼不动了，毕竟年龄不饶人啊。"

"累了吧？"袁文英声似春猫一般地问。

"只要你舒服了，我累一点值得。"

袁文英慵懒地躺在武老板身边，娇柔地说："真的看不出来，您六十岁的人了，还这么厉害。"

"厉害吧。不比年轻人差啦。嘿嘿！"

"吹牛。"袁文英嗔昵地又亲了一下武老板的脖子。

"我就是猛男。"武老板抱紧袁文英，说："问你啦……"

"什么？"

"你有没有玩得非常非常好的朋友，我说的是女朋友。"

"有啊！当然有。"袁文英脱口而出："我有好几个好朋友，她们都是美女呢。"

"那有没有最好最好的朋友？"

“有的，那天你看见过那个唐云琪，她比我大几个月，我和她在一起玩，快20年了，我们像亲姐妹一样的。”

“你们能够做到有福同享、有难同当吗？”

袁文英想了想：“应该能够做得到的。她对我非常非常好。”

“我对你不好吗？”

“不一样嘛。”

“她长得没你漂亮啦，不过还行。”

“她打扮起来很漂亮的。她原来是我们村里最漂亮的女人。”

“哦……那倒是，看得出来。你们关系非常好吗？”

“当然。”

“那，我们有福同享、有难同当、有爱一起做好不好啦？”

袁文英咯咯地笑：“您好幽默呀！有福同享，有难同当，有爱当然一起做，难道您做您的，我做我的，那怎么做呢？”

“我是说双飞。”

“什么双飞……我不懂。”

“就是我想把你和你的那个朋友一起干掉，你们两个都做我的情人，不就双飞了嘛。”

袁文英一下呆住了，她激情燃烧的身体一点一点地凉下去，并掺杂着伤痛微微颤抖起来。她决然不会想到武老板会提出如此荒唐的要求，她开始怀疑武老板是不是心理变态，同时明白自己真的爱上了武老板。

武老板抱紧她，把嘴亲在她的头发上，说：“宝贝，别生气好吗？我承认我比较顽皮。但是，天底下哪个男人不顽皮呢？古代的皇帝、王爷们都三宫六院、妻妾成群，很多都那样泡女人的。看看现在，网上那种的图片多如牛毛，好多电视剧里面也有‘双飞’镜头咧，《雪豹》、《凰图腾》里面就有男人左拥右抱的床上戏，你没看过吗？生活中无数的男人感情泛滥，他们都不知道自己有多少女人，泡过的女人连名字都叫不出来。说白了，性就是一种游戏啦，规则是人自己制定的。人还把性叫做一种文化，就拿打麻将来说，有妖鸡、二条，复牌叫放炮，不放炮就自摸。性文化无处不在。嘿嘿！原始社会多好，没有规则，现在很多人喜欢返璞归真，主张天体族，赤裸裸的一群人去到大自然的怀抱里无拘无束，嘿嘿，想想都刺激。刚才你还夸我厉害呢，所以我想双飞。”

“你不会那么无聊吧？不，简直无耻！”

“嘿嘿！我虽然顽皮了一些些，但是我勤劳勇敢、聪明好学的，我玩归玩，事业归事业，这样的男人又温柔、又浪漫，才最可爱。再说，我现在什么都有了，我都不知道自己还需要追求什么。话说回来，人总是要死的，虽然我什么都有了，我也会在当前的某个时候突然死亡，这辈子我就剩下这个愿望了，就是想尝尝左拥右抱的滋味，还有什么比这更有意义的事情呢？没有了。性是生命赋予的使命，让我们热爱它吧！”

袁文英：“想起来了，那天我离开玫瑰园的时候，阿兰说过一句话——让武老板和小武带你双飞是什么意思？”

武老板嘿嘿笑了两声，悠然说道：“湘西一带流传着狗盘瓠和辛女的传说。相传高辛王时期，南有犬戎国长期边境作乱，抢劫杀戮高辛子民，只因犬戎国的吴将军打仗厉害，高辛国屡战不胜，高辛王便告示国民，有打败吴将军者，许女为妻，赐官赏银。群臣个个惧怕吴将军不敢出战。几天后，一只色彩斑斓的狗含一人头伏于殿上，高辛王让群臣辨认，确是吴将军人头。高辛王见打败吴将军的是一只狗，想赖婚。公主辛女便劝父王言必信，并声明即使是狗也愿意婚嫁。高辛王见辛女顶撞自己，下令将辛女打入冷宫。半夜时分，禁锁辛女的宫门自动打开了，那条狗跑进去，驮着辛女，从窗子飞了出去，它就是狗盘瓠，它与辛女结婚后……”

武老板的手指分开了袁文英的私处，并插了进去。

袁文英一怔：“不要！”

武老板：“嘿嘿。这是我的手指嘛，又不是狗狗。”他顿了顿，继续说道：“为躲避高辛王的追捕，狗盘瓠和辛女经常搬迁，栖身于沅林、芦溪、辰西一带。”他的手指又插了一下，袁文英情不自禁地张开了腿，期待着……

武老板：“你现在出去走走，湘西一带到处都是盘瓠洞、辛女庙。沅林和芦溪两县人，都争说是盘瓠辛女的发源地。那一年，中央民族文化研究所在芦溪县召开过一次全国盘瓠文化学术讨论会，学者专家纷至沓来，说盘瓠和辛女是瑶族人们的祖先，因为他们繁衍了优质的杂交人种，他们所生的六男六女，一个个身强体壮，又有很高的智商，说他们开启了人类婚姻的文明。所以湘西一带流传着狗盘瓠和辛女的传说，六月二十八日还是盘王节呢。”

袁文英惊异地：“这些你也知道呀?!”敬慕之情油然而生：“你好聪明啊！”

“嘿嘿！不聪明我就不叫武文，不叫 Evan furner。知道了吧？我能武能文，能文能武，又聪明又勇敢、又勇敢又聪明。”

“我爱你！”袁文英紧紧地抱住了武老板，并在武老板脸上狠狠地亲了一口。

“爱我是吧？爱我去给我把茶杯拿来，我给你这个学生上课口讲渴了。”

“嗯！”袁文英光着身子滑下床，把茶杯递到武老板手里。武老板顺势坐起来，光着上半身喝了几口，又从床头柜上拿了一支烟，点燃……

袁文英回到床上，没忘记问：“狗怎么可以和人呢？”

“那是传说。傻瓜！我也不知道可不可以。”

袁文英坐在武老板身边，掉着武老板的手臂，似有点寒冷：“好吓人的。”

“其实也没有什么奇怪的，植物也一样，杂交水稻、杂交玉米、杂交什么什么的东东，很好嘛。自然界里，生命是互动的。没看见那些科幻片里，那些奇奇怪怪的动物、奇形怪状的外星人吗？科学家曾经也做过试验，把一种动物和另一种动物交配，结果怎么怎么的……”武老板又抽一口烟，又说：“说不定继续做下去，将来会生出各种各样的新动物。嘿嘿！这叫新物种起源，比达尔文的新。”

袁文英咯咯地笑，先前的心里阴霾被武老板的风趣和聪明吹散了，天空一片晴朗。

武老板：“知道为什么沅林和芦溪两县为什么要争做盘瓠辛女发源地，争做狗孙子吗？”

袁文英：“这个我懂，电视里报纸上天天讲非物质文化遗产，‘盘瓠辛女’是非物质文化遗产，沅林、芦溪两县，谁争赢了，谁就可以大做文章，搞旅游开发，好赚钱。”

“对。赚钱是他们的最终目的。人嘛，本性有很多欲望的，占有欲、战胜欲、肉欲、金钱欲，人人都有欲望，包括你和我。”只见烟头一闪，武老板那只夹着烟头的手揽过来，把袁文英揽在了怀里，另一只手摸着袁文英的胸脯，嘴里煞有介事地说：“宝贝，请你帮忙打个电话把你的那个朋友叫来玩啦，让我们双飞？好不好？宝贝。”

“不好！”

“为什么不好吗？”同时，武老板的那只手用力捻着袁文英的奶子。

“轻点……我做不到。”

“求求你啦。宝贝。”

“您真坏。早知道你是这种人，我不会理你的。”

“我这不是慢慢才露出狐狸尾巴嘛。嘿嘿！我要是一开始就要求和你们双飞，你不就不会理我啦。嘿嘿！”

“你荒淫无度！”

“宝贝，我知道你很善良，你也很爱我，你如果能满足我的这个欲望的话，我给你们每人三十万元。你考虑考虑，别急着拒绝我。”

“即使我叫唐云琪过来，她也不一定会答应你的，她是个很正经的女人。”

“我就是要找良家妇女正经女人，不正经的我还不要呢。不然，多了去了。人嘛，就是这样的，自己不再纯真，但又期盼别人纯真。”

“你变态！”

“这年头工作压力好大，人人都神经紧张。我也是人，不是神，我也需要发泄。”

“有你这样发泄的吗？双飞？哼！简直乱搞。”

“我不职场‘私奔’已经对得起手下那些人了，我要丢下公司不管，我的员工都会失业会破产。双飞算得了什么。知道什么叫谭催吗？”

“不知道。”

“谭催就是双修、杂交，是身心生命呼吸系统重启内在爆破，是神圣而充满修炼功能的大爱之门，是男女双修的性爱技术。你不是很羡慕城市生活嘛，现在上海、香港那边一堆堆发光的名男人、善女人在一起共修，杂交，又岂止双飞，简直乱飞。”

“反正我不会答应您。”

“双飞是我的欲望，你的欲望是三十万元人民币。我肯定我们的欲望都正在燃烧。如果我们把这个交易做成了，我们就双赢了。”

“上次怎么说的……会对我负责任。现在却要双飞了？”

武老板忍不住笑起来：“我的公司是有限责任公司，不是无限责任公司，我只能对你负三十万元的责任，明白吗？嘿嘿！”

“你找阿兰和你双飞吧。”

“小武不要她到家里来。”

“你们家的狗比人还高贵吗？”

“嘿嘿！这就是大自然的奥秘。上天以一种神秘的力量主宰这世界。每个人有每个人的命运，比如你发生了那么多不幸的事情，你最后来到了我的身边，这些都是上帝的安排。服从于仅仅属于自己的命运吧，听我的吧，我们双飞吧。”武老板的另一只空着的手在胸前画着十字架：“阿门！”

"阿门你个头啊。"袁文英打掉了武老板的手，钻进被窝："我睡了，不跟你说了。"

可是她刚刚睡着，却被武老板鼾声吵醒了。她爬起来，慢慢地穿好衣服，准备回自己的房间去，她的响动又把武老板吵醒了。

武老板迷迷糊糊地问："你怎么爬起来了呢?"

"你睡吧。我还是去对面睡，芬芬经常做噩梦，醒来后，发现我不在，她会害怕的。"

"哦——那你去吧。"

24

天气渐渐冷了，清晨白雾蒙蒙。人们开始添加了毛衣。袁文英每天六点半起床给芬芬做早餐。倘若碰到武老板不在家，小武自然也不在家。家里就剩下袁文英和芬芬，就没有多少事情可做，袁文英早上去送芬芬上学；中午照常去学校接芬芬回来吃中饭；下午就在家里搞卫生，修整一下花园。这样的日子也算过得充实，有男人、有家、有孩子，袁文英俨然成了一个家庭主妇。偶尔，她会想起周建华，心里会郁闷，但是这种郁闷往往被幸福掩埋过去，稍纵即逝。她现在是一个比较幸福的女人了。

多数日子，武老板半夜回来，这其间跟袁文英有过几次温存。都说身高不是问题，年龄不是距离，袁文英发现自己已经深深爱上了这个见多识广、能说会道、事业有成的老男人。后来，每当武老板提及"双飞"的事，她就感觉心口很痛很痛。武老板这时会温柔地说："宝贝，你不愿意就算了，我不会勉强你的，我也不愿意看见你不开心啦。"

他的暖心话又使袁文英觉得自己应该满足武老板的欲望，不然对不起武老板。最后，她说："好吧，有机会的话，我叫我唐云琪过来玩，你自己跟她说，我只能假装不知道。她要是答应了，我也答应您。"

武老板狠狠地亲了她一口："好宝贝！好宝贝!!"

袁文英无奈地苦笑。

武老板突然带小武回广州办事去了。袁文英有事没事脑子里开始想着"双飞"的事了。"双飞"一头连着她伤心的爱，一头连着三十万元的诱惑。袁文英的心情变得复杂起来，好矛盾，她因此吃又吃不好，睡又睡不着，心事重重。然而，她的脆弱的心终究承受不住各种各样的压力和诱惑，她拨通了唐云琪的手机，对电话那头的唐云琪不厌其烦地倾诉，说武老板是个好人，武老板如何如何有文化、有修养、风趣幽默等，凡是她知道的所有形容好男人的词语都被她用在武老板身上了。唐云琪就惊叹地说："哎呀！你运气来了呀，遇到那么好的老板，又有钱又喜欢你。呵呵！看你把他赞上天了。老实交代，你爱上他了，是不是?"

"是啊。没有办法，爱一个人真的不由自己控制的啊。"

"这么说你已经非常非常爱他了，那你们早那个……在一起了吧?"

"没有。"

"孤男寡女独处一室……这年头有情人是很正常的事……不老实啊你。"

"别问这个撒。说说，你现在都在忙什么?"

"我现在都愁死了，我承包了村里的那个鱼塘。这不，前期投入需要二三十万，我没有那么多钱。我都不知道找谁去借啊。"

袁文英缓缓地说："要不，等武老板回来了，我和他说说，看他肯不肯借给你。他对你印象不错，上次看见你之后，说你长得漂亮呢。"

那头唐云琪激动地大声说："哎呀！太好了!! 那你一定帮忙给你的心上人好好说说哦，像他那么大的老板给我借个二十万应该小菜一碟，呵呵！你真是我的福星。"

"晕啊，我试试……他肯不肯借，我不敢保证……就这样。再见。"

放下电话，袁文英心口骤然一紧，痛苦地摇着脑壳，嘴里骂道："袁文英你怎么这么贱呀！对唐云琪胡说八道些什么呀，你难道真的要答应武老板双飞吗……不……不可以，不可以违心地和武老板唐云琪双飞……那是多么荒唐的事啊!"

袁文英忐忑不安地来到玫瑰园茶庄，想找肖姐说说知心话，以排解心中的郁闷。肖姐对她的态度没有改变，仍然一如既往的热情，甚至亲自到货架上拿苹果醋递到袁文英手上。袁文英看着手里的苹果醋，心想着：苹果醋到底怎么制作而成的，是不是很复杂，像人的一生，寻寻觅觅、曲曲折折，苦苦的、涩涩的、酸酸的味道。

她看见玫瑰园的生意有增无减，原来没有她袁文英地球照样转。这年头人人喜欢喝茶。那些老板到玫瑰园来一边喝茶一边聊天，一来可以清理肠胃，二来能够放松神经，也可以谈生意。袁文英心想自己要是能有个茶楼该多好啊!

玫瑰园新来了炒菜的师傅，肖姐不用自己炒菜，能够全面恢复到了让人仰视的高度，才得以坐下来陪袁文英聊天。

她俩坐在沙发上，有一搭没一搭地说着话，东拉西扯的。袁文英却始终不敢告诉肖姐，武老板要和她双飞的事。阿兰一改从前的态度，当着肖姐和阿珍的面，给袁文英说对不起，说自己以前没想清楚，错怪了袁文英，说武老板和她分手和袁文英没有一毛钱的关系，全都因为武老板感情泛滥，况且是武老板主动追求袁文英，袁文英没有老公，经不住诱惑，喜欢上武老板亦无可厚非。

阿兰对袁文英说这些话的时候微笑着，好像她之前对袁文英的诬陷和争吵像一场游戏一样好玩。甚至，这游戏能够启发她的心智、提升她的潜能，能够让她变成无所畏惧的女强人，如果不是为了向别人证明自己是个有文化的大学生，她愿意无所畏惧地继续自己人生路上有趣的游戏，从而精彩一生，亮丽一生。

阿兰主动给自己道歉了，袁文英先前的仇恨一下烟消云散，她觉得阿兰也没有那么可恨。她说："姑娘家的出门在外，也是为了生活，免不了争风吃醋。没有什么深仇大恨的，别去计较。大家心里就都舒坦了。"告别的时候，袁文英邀请阿兰和肖姐有空去别墅玩，再三邀请。阿兰点着头，满怀深情地答应着，并把袁文英送出玫瑰园，依依不舍地。

第二天，阿兰真就来别墅玩来了，身边跟着一位帅男，还带着礼物袋。袁文英仔细一看，认出他是那天晚上在皇家歌厅见过的阿伟先生。"阿伟先生跑武老板的别墅来干吗呢？"袁文英还在犹豫要不要和阿伟先生说话，却听见阿兰说："这位阿伟。你们见过面的，在皇家歌厅。"

袁文英礼节性"哦"了一声，她本来不愿意理睬阿伟先生，阿伟却主动喊："'徐小凤'你好，不好意思，打搅您了。"袁文英也就客客气气地把阿兰和阿伟先生一并让进客厅，又是煮茶，又是削梨子来招待二位客人。阿兰说："我带来了红酒，还有烤鸭。"袁文英说："那我借花献佛，拿出来吃吧。"阿兰也不反对，阿伟便打开袋子，把红酒和烤鸭摆在茶几上，还有别的好吃的东西。

三人边吃边喝边聊天，袁文英慢慢有了醉意，等她醒来的时候发现自己赤身裸体地躺在武老板的床上，头很痛。仓皇中，袁文英胡乱穿上衣服，奔下楼，早已不见了阿兰和阿伟先生的影子。

袁文英捂着疼痛的头，清楚地意识到，阿兰和阿伟先生一定对她干了什么不可告人的坏事，她怀疑阿伟先生趁她喝醉了酒，强奸了她，而她什么都不知道，也许当时她把阿伟先生……呸！畜生……也许自己当时把那畜生当成了武老板也说不定。这一定是阿兰策划的一个阴谋。那么，阿兰将要把她怎么样？袁文英惊恐万分："阿兰一定会把这件事告诉武老板，好让武老板嫌弃我袁文英……最后到达和武老板重归于好的目的。好毒啊！阿兰。"袁文英好后悔，好恨自己，恨自己傻："怎么就那么容易相信了阿兰的甜言蜜语、花言巧语、胡言乱语啊！"

没过几天，武老板从广州回来，对袁文英不但没有久别的亲热，相反用瞪贼一样的眼睛瞪着袁文英。袁文英感觉武老板已经知道了那件事情，好几次想主动告诉武老板，却总是恍恍惚惚地不敢开口说出来。这件事着实把袁文英折磨了好几天，她因此整个的人瘦了一圈。武老板问她怎么了。袁文英改弦易辙，说自己已经给唐云琪打电话了，问武老板可不可以给唐云琪借点钱。武老板用两个指头敲着沙发扶手，悠然地说道："借钱倒可以，不过你得把她叫过来我们一起双飞，嘿嘿！"

袁文英自然明白武老板的意思，她的脸色慢慢黯淡下来，眼圈也红了，如果不是真的爱上了武老板，她可能会冲过扇武老板一记耳光，或者转身离开。

现在她终于没有那样做，也没有勇气离开，说："我再打个电话叫她过来，就说您答应给她借钱。"

武老板咧嘴笑道："这才是我的乖乖宝贝啦。"

唐云琪听说武老板愿意借钱给自己，立马从湖天县坐车出发往怀华赶，她完全不知道，有一个巨大的阴谋在等着她。她和袁文英约好在菜市场大门口见面，不见不散。

袁文英在唐云琪到达之前买了好多菜，站在菜市场大门口等了一会。当看见唐云琪满面笑容地朝她走过来，她迎上去，没有多余的话，她直接把唐云琪带到别墅里。唐云琪一看武老板家境，非常惊叹：原来真的是有钱老板啊，别墅这么漂亮，在怀华至少值几百万。袁文英淡淡笑了一下，算是在回答唐云琪。随后她到厨房去做饭，她表面看起来若无其事的样子，在内心却无法平静：她既想得到那三十万，又想帮助唐云琪借到钱，又担心武老板真的会勾引唐云琪，又不敢开口告诉唐云琪真相。试问，哪个女人愿意把自己喜欢的男人让给别的女人呢，袁文英不会。爱情是自私的，更别提"双飞"那样荒唐的事情。

袁文英又不敢违背武老板的意愿，她深深地爱上了武老板，已经非常在乎武老板对她的态度了。她清楚地知道，武老板就是她的皇上，皇上才能够改变她的一切，幸福与痛苦的边缘，爱不是她的借口。她不敢得罪皇上，她怕被打入冷宫。但是真要和武老板和唐云琪“双飞”，她感到不好意思；不答应，武老板肯定会生她的气。到底双不双飞，这件事让她感到左右为难。

本来，武老板听见袁文英打完电话，得知唐云琪要来了，心里涌起些许激情，开始期待着一次新的艳遇，他说待在家里等唐云琪，冉老板却打电话要他到玫瑰园去打麻将。袁文英说：“唐云琪从湖天过来路途遥远，需要几个小时，你先去玩吧，唐云琪来了我会在第一时间通知您。”武老板说也好，出门的时候交代袁文英，说：“唐云琪到了的话，马上打电话告诉我，我立马赶回来。”

现在，快傍晚了，唐云琪都已经到了很久了，等着和武老板见面借钱。袁文英也已经做好了丰盛的晚餐，袁文英则不愿意给武老板打电话，不想武老板回家看见唐云琪。她和唐云琪又说了一会话，说先吃饭吧？唐云琪则坚持要等武老板回来大家一起吃，袁文英才去客厅打电话告诉武老板，说：“唐云琪来了，准备吃饭了，问您能不能早点回来呀？”

片刻，武老板赶了回来，唐云琪急忙从沙发上站起来，微笑着准备开口说话。不料，武老板却抢先问道：“你是唐云琪吧？不好意思，我现在要去广州，刚才接到公司电话，说那边有员工闹事，出人命了，我太太也在从加拿大赶往广州，我必须马上赶过去处理好这件事。”他一边说一边急急忙忙地上楼去，到卧室里拿了几样东西。下得楼来，又对唐云琪简单地说了几句客套话，说完出去了。袁文英本来在厨房准备碗筷，闻讯，急忙从厨房跑出来，追到花园里，武老板却已经钻进了小车里。给武老板开车的是刘经理，唐先生和小武也在。旋即，车子消失在大门口。袁文英回到客厅，对唐云琪耸了耸肩，表示没办法了。

还没来得及开口借钱，武老板坐车离开了，唐云琪心里十分失望，甚至是沮丧的。反而，袁文英露出了一丝不易觉察的暗笑。她总算松了口气，她认为自己已经按照武老板的意图把唐云琪叫过来了，证明她已经尽力了，武老板以后便不能怪她小气，说她吃醋什么的。那么，武老板突然有事去了广州，则失去机会与唐云琪沟通，更别说勾引，这样一来，她与武老板的爱情也就不会受到威胁了。从此，自己可以平平安安快快乐乐地生活，这真是命运之神对自己的怜悯和眷顾啊！

对于唐云琪，袁文英心里对她有所愧疚的，别说唐云琪以前帮助过自己，单单这次把她叫过来，原本不只是为了给她借钱……所幸，唐云琪不知道武老板那个来不及说出口的阴谋，袁文英仍然可以把自己的人格保留在比较高尚的意义上。那么，她以及唐云琪的生命，不会为了金钱而受到侮辱，她仍然有资格像从前那样和唐云琪真诚谈心。这一夜，这两个好朋友睡在武老板的床上说了很多的知心话：

“文英你要早作打算。你还年轻，有合适的就嫁了。别等建华了，等也等不来了……只怕建华回不来了。”

袁文英说自己没有什么特长，只能做工，芬芬也是个负担，怕是很难找到合适的男人，要是武老板真的愿意娶我，我就跟着武老板好好过日子。

唐云琪说：“武老板看女人色色的，肯定花心。看他咯，六十岁了，你才三十几岁，你们年龄相差二十多岁咧。”

袁文英说：“我喜欢他，不用管他色不色，只要他真心对我就行了。这年头，有钱的男人个个都花心。武老板上次看见你，还说喜欢你呢。”

“啊哈！喜欢我……我有什么好喜欢的。他都跟你这么直言不讳，也不管你心里难不难受，可见他多么花心，这种花心的老男人我才不喜欢，你要喜欢，你喜欢他咯，别把我扯进去。”唐云琪顿了一下又说：“你变了，文英。”

“我也认为自己变了。能不变吗？换了你，你也会变的。”

“既然你确定自己能够原谅并接受他的感情泛滥，你好自为之吧。你照顾好芬芬，总之，好好活着就行。”

“可是武老板急急忙忙走了，没有给你借钱，你的鱼塘怎么办呀？我只有 2000 元，这几个月打工挣来的。只有 2000 元，先给你吧。”

唐云琪也不拒绝，答应收下。第二天吃过早饭，唐云琪带着 2000 元钱，离开了别墅。袁文英把她送到汽车站，看着汽车开出车站的那一刻，袁文英挥着手，目光恋恋不舍，却有从此诀别的感觉，眼泪流了出来。

25

武老板到广州之后，给袁文英打来了一个电话，说自己要在广州待一些日子，要袁文英在别墅好好待着，等着他回来。这暖心的话语听上去像是老公交代老婆说的，使得袁文英感觉武老板心里有她，她也就更加牵挂起武老板来了，更加热爱这个家了，手脚变得更加勤快了。她每天都把家里收拾得有条不紊的，没事的时候爱去花园修理花花草草，这样的日子她过得又幸福又充实。她在一个人吃饭的时候就会想起结婚那年，在娘家家里喂的那两头肥猪，它们吃食的时候低着头动来动去抢来抢去的样子，好有味，也会想到家乡漫山遍野的野花，好美丽，还有狗尾巴草毛茸茸的，暖暖的痒。种种幸福的感觉深深地打动了袁文英，现在，她每天早晨去送芬芬上学，顺便到菜市场带菜回家，然后给芬芬做一顿好吃的饭菜，她要把芬芬养得健健康康、漂漂亮亮的。

但是有一天，在买菜回来的路上，她突然感觉有人在背后跟踪自己。开始，袁文英以为是雷水秀上门寻仇来了，仔细一想，又觉得不合情理，如果是雷水秀的话，她绝不会只躲在暗处，以雷水秀的性格，会大张旗鼓地骂人，甚至张牙舞爪地打人。

那么，到底是什么人躲在背后装神弄鬼的吓唬人呢？好几次，袁文英猛然回头去看，却没有发现谁是可疑人物，眼前晃动的都是行色匆匆的正常路人，周围也平平安安的，根本没有暗藏武器之类的恐怖分子。

袁文英转念一想，兴许是自己太紧张了，事实上根本没有人跟踪自己。首先，自己身上没有钱；其次，除了雷水秀，自己没有别的仇人。其他人犯不着跟踪她，她又不是地下党，不好玩的。

然而，当她放松了警惕，在一次买菜回家的路上，一个黑影不知从什么地方突然窜出来，拦住了她，她刚要叫喊，却听见黑影人压着嗓子说："是我，别叫！"

"建华！"袁文英惊讶地瞪着周建华。

"跟我走！"周建华仍低声说道，真的就像地下党与地下党接头一样神神秘秘的。

来不及说话，袁文英便跟着周建华走到一个巷子里。周建华把她带到一家名叫大拇指的小旅馆里，说我们开间房，躲起来比较安全。袁文英愣愣地看着他。周建华自然明白袁文英想要知道他逃跑之后，以及他又是如何找到她的，诸如此类的情况，所以他说："到房里我慢慢告诉你。"

袁文英点了点头："哦……好。"

只见周建华走到服务台，"哗啦"一下从口袋里掏出几张百元大钞，说要最好的、最干净的房间，服务员倒十分干脆，拿了钱，没问他要身份证看，就给了他房间钥匙。

“407 房。”周建华一手拿着门卡，一手牵着袁文英，跑步似的上了四楼。

一切突如其来，袁文英来不及做任何反应，周建华已经打开了房门，他一直牵着袁文英的手，一进去，他的眼睛最先望到了那张客床。

“建华！”袁文英紧张而又激动地喊，同样想到了接下来即将发生的事情，不由热流涌动，眼里充满着期待。

“想死我了！”周建华说着抱住了袁文英，并把她拥到了床边。周建华先脱去了自己的衣服。然后帮袁文英脱衣服，一切心照不宣。周建华替袁文英解开了外衣，看见袁文英穿着黑色胸罩，说：“记得你以前从来不穿黑色内衣，现在怎么穿黑色内衣了啊?”

袁文英说：“黑色好看，有魔幻色彩。”

“你变讲究了。”

袁文英：“这样更加刺激，让你更加喜欢我呀。”

顷刻，夫妻二人缠在了一起……在那被文明遗忘的角落，一匹失落的饥饿的野狼，在纵情地扑向怀中的美餐。在那身体与身体连接的地方，雷与电的交响、火与水的融化，一声声地在房里激荡，它鄙夷精神虚幻，它慰劳人性的需要。

袁文英紧紧地抱着丈夫，像在搭乘一艘大船在驶向幸福的港湾，一帆男人的威猛，一帆女人的缠绵，很激烈，也很准确。

周建华在尽情地喷射了身体里最宝贵的东西之后，从袁文英身上滑下来，躺在袁文英身边，搂着袁文英，百感交集地说：“文英让你受苦了。”

袁文英的眼泪一下流了出来：“别说了。这是我的命……你是怎么找到我的?”她的话速很快，似乎有点余兴未尽，抑或有迟来的喜极而泣。

“我在武老板的煤矿挖煤。”

“就是那个古树湾煤矿?”

“是的。我听工友们议论，说武老板找了一个保姆，湖天县的，大家叫她‘徐小凤’，带着个女儿。我怀疑有可能是你。我就偷偷地找来了，果然发现了你，还有芬芬我也看见她了。”

“怪不得这几天总感觉有人跟踪我，原来是你。怪吓人的。”

“你怎么把芬芬也带出来了?”

袁文英如诉如泣地说道：“我也是没有办法才把芬芬带出来啊。我本来想把芬芬放袁榴外婆那边读书，谁知道盼盼掉到河里淹死了。芬芬当时和明明、丹丹到上游摸鱼去了。上游有人炸鱼。她们把盼盼一个人留在码头上守着衣服，结果出事了。我哥、我嫂说盼盼是被芬芬害死的，他们对芬芬恨之入骨。我妈妈又有帕金森综合症，半身不遂，不能再照看芬芬的。所以，我不敢把芬芬留在袁榴，只好把她带出来了。”

周建华抚摸着袁文英，十分感慨地说：“造化弄人啊！带出来也好，让她见识一下外面的世界，只是你会更加辛苦。”

“你在煤矿安全吗？”

“应该安全的。煤矿没有人认识我，我一般不跟别人说话，我只拼命做工。这次我把我这几个月做工得来的钱都带来了，在衣袋里，一会儿给你，你和芬芬也该买几件新衣服了，剩下的你把它存起来，留给芬芬读大学用。”

“你的生活费呢？”

“我留着哩。我以后每个月给你三千元钱，我把它送来，我们就在这个旅馆见面，好不好？”

袁文英忧心忡忡地说：“好是好，就怕日子长了，有人认出你来，去报警……不如你去自首吧，自首不会被判死刑的，我问过律师。”

周建华坚决地道：“不去！”

“哦——那随便你咯。只要你能好好地活着，我就高兴。”

“你想啊，我躲在煤矿总比待在牢房里强吧？在煤矿挖煤，我一个月能挣四五千元钱，除去生活费，最少可以给你三千元。我要是出去自首，这钱不就没有了。我想为你和芬芬多挣点钱呢。”

“说的也是……可是，总是让人提心吊胆的。”

“我在这里能待多久就多久，警察抓到了再说。”

袁文英一下又抱紧了周建华，哽咽地说：“我不要你死。”

周建华笑了笑，把手臂给妻子枕着：“不要担心我，我好好的，不会死。倒是你自己要注意……”他顿了一下，滚到舌尖的话被咽了回去。

袁文英有点心乱，她不敢断定被周建华咽回肚里的话究竟是些什么话，是否周建华知道了她和武老板的事，抑或周建华纯属关心她，抑或皆而有之。

“你在武老板家里做保姆……还好吧？”

“还好。没多少事，就是做饭、洗衣、搞卫生。”

“听工友们说武老板这人很好色，还有点变态。”

“哦……这个我不清楚。”

“他没有对你怎么样吧?”

“没有。你不要疑神疑鬼啊……好不好?”袁文英结结巴巴说:“真的没有。他们有钱人不会看上我呢。我老了。他们只喜欢二十几岁的年轻美女。”

“我只是随便问问,看把你紧张的。”周建华从袁文英脖子下面抽出自己的手臂,淡淡地苦笑:“其实,我想过跟你离婚。真的,你现在没有必要守着我这个不能见光的活死人。如果有合适的男人,你就跟他走吧。你把芬芬带好,也不枉你我夫妻一场,我也就非常感谢你了。”

袁文英伤心地哭了起来,她急切地需要理清楚自己的思绪,说:“建华,你不要这样说,我是爱你的呀!”

周建华微微扬起下巴,朝空中吹了一口气:“好了,你该回去做中饭去了,一会儿还要去学校接芬芬,不要把今天的事告诉芬芬,明白吗?”

“嗯。我明白。”袁文英慢慢地穿好衣服,期期艾艾的,临走,又回头亲了亲周建华的额头,十分依依不舍的样子。

“走吧。”周建华平静地说,但当他听见房门“砰”的一声响,他的心也随之破碎,一行久含的泪水终于流了出来。

袁文英匆匆忙忙地回到别墅里,刚把米淘了一下,放到电饭煲里煮着,客厅的电话就响了,跑去接,那头武老板拖尾巴的声音:“‘徐小凤’呀——怎么才回家呢——干吗去了啦?”

“武老板我……我早上送芬芬上学,后来去菜市场买菜。”

“刚才去哪儿了?”

“哦……我顺便到街上逛了一会。”

“是吗?那你有没有买了好东东回家啦?”

“没……没有买什么东东。好贵的。”

“可不许骗我哦,我人虽然在广州,但是我的眼睛在看着你呢。宝贝,你已经是我的女人了,就不许背着我跟别的男人约会,明白吗?你等着我,等我回怀华再和你们双飞。”

“武老板,我没有,我只有你一个男人,怎么可能跟别的男人约会哩?”

“没有就好。记住了,我只原谅你一次,要是被我发现第二次,你就玩儿完了。”

“没有哩。”

“好的。你慢慢忙。再见。”

袁文英放下电话，愣愣地坐着，回想刚才武老板阴阳怪气的话，心惊胆战。她心想：怎么这么巧，刚刚从大拇指旅馆回来，武老板就打电话来了，并且还说出这么多吓人的话，难道他真的知道……那不可能！他在广州，他又不是千里眼、顺风耳，不可能知道刚才大拇指旅馆407房发生的事情……看来，他只是不放心，打电话来侦察一下。全天下臭男人都这样，对自己大方，对女人小气。

武老板竟然还惦记着双飞?!

这季节，花园里的菊花都开了，袁文英每天用淘米水浇着那些黄的、白的、蓝的灿烂的菊花，看着它们，她像看到了朦朦胧胧的希望，甚至有点想入非非，她想：要是真的陪武老板双飞的话，可以得到三十万元……三十万啊！三十万对于自己多么重要，只怕自己辛苦一辈子都挣不到三十万呢。

她忽然又被这个荒唐的想法吓了一跳……不可以双飞！不能干那无耻、荒唐的事，唐云琪也不会答应的。那么，既然唐云琪不肯答应，武老板面前自己就不会为难，武老板要她给唐云琪打电话，她打过了。她可以再打电话把唐云琪叫过来玩，让武老板自己去和唐云琪说，反正唐云琪不会答应双飞的。这个计谋厉害，她给自己留好了一条退路，双飞不成的话，武老板也就不能怪罪她了，而她已经尽心尽力了的，再说上次她已经把唐云琪喊家里来过一回了，双飞不成，武老板当然不能怪罪她。

袁文英这样一想，终于从颓废败落、乱七八糟、断断续续、五花八门的杂念中游离出来，并梳理好了纷乱的情绪，那个“双飞”的想法已然被坦然和淡定湮灭了，她也有了对未来的自信。她认为，不管怎样，未来是美好的——未来周建华每月给她三千元，她自己有两千元，一共五千元，全部都可以存起来留给芬芬读大学。当然芬芬一定要考上大学的。芬芬大学毕业后，日子自然会好过了——袁文英如是而想。

袁文英又担心芬芬学习成绩不好，上次张老师来家访说芬芬迷恋上网玩游戏，已经到了最危险的时候了。袁文英就想到芬芬说的李伟强，这个没见过面的“阶级敌人”，就是他用糖衣炮弹把芬芬打倒了。袁文英心里一着急，就要去学校侦查一下，看芬芬在学校到底最近改正了没。她看见墙上的挂钟接近中午了，正好，可以借口给芬芬送饭，一箭双雕，芬芬也不会对她产生反感。于是她带上盒饭，锁好门，离开别墅，直奔学校而去。

她赶到学校，还没有下课。她等了一会儿，才听见铃声响了，学生纷纷从教室里走出来，她在学生当中看见了自己的女儿，刚要上前叫住芬芬，一个男孩子突然从后面追上去，拉着芬芬，他俩一下消失了。袁文英茫然地搜寻了四周，并没有看见芬芬的身影，她断定刚才的那个男孩子就是李伟强，是他把芬芬拉走了，他会把芬芬拉到哪里去了呢……他们肯定又去了网吧，肯定又去玩游戏去了。袁文英突兀地站在那里，悲愤、焦虑、难过充满了她的内心。她决定去网吧找到芬芬！

袁文英拿着盒饭，她在路上拦住一辆的士，司机问去哪里？她说去网吧。司机问哪个网吧。她说随便哪个网吧。司机笑起来："找孩子吧？"

袁文英的眼眶一下红了，她一边抹着眼泪一边断断续续地说："我是个乡里人，我从乡里出来……我好不容易带女儿出来打工。我辛辛苦苦赚钱养她，供她读书……指望她认真学习，将来考个好大学……现在不好了……她迷恋上网了，成绩越来越差。"

司机同情地苦笑："我儿子和你女儿差不多，也天天上网，我又要出车，没时间管他，这不，现在想去学校看看他……又没时间了。呵呵！随他去了。今天陪你去找女儿，说不定我儿子也在网吧呢……好吧……我们从最近的网吧开始吧。"

"好。"

于是，他们一连找了 4 家网吧，也没看见自己的孩子。网吧里大部分都是未成年人，基本都在玩游戏，键盘被敲得哗哗响。网吧里空气特别浑浊。也有成年人在玩游戏，也有在看黄片的，看得津津有味，全然不顾旁边上坐着未成年人。袁文英一走出网吧就会对司机说："危险啊！小孩子到这种地方来玩，会被毁掉的……一定不能让小孩子进网吧玩了……我女儿会在哪里呢……她今天穿着红花衣服，麻烦你帮忙找一找啊！"

司机说："我儿子今天穿着蓝色牛仔夹克，你也注意一下……他有一米五高，和我长得很像。"

"哦"。袁文英若有所思，她依稀记得，拉走她女儿的那个男孩子穿着蓝色牛仔夹克，身高好像没有一米五，再说蓝色牛仔夹克的男孩子有很多，也没有去想那么巧合的事情。她问："你儿子都几年级了？"

"五年级。你女儿呢？"

"也在五年级……我们现在去哪里找呢？"袁文英茫然地问。

司机便把车往回开到学校大门附近停了下来，叫袁文英下车，说这里有一家地下黑网吧。袁文英跟着司机左拐右拐，穿过了几个弄子，最后才看见了一家小型网吧。网吧里面挤满了密密麻麻的学生，每台电脑前面都凑着几个小脑袋摇晃着，玩的玩、看的看，好一片热闹场面。袁文英和司机仔细地逐一辨认，他俩几乎同时看见了自己的孩子——芬芬和李伟强。司机正是李伟强父亲。

袁文英甩手就给了芬芬一个耳光。芬芬猛然站起来，看见了妈妈，惊呆了。旁边的李伟强也被爸爸狠狠地揍了一顿。周围看热闹的学生都非常惊讶。网吧老板则冷冷地看着妈妈打女儿、爸爸打儿子而一声不吭。袁文英说："你一个大人开黑网吧想毒害孩子啊?!"老板说："你女儿又不是我请她来的。"

争吵了几句，没有结果，两个大人便把两个孩子从网吧拖了出去，拖到了校门口，又生气、又心痛。

孩子还没吃饭。袁文英一边把盒饭递给芬芬，一边责骂："谁让你去上网啊……你哪来的钱上网呢？你怎么这样不争气呀!"

"李伟强请客。"

李爸爸便去摸李伟强的衣服兜，果真摸出一沓钞票来。看着手中的钞票，李爸爸喋喋不休地说道："你姑姑这是怎么一回事呢？叫她不要随便把钱给强强……怎么……她就是不听我的话，她这样做，不是害了自己的外甥了吗？走，找她去……我不会感谢她的……走!"说着打开车门，即将上车，回头对袁文英说："你也一起去，多一张嘴多一分理，我们一起去说说。把孩子也带去。走!"

袁文英来不及细想，拉着芬芬坐进了的士。李爸爸径直把他们拉到了玫瑰园茶庄。

李爸爸从车上下来，直接冲进去对阿兰说："你想陷害你的外甥吗?"

真是无巧不成书，阿兰竟然是李伟强的姑姑。这层关系袁文英万万没有想到。她在即将走进玫瑰园茶庄的瞬间，听见前面的李爸爸责备阿兰，才恍然大悟。

袁文英此刻还不能确定李伟强请芬芬去网吧玩游戏是不是阿兰指使的，毕竟芬芬和李伟强在一个班上读书，关系超过一般同学纯属正常。

袁文英这样想的时候，已经来到了吧台边上，说："阿兰你真糊涂……不能给小孩子那么多钱啊！这不，李伟强天天邀芬芬去网吧玩游戏，都没心思读书了，这样下去，呵呵，很危险。你想过没有？这样你会害了他们!"

阿兰冷哼了一声："不用你来教训我。我就是要给强强钱，就是让他邀请芬芬去网吧玩游戏，气死你!"

“李伟强是你外甥咧！”

“你害我，我不会报复你吗？你女儿她喜欢玩游戏怪我吗？我又没请你女儿玩游戏。嘿嘿……我要以牙还牙。”

“我哪里害你了吗？”

“你不明白吗……你住在武老板的别墅里遇见鬼了吓傻了吧？啊哈！”

李爸爸：“以后不准你去学校见强强，你也不要到我家里去，你记住了。”

阿兰从吧台冲出来，就要动手打袁文英，李爸爸一把拦住了她，说：“我看你还要害谁?!”说完甩了阿兰一记耳光，又道：“我没有你这样的妹妹！”

阿兰哭了起来，一只手捂着火辣辣的脸，一只手指着袁文英骂骂咧咧的。李爸爸不再理睬阿兰，带着袁文英和两个孩子离开了玫瑰园茶庄。

袁文英终于确定阿兰给李伟强钱上网是有目的的，是想陷害芬芬，而芬芬几乎已经被陷害了。等到晚上，芬芬放学回来，吃过晚饭，袁文英把芬芬叫到房里耐心地说：“芬芬，乖女儿，今天妈妈看见你上网，当时真的十分气愤，动手打了你。妈妈现在向你道歉，保证以后不打你了。”

芬芬没有吭气。袁文英继续说道：“芬芬你是一个聪明的孩子，你今天也听到了，李伟强请你上网，那是她姑姑故意指使的，她姑姑和我有矛盾，想陷害你，让你上网上瘾了，不想读书，成绩差，将来考不上大学，前途就完了。你不要上她的当，从明天起不要再去网吧玩游戏了好吗？”

芬芬点了点头，又摇了摇头。袁文英说：“你要是不听话的话，妈妈只好再把你送到外婆家去，袁榴没有网吧，看你怎么上网……锦木村也没有网吧，我带你回锦木村去，回家去喂猪、种菜都行，就是不能让你再上网了。”

芬芬说：“我听话不上网了。不要把我送到外婆家去，外婆家那破破烂烂的茅坑好脏，盼盼死了，舅舅、舅妈好恨我，还有河里有红毛水鬼。我怕，我不去袁榴，我也不回锦木村去，我明天不上网了。”

袁文英一把搂住芬芬，说：“好，芬芬听话，好好读书，妈妈不送你去外婆家。”

话虽这样说，袁文英还是不放心芬芬，第二天早早地去学校接芬芬回家吃中饭，完了又把芬芬送回教室上课。她以后每天都坚持这样做，慢慢的芬芬改掉了上网的坏毛病，学习变得认真了。袁文英看见女儿有进步，心里高兴，心想：原来生活并不复杂，只要坚持就没有过不去的坎儿！

从此，袁文英脸上有了开心的笑容，有事没事爱照照镜子，翻一下武老板书桌上那几本旧杂志。杂志也没有什么好看的，看来看去都是些成人性爱方面的文章，她刚开始看那些杂志的时候还有些脸热，后来就麻木了。她琢磨着要去书店买几本好书看看，人要坚持学习，要塑造完美，她袁文英也不例外。现在的书价都很贵，她又有些舍不得花那份钱，所以一直没有下决心去购买。别说现在没几个人舍得买书，喜欢看书的人都很少了，她也就想想而已。

她到商场花了五十七元钱，买了一瓶大宝 SOD 蜜，又花了八十元买了一副“十字绣”，是那种“八骏图”的。肖姐绣有一副，用玻璃镶着，挂在玫瑰园大厅里，很好看的，她现在也要绣一副，希望生活从此走向美好的明天。

袁文英就这样过上了小家女人的幸福生活了，并在平平安安、简简单单中度过了三十天。周建华如约而至。

当时，袁文英刚从菜市场买菜出来，提着鱼和新鲜蔬菜，一边走一边想：整整一个月了，周建华应该来见她了。她早上出门的时候，还特别打扮了一番，穿了新买的打底毛衣，黑色的，把她皮肤映衬得白里透红；下面穿着牛仔裤，高筒马靴，人显得高高挑挑的，十分精神。的确，她在城里生活了几个月了，已经感染到了一些城市气质，学会打扮自己了。

她顾盼生风地在人群中不疾不慢地走着，身段一扭一扭的。

走着走着，她发觉有人在身后跟踪，于是心中窃喜，以为是周建华，便自言自语：好你个周建华，四十岁的人了，还童心不老，喜欢捉迷藏玩，躲来躲去……看我，不理你……没看见你……哦，我真的没看见你。嘻嘻！呵呵！！

袁文英继续向前走，目不斜视，不疾不慢。可是，当她走到周建华应该出现的那个地方，周建华却没有出现。她不由朝四周看了看，根本没有周建华的身影。顿时，一种巨大的失落感使她的大脑程序错乱了，她的心开始急促地跳动，她怀疑周建华被公安抓走了或者在煤矿受伤了。煤矿经常出事故的，生命没有安全保障的。不然，周建华应该已经出现了……那么，那个跟踪她的人又会是谁呢——难道周建华故意吓唬人？

猜疑中，袁文英生气了，真就不去看道路两边，而直接往前走，假装急着回家的样子。

“文英！”周建华突然跑到她的面前，上气不接下气地喊道。

袁文英微微一惊，白了周建华一眼：“你不是不出来吗？”

“你说什么？”

“我说什么你不明白吗？”

“不明白……不过不要解释了，走吧。”周建华一手接过袁文英的菜，一手牵着袁文英，奔向大拇指旅馆，奔向他们幸福快乐的爱巢。

他们开好房间，还是407，他们喜欢那间客房，因为感觉好。周建华走在前面，袁文英跟在后面，噔噔噔地上楼了。一进门，周建华首先把钱掏给了袁文英，说：“刚发的，三千元，你存起来。”说完，他脱下衣服去了洗漱间，洗漱间立刻传来哗哗的水响。袁文英探头去看，看见周建华正在用手调试水温，准备洗澡。袁文英便把衣服脱在床上，也进到了洗漱间，但她自己并没有洗澡，她一直看着周建华洗好头，然后从洗漱台上拿了一块小香皂，给周建华脖子、肩膀、后背、大腿、肚皮以及下面涂了一遍，一边擦一边说：“瞧你，满身黑黑的，尤其它最黑。”她摸到了周建华的家伙，嘻嘻地笑说。

周建华笑道：“煤矿肯定是脏的，所以我得洗干净了再和你亲热，免得你嫌我脏。”

袁文英心里十分感动，拦腰抱住了周建华，慢慢摸索着……

周建华那杆雄性的标志像掺和了膨松剂的“黄金条”，又大又胀地竖了起来。他匆匆忙忙地冲完身子，用浴巾包了一下水珠，把妻子抱上床了。

周建华翻身爬到了袁文英的身上，客床扭动起来，整个房子都扭动了。

袁文英异常兴奋，她的温柔纤细的手一遍又一遍地抚摸着周建华结实的胸脯，自从上次接到武老板的那个警告电话后，她感觉和周建华竟像在偷情一样，好刺激，好有新鲜感。

周建华突然想起：“哦——你刚才说什么，我不出来，怎么一回事？”

“我说你跟踪我。”

“没有哦，今天煤矿发钱发了很久，我匆匆忙忙赶过来，晚一步你就回别墅了，我就碰不到你了。”

“是吗？”袁文英感到很奇怪：“那——那个跟踪我的人会是谁呢？他为什么要跟踪我啊？”

“你长得这么漂亮，小心被色狼盯上了！”

“不会的，我一个乡下阿姨，盯我干吗？可能我搞错了。”

“也许你神经过敏。”周建华一边轻声地笑道，一边尽情地挥洒着自己的激情，等到筋疲力尽，他们也到达了快乐的巅峰。

“我最近确实有点神经紊乱。”袁文英说完开始穿衣服，周建华也爬起来，说要同袁文英一起去学校接芬芬。

“不是说不让芬芬知道你吗?”

“我又没说要和芬芬见面，我只是躲在暗处看看她。我想女儿了。”

“这段时间武老板不在怀华，你有空就来看我们。不必等到下个月的，反正我每天上午都要经过这里，你想我了，就到这里来等我。”

“嗯。”周建华和袁文英一并下楼，他提着菜。他们从旅馆出来就分开了，并没有走在一起，而是一前一后相互配合。他们应该是考虑到安全问题，才如此小心谨慎。一路之上，他们做着连锁的相应的行动，袁文英走在前面，她的速度就是周建华的速度，反之，周建华的速度也是袁文英的速度。他们来到学校之后，周建华把菜交到袁文英手上，躲开了，像陌生人一样远远地站着，假装不认识。等了一会儿，下课铃响了，开始有学生从教室里跑出来。当看见芬芬出来后，袁文英立刻朝远处的周建华做了一个手势，周建华便躲到了路边的一家商店里，隔着商店的玻璃看着门外。周建华很快看见女儿从操场那边走过来，他的心仿佛也荡起来了。他走出去，又退回来，又走出去，又退回来，如此反反复复，来来回回好几次，当妻子和女儿完全走近了，他赶紧躲在里面屏声敛息，偷偷地看着妻子和女儿。

袁文英故意把菜掉到了地上，然后蹲下去慢慢地捡起来。她这样做，想给周建华更多的时间，让他好好看看女儿。

对于周建华而言，一个杀人犯，今后每个月能和妻子聚上一回，还可以偷偷地看一眼女儿，这是天大的幸福。对于这个家而言，这一切算得上不幸中的大幸，虽然聚少离多，但是有快乐、有牵挂，最重要的，还有希望。幸福原来也可以如此简单，如此简单也可以很幸福。

但是，万万没有想到，可怕的事情很快发生了，就在袁文英和周建华第三次约会的时候，武老板带着一帮人，撞开了他俩的房间，把周建华当成奸夫，理直气壮地把他赶了出去，结束了周建华和袁文英短暂的夫妻生活。再次见面，周建华看见妻子和女儿倒在血泊中，小武龇牙咧嘴地朝自已扑过来，一场人狗大战拉开了……

尾　声

湘西怀华市火车站候车大厅，一个不大起眼的角落里，周建华和芬芬，这对憔悴的父女，紧紧地依偎着。父亲的手轻轻地护在女儿的身上，女儿把头靠在父亲的大腿上，已经睡着了。他们的身边放着那只灰色的牛仔包，满满一包东西，那是他们的行李包。他们好像从很远的地方来，又好像要到很远的地方去。

这季节，吹的北风，天气很冷。女儿的断手却没有穿在外套的袖管里，而是缠着纱布吊在胸前。显然，她已经到医院包扎过，并且还没有好，纱布是崭新洁白的，说明她刚刚才从医院出来。至于她如何受了伤，又伤得怎样，他们不说，旁人不得而知。

他们在候车大厅里坐了将近一个上午了，父亲的腿脚都坐酸了，但看见女儿趴在自己的大腿上睡得正香，不忍心把女儿动醒，便一直一个姿势坐着。期间，每隔一段时间，他会稍稍调头，望一眼大厅和门口。他的眉头紧锁着，眼里布满了血丝。可以看出，他熬很长时间没有睡觉了，并且内心非常焦急，表面却极力保持着平静。他们好像在等什么人。

时间一分一秒地过去了，眼看着马上就要检票上车了，父亲轻轻地叫醒了女儿，低声地说："芬芬，你妈妈这时候都还不来，她可能不会来了，她把我们丢下了。"

女儿抬起头，揉了揉眼睛，不由望向大厅和门口，但眼前晃动的全是陌生的面孔，根本没有妈妈的身影，只见她面色一沉，失望地哭了起来。

父亲又低声地说："芬芬，不要哭，不然会引起别人的注意的。"

女儿立刻镇定起来，把头靠在父亲的怀里，并在几秒钟之内忍住了哭泣。

外面忽然噪声大作，远远的一声接一声的警笛呼啸而过。父亲心头一紧，一种不祥的预感笼罩了他："会不会文英出事了？"他说："走！我们回去找妈妈去。"

女儿一双大眼睛忽闪忽闪地说："哦……找妈妈，妈妈怎么会不来了呢？"从石溪溶到怀华火车站的这段时间以及过程中所发生的一切事情，都不是她这个年龄段所能承受所能理解的，所以她的脸上显得那么茫然和应接不暇。

父亲急忙背好牛仔包，牵着女儿，连走带跑地出了候车大厅。

出得门来，他们开始朝碧云山庄别墅小区狂奔，一路之上跌跌撞撞的，不知道撞到了多少行人，脾气好的人瞪一眼也就算了，碰到心情不好、火气大的顺口便骂你娘的神经病啊！他们根本无暇顾及别人的恶劣谩骂，而只管拼命地往前奔跑。

当他们上气不接下气地赶到碧云山庄，看见武老板的花园里停满了公安的警车，还有消防车，地上不少红的、黄的、蓝的菊花被踩得七零八乱的。

父亲突然放慢了脚步，他没有直接冲上去，只见他牵着女儿小心翼翼地走到围观的人群当中。顺着他的视线望过去，他虽然十分沉着却也大吃一惊，他看见武老板的高档别墅已经变成了废墟，废墟周围被拉上了警戒线，公安以及消防战士在里面清理现场——显然，一场大火刚被扑灭。废墟上还冒着几丝残存的白烟，飘飘荡荡的，多种难闻的烧焦气味扑鼻而来。

那些从附近赶过来看热闹的群众站在警戒线的外围，他们之中有有钱的、没钱的、不穷不富的，所以从他们的表情上大致可以看出他们不同的心态，痛惜的、幸灾乐祸的、麻木不仁的。他们一边议论纷纷，一边看着消防战士把一具龇牙咧嘴的狗尸体从废墟中刨出来；旁边地上已经放着两具烧焦了的尸体，一男一女，共三具。

芬芬刚要大叫起来。

父亲急忙捂住了她的嘴，芬芬的眼泪和鼻涕就流到了父亲的手上。然后，父亲牵着女儿，悄悄地退出人群，离开了花园，徒留下两个踉跄的背影，渐行……渐远……渐无声……

天边划过一尾流星。